没事别惹前男友

六月莫言◎著

北方联合出版传媒（集团）股份有限公司
万卷出版公司

© 六月莫言 2010

图书在版编目（ＣＩＰ）数据

没事别惹前男友/六月莫言著. 一沈阳：万卷出版公司，2010.6
ISBN 978-7-5470-1034-1

Ⅰ.①没… Ⅱ.①六… Ⅲ.①长篇小说-中国-当代
Ⅳ.①I247.5

中国版本图书馆CIP数据核字（2010）第112935号

出版发行：北方联合出版传媒（集团）股份有限公司
　　　　　万卷出版公司
　　　　　（地址：沈阳市和平区十一纬路29号　邮编：110003）
印　刷　者：北京联兴盛业印刷股份有限公司
经　销　者：全国新华书店
幅面尺寸：145mm × 210mm
字　　数：290千字
印　　张：8.5
出版时间：2010年7月第1版
印刷时间：2010年7月第1次印刷
责任编辑：刘应诚
策划编辑：刘碧蓉
装帧设计：嫁衣工舍
ISBN 978-7-5470-1034-1
定　　价：25.00元

联系电话：024-23284090
邮购热线：024-23284050　23284627
传　　真：024-23284448
E-mail：vpc_tougao@163.com
网　　址：http://www.chinavpc.com

CONTENTS 目录

第四集　争吵，安静，迷茫

他们说，帮李想守着这个秘密太难了，程盈盈好几次都差点儿说出来，刘赫也是，只能躲我远点儿。叮叮说在办公室不能看我，就怕自己一直盯着我看。李想真是坏，让大家一起来欺负我。刘赫也讨厌，你就不会偷偷地告诉我啊？但是这一刻我觉得很温暖很安逸，真想就这样一直下去，哪怕是做梦也永远不要醒来。

第五集　我们回不去了

我始终不知道李想到底是不是对的人，但是我知道他会是最疼爱我的人，他想把我永远放在身边，为我安排好一切，怕我受伤害。但是不知道他是不是把我保护得太好了，好到我没事干总是在胡思乱想，特别容易想起程光亮，想起我们原来的日子，连争吵都那么真实。而现在的日子却特别不真实，总觉得每一天都是虚的，让我不安心，真的不安心。

第六集　亲爱的，再见

深夜，我看着李想的脸，那张脸很安静，还带着淡淡的笑。我知道他很幸福，因为今天的答案终于让他满意了，我也得满意，不满意不成。我未来的丈夫有一个酒吧，还是公司的二老板，而且他很爱我，谁都没有这种幸福。

主要人物

苏言：25岁，女，设计师，单身。从大学毕业以后就霉头触到了底，主要是在感情上。前男友在她相亲的道路上处处捣乱，鬼知道是怎么回事！不过你敢跟我过不去，我要么让你当个鳏夫，要么就复合，拖你一辈子。

程光亮：26岁，男，设计师，单身。和苏言的分手是他做过的最窝囊的事情。本来嘛，别人离婚关自己什么事，可是苏言就跟头牛一样，怎么都拉不回来。为了自己的小幸福，他决定和苏言闹到底了，我要么比你先结婚，要么就复合，拖你一辈子。

出场人物

刘赫： 27岁，男，演员，离异，原名苏杰，苏言的亲哥哥。他千算万算也没想到，自己离婚却让妹妹和男友分手了，说什么也要帮妹妹钓个金龟婿，不然心里不落忍。

程盈盈： 27岁，女，编剧，离异，刘赫前妻，程光亮的亲姐姐。上一次的倒霉婚姻让她耿耿于怀，不过也让她突然开了窍——这世上可以没有男人，但绝对不能没有钱，有了钱，干什么都成。

左晓洁： 26岁，女，广告模特，单身，程光亮、刘赫的朋友，目前正准备客串一档夜间女性广播的主持人。对于男人，她有着与众不同的想法：她的生活中可以没有男人，但一部分男人却不能没有她来增添色彩。

聂青： 25岁，女，教师，单身，苏言的同学。结婚狂，最最看不得人家结婚，这会勾起她的伤心——有学历，有收入，上得厅堂下得厨房，就是死活嫁不出去。

李想： 27岁，男，广告公司投资人，单身，自己还有一间小酒吧。曾经有无数美少女在身边骚扰，风流快活，但是到了结婚的年纪，女人们好像约好了一样，全部消失不见了。

第一集　那一场风花雪月的爱情已成为历史

有人说遇到鬼就像艳遇一样,你想的时候它偏偏不来,你不想的时候它偏偏就来了。我想这话放在我现在的境况上正合适,而且,岂止是遇到鬼,只怕看见的……是阎罗王本尊。

1

在这个城市里,那些所谓的大龄女愤青们说起相亲来,都会认为这是一种行为艺术,里面永远充斥着各式各样的极品、变态和花里胡哨、长得奇形怪状的男人。不过,这总归是艺术,总有人会看对眼,而我就是其中之一。说起来,在跟这个男人见面之前,我在某商场的男厕所已经率先见过他的屁股了,现在想起来还觉得是个笑话。

那是一个星期三,我蹲在西单大悦城门口吃着烤玉米和烤鱿鱼。本来是约了聂青那个变态出来逛街的,她一向爱迟到,所以我特意晚了半个小时才到。没想到千算万算还是出了岔子,她遇上堵车,迟到了整整一个小时,导致我吃坏了肚子。

聂青来了以后,我几乎是提着丹田之气冲进了大悦城。到了洗手间,我像拔河一样拉开洗手间单间门的时候,看见了一幅活色生香的画面:一个男人蹲在便池上,动作极其龌龊。幸亏当时我是居高临下的,不然我准能看见点儿真色情的东西,而不是现在这种几乎男女一样的白花花的臀部。

应该说我们全傻了。相比之下,我没什么损失,撑死了把那几乎要夺门而出的欲望吓回去了,而男人则面红耳赤地蹲在那里,手里的报纸哗哗地颤抖着,嘴里的香烟早就掉在地上了。

没事别惹前男友

"嗨……"我缺心眼儿般地打了声招呼,心里盘算着装傻子能不能把丢人几率降低点儿。

"……你好……"男人估计也吓傻了,居然跟着打了声招呼。

"您慢慢上啊,我去对门……"我礼貌地关好门,还对着镜子看了看自己的脸,镇定自如地走了出去,进了女洗手间,关好单间门,然后听到一声尖叫……

有人说遇到鬼就像艳遇一样,你想的时候它偏偏不来,你不想的时候它偏偏就来了。我想这话放在我现在的境况上正合适,而且,岂止是遇到鬼,只怕看见的……是阎罗王本尊。

几天后,我哥说他媳妇打算把自己的亲弟弟介绍给我,那男人长得很精神,名字也不错,叫程光亮。

不过,当那男人走到我面前的时候,他一抬眼突然像触电般地哆嗦了一下,我就知道,他想起来了——某天,西单大悦城洗手间的某个单间,我曾经看见过他白花花的屁股……

相处了一段时间以后,我就上了程光亮的贼船。不过,后来发生了一件大事,我向他提出了分手。说到底还是我哥那个倒霉东西惹出来的乱子,因为他的媳妇就是程光亮的亲姐姐程盈盈,而他们离婚了,我也不能一个人幸福……

不知道为什么,我们虽然分手了,但是我见不得他去相亲,他也见不得我去相亲,然后大家就在相亲的路上你来我往地捣乱,直到给对方搅和黄了为止。

你要问我是怎么知道程光亮相亲的消息的,那可不是难题,因为我跟程光亮在一个公司工作,分属两个设计组,A 组由我领头,B 组由程光亮领头。分手后,我们把个人恩怨也带到了工作上,不是我抢了他的客户,就是他撬了我的活儿。底下的人叫苦不迭,无数人想办法让我们复合,但是通通没用,这辈子我跟他杠到底了!为了方便对程光亮全面监控,我去买了一套专业的好操作的手机卡复制系统,花了三百块钱,然后复制了程光亮的电话号码。哈哈,这下好了,我倒要看看程光亮到底能去哪些地方祸害广大女同胞,我瞬间把自己上升到了女人保护者的高度,坚决不能便宜程光亮。

"苏姐,你的快递。"新来的小设计走到门口的时候正好看见前台接了个快递,这等拍马屁的机会说什么也不能放过,于是乎他马上颠颠地送了过来。

谁寄来的?打开纸箱,里面躺着一个布娃娃,那是我落在程光亮那儿的,当初着急忙慌地搬出来,忘记了,唉……也算他有点儿良心。不过,布娃娃的后面还贴着一张纸条,当时看完就把我气得七窍生烟!

苏小姐,请不要随随便便地留下东西,我怕被骚扰,您现在的年纪正是如狼似虎。

程

"叮叮,你进来一下。"我压着火拨了秘书台的电话。

"苏姐,什么事?"秘书进来小心地问道。

"去,订一大束菊花给我送到 B 组会议室!"

"啊?"叮叮看了看旁边办公室,里面现在没人,B 组在小会议室开会。

"现在还有半个小时,如果送不到会议室……"我开始用眼神杀人。

"是!我马上去!"叮叮赶紧蹿了出去。

这之后不久,我收到了程光亮手机上的一条短信,他哥们儿刘大志要给他介绍个女朋友,还说这姑娘很 Open,喜欢的话晚上就能带回家。好吧,程光亮,看来老天都不帮你,活该!

19点45分,我低头看了看表,刚刚看了程光亮的手机短信,他跟那个姑娘卿卿我我地发了会儿短信,然后那姑娘说想去参观程光亮的小公寓。哼,这姑娘也不是什么良家妇女。此刻,我正躺在那间曾经和他一起生活过的卧室里——钥匙是我从刘大志那里要来的,他没胆不给我。

我靠在卧室的床上想,再过十五分钟,程光亮就会看见一幅活色生香的场景,这是他活该,姑奶奶可是花了不少时间来算计你。哦,对了,除了时间还有金钱,整整三百块的电话复制卡的钱。

"请进……我的房子不大。"外面响起了开门声。

"你真客气,这么大的地方还说不好……"那女人的声音还挺骚,我想她一定有水蛇腰,妖媚入骨。你听,程光亮都开始把东西乱丢了,应该是为了脱衣服的时候方便点儿。我对着镜子微笑了一下,快速把床上抓了个乱七八糟,又揉乱了自己的头发。

"你真着急。"程光亮好像是一边脱衣服一边扭开卧室门,碰到了衣架,衣架是我从宜家的促销大会上抢回来的。那女人一定跟没骨头似的缠着他,因为他费了很大的劲儿才腾出手来摸灯的开关,摸来摸去还摸不到,我靠在墙上帮他开了灯。

灯光亮起的那一刻,晃得程光亮眼前发花,他打死也想不到我会在他的家里,还穿着浴衣。随即,他"嗷"的一声尖叫扔了怀里的女人。

没事别惹前男友

"这……这是怎么回事？"那女人站起来，愣了一下，悲愤地走了。

"别走啊！我是真不知道，要是知道昨天就不跟亮子回来了。妹妹，你别走啊，我不看，你们随便……"声音在漆黑的楼道中响起，随即灯就亮了。这声控灯不知道是谁先发明的，就是好使，尤其是在这种高档公寓，掉根针的声音都能亮。程光亮现在可是被人扒光了扔在马路上，丢人丢到家了，确实是丢到了家，现在不是在家里嘛。

我高高兴兴地凯旋，一到家门口就看见一堆小报记者围在周围。这种场面不常在我家出现，一旦出现了只能有一个原因，就是我那个倒霉哥哥回来了。

"嗨，我的宝贝妹妹。"我哥坐在客厅跟入定的和尚似的。

"滚蛋，没看我费了多大的力气才挤进门。"我白了他一眼，回屋上网。

苏杰，哦，不，刘赫——这是他进演艺圈后改的名字，助理说有点儿韩味儿在这个圈子里好混，当初差点儿把我爸给气死。自从他离婚以后，我就不大爱管理他，可能还是怪他离婚吧。其实我跟程光亮从本质上说没有任何问题，就是不分手我觉得别扭，我实在是没有办法面对前嫂子程盈盈。

就在我傻愣愣地看着屏幕发呆的时候，刘赫蹿了进来，吓了我一跳。

"我想说，对不起……"他深情地看着我。

"哦，知道了。"我抬眼看看他。他平时很少回来，现在回来一定是放心不下我，"算了，我离死远着呢。吃饭吧，你滚回来不容易。"我站起来准备去吃饭。

"宝贝，给你介绍个男朋友呗？"一看就知道他没心没肺，刚刚还一本正经的，一会儿就原形毕露了。

"对，小杰就说这个靠谱，省得你一天到晚非跟人家过不去。"我妈赞许地看着我哥。

"妈，说过多少次了——我叫刘赫。这年头外面都是记者，回头让人家听见我这么土气的名字……"我哥开始要赖，就差满地打滚了。

"哼！"我爸一出声，我哥立马老实了。

"给我找可以，我告诉你，只要是男的，比程光亮那个王八蛋强，侏儒我都认了！"我死命地用筷子插着一块肉，想象着那是程光亮的脸，敢讽刺我……

"……"一屋子人谁也不敢说话了。

"看什么看？吃饭！"我瞪了我哥一眼，以发泄怨气。

2

我在一家酒吧找到聂青时,她正一个人在那儿哭哭啼啼。聂青说起来也是苦命人,当初她是我们班里成绩最好的,后来上了师范,出来就成了公务员。她事业是顺了,婚姻上却遇上难题了,从初中开始就没出现过桃花运。大学毕业以后,她开始大批量地见男人,花里胡哨,什么样的都有,高的、矮的、胖的、瘦的,学历从大专到博士不等,年纪从二十四到四十二,上次也不知道谁瞎了眼还给她介绍了个五十的。聂青给我讲过,要不是看着大爷不容易,她真想把饮料泼到他脸上。这事我知道聂青也就说说,她不如我,我敢掀桌子,她也就敢摔杯子。

"怎么了?这次又遇着什么样的了?"我要了杯冰岛红茶和一份小吃。

"呜……我,怎么,那么,倒霉,啊……"聂青抽抽搭搭跟我说了事情经过——

"小聂,你有男朋友吗?"跟聂青说话的是他们组的数学老师,一枯树逢春的主儿,一年前还是个老姑娘,因为天天被人嘲笑,一气之下上电视征婚,没想到还真找着了。我真不敢恭维这位姐姐,满脸雀斑加龅牙,还口臭。上次我去找聂青,就是她接待的我,当时我以为这姑娘好吃臭豆腐,不过一想不对,下午还有课呢,吃哪门子臭豆腐,后来才明白,敢情是嘴。

"没。"聂青现在都练出来了,听音儿就知道要给她介绍男朋友,马上面带桃花,双眼放光。

"就我们家那位哥们儿,人特好……"该数学老师立马趴在桌子上侃上了,可怜的聂青躲都没处躲。

他们约好在王府井见面,聂青精心装扮而去。王府井啊,多浪漫,保不齐再去个金钱豹什么的,而且,介绍人说了,倍儿绅士。

"你是聂青吧?"一个声音响起,聂青满面桃花地转过身,差点儿雷晕过去。

该男士穿着中山装,听听,中山装,这年头上哪淘换去,潘家园都没了;戴着一副酒瓶子底一样的眼镜,有点儿斜视。聂青当即打消了去金钱豹吃饭的念头,她丢不起那个人,脑子里面把地点改在了麦当劳和肯德基。

"我不吃快餐的,以前在国外的时候吃过一次,国内的不好。"中山男振振有词,时不时地还说说专业用语,聂青听得一愣一愣的。

"你挺多才的。"聂青感觉这个人学识还不错,还能忍会儿,所以面带笑意地搭茬。不过,接下来的才是噩梦呢。

他们一边走一边谈论去哪里坐坐,中山男看见王府井的小吃街就不走了。可怜的聂青,在寒风中一脸悲愤地看着中山男站着吃东西,还吃得稀里哗啦的。

没事别惹前男友

那嘴吧唧的,说难听点儿跟猪没什么区别,最最可恶的是,一听说聂青不吃,他大大地松了口气,念叨这可省钱了。

"好了,好了……"我拍着聂青的肩膀,要搁我就不去,她们数学老师结婚的时候我们去了,那爷们儿长得,不看脸还凑合。

"哇——"聂青又开始哭了。

"我拜托你们,专业点儿好不好?不能什么事情都让我顶着,要是这样全回家好了,回家带孩子去,要么就当小白脸去,知道不知道什么叫竞争意识?啊?难道你们这些元老还不如隔壁那些白痴?!"我拍着桌子喊了一早上,简直气死我了,程光亮那个浑球刚刚把我的一个大活儿撬走了。

"这是谁家的猪啊?趴错窝了吧?"我在水房看见程光亮弓着身子坐在 A 组的休息处,本来就想接杯咖啡,但是不教育教育他我心理不平衡。

程光亮什么都没说,看了我一眼,撑着桌子站起来,准备去他们那边。

看他的样子可能是胃病犯了,程光亮胃一直不好,不能吃生冷的东西。听说他们今天去吃日本料理了,大家邀五喝六地去的,一群人在我的办公室门口晃了半天,当时我就想,等胃疼起来,折腾死你。这不,现世报就来了。

送程光亮回家以后,我坐在车里听音乐,广播电台也不知道怎么了,十个台里面有八个台是《昨日重现》,过去的一幕幕开始在眼前晃悠。

那时候我们住在一起,就是为了上班方便,天天一起跑步去,到了公司再去更衣室换职业装,每天的日子不算甜,但是也充满香味儿。

我看着后视镜上挂的护身符,那是程光亮求的,不知道为什么挂上就倒霉,不是扣分就是撞车,可把我气坏了。

手指滑过护身符的时候,我被剐了一下,血马上就流出来了,巨疼。

"靠,我就知道你不是好东西……"疼死我了,我赶紧手忙脚乱地翻找创可贴,程光亮常在车里备一盒,不知道现在还找不找得到。

"傻丫头,划破了吧,该!叫你天天欺负我。"

程光亮在创可贴上都写上了这句话,真是的,小孩一样,等我回家把你的照片贴到马桶上,不,狗厕所里!

对着创可贴,我突然笑得前仰后合。

进了家门,我才发现刘赫做了一桌子小菜等着我呢,以前他是学厨子的,手艺没的说,老给我们做饭,出名以后就不管了,只能安排我妈重新上岗。不过说真的,我比较喜欢吃他做的饭。

晚上和刘赫一吃就吃到了天亮，我们谈了很多，他不明白我为什么非跟程光亮过不去，我也不明白，也许……还想在一起，程光亮真的很会照顾人。我是属于比较二乎的人，经常忘记带东西，他总是跟我的秘书一样，准备好所有的东西，天天伺候着。有时候他说我就是你自带工资的保姆，除了伺候主子吃饭，还得伺候主子需求，做到随叫随到不能推托。我看着酒杯里的酒，如果我现在叫你，还会随叫随到吗？

刘赫说他是让程盈盈给逼回家的。这女人太会收拾东西了，洗完澡连内裤都找不到，光着身子到处翻。不知道的还以为他有暴露癖，而且现在的小报记者太厉害了，都敢冒充收废品的混上门，他怕人家给他装摄像头，回头再发到网上。

这傻东西，这么好的炒作机会跑什么啊。不过程盈盈倒是理家的好手，她在的时候东西都是整整齐齐的，一出差什么的，刘赫就把屋里弄得跟猪窝似的，两人天天为了这个打架。有的时候程盈盈有点儿偏执，刘赫忘记拧上牙膏盖，她都能打个电话追过来，还有就是讨厌刘赫和哪个女演员过分亲密，尤其是拍个什么戏的时候。刘赫是一直不拍吻戏的，他说没法拍，因为程盈盈虎视眈眈地就站在旁边看着，让他失去了多少亲美女的机会。幸亏有程盈盈看着，不然他就是片场流氓。

他们的这段婚姻挺隐蔽的，刘赫的公司说不能说出去，所以对外一直说程盈盈只是他的好朋友，这也是促成他们离婚的原因之一。你想，结婚了不敢说，吃个饭还要东躲西藏的，拍到脸了就说和女朋友吃分手饭，没拍到脸的；就说另结新欢；拍到和哥们儿一起吃饭就敢说刘赫是同性恋。我都觉得程盈盈挺伟大的，搁我早就离婚了，这叫什么事，弄得跟没名没分似的。

第二天上班，大老板把我叫进大会议室。程光亮正在里面挨骂，听说他把从我这里抢走的方案算错了数据，做出来的东西少了一道边，后来印刷厂觉得不对，给我们打了电话。转了一圈，大老板又把方案重新交给我来做。不过从会议室一出来，我就越想越觉得不对，程光亮怎么可能犯这样的低级错误，他最近疯癫了？还是……他在让我？

"过来！"吃完饭，我把程光亮揪到楼梯间。

"干吗？公开耍流氓犯法啊。"程光亮夸张地拿手捂着胸口。

"呸！你还没那个资格……大城怎么回事？"我直接问他，要不然能让他给带到天南海北去。

"我做错了，不是被骂过了吗？别以为我让着你啊，有那闲心我多找几个姑娘得了。"程光亮使劲儿地掐了一下我的脸跑了。

没事别惹前男友

"靠！真孙子……"我一把没抓住让程光亮，靠，掐得我还挺疼。

一下午我都盯着程光亮的办公室，他不知道是真忙还是装的，总是在伏案看东西。我就纳闷，这家伙要疯啊，居然给我放水，当初也不知道是哪个浑蛋抢了大城的买卖。都说女人心海底针，我看男人心也是个泥塘，一不小心陷进去，出不来不说，还沾一身泥。

"姐，你忙什么呢？"下午我在网上看见了程盈盈。

自打和我哥离婚以后，程盈盈就迷上了股票啊、基金啊什么的，一天到晚跟算命仙姑一样，闭着眼算。古话说得好，情场失意，赌场就得意，程盈盈离婚以后变得特别地猛，买什么赚什么，想赔，老天爷都不干。人家买基金就暴跌，她一买基金就回弹，里里外外赚了不少。现在，程盈盈在网上有自己的专栏，给广大的基民、股民传播发财之道，听说都有稿费了。

我问程盈盈最近感情生活怎么样，不成就复婚吧。结果，她扔过来一句话差点儿噎死我，"别介，我不打扰你哥泡姑娘。再说，万一复婚断了我的财路怎么办？多少人指着我发财呢"。

下班后，在公司门口，我看见了打扮得跟狐狸精一样的左晓洁，她刚才说来找我玩玩。那小上衣，当裤衩我都嫌太短，就一条细细的链子挂在背上，一点儿防护措施都没有，万一链子断了我看她哪里哭去。还有那个裤子，短得不像话，招得一堆男人流口水。对此左晓洁一点儿都没觉得不好意思，她好意思得很，就这还算比较保守的，她有时工作的时候拍写真，就裹个床单骨碌来骨碌去的。

一上车左晓洁就慌忙打开暖风，我就知道，这么冷的天她非要当仙女，活该。

"看出来了吗？"左晓洁问得我一愣一愣的，我上下看了半天，除了发现她脸上多了个青春痘，什么也没看见，她急得快杵我脑门了。

"肚脐！肚脐！"她扒着衣服给我看，其实那衣服哪里用扒啊，根本就在外面露着，说点儿不纯洁的话，再扒下去我就能看见一撮乌黑的毛发……

左晓洁在酒吧说我土包子，让我有点儿崩溃。怎么就土包子了，你上星期还拍我的广告呢，那会儿谁说真时尚来着？到后面我才知道，左晓洁这次就是显摆来了，她刚刚给自己整了一个招桃花的肚脐，说得神乎其神，说有大仙儿给算了，今年嫁不出去就跟自身的风水有关系，肚脐眼是凶位，得变个方向，然后给她介绍了一家美容院。我初步估计这个人是美容院的托儿，肚脐眼关风水什么事，再说了，万一人家说你那两只眼睛妨碍你找对象，你还能把眼睛糊上？

"你还真别不信。"左晓洁喝了一瓶啤酒以后跟我说，"老娘真找到一个爷们

儿,今晚上就洞房花烛夜去。"

"哼哼,谢谢啊,我怕你吓着人家爷们儿。"我瞅着左晓洁快喝高了,赶快拉她回家,谁有那个工夫陪着她撒酒疯玩。

3

我没事干打开了聂青的博客,发现她把照片换了,从以前那个一丝不苟、老老实实的小家碧玉形象一下子换到了左晓洁的风格,这简直太可怕了,不是我说她身材不好,不过冷不丁的这么豪放有点儿吓人,我赶紧打电话问她。

"你个土包子。"

这是聂青对我说的第一句话,奇了怪了,怎么谁都这么说我呀,好歹我也算半拉时尚圈的人吧?再不济刘赫算是个炫耀的资本。

聂青跟我说,她这是钓金龟婿用的,网上那么多男人呢,万一——钻石王老五在百无聊赖的时候翻博客玩呢,那就很有可能看见这照片。再低俗点儿,没看照片集的名字叫香艳吗,万一哪个男人想看看黄色照片什么的也能翻到。

拜托,哪个男人那么无聊,你不怕是个神经病?再说,这个也不是你的 Size 啊,看看人家左晓洁,要清纯能清纯,要风骚她比谁都骚。聂青也就能装装良家少妇,寻刺激的男人不会看她,浪费时间。

现在这年代太可怕了,女人想男人想到疯,男人想女人也想到狂,但是这两种人就是碰不到一起,而且相互埋怨,男人埋怨女人不够味道,女人埋怨男人瞎了眼,其实就是需求不一样。女人找男人那就是要结婚,而男人是分开的,找老婆固然重要,但是玩也是不能忽视的,老婆是放在家里看的,外面的姑娘才是喜欢的。大多数人都是这样,左晓洁除外,她正好反着,跟男人是一样的想法,也就难怪为什么男人喜欢死了左晓洁,却不敢和她结婚。

"你听说了吗?"上洗手间的时候,我听见外面不知道谁在谈论八卦,说是公司来了一个新股东,而且路子很野,大老板也要敬三分,准备把相对比较优秀的A、B两个组分过去,其他组原地不动。听到这里,我就不明白了,干吗我老要跟程光亮那个白痴挂在一起?!

一出洗手间的门,我就看见程光亮正和他组里的一个小姑娘拉拉扯扯。这姑娘是新来的实习生,名叫郝莎莎,托关系进来的,什么都不会,让她抠个图她能把原图整没了。后来说,算了,你负责帮我们改图片吧,所有的图片改过以后其他人差点儿哭出来,该人喜欢色彩缤纷的东西,什么都调到最鲜艳,艳到刺眼。

没事别惹前男友

我特高兴终于有人要帮我收拾程光亮了，但是最近好像这丫头打算傍程光亮。

"哼！"我从他们旁边经过的时候白了他一眼，程光亮立马趾高气扬得跟打了鸡血一样。看着吧，回头沾上甩不掉我看你美个屁。

我去超市忘带钱包了，不过出人意料地碰到了程盈盈，这下不愁钱了。买完东西，两人一起去喝咖啡。

"谢谢姐，回头我把钱打到你卡上。"

"谢我干吗啊，谢谢亮子吧，是他打电话跟我说你没带钱包，问我在哪儿。这不，赶巧了，正好在这个超市。"程盈盈的办公楼在街对面，本来我还想，再找不到钱包就给她打电话的。

"哦。"我没敢接话。

"你们啊，闹腾什么啊，我们离婚是我们自己的事，不干扰你们。再说，离婚是我说的，难道还能让亮子跟你过不去？"程盈盈低着头说。她最近瘦了很多，听说是在减肥准备再嫁，不过小报上写的是程盈盈招蜂引蝶，刘赫力求女友回归。

这是我哥跟经纪公司商量好的，对外宣传说是程盈盈甩了刘赫，这样保全了我哥的好名声，也顺便炒炒他是个好男人。我没想到程盈盈就这么答应了，要是我，去你个鬼，管你的破事干吗，所以他们还是有感情的。至于怎么分手的，刘赫死活不说，我爸连打都用上了也不管用，看来我哥还是有点儿胆色的，我老爸是运动员出身，到现在都有劲着呢。

最近我发现左晓洁像人间蒸发了一样，照理说她要是得手了一定会跑到我面前炫耀的，但是这次她非但没说，电话都没给我打一个，这就不对了。

"女人，你怎么没找我汇报？"我拍了拍左晓洁的肩膀，吓得她一哆嗦。

"我藏着掖着的还是让你知道了？"左晓洁惊恐地看着我。

"咋了？"

左晓洁说她那天回去的时候做好了全套的准备，然后花枝招展地等男人。那人是个大学教授，在一次朋友的聚会上认识的，教授从一开始就对左晓洁另眼相待，要不那么多人干吗专门帮她拿吃的东西。不过神奇的是他并不跟其他人一样在左晓洁的眼前晃来晃去，而是站在一旁默默地看着，这招就是高，完全吸引了美女的注意。她丢下那些跟苍蝇一样的男人，跑去跟教授打招呼。

那天是教授第一次去左晓洁家做客，教授有点儿不好意思，但对左晓洁来说却是家常便饭，哪天那里没男人才是奇迹。

"坐，别客气。"左晓洁笑得像朵花一样，顺手打开了音响，里面放的是抒情

歌曲,节奏缓慢,气氛暖昧。

"你家装饰得很好。"教授有点儿把持不住,汗都下来了。

左晓洁的拖鞋就在脚尖挂着,一摇一荡。她的脚非常漂亮,又白又小巧,指甲是新修的,上面用金色画着花,在灯光的照射下,若隐若现,微微地放着光,跟小灯泡一样,照得教授开始心神荡漾。我想他一定在想色情的东西,因为左晓洁说当时他的表情陶醉到了极点,所以她才起身离开……

这就是女人聪明的地方,左晓洁其实什么事也没有,却在卧室里待了十分钟。对于男人来说,等待得来的才是有味儿的,这是经验。左晓洁在这方面一向自学成才,不过我倒是认为是吃亏得来的。谁一生出来就是狐狸精,除非妖精转世,她的聪明才智如果用在学习上,恐怕左晓洁十六岁就得大学毕业了。

卧室里,左晓洁打开衣柜,一边哼着歌一边对里面的衣服点来点去,她不喜欢专门挑选衣服,这得看天意。歌声在一件红色的吊带上面停下来,老天爷你真香艳,左晓洁笑眯眯地抓起衣服。那是一件吊带裙,其实不能称之为裙,因为它就在屁股上面挂着,一走路屁股就会露出来,拉长的深V字延伸至内衣的边缘,里面黑色的蕾丝边露出大概一厘米,显得左晓洁的身体更加白皙,跟个狐狸精一样。

"嗨……"左晓洁站在沙发后面对着教授的脖子吹气,他一回头吓得一哆嗦。

"你,你……"教授捂着心脏,看来他有点儿激动,左晓洁美颠颠地想,于是赶快跑到教授腿上坐着。

"一直想找人帮我看看,这裙子是不是短了点儿?"左晓洁跟个妖精一样挂在男人的脖子上。她早已打听清楚,教授的身家清白,简直是一身正气,还有房有车,虽然她自己也有,但是这年头找男人的最佳标准就是这两样。教授最吸引左晓洁的应该是学问,她见的男人太多了,一个个粗俗得要命,教授上卫生间的时候总是温文尔雅地说我去方便下,那些男人则一律说我撒尿去或者我拉屎去,怎么听怎么刺耳。我想当时左晓洁一定以为和教授有事实了,以他的性格就肯定会结婚,谁叫人家老实呢。

"还……还成。"教授的脸开始白了。

"真的?你喜欢吗?"左晓洁拿手拍着教授的脸。

"我,我,难受……"教授"扑通"一声从沙发上倒了下去,速度之快给了左晓洁一个措手不及,差点儿尖叫出来。

"怎么了?喂!"左晓洁也真绝,教授晕过去以后,马上就开始左右开工地抽他大嘴巴,手都打疼了,依旧没反应。

没事别惹前男友

"后来呢?"我听得津津有味,这事够刺激,居然还能出这么搞笑的事情。

"后来?打120啊,回头死在我家怎么办?"左晓洁狠狠地白了我一眼。她打完电话就赶快蹿回卧室穿衣服,然后跟着跑到了医院,教授是心脏病,差点儿翘辫子了,瞧这个热闹!最后,左晓洁一共掏了六千元给教授交押金。教授的妹妹呼哧带喘地跑到医院的时候,左晓洁差点儿哭出来,可算是看见救星了。

"上次和你说的那个你见不?"回家的路上,刘赫问我。

"哪个?"我一下子没反应过来。

"开酒吧的那个,听说最近又并了一个公司玩。"我都怀疑是刘赫看上人家了,要不对人家的事情怎么了解得这么清楚。

"见,我气死程光亮那个死王八蛋。"想起来我就郁闷,最近程光亮和那个郝莎莎勾勾搭搭,就差互相喂饭了,天天在我眼前晃悠,真孙子,我早晚收拾你。

嘀嘀嘀,半夜,睡得迷迷糊糊的我被手机给吵醒了。

"你说我是不是出毛病了?"是左晓洁,她今天一天都不对劲。

"怎么了?"

"吓着了,我不会出现和男人阳痿一样的毛病吧?"左晓洁的话差点儿让我吐血,这姑娘真会联想,看来她以为男女结构一样。

"明天找个男人试试,不成我带你去医院。"我发过去就关了机,顺便还拔了电话线,不然她抽上疯就会给我打电话,我还想睡觉呢。

都是那个左晓洁,害我睡眠不足,第二天眼睛都睁不开了。从停车场出来,我打着哈欠上电梯,刚到一楼就看见程光亮以百米冲刺的速度冲进电梯,郝莎莎紧追其后。"咣"的一声程光亮撞在电梯壁上,然后疯狂地按电钮。那丫头也不是盖的,愣是在门关上之前的0.001秒挤了进来,看着她我都觉得疼,刚才门碾肉的声音我都听见了。

"我,我告诉你啊,我有女朋友了。"程光亮哆嗦着向我靠近。

"你干吗?"我用手里的公文包当隔断。

"媳妇,亲爱的媳妇,昨天是我不对,乖,我们不闹了。"程光亮带着哭腔拉着我说。

"编,接着编!你们早就分手了,当我第一天来啊?"那实习生披头散发倒吸着气,同时还使劲地瞪我。

"干什么呢这是?你不想干了吧?"我就恨被人瞪,什么东西,凭什么瞪我!再瞪,把你眼珠子挖出来当珠子踩!我在心里愤愤地想。

"谁说我编了,我表演给你看!"程光亮也怒了,一把拉住我,低下头……

我几乎是在一分钟以后才反应过来程光亮在干吗,这个王八蛋在电梯打开的一瞬间,当着准备下楼的策划部同事和大老板的面吻我!!

"程光亮!你个死王八蛋!!"我在办公室用靠垫使劲地砸桌子,太丢人了,太过分了,当着那么多人啊……我不活了……然后脸开始发烫,大爷的,我又不是第一次接吻,有什么好脸红的!不过,程光亮的嘴唇倒是和以前一样……呸呸呸!浑蛋,我在想什么?!

"怎么着?我听说你让程光亮非礼了?"左晓洁欢天喜地给我打电话,完全忘记了昨天她还担心自己"阳痿"呢。

"滚!"我就知道程光亮一定把这件倒霉事告诉左晓洁了,他什么烦心事都跟她说。左晓洁知道了,我看刘赫也该知道了,这个诡异的圈子啊,都什么乱七八糟的。

我实在是受不了了,公司上上下下都在说着那场激情戏。我拿起包包逃到外面,晃来晃去又不知道去哪里好。本来我想去找聂青,没想到她给我发了条信息,问我感觉如何。都是那个碎嘴的左晓洁,这下好了,聂青也知道了。

接下来,刘赫的电话也打来了,咬牙切齿地问我怎么又跟程光亮玩一起去了,他介绍的款爷怎么办,这不是折他的面子吗。刘赫被我给骂了一顿,什么世道,气死我了,是他先非礼我的,怎么全成我的不对了?!

不知不觉,我一直晃悠到半夜才回家。我们小区特讨厌,没事好省电,专门在晚上掐路灯,也不知道路灯能费多少电,等真摔了人,告他一顿就够赔死他的。比如说现在,天实在是太黑了,我只能掏出手机当手电,照明范围就在我的鞋尖处,勉勉强强能看清楚地上有没有大的石头子儿。

走着走着,我看见前面有双脚,男士皮鞋,好像42的,名牌,主人应该是每天擦,保养得不错。顺着鞋往上,一张鬼脸出现在面前,青面獠牙,双眼猛一看跟没眼珠似的,吓死我了,刚想跑,被他一把抓住,"是我!"程光亮的声音在我的脑后响起。

"你……干吗?"

他特别老实,一句话都不说。

天知道我俩这大龄青年没事害什么臊,看来左晓洁那两下子真不是一时半会儿练出来的,这得长年历练。不过这个画面有点儿熟悉,那年我们在公司楼下的小黑胡同也这么站着,那个时候我们还没有同居,经常在公司附近溜达,争取

没事别惹前男友

把回家时间推迟再推迟,直到家里催着回去吃饭了才分开。回想起来真挺白痴的,你说有那么多的地方可以逛,为什么非跟一个胡同过不去,而且上班的时候时时见面,不知道有什么可腻歪的。

"对不起。"程光亮站了大概半个小时以后对我说,跟做错事的孩子一样。

"去去,少给我废话,早点儿把那个倒霉的郝莎莎解决了,不然回头大老板知道了跟你没完。"我以为程光亮会说什么感人的话,闹了半天就憋出这么一句,真是浪费我感情。

不对啊,我换鞋的时候开始觉得事情不对头,明明是他程光亮占了我便宜,怎么倒像是我妒火中烧的? 再有,大老板骂死程光亮我才开心呢,该! 奶奶的,我又被他摆了一道!

我愤怒地掏出手机,调出程光亮的电话,拨过去,这个时候他应该到家了,而且已经上床睡觉了。

"喂?"电话那边传来模模糊糊的声音,明显刚睡着。

"我去你奶奶个腿儿!"我吼完,挂掉了电话。

"干吗呢?"我爸拿着拐棍戳了一下我后背。

"爸。"我气过头了,忘记了是在家里。

"几点了? 你不睡觉楼里的人就不睡了?"老头唠叨了几句又给了我一巴掌,转身回屋睡觉去了。

程光亮,你个浑蛋,我今天的遭遇都是你害的,我跟你没完! 我恨恨地睡去,在梦里把程光亮打了个够。那是一个拳击场,我戴着保护套,而程光亮什么也没戴只能抱头鼠窜。打到后来女超人出来了,把程光亮抱到了台下,然后和我对打,女超人的脸和那个郝莎莎的脸一模一样,我奋力一踢,结果掉到了床下。

4

公司决定把勾搭程光亮的那个叫郝沙沙的小狐狸精给开了,没想到她大闹办公室,用汽油泼了我跟程光亮一身。好在警察来得快,一队警察叔叔把郝莎莎压在了下面,然后我和程光亮一起被送到了医院。医生帮我们把身上的汽油清洗干净——太恐怖了,差点儿叫郝莎莎给点了天灯! 这要是小火苗一窜,烧死了就算了,反正除了疼点儿两腿一蹬什么感觉也没有了。要是没烧死,落个残疾,到时候我不跟程光亮复合都不成,因为除了他我嫁不出去了,算起来也是同命鸳鸯……

刘赫跟哭丧一样跑到医院,看见一个被车撞死的人的尸体就扑上去哭,那叫

一个伤心，跟死了亲祖宗一样。当时我还很感动，但是感动以后就想，他不是演戏吧，还跟真的一样。好吧，我承认自己挺没良心的。我伸手拍了拍刘赫的背，他扭头看了一眼，吼了一嗓子晕了过去。大爷的，我又不是诈尸，离死还远着呢。

"我的妹妹啊……"刘赫醒过来以后可怜兮兮地叫我，拉着我的手一个劲儿地哭，跟怨妇一样，还蹭了我一手鼻涕，真恶心。

"行了啊，你有病啊，我离死远着呢。"我甩开他的手，在床单上擦了擦手。

医院见没事了就把我们轰了出来，估计是嫌我们又哭又闹又骂的太吵。程光亮没什么事，就是对汽油有点儿过敏，脸上起了很多包，眼睛也肿了。回去的路上，大家都没怎么说话，程光亮一直在流眼泪，一包纸巾都被他用完了。

回到家以后，我突然觉得心里特别不舒服，想想程光亮那个惨样，真可怜！程盈盈又好像出差了，这傻家伙不会做饭，晚上肯定又是方便吧？明天那脑袋一定发成猪头了……算了，谁叫爷欠他的，打了个招呼，我带上丢丢和一堆吃的去了程光亮家。

"别闹了，好不好？"

回家以后，我刚刚躺到床上就看见程光亮发来的短信。

"没闹，晚安。"我编了一条短信，没按发送键。

……

"有你什么事？"想了一分钟我又给改了。

我闹不明白自己是怎么想的……不成，我又啪啪啪地给删除了，这样就是动摇了，过几天还有款爷呢，不能在程光亮这棵歪脖子树上吊死。就这样一晚上我是删了编，编了删，折腾到一点半，最后我扔了手机就睡觉了，死程光亮，一定是没事闲了调戏我。

"亲爱的听众朋友们，欢迎来到感情天堂，在这里我们可以诉说爱情的不幸、卑微和痛苦。我会帮你想办法，有些事情是需要通过交流来调节的，我就是你最好的倾听者……"

酒吧的录音机里传出左晓洁的声音，一瞬间把我给吓着了，差点儿把整把爆米花吞下去，噎死我了。前阵子听说她要去弄个广播节目玩玩，动作还挺快，那声音嗲的，太恐怖了。

回家以后，我洗完澡就上网找左晓洁。她现在没网不能活，天天在上面搜集什么感情大全，意在把自己训练成专家，说这样说不定能在广播电台扎根呢！多有文化的职业啊！省得男人一听走秀的，就往色情方面想。再不济，也能冒充大

没事别惹前男友

家闺秀。

"干吗呢,妖精?"我给左晓洁发信息。

"忙着事业呢!"左晓洁回过来的话语气生硬,她一忙活就态度不好。

"哦,我听说你最近在往文艺的方向发展呢?"

"可不是,你也不赖啊,怎么着,又跟程光亮勾搭一起去了?"左晓洁一听说她要文艺了就高兴,马上把忙碌的状态取消了。

"有你什么事,管你自己吧。对了,阳痿的问题怎么样了?"我突然想起上次她让男人给吓着了。

"呸!呸!呸!大吉大利,我好着呢,是那个破教授有毛病,他见过女人么?我告诉你,这学问太多的不是木头人就是心理素质低下,这个都看得,那看《色戒》还不得吓死?"

"哈哈!"我差点儿把水喷到键盘上面。

快活没几天我就接到一个噩耗,我们一起的一个姐们儿要结婚,邀请我们去。知道这个消息首先崩溃的是聂青,这个月她已经参加了三场婚礼了,一水儿的当伴娘,谁也没她专业,婚纱拎得恰到好处,摔不着新娘,看着还漂亮。左晓洁接到消息后特平静,以前有这事她要么骂这些人往她心口捅刀子,要么幸灾乐祸地说过不长,这次一点儿迹象没有不说,还特别兴奋。

到了吃饭的时候,我才知道左晓洁为什么这次不胡说八道,因为她另有阴谋。

左晓洁一边风骚地切着牛排,一边慢条斯理地跟我们说:"知道不,现在婚礼现场就是相亲大会,结婚的为了显示自己的交际,一般请的都是有一定层次的亲友,所以说,金龟就在喜宴上排着队,等着我们挨个儿挑,当天的装备就是重中之重,一点儿都不能马虎。"

"你就不怕是一堆穷亲戚?"我的话招来了两人的白眼,左晓洁是因为我说的实话打断了她的美梦,聂青是因为我阻拦了她跟左晓洁学习钓男人。这俩想嫁人的女人疯起来,简直如狼似虎,幸亏程光亮相亲的对象没这样的,不然我吃不了兜着走……

姐们儿婚礼的当天,出现了三个让她后悔终生的人,他们依次是左晓洁、聂青、我,主要是左晓洁实在是太耀眼了,谁跟她在一起都会变成焦点。

"哎呀!宝贝,我想死你了!"左晓洁踩着锥子一样的高跟鞋跑上去和新娘拥抱,新娘还算面带笑意,不过我估计她心里恨得牙根直痒痒。左晓洁的闪亮登场,让所有男人看傻了眼。那小身条,那小妆化的,简直就是一完美无缺,再加上

那似露非露的重点部位，不光男人，我想连女人也遐想了。男人想的是衣服底下的东西，而女人想的是鞋跟怎么还不折，或者，衣服怎么还不掉……

其实新娘不算难看，身材也不糟糕，只不过是比较圆润，而且个子有点矮，一笑起来俩酒窝要多可爱有多可爱，比那些个可爱没人爱的强多了。不过跟左晓洁比是差了点儿。身高矮了点儿，腰粗了点儿，发型俗了点儿，婚礼的照片我看了，整个一左晓洁的走秀大会，活生生地把新娘子给逼成了小保姆。

聂青没敢去凑热闹，这俩女人的明争暗斗比较凶险，她嘴又不是特别的溜，想了想还是老老实实地吃吧，不过吃着吃着发现旁边有男人总看她，还频频地笑。聂青马上就开始心神荡漾，拉着我去当参谋，晕！不过这男人倒是不错，看起来文质彬彬还戴副小眼镜，身高也算不错，就是猜不出来是干什么的。

我在参谋的时候，左晓洁也忙得不亦乐乎，她正对着新娘用的粉底大呼小叫，招得一群女人开始讨论化妆品的功效。这就是左晓洁的绝招，她现在就靠这个化解身边的同性敌人，屡战屡胜，不过也是，女人一生就这么一张皮，当然要好好儿地保养。

"你看！你看！！"聂青在婚宴结束时拿着一张小字条给我美，那上面写着："你好，我能认识你吗？我的电话是1392××××××。"她激动得都吾无伦次了。我赶紧拍了拍她告诉她要矜持，不然到手的鸭子可就飞了，咱是小家碧玉，笑不露齿。

人散得差不多了我们才找到左晓洁，她正站在车旁边等我们，刚刚有无数款爷给她递橄榄片。没错，是片，她抓着一打名片，我说刚刚怎么消失不见了，闹半天是去收网了。

"我说，你不怕是已婚的？"回去的时候，我问左晓洁。

"切，你懂个屁，已婚的最好，到时候实在想甩了，还能捞一笔赔偿金，就跟他说'孙子，你不给钱我就告诉你老婆去！'"左晓洁伸着长长的指甲，她刚刚去一个法国沙龙弄的，听说用的指甲油全部是进口货，一个指头五十，连保养加画上花。要是我做了这个一定把手供着，再找个人喂我吃饭，连洗脸都找人伺候，五百块呢！

聂青一直没答理我们，捏着手机傻笑，还念叨呢，小手不停地按着，看得我手抽筋。

后来，听说聂青跟那个男人勾搭上了，天天发短信，电话也没断过，估计这回是盼来了多年不见的桃花，老天爷总算开了一回眼。左晓洁收获也颇多，跟三个

没事别惹前男友

款爷搭上了，正在挑呢。我依旧忙着上班。

这一场婚礼真是收获颇丰，顺便把新娘气了个够，其实我跟聂青挺不待见这个人的，不过就是接了通知不好意思不去而已，好在有左晓洁。据说那个姐们儿的老公就是她从别人的婚礼上顺的，那会儿她本来怀着悲愤的心情去参加婚礼，但是一眼就相上了这个男人，随之而来的就是非正常的快速苟且，认识大概有半年就结婚。对于那个男人我不了解，但是这姐们儿之所以这么快打算结婚，只怕是担心到手的鸭子飞了，她一大龄女蹲在围墙外好几年了，逮个男的容易么，自然死抓着不放。不过有些东西是莽撞不得的，一年以后她就离婚了，感情上倒是很平静，但是为了财产打到鸡飞狗跳。这两个人用全了三十六计，好在没孩子，不然就真是倒霉孩子了。

程盈盈不知道从哪里倒来一堆水果，本来想发一笔财，却赶上天气不好，总下雨，弄得家里那味儿啊，没治了，太难忘了。

去厨房倒水的时候，程盈盈让我帮她把厨房的那盆花搬到屋里遮遮味儿，搬起花的同时我看见下面压着的是她和我哥的合影，那会儿大家还如胶似漆呢。我哥真真正正出名大概是在进了圈子的三年以后，那段日子不太好过。程盈盈就不同了，顺风顺水，在什么都还不懂的情况下买了个剧本，还偏偏被一个大导演看上了，又拿了一个奖，然后人家就抖起来了，基本上两人的不平等就是从那个时候开始的。

程盈盈生活特有规律，什么东西都恨不得编上号收起来。刘赫一向大大咧咧惯了，什么都乱丢，天天在家里找不到手机，还愣说是丢丢弄走了，对着我的狗指桑骂槐。就这样的两个人，表面上看起来很和谐，在心里却是对立的，由于爱这种感情存在的原因，大家都屏蔽了对方的错误，不过这只是黎明前的黑暗。再后来，事情倒了过来，刘赫的事业终于起来了，而程盈盈开始走下坡路，瓶颈了，什么都写不出来，就天天拿东西撒气，然后就开始互骂。刘赫说程盈盈是更年期提前了，程盈盈说刘赫是养了小狐狸精不想回家了……

所有人都一致认为，程盈盈和刘赫是对魔鬼，和史密斯夫妇一样，危害了大众，不管谁去劝都劝不好，而且容易发生变质的内部战争。他们能把自身的毛病传播给劝说的人，随即劝说的人开始打架。从我和程光亮，到那个时候的左晓洁和她的大款男朋友，还有我爸妈，基本上全祸害得差不多了，唯一还坚持着的就剩我爸妈这老两口了。

回去的时候，我给刘赫打了个电话，告诉他程盈盈的生意赔了，请他自己看

着办。我没有多说任何其他的话，因为我知道，刘赫一定会去帮她，他心里还是有程盈盈的，先不说别的，就冲当初程盈盈无怨无悔地养了刘赫两年多，报恩总是应该的吧？

刘赫那天答应了一声就把电话挂了，显得特别哀伤。其实他们也不该离婚，全是因为一些鸡毛蒜皮的事，没有一点儿能构成实质意义的大事。不是今天没扫地就是昨天忘了擦桌子，再不就是牙膏盖没合上，还有什么内衣到处乱丢、袜子找不全一对、暖壶没热水，直到最后就因为找不到牙签，两个人冷战了一个星期。不过，让刘赫做梦也没想到的是，他跟程盈盈一提离婚，她二话没说特痛快地答应了，抄起笔就签字，把这些年的感情全否认了。有时候刘赫喝多了会哭，一边哭一边揪头发，逮谁跟谁说："你说她怎么就签字了呢？"

那会儿大家都觉得程盈盈做得挺绝的，但是现在想想她一辈子要强较劲，也许是事情被逼到了那种状况。刘赫有时候特会给你拱火，拱得你不得不怒。从小我就发现他这个毛病了，还别跟他顶着，急了他真敢玩命。小时候就为了不让他去少年宫改去辅导班，刘赫绝食了一个星期，到最后直转圈，还跟我说眼前有小星星，接着就"咣"的一声倒在地上不省人事了。那个时候我才上小学三年级，真的以为他死了，还找了条白被单给盖上了——电视里死人都那样，然后特镇定地给我爸的单位打了个电话，叫他记得带个花圈回家。

上班的时候，程光亮递给我八万块钱，神情很正常。

"怎么着？分手费啊？"我以为他又出什么幺蛾子。

"不是，我姐叫我还给刘赫的，她说不吃嗟来之食……"程光亮有点儿哭笑不得。

这个程盈盈也拧得要命，听程光亮说他姐姐一向是说一不二，说什么是什么，从来不动摇，谁也不敢管。我看着手里的信封，里面的钱绝对一分不少，程盈盈就这个硬脾气，这还是和刘赫离婚了，不然她会把钱砸到刘赫的脑袋上，然后大骂他看不起自己。但是现在不成，她曾经放过话，不挣到一百万，就不答理刘赫，连他拍的电影、唱的歌都回避。

下班的时候，我还没想好怎么跟刘赫说钱的事。烦死了，干脆不想了，直接把钱给了刘赫，一句话也没说。我不知道刘赫和程盈盈说了什么，但是我家里成了水果集散地，刘赫几乎包了程盈盈家里所有的水果，然后骗程盈盈说卖出去了，一共付了不少钱。那阵，家里的水果味儿就别提了，我不禁庆幸程盈盈没进榴莲，不然没办法活了，现在我都觉得自己身上全是变质的水果味儿。那山竹都干了，得

没事别惹前男友

拿锤子砸着吃,门框都碾不动,要知道,以前我家吃核桃全是用门框碾的,一下子就碎了。后来实在是吃着费劲,我们就把它扔给狗玩,连狗都不爱答理。

聂青这阵一直在美,旱了那么多年老天爷终于下雨了,不然庄稼就旱死了。聂青可是为了这个准备了多年的嫁妆,那个豪华程度,简直无与伦比。

不料没多久,状况又来了。聂青打来电话说和那个男人掰了,说得斩钉截铁,气愤至极,我头一次听见她大声地喊。

那个男人是一家报社的记者,两人开始很顺利,但渐渐地聂青发现这人有点儿抠儿,起初还没太觉得,后来在一次吃饭的时候彻底看穿了。如果说他是全北京第二抠儿,我想找不出第一抠儿了,太传奇了,我很佩服该人是如何活到现在的。刚开始,聂青一直用短信和这个人聊天,大家很投机。后来有一次不知道说了什么说起来吃饭了,该人给聂青讲起上次吃自助的经历,他好像跟另外一个人共同要了一份小料,而后分着吃,因为小料收钱。聂青还傻了吧唧地跟人家笑,她以为逗着玩呢。(这件事教育了我们,有些事情是需要听话听音的,不是随随便便就能笑的,不然后果很郁闷。)

一天下班后,大家相约看电影,新片子,听说拍得特别好。当月聂青凭着教师证好像是买一送一,相当于半价,所以男人欣然前往,两人还在电影院里面卿卿我我来着,半个小时以后吃饭时就崩了。

他们来到一家日本料理店,我原来和聂青老去,主要是套餐特别实惠,东西还多。到门口的时候男人犹豫了下,但还是进去了,脸上有点儿不自然,什么也没说。坐下以后,聂青点了我们常吃的东西,男人一声没吭,还表示自己不饿,不吃了,喝水就够了。聂青还没天真到这种程度,她以为是男人矜持,于是做主帮男人点了一份定食。

吃到一半,男人突然瞥见了聂青新买的手链,看了半天,问多少钱。那是我们一起买的,上面刻着名字呢,左晓洁也有,大家说好一直做朋友,友情纪念。现在"朋友"这两字很难得了,所以我们都花了重金买的。在男人眼睛里的重金,对我们倒是无所谓。聂青看了看说一起的姐们儿一块儿买的,不贵四百八,男人倒吸了一口气脸就绿了,惊呼那么贵!吓得聂青差点儿把芥末挤满了寿司。

男人有点儿怒了,他开始频频地唠叨聂青怎么那么能花钱,聂青就是再老实也忍不住了,她说了一句我花我自己的钱呢。男人就更来劲了,什么现在是自己的以后是大家的,你是不是想花完了自己的钱再花我的钱啊……哇啦哇啦地说了一车话,气得聂青想拿酱油泼死他。不过她打小受的是淑女教育,没敢动,这

要是我,早拿起酱油瓶子泼了,泼死你!

结账的时候,聂青气鼓鼓地喊服务员算账,男人死活不动,完全没有拿出钱包的意思,真是丢人!人家服务员小姐就站在那里,那孙子就是不动弹,得,我当喂猪了,聂青压着火付钱,本来想自己走了就完了,后来那男人更加丢人现眼。

他指着那块挤满了芥末的寿司说:"你太浪费了,这得多少钱?吃了吧!"

聂青当时就拍桌子了,"要吃你吃呗,我吃不下了。"然后冷笑着看着他,他还真胆大,拿起来就塞到嘴里了,后来蹲了半天没能站起来,聂青扬长而去。

我在咖啡厅听完聂青的描述笑得前仰后合,真是怪事年年有,今年特别多。本来想劝劝聂青就走了,没想到下雨了,只好吃了饭再走。期间不要脸的抠门男人还打了几次电话,问聂青为什么不答理他了,还说什么她成心欺骗他的感情,后来我实在憋不住了,接过电话跟他说,我去你奶奶个腿儿!再敢打电话来我让你看不见明天早上的太阳!瞬间世界就清净了,聂青激动坏了,死活要请我吃饭。

刘赫把水果搬回家这件事还是让程盈盈知道了,也不知道谁嘴欠,说我们家没事老给邻居送水果吃。我估计是哪个占不着便宜的嫉妒鬼,你说几箱水果至于么,这是什么世道?占便宜没够的东西!然后刘赫连夜跑出去拍戏了,弄得我这几天上班也胆战心惊的,万一程盈盈逮不着我哥再跟我没完怎么办?

果然事情来了,程光亮非给我十万块钱,说是我不要他就死定了,还说利息过几天就到,要不程盈盈就亲自送到我的办公室去。说实话我有点儿怕程盈盈,主要是她太威严了,那脸一耷拉够十五个人看半拉月的,然后我很不人道地报出了刘赫的电影拍摄地点。程盈盈知道以后拿着钱开车去了,我和程光亮也算松了口气。

5

周末,左晓洁告诉我说那几个大款全吹了,没有一个靠谱,完全是为了肉体而来,一点儿正经意思也没有。周末两天她揪着我痛斥男人不是东西,有时候我赞成这一点,不过倒不包括所有的男人,程光亮虽然可恶了点儿,本质上还算是个好东西。

其实左晓洁倒是不用相亲,她从来不少桃花,听说以前在学校就前呼后拥的,无数人在打听她的学号,然后就写信,五花八门什么都有,不过其中一个文笔隽秀的,到现在左晓洁都舍不得扔。我看过,那小诗写的,跟徐志摩似的,听说后来出国了,就没怎么联系过。不过这样的趁早别联系,谁知道现在长成什么鬼样

没事别惹前男友

子了,这叫往事不堪回首。

聂青就碰到过这样的倒霉事。

那阵子我们兴同学聚会,聂青和我还有程光亮一起去,老大不乐意的,她本来就想我俩去的,不带程光亮,这下她成灯泡了。

但也就是聚会前难受了几天,到了聚会当天她兴奋着呢,抓耳挠腮的,跟孙悟空转世似的。原来在聚会的前一天她收到一封表白信,我们班班长的,这个人长的那是眉清目秀得一塌糊涂,当时成绩还好,多少女生为了他竞折腰。不过人家老实孩子只看书学习,两耳不闻其他,聂青就更不用说了,她只有望着兴叹的份儿。那会儿她特别不起眼,瘦瘦小小的,成绩也一般,还戴着大眼镜,老远看上去跟蛤蟆一样,所以就死了这个心。

没想到啊,没想到,这个时候她居然枯树逢春了,班长说一直很喜欢聂青,就是没敢跟她说过话,非常想和她有近一步的发展。她乐得一宿没睡觉,4点就爬起来打扮,然后6点上我家拍门,要知道聚会是在上午10点。

班长在千呼万唤中走出来,简直是一车祸现场,别说书生气了,连那眉清目秀的脸都跟扭了十八道弯似的,简直就是一再生。当时除了那副眼镜我们认出来以外,真没人看出来是他,这是对广大女性的巨大打击,聂青差点儿晕过去,所有的女同学都避之唯恐不及。程光亮还跟我说"原来你上学的时候就这眼光",差点儿被我掐死。

过了几天,我在邮箱里面发现了一封信,跟聂青收到的一模一样,又问了问几个女同学,敢情班长同学给每个人发了一封这样的邮件。那些嫁了人的同学后悔得直撞墙,不过在聚会完了以后,通通回家夸自己的老公帅,还说自己老公简直比刘赫还帅。我是因为邮箱密码忘了,所以幸免于难。聂青就惨了,满怀激情去的,差点儿血溅现场。

刘赫从片场回来,我当做没看见他,反正就说是程盈盈威逼利诱才说的,他也不敢把我怎么样。

第二天,我跟着我哥去见了那个他一直说的款爷同志。那天程光亮加班,他上次把一个色块调错了,星期一必须印出来,他一时半会儿没工夫来捣乱了,只能说老天是向着我的。不过在去的路上突然开始有点儿犹豫,突然觉得自己不仗义了……

"你想什么呢?"刘赫开着车还不老实,偷偷看我。

"开你的车,想撞死我?"我上去给了他一巴掌。

接下来的事情一切顺利，那个叫李想的男人很正常，没有一点儿毛病。刘赫说得没错，如果钓上了这个人这辈子就不用愁了，人长得帅不说，人品也是一流。听说他最近加入了广告公司，我们谈得很是投机，最后是他送我回的家。我哥还算识相，自己先撤了。其实我一直觉得这个人有点儿眼熟，就是不知道在哪里见过，记忆中好像是在某间酒吧里。真无聊，跟写言情小说似的，我嘲笑自己白痴，我又不是那个爱做梦的聂青。

回去以后，我觉得特别累，却死活睡不着，半夜上网溜达的时候看见程光亮在线，这个傻帽儿今天折腾一天了吧，估计还在办公室，而且还就一个人。我心里觉得不犯点儿坏对不起自己，然后到处找恐怖图片，压抑着自己害怕的心情，整理成一个文档，对着程光亮点了发送。文件名字写的是资料，十有八九他会接收的。果然不出所料，程光亮在几秒钟以后接收了文件，我都能想象程光亮迫不及待地打开时的样子。

几分钟以后，我接到一条短信，上面写着最毒妇人心，署名是程光亮，笑得我直砸床，该，我吓死你，然后顿时就觉得爽了，关灯睡觉。第二天早上我是被闹钟叫起来的，可见睡得好，一夜无梦。

左晓洁要做一个访谈，是关于什么城市剩女的，她风风火火地跑来找我，我指挥她找聂青去，目前单身的要死要活的只有聂青。而我开心得很，也许马上就脱"光"了，不能让她咒我。左晓洁一个劲地劝说，这次的访谈跟她的奖金是挂钩的，我见她从来没有这么认真过，只能把程盈盈和聂青一起约出来，大家一起胡侃侃，怎么也得编个题目出来。

聂青早早的就在咖啡厅等我们，她说只要左晓洁提供让她做征婚广告的时间，说什么都成，隐私都成。程盈盈对这个不感兴趣，但是她想知道左晓洁的广播听众多不多、有没有机会投资。她最近挣钱都挣魔怔了，也是，那几箱倒霉水果亏了那么多，还欠了刘赫的人情，这事让她心里发堵，脑袋犯晕，浑身上下不自在。

聂青一看见左晓洁就拿出一个写好的征婚启事，让她在广播里面念，几个人争抢着，一边读一边笑，聂青的脸都气红了。

征婚启事

某女，1983年出生，身高1.60米，身体健康。家有房屋，无婚史，无一切负担，品学兼优，工作稳定，诚实本分，不沾烟、酒、毒、奢、浪……

没事别惹前男友

等我们止住了笑开始问聂青："什么叫奢啊？"

聂青白了我们一眼，"奢侈啊，一堆废物，还大学生呢，没文化。"她开始对我们进行人身攻击。

"哦，那什么叫浪啊？你到处浪啊？哈哈哈！"左晓洁抹着笑出来的眼泪。

"滚滚！一群色狼！"聂青气急败坏地准备掐我们，后来我和左晓洁还有程盈盈一起坐到另外一边，防着她的黑手。"我是说浪费！"聂青气得直敲杯子，又招来大家一阵狂笑。

回去的时候，程盈盈非说要送我，我就知道一定是水果事件的后遗症，反正早晚有这出，早死早托生，我跟程盈盈去了她家。

程盈盈住的还是当时和刘赫结婚时的婚房，那栋房子的地理位置特别好，三环内，周围有知名的医院和学校，超市都能排成排，大大小小点缀其中。

进门以后，程盈盈从冰箱里掏出啤酒和下酒菜，我们接着吃夜宵，一直吃到什么都不知道了，全喝晕了。

程盈盈说她一直觉得没有男人也无所谓，反正刘赫本来也什么都帮不上，你说擦地吧，他告诉你那是妇女干的；说让他归置房间吧，他说反正没有人来弄那么干净没用；做饭就更别提了，不是不做，就是做了没办法吃，那叫一个恶心，什么都往里面放，把糖当成盐，最最神的是愣是能把小包的牛肉上汤作料当成饮料冲给程盈盈喝，一点儿都没省心的时候。

其实，程光亮也是，除了捣乱他什么也不会，以前叫他把鸡蛋煮了，他以为微波炉比锅要快，直接洗了八个放进去，还按照蒸鸡蛋羹的时间设置了三分半钟。结果可想而知，我们家的微波炉门子跟导弹一样飞了出去，还伴随着无数的鸡蛋花，白的、黄的，粘了一地，吓得我的狗两天都没敢从阳台出来，也不知道他是真白痴还是成心捣乱。

不过这次是程盈盈这几年来唯一的一次失算，她说自己一个人的时候抱着那堆破水果都不知道哭了多少回。所以说人就是不能太顺利了，不然真摔个跟头赔不起，多大的心理落差啊，怎么扛得住，怪不得老听说谁谁炒股炒疯了，那么多钱呢，不疯才是变态。

程盈盈瘫在沙发上和我说刘赫进门时的场景，他就直溜溜地站在门口，那么高大，还喘着气，一看就知道是跑来的，小脸比以前瘦了，但是还是那么帅……

程盈盈说完我就吐了，真吐了，喝得太多了。等我吐够了，程盈盈已经在沙发上睡着了。我怎么扒拉也不起来，不带这样的，把我聊天的瘾勾起来以后，她

倒找周公去了。

后来我就看电视,实在憋得不行了,我掏出手机给左晓洁或者聂青打,迷迷糊糊地按着手机。一开始说是空号,然后我又拨,拨到最后好不容易通了,左晓洁跟感冒了一样,说话还嗡嗡的。我骂了她几句就告诉她,我其实真的挺待见程光亮的,知道为什么非要找比程光亮好的吗? 因为我怕再想起他,而且我也看不得程光亮去见别的女人,心理不平衡,难受……

再后来我跟失忆了一样,什么都没印象,光听见左晓洁骂我傻了。我听烦了,随手把手机扔到酒杯里,浑浑噩噩地睡着了。

第二天,我是被茶几撞醒的。我睡在茶几旁边,还以为自己在床上,朝左边一翻身,没想到跟锤子一样重重地敲在茶几腿上。一瞬间我有一种昏厥的感觉,太疼了,都要磕死了。

坐起来,我就看见我那绝版的手机,华丽丽地泡在啤酒里面,偶尔还开心地冒出几个泡泡。我想这回死定了,今天还有个重要会议,这下完了……

我几乎没闲着,跑到电器城买了个新的手机,又把旧的手机卡拿出来擦了又擦,吃奶的劲儿都使出来了,万幸的是卡还没坏,插在新手机上面,光荣地开机了,真牛 × !

然后无数的电话就挤了进来,叮叮打了好几个,然后就是短信。

"你在哪儿?"

"快回来,会议马上开始!"

"会议开始啦! Boss 问你呢,我说你堵车,记住! 堵车! "

"扛不住了,Boss 叫你回来找他……"

这是叮叮发给我的最后一条短信,然后就是我家的电话号码,还有刘赫的短信。

"死去啦?"

"跑哪里浪去了? 回家!"

"碰见流氓了?"

"看见快回!"

"算了,我知道了,你在程盈盈家里待着吧,别乱跑。"

看着这堆短信我一下郁闷了,怎么刘赫最近在拍算命的戏? 装得够像的,还长能耐了。

到了公司楼下,我丢给出租车司机一百块钱告诉他别找了,剩下的请后面的

没事别惹前男友

同志坐车。其实我是舍不得那一百块钱的,撑死了我到公司就四十多块钱,但是手里没零钱,没办法,比起那些小钱来说,我还是顾着大钱吧。

"苏言!你太能了!这么重大的会议你迟到!"大老板也不知道早上起来吃了什么,大呼小叫跟我杀了他祖宗似的。以前比这还重要的会我都迟到过,哪有这么严重,一看就知道是更年期提前了。不过年纪不像,才不到四十五,那就是每个月的特殊时刻到了……我胡思乱想着。对领导就得这样,挨骂就听着呗,反正你想什么他也不知道,就当他在放屁。

"你让我怎么跟老板交代?!"大 Boss 愤怒地胡噜着头上的那几根头发。

老板?公司不是就你最大吗?我有点儿懵了,趁他不注意扭头看着叮叮,叮叮见我看她赶紧指指 Boss,然后又做了个抹脖子的动作。

叫人给降啦?

我用口形比画给叮叮看,她一个劲儿地点头,向我竖大拇指。

"干什么呢?!干活去!"冷不丁的 Boss 转了过来,冲着叮叮使劲挥手跟轰苍蝇似的。也是,搁我也气死了,眼看着就能退了,好死不死的这会儿上面新派了个人来。前阵子听说公司上层有点儿状况,新吸收了部分资金,多了个股东,莫非……这个就是新 Boss?

我一边想一边跟着旧 Boss 去新 Boss 那里报到,这下好了,一下子出大名了。唉!热闹喽,但是惊喜在后面,当我推开新 Boss 办公室的门时乐了。

端坐在老板椅上的不是别人,正是上周末见过的李想,原来他早期入股的公司就是我们公司。太坏了!我说他干吗一个劲儿地说"咱以后一定得好好儿相处",我还以为他说多联系呢,老天爷对我太好了,简直是我亲爹。

"嗨!我说早上开会没看见你呢。"等旧 Boss 走了以后,我顺势在沙发上坐了下来,李想忙帮着倒了一杯水,他真是个好人,太绅士了。

"别提了,手机泡啤……水里面了。"我把事实篡改了,谁知道他是不是介意女孩子喝酒,别再撞枪口上了。

这下我爽了,出了办公室我就美,这可是个金龟,钓上了他,这个公司都是我的了。到时候我派程光亮扫厕所去,让他当所长,一直当下去,还把他的出差费全部取消,买东西公司不出钱,全由他自己垫上!

正想着呢,程光亮从走廊那边走了过来,我对着他笑,笑得他发毛,然后扬长而去。

"姐,没事吧?"叮叮看我回来就跑到办公室来问我。

"没事,我好着呢。"一路上我乐着回来的,嘴巴都酸了,大家都看傻了,他们哪里知道这里面的事。现在就算程光亮说他结婚我都不难受,呸呸呸! 提他干什么。

大家都说我今天不正常,没事老是笑。切,这是嫉妒,赤裸裸的嫉妒,老娘乐意笑。今天程光亮把一直是 A 组负责的一个新方案给调走了,我什么都没说,把他们都震住了,搁平时我一定闹到总部大老板那里去。没关系,今天我心情太好了,不答理他,来日方长。我一闭眼就幻想着我把程光亮捏在手里的样子,我一会儿扭扭他的脸,一会儿揪揪他的耳朵,程光亮眼泪汪汪的。

晚上,李想约我上网聊天,我欣然允诺。这次的事情太顺利了,没有程光亮的捣乱,见的也是极其完美的正常人,我很幸福,很欣慰。以前那些个歪瓜裂枣我就不提了,太变态了,不是神神叨叨的,就是太矮,要么就是人品有问题,偷鸡摸狗的说不上,但是小心眼,背地告小状的数不胜数。

上上次就是一个最可恶的例子,简直可恶至极,害我差点儿和我妈打起来,在左晓洁那里忍了一个月。左晓洁那里不是人住的啊,她除了红烧大排和素炒土豆丝以外什么都不会做,那一个月,天天是红烧大排和素炒土豆丝,吃得我都恶心了。一开始我还称赞她手艺不错,但是架不住天天吃,有时候我认为这是她想让我做饭出的损招,想让我以劳动抵房租。

事情是这样的,我妈的一个同事不知道从哪里捣腾出来一个人,听说也是学广告的,不过做的行当比较幽默:文员。话说我们公司的文员一般都是妞,还得是漂亮的,主要是勾搭客户用的,不过现在没那么色情,开玩笑而已。

本来为了家里的安定团结和顺便气气程光亮,我在网上和这个人接触了一下,该人十分无聊,还跟我装得忙得要死,后来一听说我在创意部落做设计组长就立马老实了。要知道整个北京设计界哪个不巴结我们,尤其是大老板手下的几个组,何况我还是最拔尖的。呃……现在也可以说和程光亮那组基本持平,有时候我怀疑,是不是大老板成心整我,不然招程光亮进来干吗。

然后我就不记得跟人家说了什么,就记得找了个邪茬儿骂了程光亮一顿,然后踩了他一脚,他就跟我在办公室门口装瘸装了一下午,大老板正好要找程光亮,把他骂了一顿,笑死我了。

本来我工作就很忙,但是那个人开始给我捣乱。

"晚上一起吃饭吧?"

他把这条短信发了几遍,还打了电话,我看了一眼把手机扔给叮叮,让她帮

没事别惹前男友

我发信息说最近太忙,拖几天,就进了会议室。

会议真顺利,我们顺利地签了合同,然后大家去酒吧庆祝,一直玩到后半夜。

回家的时候,我以为老头和老太太都睡了,蹑手蹑脚地准备进屋,谁知老太太啪的一下把灯打开,吓了我一跳。原来我妈还没睡觉呢,一看见我就开始嚷,说我不懂事什么的。

后来我才听明白,那个变态,竟然找我妈,说我不去见面。什么东西!大爷的,就你忙,你忙个屁!没看见大爷忙正经事呢?当时就气死我了,什么东西,还敢告黑状了,我咒你出门撞死,不撞就摔成残废!

冷静下来后,我又觉得事情没那么严重了,这个人也许就是一个没心没肺,当时就是没经验,要是搁在现在我就能知道这个人是小肚鸡肠、吃亏难受占便宜没够的人。这些都是经验教训,一点点累积来的。我现在跟算命仙姑一样,一听这个人说话我就知道他心理上有什么不正常,所以我一直劝聂青去报个心理学课程,全学下来对挑选男人是有帮助的。

我妈是得理不饶人,我只好惨兮兮地给左晓洁打电话。我带着一部分家当跟左晓洁回了家,她把家里布置得特别有激情,到处是暧昧的气息,弄得我浑身不自在。没办法,谁叫我不是爷们儿呢,没有那种冲动,万一有的话就麻烦了,这辈子就瞎了,绝对嫁不出去。

"坐啊,我把那小屋给你收拾了。"左晓洁有个特别好的习惯,回家就换衣服。这点好,干净,不过这衣服色情了点儿,半透明的吊带加底下的三角裤。原来这屋里有一个女孩子住,后来傍上了大款,搬出去了,除了点儿自己的东西,什么都没带走。那小屋麻雀虽小五脏俱全,什么衣柜、梳妆台,还有一张特别大的床。要说左晓洁就是有脑子,那姑娘一搬走,她就找了一大块布把东西都罩上了,一点儿土都没落,扫扫地就好。左晓洁是打算自己住郁闷了,找个合租的租出去当二房东,不过这个梦还没能实现,不是因为我住进来了,而是她总是带男人回来,人家住着不方便。

当天晚上,我压根儿就没睡着觉,倒不是搬家兴奋的,主要是没心情睡觉。我从来就没这么窝囊过,气死我了,什么东西,敢告我的状,一看就知道不是好东西,你看你那个太监样子,李莲英是你亲祖宗吧?

正憋屈着呢,我发现左晓洁不知道死哪里去了,叫了半天都不答理我,走到客厅,看见一张纸条。

女人!我出去钓男人,晚上关好你自己的门,锅里有菜,自己吃去,记得晚上

关好自己的门!

这个该死的左晓洁,我这么难受,她还有心思钓男人。去厨房看见一口大锅还冒着热气,算你有良心,还知道做饭给我。里面是左晓洁的拿手好菜——红烧大排,旁边还有米饭,我坐在客厅边看电视边吃饭。刘赫打了一个电话,问我怎么招惹领导了。我说正好,去找点儿人来,我要打一个王八蛋!刘赫呱唧就把电话挂了,然后发了条短信:"你干吗呢,我正在等采访呢,嘴上没把门的。"

我还没骂刘赫这个假仗义的臭流氓呢,左晓洁突然打了个电话,问我是不是在屋里,她说带个人回家,没告诉他有姐流儿在这里住。这一个两个的浑球,都是没人性的,我把吃完的骨头和碗收拾干净,然后关了电视和灯,自己摸到屋里去。幸亏这小屋的密封不错,不然我连灯都不能开。

"请进,这是我的小屋。"左晓洁的声音高了八度,哆得我浑身痒痒。

"真好啊,这美女住的地方就是不一样。"一个男人的声音响了起来,有点儿苍老,又是一个老大款?我趴在门那儿听,还是这个事情比较刺激,看过人家说的偷窥吗?这世界上没有比这个再刺激的事情了,我欢天喜地地搬来一把小椅子,站在上面想透过门上的小洞往外面看。

这房子有点儿年久失修,门板上面有好几个小洞,我关上灯,把封着的纸捅开,正好对着沙发。别说,这个男人不错,就是头有点儿秃,看着跟文学老头似的,眼神猥琐了点儿,不过左晓洁哪儿去了?我扒着门框左右转动脸颊试图看清楚点儿,就跟电影演的一样,这个时候大家一般不顾脚下。

啪!"嗷!"

我光荣地摔在地上,还发出了声音。完了,完了,这下左晓洁饶不了我了……

"什么声音?"老头一下子精神了,他刚才还对着左晓洁遐想呢,你个老东西,老老实实地想你的好不好,你管呢,我一边捂着屁股一边想。

"没,那屋有一朋友的猫,估计淘气扒东西了,我去看看。"左晓洁往这边走来,我赶紧往里面钻了钻,省得开门就看见我,罪过更大了。

"你个死猫!"

左晓洁使劲踢了我一脚,然后跟男人说:"我把灯给它开着,估计就不闹腾了。"然后打开灯又瞪了我一眼才出去,真没人性,一点儿都不温柔。

后来左晓洁拉着男人去了自己的房间,我本来想出去接着听,后来一想又不是神经病,有什么可看的,我变态啊!打开电脑,我看见刘赫在线上。

"给我找的人呢?"我发过去一句话,刘赫估计是在公司的车上,不然没地方

没事别惹前男友

上网。

"大姐,兄弟们从良很久了……"刘赫还给我发过来一个哭脸。

"我告诉你,要么你找人打那孙子一顿让我出气,要么你滚过来让我打你一顿,这事现在上升到影响咱家的安定团结了!"我丢出一句话就把 QQ 和手机都关了,本来我的心情缓和了点儿,现在更生气了,有一半的因素是错过了左晓洁的表演,还差点儿把屁股摔成了八瓣。

后来我约了那个男人见面,我后面除了左晓洁还有一帮兄弟跟着。见着那人,认好了,回去的路上自有兄弟收拾他。

但是我们千算万算也没想到,他太阴险了,竟然涮我。估计是报复心理,就因为我有两次没出来,他就放我鸽子,这浑蛋东西!后来我找人查到他上班的公司,正好还是我的一个下家,差不多一公司的人就靠着我们吃饭呢,然后随便说了几句让他下岗回家了,这就是报应。

我妈也听说了那个人放我鸽子的事,不过没听说我把孙子折腾下岗了,然后很气愤地说什么人品,叫我哥接我回家,顺便也是给我个台阶下。不下才是傻子呢,我可不想跟左晓洁在一起吃红烧大排和土豆丝了,现在闻着味儿我都恶心。

6

左晓洁带来的男人不知道是几点走的,反正后半夜的时候她敲门叫我出来聊天,我捂着被子装听不见。左晓洁嘟囔了句"睡了啊",就踩着拖鞋趿拉着走了,听着这个声音我觉得左晓洁好像有点儿沮丧,看来这个男人又是一个不合心意的,不然怎么也得过了夜走啊,唉……可怜的我们,我闭上眼睡着了。

第二天早上,我听左晓洁说,这个男人是她一姐们儿介绍的,说的时候就说是个千年难得的大好人,而且有钱有房有车有影响,绝对的金龟,嫁了他别说左晓洁想出模特圈,就是想当大作家都成。老头有的是路子,文化圈里面混得特熟,唯一的缺陷是不能……

"什么?"左晓洁说声音越小,到最后我勉强听清了,一下就傻了。虽然我们平时开惯了玩笑,但是我还知道什么时候该笑什么时候不该笑。一个花季,呃,不,花样的女人在面前搔首弄姿,有几个男人能控制得住?左晓洁昨晚上还纳闷呢,怎么折腾半天没反应呢?后来那老头就抱着左晓洁哭了,他说自己有一年从马上掉下来了,然后就没治了,他现在不敢看美女,尤其不敢相亲,生怕人家笑话。

我以为当时左晓洁得暴怒,没想到她就跟老头说了一句:"没关系,大家都是

成年人，天晚了你回去吧。"送走他以后左晓洁一直哭到天亮，本来想找我聊聊的，但是我睡了，她就自己一人钻在屋里难过。我真想抽自己。

"我谁都不怪，但就是憋气，真的，怎么就我这么倒霉？"左晓洁把手里的烟掐灭，我赶紧把烟盒中的最后一支烟叼到了嘴里，她都快抽一包了，屋里现在就像个大烟囱，打开窗户我都怕人家以为着火了报警。

其实我知道，左晓洁是我们这些人里面最想嫁人的，她就是平时不显。聂青虽然天天叨叨，但是她过得还是很幸福的。我知道有个人暗恋她，不过聂青一直想找一个漫画里面的帅哥那个样子的，她也不想想，真有这样的男人谁还看得上她啊。

模特这个行当其实挺狠的，每个人都得控制饮食，有的时候真是一天一天的不吃饭。为了练形体站在地上靠着墙，别想那是简单的事，你不信就站一个式试，腿、腰、肩、颈全都贴到墙上，能贴多严实就贴多严实，一站就是几个小时。我敢打包票，站半个小时你就恶心了，想想你还是吃饱喝足了的，人家小模特可真不敢吃饭。

听说这个圈子里面隔段日子总得趴下几个，基本上都是厌食症，有的还是心理疾病。没办法，新人上得太快，今天你是大美女、漂亮的衣服架子，明天就是该扔的货。观众的审美是无时无刻在变化的，而且穿的衣服也不是很合适，穿着特紧的衣服的时候，还得使劲地缩着，不然大庭广众的，衣服不小心撕了，就丢人丢到姥姥家去了。

左晓洁有一阵子也疯狂地减肥，饿得跟鬼一样，还哭呢，一点儿出息都没有。

那几天晚上，我基本上都和左晓洁在一起，我们一起骂着该死的男人和程光亮。

上班后，我接到了一个噩耗，李想突发奇想地抽疯，硬是要把 AB 两组合并。当时我就觉得天旋地转，当初我跟程光亮差点儿结婚的时候怎么不并？现在打得都恨不得是仇人见面分外眼红了，还合并个什么劲啊！

"我反对！"我冲进李想的办公室的时候，程光亮正好在里面，咦？你还想恶人先告状？！

"你看，我说吧。哥们儿，算了吧。"程光亮瞥了我一眼，然后熟络地拍着李想的肩膀。

我看着程光亮和李想，两个人好像很熟悉。后来我才知道，李想原来和程光亮住在一个大院，打小一起玩到大，上学以后搬家才断了联系，但是终究是小时

没事别惹前男友

候的玩伴,大家一说就什么都想起来了。我差点儿坐在地上,这个该死的程光亮,又被你算计了,弄个发小来勾搭我,然后你看热闹是吧?你够狠的……

李想也不知道是真的还是成心,就是不同意两个组继续分开,说什么是上头的主意,再说大家都在一起要团结,而且以前我们合作得天衣无缝,简直是所向无敌,死活非让我和程光亮合并。最后被我讨价还价地变成了先合作三个月试试,无奈之下我们三个人各退一步认同了这个办法,各自回去工作了。这个消息一宣布大家简直是鸡飞狗跳,有说是新 Boss 成心整我们的,还有说新 Boss 是想看看裁掉哪个组,总之大家都变得小心翼翼,生怕连累到自己。我也想和这事没关系啊,真是人倒霉喝凉水都塞牙。

两个组的合并把所有人折腾了个够,大家搬东西的搬东西,互相熟悉的熟悉。我和程光亮的隔断也拆了,一个人的办公室成了三个人的。李想不好好儿地在副总办公室坐着,非要和我们坐一起,AB 两个组的同事全部穿插着坐,好像上头觉得这样才是团结合作。

东西搬了一天人差点儿被弄散了,出来的时候天都黑了,我揉着脖子打算打车回家。不开车了,再开车没准都能开到沟里去。前面说过人倒霉喝凉水都塞牙,这事就是很神奇的,你不信不行,说白了就是倒霉催的,我居然掉到了公司前面的井盖里面。"咚"的一声我就下去了,好在里面有个人家不要的破轮胎,不然不摔死我也得摔个半残。太惨了,一气之下我坐在上面哭,手机也不知道摔到哪里去了,手机又报废一个。一开始我只是掉眼泪,到后面就越想越委屈,放声大哭,那动静像鬼哭狼嚎,反正没人知道,哭大点儿声招来人还能救我呢,最后我嚎到嗓子都哑了。

"谁在里面?"天不绝我,上面有人来了,趴在井口问我。

"谁啊?"我抬头往上面看,啥也看不见,黑乎乎的就一脑袋,反正是人就对了,鬼也不怕,先拉我上去再说,一道光从上面打下来晃得我睁不开眼。

"哈哈哈!"那个人就蹲在那里不厚道地笑,一直笑,到最后笑得直咳嗽。他一笑我就听出来了,是程光亮那个变态,我怎么那么倒霉,碰上李想也好啊,他一定是先拉我出去……还是算了,摔成这个样子,脸也哭花了,怎么见人?!我低头看着自己的白衬衫变成灰色,上面还有好多泥,动了动才发现鞋也少了一只,好在裙子没撕坏,只是剐了个洞,呜呜呜,我的名牌!

"我说你干吗跑那么快,原来想找地方歇会儿。"程光亮那厮笑够了以后对我说。

"没错,这是个好地方,山泉散漫绕阶流,哥们儿下来试试?"我真想把他揪下来,这里面还有水流呢,你看前面的小污水流得哗哗的,幸亏不是电井,不然明天报纸的头条就是《京城女白领失足掉入电井内,一命呜呼》!如果他们挖得再深点儿还能有个后续《女白领系名演员刘赫之妹》!

"算了,我还是回家吧,我喜欢能伸开腿的地方……"程光亮马上站起来就要走。

"你个王八蛋,没人性,一会儿撞死你!"把我气得啊,要不是站不起来,我一定把仅剩的那只鞋塞到他嘴里。

"你就嘴硬,上来吧。"程光亮又开始哈哈哈大笑,然后把我拉了上来。别说,他还是很有劲的,一只手差不多就把我拉出来了,以前也是,就这双手暖和。

回家后,我妈以为我让人给抢了,一开始心疼得要命,后来听程光亮说是自己掉到井里头去了,"噢"了一声就看电视去了。这是什么家人啊,我鄙视他们。我爸很喜欢程光亮,一直说程光亮这个人仗义,不该没事穷折腾,这么老实的孩子你到哪里找去,然后一边喊刘赫给我弄好洗澡水,一边叫我妈切点儿水果,自己找紫药水去了。

等我洗完澡出来程光亮已经回去了,还说让我一定要用手好好地揉揉,不然明天就青了。刘赫给我上药的时候那叫一个兴奋,跟寻仇似的按着我的腿玩命地揉,说什么不使劲淤血散不了,弄得我鬼哭狼嚎的,恨死了。

第二天到了焕然一新的办公室,我看见桌上摆着我的手机,跟见了鬼一样。这就是传说中的阴魂不散?

"我昨天在门口捡到你的手机了,你说好笑不好笑?"李想拍了我一巴掌,疼得我龇牙咧嘴。我告诉他,昨天在门口摔了一跤,手机不知道甩到哪里去了。李想马上就问我没事吧,要不今天就回家休息休息。瞧瞧人家多温柔,程光亮昨天还差点儿不拉我上来。

"早!"几分钟后,程光亮叼着汉堡来了,还嬉皮笑脸地问我是不是以后对井盖有后遗症,看见就怕。真没人性!我现在特别想扎个稻草人,里面放上程光亮的头发,然后使劲儿用针扎……

聂青的意志很坚强,没有被上次的抠门儿大王打倒,跑来约我吃饭,顺便看看她的新相亲对象,这样万一不合适也不会出什么事。听说他们学校的一个女孩去相亲差点儿被人占了便宜,最后都报警了,所以她决定以后相亲要找个伴儿去。

一进我办公室聂青就傻了,偷偷地问我是不是和程光亮和好了。我告诉她

没事别惹前男友

除非太阳从西边出来，又给她介绍了李想。我早些时候跟她说过，聂青还说什么这回热闹了，新欢和旧爱碰到一个公司了，不过这次就更近了，还关在一个屋里。

聂青一直老老实实地坐在会客室里等我下班，她一直在看什么面相学，听说最近改信这个了，还跟我说，程光亮的面相和我最相配，李想次一点儿。要我说她比那些个瞎子差远了，瞎子会作诗呢，把你的命按什么高山流水遇知音的给你念出来，好听着呢，还一套一套的。

要说算命什么的其实我不信，但是有的事情又是解释不清楚的，我们家邻居就是实例。一老姑娘三十九岁了还没嫁出去，脑子都憋出毛病了，就听不得人家说什么老处女，谁说跟谁急，就连平时说话有这几个字都不成，差点儿让人当成神经病。到后来家里实在没办法了，说算了，上哪儿哪儿哪儿烧炷香去吧，买高香，多买点儿挨个儿烧遍。听说北京城里面但凡能点香的地方都有她的足迹，后来在庙门口看见一个瞎子老头，老头说你家里有人克你桃花，得花点儿钱破，请道符吧。

具体花了多少钱我不知道，不过符求回来没几天老姑娘家里的奶奶就死了。老太太平时硬朗着呢，瞎子说老太太的命硬，克她桃花，让她把求来的符对着老太太的屋子放着，没几天老太太就走了。真吓人！不过人一死老姑娘的桃花立马就来了，最后还有好几个男的抢呢，给他们家乐得啊，奔走相告。

聂青和我妈一听说恨不得也蹲到庙门口等瞎子去，后来我问她们想让谁死啊？要不，妈，你牺牲一回，我嫁个大款以后多给你烧点儿纸，两人也就没动静了，从此闭口不提。

7

在宣武门的 SOGO 那边新开了一家牛排店，叫什么西堤牛排，那可是王品的下属单位啊。聂青这次豁出去了，请我吃牛排，让我装着不认识她坐在旁边的桌子上吃，出了什么事就要第一个冲出来保护她。为了牛排我满口答应，没关系，还有保安呢，出不了什么事，我只管吃就行了。

"记得啊，有事马上站起来拿红酒泼！"聂青坐着都不老实，一个劲儿地向我吩咐注意事项。

"行了行了，回头叫人家看见了，老实坐着！"我抱着菜单看，这里的牛排套餐非常正规，头盘，主菜，配的红酒，还有甜品一应俱全。我点了五成熟的菲力，以前吃的时候程光亮总在旁边说我茹毛饮血，我则笑他不是爷们儿，吃个肉还得

全熟。有次被我挤对急了,程光亮要了个五成熟的,后来胃疼了两天,真是,逞什么能啊。

正愣神的时候,我看见聂青胡噜了下头发。这是我们说好的,人来了就胡噜头发,谈得不投机就敲桌子,然后我就去洗手间拨电话,冒充聂青家里人,说出了点儿事,叫她快回家。

我顺着聂青的目光望去,听说这次这个很憨厚,特别老实。左晓洁说一般长得难看的介绍人会说一般人,长得过于肥的会说憨厚,过于瘦的会说利落,前面的还好说,但是利落不利落跟体重有关系吗?

果不其然,这个人真的很憨厚,真的,特别厚,侧身看应该有大约三指的膘,非常圆,看起来就是个球。估计一阵风也能给吹跑了,不过是滚着的。

我没敢笑,竖着耳朵听他们说话,差点儿笑岔了气。

"你,你,你,你好。"憨厚同学费了半天的劲儿才打上了招呼,"你是聂,是聂……"

"聂青。"聂青强颜欢笑地报出了自己的名字。

"对!"憨厚同学坐下了,开始点菜,不过设计的菜单太讨厌了,什么焦糖番瓜布丁、肋眼牛排、金橙奶露、黑森林蛋糕、葡萄酒水晶果冻、马赛鲜虾清汤,完完全全就是跟憨厚同学过不去。他脑袋上汗都出来了,服务员都想哭,好不容易点好菜了,那个服务员再也没过来过。

"噗噗……"我切着牛排笑,还不能大声笑,只能憋着,比聂青也好不到哪里去。

"不,不好,意思,我有……有点儿晚。"憨厚同学其实挺可爱的,圆嘟嘟的,小皮球似的,就是不能说话,一说话能急死人。

"没事。"聂青一直保持着微笑,左手一直在桌子上面使劲地敲。拜托,大姐我还没吃饱呢,我故意不看她。聂青就一直咳嗽、咳嗽,憨厚同学还贴心地给聂青要来纸巾。实在没办法了,我只好装着接电话,对着手机瞎拨一通,然后大声说:"老姨啊?我们一会儿说,没吃完呢,吃完我打给你!"聂青的眼珠子都快瞪出来了,要不是不能拆穿,她会一下子用叉子叉死我。幸好聂青先把我的账付了,我能悠然自得地吃完,估计她现在肠子都悔青了。

当我给聂青打电话的时候,她在那边大呼小叫:"什么?苏言病了?要死了?成!我马上去。"

这个聂青,一定是报刚才的仇,从卫生间出来的时候她已经跑了,估计在地下车库等我呢。我听见那个憨厚同学正哭丧着脸打电话,说什么这姑娘是不是羊角

没事别惹前男友

风啊? 刚才手指头一直在敲桌子,害我一路笑到车库,引来很多路人的目光。

聂青在车上骂完憨厚同学开始骂我,让我用一句"长辈教导我们不许浪费粮食"给噎回去了,岂止是粮食,那么大块的肉呢,还是上好的菲力。甜品我都是胡乱扒拉的,不过还真不错,小容器特可爱,圆圆的,小球一样,里面的果冻粉粉嫩嫩的,还有一朵小花在上面呢,连绒毛都能看清楚,毛茸茸的。

我没告诉聂青憨厚同学说她有羊角风,但是那个没心没肺的介绍人却打来电话特意说了一遍,聂青当时嘴都气歪了,直抽抽,吓得我真以为她有羊角风呢,太恐怖了! 停了车,我又给她吃了点儿糖,半天才缓过来,真不容易,这亲相得险些添了毛病。

后来聂青说我要对她的精神进行赔偿,没办法我只好说请她吃饭,地点就在我们楼下的泰国菜,听说是新开的。左晓洁一听说也要跟着蹭,饭后我们又杀到李想的酒吧玩到后半夜。

其实我一直都知道,左晓洁喜欢酒吧,因为她的第一个经纪人男朋友就是在酒吧碰上的,她那会儿上初中,疯得要命,还沾上了毒品,经常带着一堆人来酒吧High。一开始还可以,有多年存的零花钱,后来就没钱了,那天是她的一个哥们儿跟她说下海吧,当鸡挺赚钱,你又漂亮,然后左晓洁那个没心没肺的就真的想出来坐台了。

也算是巧了,经纪人男朋友那天跟着老总来喝酒,顺便谈谈找新人的事。上厕所的工夫,他在舞池中央一眼就看上了左晓洁,里面数她最漂亮,跳得也好,大家的目光都在她身上,经纪人男朋友一下子就给迷住了,说什么也要带她给大老板看看。

不过那个时候左晓洁还纠结于到底坐不坐台,好在那会儿年纪小,廉耻什么的也是懂的,一直犹犹豫豫。经纪人男朋友说,小姑娘,跟我去见见我们老板吧,万一混好了就是大明星。左晓洁上下看了看经纪人男朋友,说什么大明星不大明星我不知道,有钱赚就成,然后跟大佬一样甩着头发就去了。最后给我总结就是一句话,胆子真大!

我想左晓洁当时就是为了报答,很快就跟那个经纪人同居,还成功地戒掉了毒品,到现在也没复吸过。别看她傻呵呵的,就是命好,前脚飞了经纪人男朋友后脚就跟刘赫认识了,那小星途走的,无比顺利,现在得有多少的人羡慕得要死。

在酒吧嘻嘻哈哈地调笑了一番,我打车回了家,开门的时候刘赫跟太监一样给我放包,拿拖鞋,倒饮料,削水果。我斜着眼问他是不是又给哀家捅什么篓子

了,他说绝对没有,有的话天打五雷轰。

刘赫跟我套了半天的近乎其实就是为了问问我跟李想有没有什么发展前途,他挑黄了我的姻缘,所以这事就成了他的心病,生怕我找不到对象。其实他是怕我怪他,自己心里也很是内疚。看着他的样子,我突然觉得心疼了。我对他说,跟你没关系,都是我自己作的,这是命里注定,没办法,说得他眼圈都红了。

晚上我没睡着,躺着想程光亮和李想,还有我们三个人的事。要说世界真小,绕来绕去的大家还都认识,程光亮和李想是好人,可我不是,打小我就不是。上幼儿园的时候,我就会看人家脸色耍心眼了,打碎了花瓶说是猫干的,偷吃了苹果说是刘赫吃的,还不给我吃。明明知道刘赫怕小鸭子,还非央求我爸买了一只,塞到刘赫床底下养着,害得刘赫用被子使劲把自己捂着,生怕有个缝儿鸭子就爬进来了。

其实说实话,我知道自己心里舍不得程光亮,真的,不然干吗一听说程光亮要找新女朋友我就难受得跟重症病人似的,而且我还看不得别的姑娘对程光亮好,上次的实习生就是活生生的例子。想想我也够缺德了,到处破坏程光亮的形象,跟他的相亲对象演戏,把自己说得跟个弃妇似的,更有甚者装成孕妇把程光亮塑造成一个花花公子到处留情,还学色情电影,在程光亮带着女朋友回自己家的时候躺在他的床上,就差一丝不挂了,还跟她们说过程光亮有暗病、有精神问题、小儿麻痹后遗症、癫痫……

不过他程光亮也没闲着啊,我噌地坐起来,他上次说我在床上有打人的嗜好,上上次还说我喜欢抠脚指头,上上上次说我不刷牙,上上上上……总之什么恶心说什么。靠!死程光亮,我明天就跟李想火速发展,马上结婚!我拿起床头的枕头扔了出去,砸在狗身上,砸得它直哼哼。

聂青真是好了伤疤忘了疼,马上就生龙活虎地准备着下一次的相亲,完全忘记了上次憨厚同学带来的刺激,还专门叫我陪她买新的睫毛膏、眼线笔什么的。

"这颜色怎么样?"聂青指着手背上的颜色给我看,那是一支黑色的眼线笔。

"还成,黑色显得眼睛大。"我翻看店里的时尚杂志,里面有左晓洁新拍的相片,小脸画得跟小狐狸精似的,大眼睛画得特别长,眼尾还翘着,一只手指在唇上抚摸,看得我起了一身鸡皮疙瘩。

"切,早知道带左晓洁来。"聂青对我的答案十分不满意。

"带左晓洁来,她会教你怎么把自己画成小狐狸精,再把你那些相亲对象吓跑了。"我给了她一巴掌,然后就溜达到一边看书去了。现在的化妆品店里都弄

没事别惹前男友

得好着呢，小沙发还是欧式的，特复古，弄得跟欧洲贵族似的，还给倒花果茶喝，就差安排几个奴仆给捏腿捶背了。

由于百无聊赖，我开始四处寻觅，一眼就看见了左晓洁，她正挽着一个叔叔辈的人物逛化妆品店，那叫一个亲密，看得我以为左晓洁带着她爹来逛街了。不过她买东西的样子可不像，玩了命地跟那些高档的化妆品过不去，尤其是动辄上千的柜台，估计又是哪个有钱的老头，左晓洁一般不会这样花她爹的钱。

"你听说过左晓洁有什么很亲近的大爷、叔叔一类的吗？"我拍拍聂青。

"没听说。"聂青正忙着试睫毛膏，张着嘴，眯着眼看镜子的表情很搞笑，都有点儿变形了，"不过我听左晓洁说她有几个能当干爹的提款机。"

"哦，这样啊，那你现在能看见活的提款机了，就在你前面。"我指给聂青看。

"没空，我在化妆呢。"聂青现在专注着自己的两只眼睛，再学下去，我看她就是第二个左晓洁。

在要跟左晓洁打招呼之前，我收到一条短信，上面就一个字"嘘"，署名是左晓洁。

"你害怕啥？没事，我不当面叫大爷。"我回短信逗左晓洁，她根本都不答理我，害我自己讨没趣。

第二集　斗争转移了大方向

其实处女这个事有点儿像保质期一样，估计就保质到二十五岁，过了保质期就成了笑柄了，还有专属名词——老处女。这是每个女人都厌恶的称呼，标志着大家都会说，你看，你看，就那个，嫁不出去白活这么大了。要我说就是虚荣心作祟，我乐意，你管得着吗？

1

聂青这回是豁出去了，一口气买了好几千块钱的化妆品当装备，天天跟左晓洁泡在一起，两人也没别的，就是侃那些化妆品，什么眼线笔、睫毛膏……再不就是怎么看男人的穿戴判断他有多少银子，都能开馆收徒了。

"我说，你们俩歇会儿成吗？"我看着桌子上的化妆品，堆得像座山一样，好多东西我都不认识，还不敢问，因为问了会让这俩女人笑死。

"女为悦己者容，没文化。"聂青抬眼看我。

"美女是画出来的，男人的钱是花出来的，你不懂。"左晓洁糊了一脸泥，告诉我说这个是埃及艳后用过的古方。我真想告诉她，这东西是小作坊做的，埃及艳后的效果是吹出来的，不过鉴于她刚刚笑我，所以就让她抹去吧。

"跟你们在一起，我现在觉得我不是女人，啥也不懂，就跟个爷们儿一样，还是那种刚刚从偏远地方回来的。"我抱着靠垫看电视。

"你跟李想那个金龟怎么样了？"聂青一边糊泥一边问我。

"不知道……"我扔了遥控器，"我有点儿不知道该怎么继续。"

"你不是还希望跟程光亮有什么吧？"左晓洁睁开一只眼睛。

"唉，其实我还真的离不开，你别说我没出息，我自己觉得也没出息，但是就是忘不了。有时候我想掐死他，死了一了百了，省得他祸害广大女人。"我喝了

没事别惹前男友

口水,现在这些话就敢跟她们说说,刘赫要是知道不定怎么叫唤呢。

"你就是自己作的,找抽!"左晓洁给了我一句后去洗脸了。

"少给我废话,你怎么不跟我们说说你那个爷爷男朋友。"我决定转移话题,这个话题太郁闷了,就跟我没有了程光亮活不了一样。

"说正确的单词,那个叫作提款机。"聂青糊着一脸的泥向我笑,我指指她的脸告诉她都出褶子了。

"哼,那个年纪也就能当提款机,你要想清楚……"左晓洁好像胡噜了一把脸,"男人的功用无非就是给钱、给精,当然了,后面这个白给都不要。"

"你太不纯洁了。"我就知道左晓洁说出来的没好话,其实有的时候她看得特别明白,和别人不太一样的是左晓洁敢说出来,一般人不大敢说。

回家的时候,李想打电话给我,他说刘赫这个星期天约他去我家吃饭,问我可以不可以。我只能笑笑说欢迎欢迎,心里把刘赫骂了一遍,这个唯恐天下不乱的变态,看我怎么收拾他。

"来,快坐。"我妈特别喜欢李想,不知道为什么我总是想起程光亮第一次来我家的样子。

李想来的那天,我特意在我妈面前提了几次刘赫,侧面说了他有多么可怜,没人爱,把我妈心疼坏了,就差流泪了。于是乎斗争就转了大方向,我妈开始为刘赫愁,愁他娶不到媳妇。

不过对于刘赫来说,相亲是不大可能了,他现在是明星,不能抛头露面。

但是我妈有唠叨功,唠唠叨叨,唠唠叨叨烦死你,这就是报应,谁叫刘赫没事给我上眼药,不然李想怎么会来?刘赫现在说自己随时都想死了算了,一天到晚的拍戏还得听我妈唠叨。

"你说你,真够可以的。"刘赫现在很愤怒,他今天是来接拍我们的广告的,顺便跟我唠叨唠叨。切,我怕你啊,没有老妈那两下子,鬼才怕他。

不过这个信可不能让程盈盈知道,非闹个鸡飞狗跳不可,这话我反复提醒刘赫了。其实闹也没什么,但是我怕程盈盈伤心,她们都说我傻,程盈盈也聪明不到哪里去,现在心里肯定还想着刘赫呢,就是不肯说。

聂青最近越穿越风骚,现在直逼左晓洁,太恐怖了,那感觉真的没治了。你想吧,一个长着淑女脸的女超人穿着小兜兜满街跑,幸亏她还知道自己为人师表,只是在下班的时候躲在厕所里换衣服。不然,我看她们班的孩子都得转学,这样学下去,成什么了。

"我告诉你,小心流氓,这年头流氓多。"我看着补妆的聂青,她那小脸画的,远看真的很漂亮,但是近看就别扭了,粉都能看出来,太厚了。

"一边去,什么流氓不流氓的,现在没流氓动你才丢人呢。"聂青斜了我一眼,接着画,"你是啥都不缺了,我还晃着呢。"

"这话说的,你当我现在好受呢?天天俩人在眼前晃悠,知道的是我桃花多,不知道以为我倒霉催的呢。"我真想给聂青一巴掌,打死算了,省得她天天闹腾。

"还别说,这样化妆真管用,我已经搭上个男人了。"聂青终于完成了她的那个化妆大法,真难啊,活活折腾了一个小时才出门,导致我们看电影差点儿迟到了。

聂青的学校发了两张电影票,反正闲着也是闲着,没事不如用了。

"你还真靠着化妆找到男人了?"聂青从进了电影院手就没闲着,一直在发短信。聂青说她在电梯里面认识了个绅士,现在正好着呢。我真怕聂青被人家骗了,左晓洁不怕这样,骗就骗,不定谁骗谁呢。聂青可经不起骗,人家是表面风骚,内心单纯,说白了就是傻。

我哥跟我说李想一直生活优越,要我说,他是地主都不过分。那个时候李想也不缺钱,他啥也不想,非但不缺,而且还有的是女孩子围着他转悠,这是令广大男人多么向往的事情,不过风水轮流转。

还没成年的时候,家里总是怕他早恋,说是耽误学习。其实我觉得没必要,一旦逆反心理上来就更要命了,乐意搞搞去呗,反正没什么可折腾的,早恋很纯洁。

李想的父母也是,从小对他管教很严。那些小姑娘围着他转悠,一个两个跟狼似的,当时的状况是防不胜防,他的父母轰了这个来那个,腹背受敌。

就这么磕磕绊绊地过了青春期,李想却突然找不到女朋友了,这下大家都急了。要我说早干什么去了,所以就有了相亲的彪悍事,李想在碰到我以前也差不多是阅人无数,那姑娘见的,能论堆儿撮。不过跟我们一样,见的人五花八门,什么都有,这样就引起了我的浓厚兴趣。

幸灾乐祸是每个人都有的变态情绪,谁都有,我也不例外。李想在小的时候是多么讨大家的喜欢,每个女孩子都围着他转悠,不过过了青春期事情就不一样了,女孩子好像人间蒸发了,李想除了收获了许多友情以外,什么都没有。

周末,我为了不让我娘在家里唠叨,所以约了李想吃饭,当然这事不能就这么下去,我得想想办法,一个两全其美的办法。

"我有个主意,你看怎么样?"我看着李想,一脸郁闷。

"你说。"他看了我一眼,无比哀怨。

没事别惹前男友

"做个买卖,你帮我气死程光亮,我帮你找个新女朋友脱离光棍的行列。"我喝了口水,本来是想开玩笑,但是李想的眼睛直放光,瞬间我觉得这个主意是错误的,就一念的想法,马上就忘记了。

"这买卖不错,咱俩撑死了不赔不赚。"李想叫伙计拿出纸笔。

"你干吗?"我以为他想写点儿什么东西。

"立字据!"他理直气壮地看着我笑,让我觉得自己是那倒霉的猎物,掉到陷阱里了。

回到家里,我看着李想写的那张所谓的字据,他跟小孩儿似的,傻呵呵的,还立字据,这玩意儿是不可能有法律效益的,不过是闹着玩。

1. 双方要保守合约,认真履行。

2. 合约为期一年,一旦双方中任何一方找到归宿则合同视为作废……

"切,这倒霉孩子写合同写习惯了吧?"我盘腿坐在床上搂着狗看合约,李想还是挺可爱的,比起那个程光亮不知道好多少倍,那个二百五。我眯起眼睛看着书柜里面的照片,那是我跟程光亮去外面玩时照的,一直没舍得扔是因为这是我所有相片中照得最好的,那会儿真傻,笨得要命。

第二天公司就炸了窝,众目睽睽之下,我和李想亲密地一起进了办公室,李想还帮我拿着包包。而后,大家又齐齐地看向刚刚进办公室的程光亮。

本来我以为程光亮怎么也会酸溜溜的,没想到他什么反应也没有,然后我觉得自己亏了,亏大发了。程光亮也许从来就没把我放在心上,他身边总是不缺乏追求者,一想到他也许只是把我当做感情过客,就想哭……

"美女,你想什么呢?"李想在 MSN 上喊我。

"郁闷,我极度郁闷,程光亮一点儿也不生气。"我几乎是含着泪花说的,就差哭出来了。

李想伸了伸头看着我,然后又发了条信息过来,"干吗嘴撅得跟八万似的,没准儿人家以为我们开玩笑呢。"

"你的意思是下点儿猛料?"我突然觉得李想就是狗头军师,听他的准没错,毕竟人心难测。

我们的猛料还没放出去,左晓洁又出状况了。

2

左晓洁最近不是学文艺了么,开始没事报班上课,前几天报了个什么文学研

习班,跟一群文艺青年在一起上大课,讲的就是中华文化的发展史,顺便加点儿历史什么的。要我说就浪费钱,这点儿钱留给我们多好,聂青就教你了,还用得着把钱送给别人? 好几千呢! 听说请的是什么大教授,后来发现不过是个研究生,简直坑人,本来没事听课就好了,没想到左晓洁稀里糊涂地就惹上了这么个变态。

"不好意思,同学带笔了吗?"那个小男孩跟寻找目标一样相上了左晓洁,非要借支笔。

"哦,正好多一支,拿去吧,别给我了。"左晓洁当时正忙着玩 PSP,这是什么学习态度,纯属烧钱呢! 其实左晓洁压根儿连这人长什么样都没看清楚,光顾着玩了。

放学的时候,左晓洁拽上刚认识的同学准备去泡酒吧,那个小文艺青年也闹着去,说是请左晓洁喝东西谢谢她借给自己笔,真是够极品。其他同学都偷偷说,那个男的看上左晓洁了,不过就这号人左晓洁拿眼皮都不夹他一下,什么样的大款她没见过,才不稀罕呢。

本来这事过了就过了,没想到这个文艺青年开始到处看着左晓洁。一天,左晓洁逃课陪大款逛商场,那傻哥们儿突然发了条短信说:"你是不是想跟我分手?"把左晓洁都看乐了。

"我好像没承认咱俩有啥关系。"左晓洁这口气回得够毒的了,但是极品就是极品,一般人难不倒他。

"怎么了? 生气了? 我错了,晓洁,不要闹了好不好?"这条短信看得左晓洁差点儿吐了血,幸亏大款扶着。

"去你大爷的,你算个鸟啊!"左晓洁这次真急了,这都什么乱七八糟的。

"你怎么能骂人? 我的女朋友不许骂人,给我改了!"文艺青年也疯癫了,他本来以为左晓洁是个十分温柔的女人,不过大佬,你错了,如果说左晓洁温柔,那么我就能被称为大家闺秀。那天晚上,这两个人就一直在短信里面唧唧歪歪、拉拉扯扯,还差点儿让大款离左晓洁而去。

后面的事情就俗了,大款怒了,找了帮流氓把文艺青年打了一顿。那真是往死里打啊,衣服也撕了,脑袋也破了,连自行车都给拆了,直打得文艺青年哭天抢地差点儿给人家舔鞋。到最后大款说了,我看你再纠缠我的情儿,爆你菜花再卖到国外去! 丫就跟啄米似的点头。

平静了没几天,左晓洁就发现班上的同学都以异样的眼光看她,最后她实在

没事别惹前男友

是忍无可忍了,就堵了个同学问。原来文艺青年到处和人家说左晓洁是当二奶的,左晓洁抱着一罐咖啡就找文艺青年去了,把他的白衬衫全给泼上了,然后指着他的鼻子说:"我告诉你,老娘就是二奶,最起码我还有钱呢,你有个屁!"顺便捎带着把那天他被人家打的事情说了出来,让所有人都鄙视他。

最后就是今天发生的事情了,那个文艺青年找上了门,哭着跟左晓洁说,他错了,不该一时气愤说那些话。大家都是成年人,不要闹了,和好吧。还当左晓洁是女朋友……左晓洁一个跟跄差点儿被气死,大骂让他滚蛋,然后文艺青年就上演了自杀的戏码。

"妈的,我怎么这么倒霉……"左晓洁扔了手里的啤酒罐,那个文艺青年给拘留了,说是违反治安处罚条例。左晓洁说自己待着害怕,硬要我陪着她住一天。

"算了,你就当拍了个神经病的宣传片,片名我都想好了——《远离神经,保卫生命》,哈哈!"我吃着花生,看着电视。

不过左晓洁最近不顺,聂青也没好到哪里去,没事学左晓洁画得花枝招展地跑出去约会,还是跟一个在电梯里面认识的男人。

一开始聂青以为自己真的抄上了,这回还演了一把电梯爱情故事,结果到最后什么也没捞到不说,还差点儿让人家占了便宜。我早说了,她不像左晓洁什么都豁得出去,她撑死了就是说说,到了真格的就怕了。这次就是,那个电梯男真的很会说话,我有幸见过一次,那小嘴儿,死人都能说活了,真正是见人说人话,见鬼说鬼话。那天和李想一起下班,聂青去看电影,被我眼尖看见了。

"这是一个朋友。"聂青还整得很羞涩,我以为她学得跟左晓洁一样无所谓了呢。上次在街上碰见左晓洁,她老人家看见我就打招呼,指着旁边的男人说,这是新换的,好着呢,比上次的强。弄得人家老同志脸上一阵白一阵红的,尴尬得要死。

"哦,你们干吗去?"我顺嘴问。

"看电影,到点了,走了,回来说。"聂青看了下手机就跑了。

李想等聂青走了以后告诉我说,觉得这个男人好像有老婆,我差点儿笑死,还质疑他有千里眼,专门关心人家夫妻生活,不,是偷窥眼。

到家后,程光亮给我发了个信息,极其没头没脑,上面就几个字——"你玩真的?"

"我从来不玩假的。"我美滋滋地回过去,要的就是这样,孙子,你要是不郁闷我还难受呢。

"干吗？"正美着呢，刘赫从门口伸了个脑袋进来，吓得我一哆嗦。

"给你个好活干。"刘赫拿着一盘新洗的葡萄进来，一脸谄媚样。

"有话说，有屁放，姑奶奶忙着呢。"我拿起来就吃，省得一个不对再打起来，回头没得吃了。

"把我准备相亲的事透露给程盈盈。"刘赫低着头说。

"我靠，你活腻味了？"我不可思议地看着他。

"嘘！你小点儿声！"刘赫上下挥着手，还趴在门口看了半天。

后来我才听明白，刘赫想的主意和我一样，专门把消息透露给程盈盈，让程盈盈在气急的情况下出面捣乱，这样刘赫就能在不招惹我妈的前提下全身而退。

"你想清楚，你们家程盈盈拧得不是一般二般，这游戏我跟程光亮玩得起来，你们不见得玩得起来，回头玩坏了，程盈盈再赌气结个婚，还不急死你？"我现在怀疑刘赫的脑袋让门挤了，什么主意都敢出。

"别啊，最后的绝招了。要是不成，妈的，我就结婚，还找个新老婆。"刘赫对我的警告完全不当回事。

"成，没问题，反正自己作死，挂了活该。"我看着刘赫说，早晚有他哭的时候。

从公司回来的路上，我接到了聂青的电话，哭得那叫一个上气不接下气，半天我都没听明白，后来左晓洁把电话抢了过去叫我去她家。

"呜呜呜……"聂青抱着左晓洁的沙发靠垫哭哭啼啼，没完没了。

"怎么了这是？"我看着左晓洁问。

"唉，风骚没学好，让人给打了。"左晓洁对我耸耸肩。

"我靠，怎么回事？"我都傻了，要说左晓洁太风骚让人给打了我一点儿都不奇怪，反正习惯了，刚刚认识左晓洁的时候我还帮她打过架呢。聂青倒是让我没想到，李想还真是偷窥眼，和他说的一模一样。现在想想我活得真带劲，一天之间沮丧、郁闷、开心、激动全凑齐了。

聂青跟那个电梯男见过几次之后关系飞速发展，差不多都谈婚论嫁了，男人也对聂青跟真的似的，一点儿都不含糊，买了不少东西给聂青，至于真假就不得而知了。我只知道，左晓洁这张万年不过敏的脸，在用了他买的化妆品以后肿得跟猪头一样，这个稍后再说，过程很是搞笑。

男人曾经不止一次往宾馆方向勾引聂青，好在聂青只是学了表面风骚，她不敢动真格的，人家还是处女呢，美其名曰把最好的给最爱的人。其实处女这个事有点儿像保质期一样，估计就保质到二十五岁，过了保质期就成了笑柄了，还有

没事别惹前男友

专属名词——老处女。这是每个女人都厌恶的称呼,标志着大家都会说,你看,你看,就那个,嫁不出去白活这么大了。要我说就是虚荣心作祟,我乐意,你管得着吗?如果广大女同胞都能看破这层窗户纸就没有什么急嫁女被人骗财骗色了,社会将是多么和谐。

再说回聂青,也算是惊心动魄了,在和电梯男吃饭的时候碰见了一个女人,那女人虎视眈眈地看着电梯男,他明显哆嗦了。聂青还丈二和尚摸不着头脑,要是左晓洁早就避难去了,她对这个一向嗅觉灵敏。

瞬间,那个女人扯住聂青的头发大喊大叫,还使劲地踢聂青的腿。从小老实的聂青彻底被吓住了,就那么傻愣愣地让人家打,期间哀号着让电梯男帮忙。没想到那女超人一瞪眼,那男人立马往后缩,一声没吭掉头就跑。在一阵揍打中聂青才知道,这个女超人就是电梯男的老婆,原来孙子玩劈腿!

3

刘赫去相亲的事,我拐弯抹角地告诉了程盈盈,在网上说的,主要是怕程盈盈一时激动掐死我。

"切,有能耐叫丫去!我今年就结婚给他看!"程盈盈气势汹汹地发来信息。

"别啊,放心,刘赫生是你的人,死是你的鬼,我发誓。"我咧了咧嘴,程盈盈就是嘴硬。

"还真用不着,妹妹,姐姐我告诉你,等着约老娘的有一大把呢!"程盈盈回复我信息以后就下线了。

"怎么样?"刘赫钻进来问我。

"等着准备红包吧,程盈盈说今年要结婚。"我拍拍刘赫的腱子肉。

"去死,看着,不比她早结婚我不是人。"刘赫看了聊天记录怒了。

"我算是知道咱俩是一家子了。"我抱着酒瓶子跟刘赫说。刚刚我俩都觉得心里不痛快,就跑到一家私人俱乐部把以前存的酒拿出来喝,不然心里不舒服。

"切,你好意思说我?你比谁都能闹……呃!"刘赫已经喝了不少了,脸红得跟猴屁股似的。

"哈哈哈,真好玩。"我靠在沙发上把鞋脱了,"你说,如果他们真的结婚了寄请柬来,去不去?"

"去!谁不去谁是孙子。"刘赫说完这句话就倒下了,再没醒过来,"你个傻帽儿。"我看着他笑,然后就哭,一直哭哭笑笑到睡着。

正如大家说的,我们都傻,明明还惦记着对方,但是就是死憋着不说,哪怕人家给台阶也不下,就是好面子。说白了大家都是自虐狂。不过我不知道的是在旁边的两个房间里面,一边是程光亮和李想,另一边是程盈盈一个人,大家都在喝着同一种酒,解同一种自己作出来的相思。

"好好儿对她,我见不得她伤心……"程光亮一边喝一边喃喃地说,那表情很苦恼,但是又无可奈何。

"我完了……"李想靠着门口傻笑。

"刘赫,你个王八蛋,有本事咱就斗!"程盈盈的醉话在包间里响起,不过谁也没听见。这里的隔音效果做得太好,别说喊了,就是在里面放炮都没人听得见,所以才会受大多数名人的欢迎。每个人心里都有太多秘密,不发泄一下是会疯的,好在服务员都是受过训练的,不该听的不听,不该看的不看……

"你们多能干啊!啊?!"第二天回到公司正好碰上总公司大老板来视察,但是由于晚上喝多了,我和程光亮还有李想一起迟到了,全都顶着大黑眼圈,三个人领了顿骂各自揣测其他人去哪里了,真是够无聊的。

"哟!多难看的画,拿下来!"刚刚进办公室我就看到一不男不女的人指着我的装饰画大呼小叫。

"这玩意儿是什么?"我喊来叮叮问。

"嘘——大老板挖来的摄影师,叫白朗,专门花大钱请的。"叮叮赶紧捂住我的嘴。

"不是吧,这是什么人啊?!"李想一脸想死的表情。

"你看看你,真浪费化妆品!"那个家伙指着我的脸说。要不是大老板放话说要好好儿照顾这位大摄影师,我真想找队哥们儿来照顾照顾他。

"还有你!哟!真难看,这是领带吗?抹布吧?"他翘着兰花指捏着李想的领带,那是一条很精神的领带,据说是他最喜欢的,现在成了抹布。

这个不男不女的人实在是太讨厌了,仗着自己的艺术修养把大家骂了一遍。但是唯独对程光亮另眼相看,非但没说他还夸了一番,说他买衣服有品位,尤其是外套。那个外套是我买的,刚还说我没品位!这厮一定是个 Gay,还相上了程光亮,以后躲他远点儿,省得学得跟他一样。

"亮亮,中午一起吃饭吧?"白朗跑来找程光亮。

"别客气,我跟他们吃。"程光亮一脸惊恐地站在我们后面。

"干吗跟没品位的人一起,跟我吃饭去吧?"白朗皱着眉说。

没事别惹前男友

　　"哼哼,看来我们的品位都不如您了,走,吃饭去!"我拉着李想和程光亮大踏步地出门了,你个二椅子,还想勾搭人。

　　"大姐,真的假的?"我刚刚接到程盈盈的一个电话,让我周末陪她相亲去,而且一定要带着拍摄工具,拍回来给刘赫好好儿看看。这是程盈盈的原话,她现在是斗志激昂,一般人收拾不了她。

　　"别给我废话,记得都拍了,然后给刘赫当小礼物寄去。"程盈盈把我丢在车里就走了,头也不回地见男人去了。这下热闹了吧,我就知道这俩也不是什么省油的灯,早晚闹得比我们还凶。

　　程盈盈见的这个男人倒是不错,人高马大的,就是看上去老了点儿,还留着胡子,她是最讨厌男人留胡子的,说是不干净。程盈盈是有点儿小洁癖,不然怎么能把刘赫给干净跑了。远远望去,程盈盈笑得还算好看,估计心里不定怎么骂呢,其中一定还捎上刘赫,要不是他自己怎么会跟这么个老男人见面,要不是他自己怎么会强颜欢笑……

　　"拍了没有?"程盈盈钻回车里盯着我手里的DV问。

　　"拍了拍了,好不好你自己看。这是什么人啊?老得跟老帮菜似的。"我把DV丢给她开始找东西吃,程盈盈刚才拿着一个大包上的车,我才不管是不是给我买的,反正吃就是了,不吃才亏死。

　　"还就是老帮菜,听说四十多了。"程盈盈看着DV傻笑。

　　"你疯了吧?"我吐出了嘴里的饼干。

　　这个男人是程盈盈从一堆认识的作家里面扒拉出来的,听说原来追过程盈盈,对她简直是呵护备至。年纪老点儿,四十六了,有房有车有公司,在出版圈里很出名。程盈盈把我扔在家门口就走了,估计回家哭去了,她就表面装得跟贞洁烈女似的,其实就是一祥林嫂。

　　"什么?又是那个秃顶吧?"刘赫听到消息就暴怒了,根本不用我拿DV给他看。

　　"也不算秃吧?我记得那个男人的头发从远处看上去还是很茂密的。"我掏出DV找。

　　"你不用找,丫就是个秃子,戴假发的,我还不知道他!"刘赫简直义愤填膺,不,是狗急跳墙。事是自己招的,心理还不平衡上了。

　　这个男人叫欧阳林,名字倒是很艺术,有婚史,起码离了三回,最后一回是在认识程盈盈以后,然后他到处跟人家说离婚就是为了给程盈盈腾地方,程盈盈才

是他命中注定的正宫娘娘。当时刘赫跟程盈盈好得是如胶似漆,一听这话刘赫首先就不干了,揽着程盈盈就把结婚证给领了,这叫什么事,抽疯么不是……

后来刘赫觉得不能这样坐以待毙了,跑去买了个什么窃听器,非让我安在程盈盈的身上,这不是找死么,程盈盈不撕了我才怪。

"滚滚滚,你少和我说话,打死也不干!"我把办公室门关上的时候,刘赫把一只脚伸了进来,门框卡在他的脚上。

"轻点儿嘿,我脚折了!"刘赫疼得龇牙咧嘴但是就不把脚拿出去。

"滚蛋,我告诉你,没门儿,有本事你找程光亮说去!"我使劲踩了他一脚然后趁机关上了门。

"你哥要干吗呀?"程光亮听见我们说他的名字就问我。

"给你姐姐装窃听器,神经了他!"我没好气地坐下。

"要不说两口子呢,想一块儿去了。"程光亮从兜里掏出来一个小盒子,跟刘赫买的窃听器一模一样。

程光亮的倒霉事还得从头天晚上说起,我在被刘赫往死里磨的时候,他也在受苦。

"坐着。"程盈盈拉着程光亮看电视,"你说,姐对你好不?"她用能嗲死人的声音问,还动手动脚地摸着程光亮的下巴,那儿的胡子还没刮,她一点儿也不嫌扎手。

"姐,你干啥?"程光亮躲了躲,他看程盈盈最近到处见男人,以为她神经了。

"亮子,姐没别的要求,就是想知道刘赫那孙子怎么祸害我。真的,就帮姐一个忙,反正你有机会看见他。"程盈盈笑得特慈祥,跟观音转世似的,不过是倒霉观音,专门给人带霉运的。她一边说一边掏,拿出来一个小盒子,"把这个安在他身上。"

我就服了,这俩神经一抽疯就跟我们过不去,程光亮正愁眉苦脸地看着我,手里捏着那个什么窃听器。

"这是什么东西?"李想一蹦一跳地跑过来。

"窃听器……"我跟程光亮难得地异口同声。

吃饭的时候,我们给李想讲述了这两个窃听器的由来,他都笑疯了。后来他还给我们出了主意,反正这俩人都要求装窃听器,那就装,蒙在鼓里的两个人一定在后面还有好戏呢。然后就拉着我们耳语半天,我不得不承认李想真是坏得能掐出水来,太损了……

没事别惹前男友

"哎呀，亲爱的，是你啊？"刘赫坐在自己的屋子里面捏着窃听器演戏，表情专注得很，不知道实情的会以为他有毛病。

我爸妈都站在门口听，还嘀嘀咕咕地说事情不太对，后来又问我，被我以刘赫新接了个剧本背台词为由混了过去。里面的刘赫振振有词，说得很流畅，一看就是不良的花花公子演多了，那叫一个酸。我推门进去的时候，他刚刚结束一段爱情的告白，喝水休息呢。

"你有劲吗？"我看着他，刘赫摇头晃脑地告诉我他很有劲，好玩得不是一般二般，比嗑药还刺激呢，说得那叫一个亢奋，小眼睛直发光。他一定在想程盈盈气得直蹦，不过，当他的窃听器接收装置一响他就消停了。要说刘赫这里是旧上海那种文绉绉假惺惺的言情片，那程盈盈那里就是赤裸裸的三级片了，听得我都不好意思，我都怀疑她是花钱雇了小姐叫给这个窃听器听的，太恐怖了，趁着刘赫还没发飙我跑回了房间。

"把杯子给我。"第二天刘赫的声音跟个大爷一样，完全哑了。昨天我们一家子是在刘赫断断续续的淫声浪语中度过的，他跟个闹春的猫一样嚎叫，最后我愣是在这种声音当中睡着了，回头得给屋里贴层东西，防止噪音。

"昨天晚上你闹腾什么啊？拍的这是什么东西？"我爸顶着黑眼圈问刘赫，"臊的我都没脸听……"

幸亏你没听见程盈盈的话，我怕你心脏受不了，我看着刘赫笑。今天有空得问问程光亮，他是不是替他姐姐找小姐去了，这个可是体力活，没一千块钱我看拿不下来，喊了没一宿也有半宿。

"不成了，不成了，李想你出的什么鬼主意。"一上班程光亮就跑来向李想诉苦。昨天程盈盈逼着程光亮大半夜的给她下三级片，拿着窃听器对着音箱放了一宿。我觉得刘赫是傻，说他弱智都是夸他，跟电影斗了一夜的气，人家那是机器，刘赫一肉体凡胎斗得过么。

晚上，我特意没回家，我可受不了刘赫那淫声浪语，太酸了，于是跑到左晓洁那里借宿，没想到聂青干脆搬到了左晓洁家当她的室友。

"啊，早知道还不如租个大点儿的三居，我也搬进来，家里快没办法待了。"我把手里的吃的扔到沙发上。

"不成，我们都是失败的女人，你找你的金龟去。"左晓洁吃着我的东西还不跟我说好话。

当我把李想写的那个互助合同给她们看的时候，这两个人居然以为我疯了，

数落我不知道惜福、吃饱了撑的。不过在我讲了刘赫两口子的游戏以后她们俩都安静了，就她们那个智商不用想都能分析出来，那俩神经可比我们疯狂多了。

"你说这不是撑的吗……嫁不出去的愁眉苦脸，那些已经嫁出去的和离婚的钩心斗角，唉！我的男人啊，你藏在哪儿啊？"聂青躺在沙发上面大放厥词。

"切，都这样了您还恨嫁呢？"左晓洁蹲在地上吃东西，别看她在外面光鲜艳丽，在家里就是一垃圾婆，一卸妆就吃东西，还把东西堆得哪里都是。上次我们吃饭打包的菜还在桌子上呢，都长毛了，叫我给扔了。我说怎么一进门就觉得味道不对，这又不是绿毛龟，攒绿毛好看。

"我怎么不恨，起码你们都享用过了吧？我还什么都没试过呢。唉！我的电梯情缘啊……"聂青说完就倒下了，真没酒品，喝完了就胡说八道，末了还是我跟左晓洁把她抬到床上去的。

4

程盈盈几乎是哭着来找我的，那叫一个梨花带雨，我都想马上杀到刘赫公司去主持正义，后来被程盈盈死死地拉住，这次的事跟刘赫没有半丝关系，起因就是那个欧阳。

程盈盈由于看了一宿的三级片受了刺激在家里休养，欧阳就摸上门来了，他说想请程盈盈去吃饭。正好程盈盈想起来有一姐们儿新开了家泰国菜餐馆还没去过呢，姐们儿前几天还打电话说她不捧场，相请不如偶遇，程盈盈立马决定吃泰国菜去。就是这个倒霉的泰国菜，让程盈盈养了好几年的熟鸭子飞了。

程盈盈这个姐们儿也不是一般人，从小就立志傍大款，打初中起就夜不归宿，听说程盈盈那点儿早期的性教育知识还是这个姐们儿教的。后来她如愿以偿嫁了个大款，还没一年呢，大款就挂了，还留下不少财产，给这姐们儿乐得半夜睡觉都能笑出声音来。紧接着她就开了这个泰国菜餐馆当老本钓新的金龟，而这个金龟还是程盈盈赶着送来的。

那个口口声声说爱程盈盈的欧阳，看见这个姐们儿就晕了，在饭桌上就不正常，频频地看着结账的方向，程盈盈跟他说话都没听清楚，到后来还闹着结账，顺便要了老板娘的电话。程盈盈傻了吧唧的什么都没想，光顾着想晚上应该说点儿什么气刘赫了，导致到手的熟鸭子飞了，真是亏。

过了一个星期，程盈盈才发现怎么都找不到欧阳了，最后从另外一个小姐们儿那儿听说泰国菜跟着一个老男人去旅行了，回来就要结婚。等程盈盈看见婚

没事别惹前男友

礼的请柬差点儿晕过去,上面清清楚楚地写着男方是著名出版人欧阳先生,然后就跑到我这里哭来了。

"他们还送请柬给我……"程盈盈的惨样让我不好意思笑,实在是没办法了,我只能安慰程盈盈,让她别多想。

她今天来的目的就是想让我出个主意到底要不要去。我坚决同意她去而且要带着左晓洁,让她去抢几个男人供我们瓜分,聂青也还荒着呢。

"盈盈,我真怕你不来了。"泰国菜拉着程盈盈说了半天,程盈盈今天真的是很惊艳,全靠左晓洁的功力,她的化妆技术没的说,又有我们几个的参谋,简直艳压群芳,终于得偿所愿地把新娘压下去了。

"哪儿啊,我最好的姐们儿,干吗不来啊。"程盈盈笑脸如花,包括对着那个始乱终弃的欧阳,然后心里诅咒奸夫淫妇没好下场。

在我们坐下来吃饭的时候,我看见一个男的主动给聂青倒了饮料,把聂青美得跟什么似的,满眼的桃花。这个男的看着倒还不错,这下好了,聂青的春天又回来了。程盈盈也猛地发现这个欧阳真的是难看得可以,尤其是那顶可笑的假发,当初也不知道是为了什么,居然还难过呢,真丢人!

回到家里,我看见刘赫正打算把那个破窃听器扔了。

"哟,你不是玩得正高兴的吗?"我看着他说。

"切,有什么可玩的,那秃子不是结婚了么,我就不信丫敢红杏出墙,程盈盈的那个姐们儿可不是省油的灯。"刘赫开心得跟什么似的。

"这你都知道?"我下意识地摸摸自己的兜,生怕刘赫又买了个窃听器装到我身上了。

据说程盈盈的那个泰国菜姐们儿很厉害,对付男人是绝对有一手,以前她那个死鬼老公可是出了名的拈花惹草、招蜂引蝶,后来愣是给管得比猫还老实,让他往西他不敢往东。主要是这个姐们儿下得去手,她老公就招了一个小三差点儿让她给阉了。

鉴于和李想的那份合同,我只好周末去他们家吃饭。到了地方我才发现,他家真豪华,豪华得我都说不出来,一水儿的大牌子,包括给狗住的那个窝,听说都是红木做的,打家具的下脚料。靠,我还没弄一个红木的狗窝呢,真想给他拆了。

李想的妈妈跟个贵妇似的,很有气质,而且第一次见面我就觉得很亲切,她也喜欢我,一下子我就看出来了。不过要是她知道我是假的、带合同的,一定会气得吐血,所以一想到这里我只好跟这个亲切的阿姨保持点儿距离,不然怪不合适的。

结果没想到原来老太太喜欢淑女,我的表现导致了一向不淑女的我显得很娴静。

"以后常来玩。"他妈妈一直把我送到车上还嘱咐李想一定慢点儿开,送我到家后再回来。我们都无语了。

"本来我以为女人才恨嫁,现在看来,你们男人也好不到哪里去。"我望着李想车里的饰品玩,一个小小的铃铛,特可爱,而且跟我有缘不刮我的手,哪里像程光亮买的那个破东西,一碰就刮手。

"难啊,男女都是一样的难,你算是救了我也坑了我了,我妈妈很喜欢你,从来没见她这么喜欢哪个女孩子。"李想叹着气。

"别说了,我都成千古罪人了。你放心吧,我一定给你介绍个好姑娘。"我拍拍李想的肩膀,然后打了个哈欠居然睡着了。也是,这几天白天赶活,晚上听刘赫的旧上海言情片,深更半夜的程盈盈没准儿还打过电话来聊天,累死我了。

"要是我能把那个合同……"李想说的话我就听见了前半截,但是下车以后我连前半截也给忘了,这是他在日后的那个落跑婚礼之前告诉我的,他最后悔的就是那天没有拍醒我,认认真真地把话谈完。

迷迷糊糊地下了车,怎么进门的我都不知道,只记得回家就倒在床上了,外套都没脱,一口气睡到了大天亮,而且睡得还很舒服。

"我不拍啊,这种idea一点儿创意也没有,不拍。"那个白朗简直就是茅坑里的石头——又臭又硬,这个方案是客户同意了的,丫就是死活不拍,要不是有大老板撑腰我都想跟大家一起宰了他得了。无论谁劝都不管用,问题是还有三天就要交了,时间紧张,我们挨个跟李莲英似的求他都不成,最后我想起了程光亮,这个白朗一直对他贼心不死。

"不去!"

程光亮脑袋摇得跟拨浪鼓一样死活都不去,后来被我们抬到了白朗的办公桌前,现在就这一个办法了,不然就死定了,客户等着要呢。在我们杀人的目光中,程光亮只好去给白朗使美男计,相约一起吃午饭,顺便想办法感化他拍了那个广告。

程光亮只好对着白朗笑,要么说爱情的力量大呢,只一笑白朗就从了,不光答应我们拍广告,还说要跟大家去郊游,顺便拍点儿风景。其实我们谁都不想带他去,但是没办法,白朗现在不亚于我们的衣食父母,没他真没饭吃了,那客户还不撕了我们,大老板那头儿也好不了。不过我知道万一真开了我们,只有一个人会是例外,那就是现在搞色诱的程光亮,白朗喜欢他。

没事别惹前男友

郊游是我们大家说好了的，大家趁着周末去看看花啊什么的，我还带着狗，本来刘赫也吵着要去，但是临时被公司叫去赶场子了，惹得大家一阵心痛。也不知道刘赫有什么好的，跟个胖头鱼一样，还谁都喜欢。至始至终我都没觉得他帅过，也没准儿是看习惯了不觉得，要么就是让刘赫那个德行给恶心的，反正就是没什么好看的。

说起来，刘赫那屋都成我们家的禁地了，根本进不去人，满屋子乱七八糟的东西，要洗的衣服和干净的衣服放在一起，臭袜子满地扔，每次出门前都要从床底下往外面扒拉，扒拉出来哪双穿哪双。再有就是那些能埋死人的剧本，到处都是纸，我的狗最喜欢在大家都不注意的时候冲进去叼起个本子就甩，然后等着刘赫骂，表情还特美。它现在把我哥的房间当探险迷宫，一高兴了就进去翻东西，这也是刘赫拖着不背剧本的借口。他到外面去倒是光鲜照人的，那是因为公司给他配了专门的化妆师，每天恨不得连胡子都让人家帮着刮，真是不要脸到家了。

到了吃饭的地方，我们在地上铺了一大块野餐布，白朗这个假小资还带了瓶红酒，后来让我们就着寿司给喝了，一边喝一边还不如喝啤酒呢，气得他半死。其实他这人除了臭毛病多了点儿其他没什么，混熟了以后还是挺招人待见的，尤其是那些保养的诀窍，绝对不亚于左晓洁，甚至优于左晓洁，还就喜欢跟我们混在一起，天天"我们女人、我们女人"的，要是说他哪天做了变性手术，我一点儿都不奇怪。

吃到最后，大家就开始玩牌，输了的往嘴里塞餐巾纸，程光亮给塞得都不能呼吸了，真是笨死。我倒还好，有李想帮忙放水，一张餐巾纸也没有。但是问题就出在大家太专注了，玩着玩着，叮叮抓着牌在布上胡噜，好像是想拿东西吃。后来摸到一个软软的跟棍子一样的东西，她还以为是火腿肠，结果举起来一看才知道是条花了吧唧的蛇，尖叫一声就扔到了白朗的脸上，吓得白朗当场就吐了白沫。大家一哄而散，逃跑的时候我推了程光亮一把，程光亮一冲又抓住了李想的领带，然后我们仨就一路滚到了一条沟里，真是叫天天不应、叫地地不灵。李想被压在最下面差点儿挤死，最上面的是我，中间的程光亮也没好到哪里去。

后来检查下来，我磕破了腿，李想扭了手，程光亮没什么事，就是被挤得够呛，还说是我太胖了压的。白朗被吓得差点儿归了西，短时间内看见根黄瓜都怕，叮叮从此戒掉了一切棍子状的食物，除非切开，否则不吃。最后刘赫总说大家不是去郊游，而是去送命去了，但是基于我们都太讨厌了，连阎王老子都不想收。

聂青没安生几天又出事了。

"说吧,又怎么了?"我叫了杯咖啡听聂青的哭诉,其实我主要是想听听有什么好玩的。

"呜呜呜,我怎么这么倒霉?"聂青哼唧了半天才开始说,这次还真的不是男人的错,当然更不可能是聂青的错。

这个男人真的很优秀,报社的副总编辑,长得一表人才,而且彬彬有礼,一直和聂青保持联系,但是奇怪的就是关系没有进一步。聂青却一直以为这个男人对她有意思,不然干吗没事在婚礼上非要给她倒饮料而不给别人倒呢?这简直是废话,没看当时大家的杯子都满着吗,男人的一个无意举动就把聂青的魂儿都勾走了,自己还浑然不知,那么就姑且叫这个人饮料男吧,下面我们就说说饮料男的故事。

聂青怀揣着并不少女了的芳心给饮料男打了个电话,一开始东拉西扯,到后来也不知道怎么这个饮料男就说要请聂青吃饭。给她美得啊,满口答应不说还马上请假回家掏出所有的化妆品开始打扮,要穿的衣服是挑了又挑,就在喜滋滋地准备出门的时候手机响了,是饮料男。

"对不起啊,小青,我临时有个会议,没办法了,改天我好好儿请你。"饮料男的话跟盆凉水似的把聂青冻得够戗,但是还没办法说什么,只好强颜欢笑敷衍了几句,然后灰溜溜地去卸妆。她心里想着好几个幸亏:幸亏我没给苏言打电话美,幸亏我回来的时候左晓洁不在,幸亏我请假的时候说的是身体不舒服,幸亏我憋着对谁也没说……

到了晚上,饮料男本着歉意给聂青发来了短信,聂青美得连碗都没刷就发信息去了。左晓洁也没刷,她晚上一般没空,吃了饭就要出去的。一向干干净净的聂青对着电视发花痴,任由水池子里面的碗泡着。看看,为了嫁人都反常了。

真是落花有意,流水无情。聂青等了好几天才收到饮料男的信息,他说请聂青吃饭,晚上见。这回聂青可学聪明了,人家干脆就连着化妆化了一个星期,天天带着妆等着。招得同事们都以为她看上哪个男同事了,老是问。这群人也够八卦的,谁都没想到这哪是吃饭啊,简直就是吃惊去了,这惊还不小呢。

"小青,这边。"饮料男站在门口招呼聂青,旁边还站着一个很高的男人,聂青喜滋滋地去了,这回真不错,做不成男女朋友做个普通朋友也好啊。

"这是我的男朋友。"饮料男高高兴兴地给聂青介绍,一点儿都没有不好意思,态度极其诚恳。瞬间聂青就觉得自己给雷劈了,足以毁灭世界那种。

"怎么……你是……是……"聂青都吓结巴了。

没事别惹前男友

"对啊,我以为你知道呢。对了,亲爱的,你看,他是不是长得特别像我妹妹?"饮料男无比妩媚地靠着那个男人,眼睛里充满爱意,一点儿也不亚于聂青前几天给他发短信时的表情。

"哈哈,你要是喜欢,我们就认聂青当干妹妹吧。行吗,小青?"那个男人性格超级好,真是讨人喜欢,就是可惜了。

"谢谢啊,哈,哈哈。"聂青的心都快碎得掉一地了,还得强颜欢笑,心中的苦人鬼自知啊,一个"惨"字是说明不了的。

听了以后我不厚道地笑到腮帮子疼,差点儿被聂青掐死,她千叮万嘱地让我别告诉左晓洁,还逼我发誓,说如果说出去我就一辈子嫁不出去。切,谁怕谁,我才不怕这个呢。不过聂青这次是吓坏了,足足缓了半个月才好。

5

程盈盈突然得了阑尾炎,被紧急送到了医院,这事没什么但是比较诡异的是刘赫送她去的。于是大家一致遐想这两人发生了什么色情的事情,虽然没得到证实,但是大家心里都是有数的,由不得刘赫歪曲事实、拒不认账。

"你好些没有?"我带着李想去看程盈盈,但是她一直没给我好脸色,还半死不活的。我知道她为什么,还不是为了那个倒霉的程光亮,本来是说好我们三个人一起来看程盈盈的,但是程光亮出了点儿小问题。上次拍的广告照片需要修一修,白朗死活非让程光亮来修,说让那些不入流的人修会糟蹋了他的创意。我们出来的时候程光亮一个劲儿地说一定要回去接他,不然他怕出点儿什么事情。要按我说,就白朗的那个塑料体格,程光亮一人对付完全没问题。

"嗨,姐姐,您能不跟我过不去吗? 是你们家程光亮临时有任务,再说,他还有一个暗恋者陪着呢,多风骚。"我把李想支了出去。

"咦? 真的? 这次你怎么一点儿不急?"程盈盈终于把脸转过来对着我,让我松了口气。

"这个我可没兴趣,而且我相信程光亮对同性也不感兴趣。"我告诉她,她那可怜的弟弟被一个疑似同性恋看上了,这才把程盈盈逗乐了。真是不容易,要我说这就是血的教训,以后找对象坚决不能找和自己家亲戚关系太密的。不知不觉到了吃饭的时间,大家的饭菜都送了过来,唯独程盈盈面前空空如也。

"你吃什么?"我一问,程盈盈差点儿哭出来,害我哄了半天。大夫说了,程盈盈必须暂时禁食一段时间。我们只好安慰程盈盈说权当减肥,多好,不花钱还

有护士监督你,省得每次节食都没毅力。

"程盈盈是因为我没给你好脸色吧?"回去的路上李想问我。

"当然啊,程盈盈最疼爱的弟弟就是程光亮,不过本着爱屋及乌,那个时候程盈盈对我也是很好的,真的是没的说。"那个时候程盈盈去出差什么的总是给我带点儿小礼物,她是真的以为我会和程光亮结婚。我也是这么认为的,但是到现在我才发现原来我挺没胆子的,要是能回到以前,第一件事就是先把结婚证领了,就不会有以后这么多乱七八糟的事情了。爱谁谁,哪怕是刘赫和程盈盈成天厮杀,我也不跟程光亮分开。想想我当时真的是脑子糊涂了,为什么死乞白赖地要和程光亮分手?归根结底还是赖刘赫那个二百五,要不是天天看他在家里怪可怜的……

"喂!你想什么呢?"李想拍了我一把,一脸的迷惑。

"啊,没事,还没到?"我坐直了身子,看着前面堵得要死的车流。

回家以后,我才发现我妈太聪明了,有的是办法,知道刘赫不能抛头露面就专门请老姐妹将姑娘带到家里来。要我说这事是只有我哥不满意,没有姑娘不愿意。想想看,刘赫好歹也算个有点儿名气的小演员,又出了几张专辑,尽管唱的都是让我浑身上下起鸡皮疙瘩的酸歌,但是不少姑娘还是喜欢的,占全部粉丝的一半。另外一半就好笑了,不是大妈就是妇女,人家称刘赫为跨时代偶像,真是跨时代,这不是青春期跟更年期两个时代吗。

"小杰,哦,那个刘赫出来。"我妈一激动差点儿把我哥的大俗名喊出来。

"干吗?"刘赫接到一个新剧本打算演杀人魔,正在屋子里比画刀子呢,对着冬瓜砍来砍去的。他这么玩命练习是因为怕血,所以用冬瓜,里面是白瓤,最后慢慢地过渡到西瓜,再过渡到假血包。

"干吗呢!"我妈小声地、气急败坏地把刘赫手里的小刀抢下来,狠狠地在他后脑勺上给了一下,叫他换件漂亮衣服出来见客。我差点儿笑死,还见客,怎么不说见衣食父母。好吧,我承认我想歪了。

"过来。"刘赫一把抓住我。

"干吗?"我吃着桃子扒拉开冬瓜坐到桌子上。

"咱妈要干吗?"刘赫正把一件T恤往脑袋上套,准备把胳膊伸进袖子。

"给你找户好人家典出去。"想起来我就想笑,他见的那个姑娘听说特别文雅,雅到三脚踹不出一个屁,专门从事古董的保养,现在在故宫博物院供职,天天面对的就是那些破破烂烂的瓶瓶罐罐。

没事别惹前男友

"什么?!"刘赫大吼一声差点儿把衣服撕了,就那么套在肩膀和头上,上不去下不来,要不是我帮忙衣服就被撕了。

"你们聊,你们聊。"我妈欢天喜地地把那个姑娘和刘赫请在了客厅聊,然后带着齐大姨挤到我的房间。

这齐大姨可不是一般人,那眼光差得要死,我见的那些歪瓜裂枣里最惨不忍睹的都是她的杰作,回回跟我保证绝对有一米七几,回回看见的都是不到一米六的三等残废。还有,脸上有麻子的告诉我该人温厚老实,从来不对大马路上的姑娘飞眼,那叫一个义正词严,是不对人家姑娘飞眼,也不怕吓死人家姑娘。看起来呆傻的告诉我人家孩子可老实了,面相上带着呢,好么,跟标准的国际脸就差一号,要是再像点儿就是特殊学校毕业的别找钱。

"啧啧……"一看我出来刘赫直跟我嘬牙花子,还挤眉弄眼。原来这半天,那姑娘一声没吭,光看着刘赫笑了,真是镇定,现在那些女孩子看见刘赫哪个不叫唤。有笑话说一个女人等于五百只鸭子,那刘赫的那些狂热粉丝们每个人的威力不亚于五万只鸭子,上次跟他去个什么签售会,我坐在外面停车场都能听见里面尖叫,出来以后刘赫说话的声音都变大了,震得我耳朵里直嗡嗡。

程盈盈幸亏病了躺在医院里,不然早晚给气死。虽然我妈不是不喜欢程盈盈,但就是看不得我们家的孩子耍光棍,要我说就是虚荣心作怪。

"你们不用陪我了,我回家自己能养着。"程盈盈躺在沙发上吃着我削的水果。

"怎么会,再说,你自己回家我们也不放心,万一你没事买张报纸……"我真想抽我这张贱嘴,差点儿把实话说出来。

"什么报纸?"程盈盈坐起来问,她早就练得对"报纸"两字敏感了,跟刘赫在一起的时候没少为了报纸打架,那个架打得叫一个惊心动魄,活脱脱的翻版史密斯夫妇。

"苏言是说,你万一看见报纸上出了个杀人魔呢,你又是暂时行动不是很方便的病人,到时候跑都跑不了,你住得那么偏僻……"聂青不亏是教师,编瞎话骗小孩编惯了,张嘴就来,我直竖大拇指。

"我回来啦!"左晓洁拖着大行李包回来了,这下郁闷了,我这么晚了把程盈盈往哪里送啊。好在左晓洁说晚上不回家睡,就是把东西放在家里,大款在楼下等着呢。我才稍微放心了点,要是早知道后果,就该连行李带左晓洁一起送出门去。

"这是给你们带的,盈盈姐连你的我也买了。"左晓洁掏出来好几个报纸包,她对程盈盈也是没话说的,特别好,因为刘赫对她就特别好。

"哇,谢谢妹妹啊。"程盈盈高高兴兴地拆东西去了,我跟聂青赶紧把左晓洁拉到了厨房,告诫她不能把任何八卦新闻报纸给程盈盈看,一丁点儿纸渣都不成,还悄声告诉了她刘赫相的那个倒霉的亲,还没说完呢,那边的程盈盈就开始尖叫了。

"我错了,真的,我只知道那报纸包着化妆品吸水,省得漏,却不知道看看报纸上面写的是什么。我错了,真的错了,我只知道……"左晓洁坐在沙发上反反复复唠唠叨叨地说着这几句话。

"得了吧,现在也没办法了,程盈盈不是说脑袋疼要回去躺会儿么,晚上要我说都别睡了,看着点儿吧,万一想不开出点儿什么事呢。"我把手里的烟掐灭了。程盈盈在大叫一通以后破天荒的什么也没说,就直直地回屋躺着去了。左晓洁也没敢再走,直接把大款糊弄走了,要说,这个世界怎么老是那么多的巧合。

"该换了,苏言,到你上了。"聂青打着哈欠拍醒我。

"哦。"我迷迷糊糊地搬了把椅子走到房门口,大家说好是一个小时一班,三班倒。我都好几年不这么上班了,聂青就从来没上过,左晓洁比较可怜,人家可是刚刚从香港飞回来,但也没法,谁叫她没事闯这么大的祸。

就这样我们仨看了程盈盈一宿,也不知道她在屋里干什么了,就是没动静,有的时候我们都怕她自杀了。后来想想左晓洁那屋里什么都没有,除了床就是衣柜,还是那种简易的,死不了人。

第二天,程盈盈跟没事人一样出现在我们面前,还给我做了早餐才上班,把我们大家吓得够戗,以为她疯了。

结果上班的时候一看,程盈盈的MSN的签名改成"不在沉默中发疯,就在现实中变态"。程光亮也被吓得不轻,要知道程盈盈抽起来可是要命的,说什么都不成。程盈盈敢为了跟人家打赌,一个星期不吃饭,说什么都不吃,直到饿昏过去。还有上小学的时候,非让一个小姑娘给她道歉,不道歉就不走,在人家里足足坐了一宿,最后小姑娘迫于压力只好含泪给程盈盈道歉。真是太吓人了!现在想想我都起鸡皮疙瘩,这要是抽起疯来,程盈盈还不掐死我哥?!

"欢迎收听今天的情感故事,我是左晓洁。现在我们插播一条征婚启事,程盈盈,女,26岁……"叮叮最近很崇拜左晓洁的电台节目,每天中午都听,次次不落,这次也是。

"看来我知道我姐去哪里了。"程光亮一脸苦笑。

"我也知道了。"我都想去死了,看着吧,狗仔们可高兴了,这件事情一定闹

没事别惹前男友

得满城风雨。

事情果然不出我所料,第二天我家门口又让人给堵了。

6

本来我以为这件事情就这样遮过去了,没想到程盈盈不是一般的抽,居然发毒誓要抓紧时间结婚。这不,非逼着左晓洁在自己的节目里面征婚,听说最近见男人就见了无数,还跟我说要在这个月底前挑出一个交往对象来。

"我说,你这是为谁啊?刘赫那个东西值得你这么折腾自己吗?"我看着程盈盈坐在镜子前面化妆。

"呸!谁冲他了,我是想傍大款了,不成啊?"程盈盈瞪着镜子里面的我,恶声恶气地说。

"成成成。"程盈盈就是个顺毛驴,千万不能饬着,饬急了犯上抽了谁也收拾不了。我看着化妆的程盈盈,真是,还傍大款,大款那么有钱干吗看上你这么个半老徐娘。

左晓洁也没闲着,又泡了个小白脸,人家孩子才二十。用现在的专属名词来说,这个年纪正非主流呢,天天没事就把头发弄得跟鸡窝一样炸着,那小眼影化的标准的烟熏妆,眼周围一厘米处都是黑的。这是左晓洁没事玩游戏勾搭上的,对这孩子喜欢得不得了,为了这个孩子,她都快把自己折腾得没人样了。

最近一次看见她,她正打算把自己的脑袋弄个爆炸式,还染了黄毛,穿了脐环,又打了两对耳洞。一个好好儿的大款们人见人爱的小狐狸精,猛地发了疯,把自己往非主流那里引。

"看见没?姐们新烫的,好看不?"左晓洁穿着一件花里胡哨的上衣和黑色皮短裤来找我,腿上穿着一双桃红色的连裤袜,看得白朗捂着心口跑了,我看见他把一个什么药片往嘴里放,真想说你给我也吃一片,压压惊。

"你真的不用去医院看看?"我摸摸左晓洁的头。

"什么呀,没品位,老土,这是今年最流行的了。"左晓洁顺手掏出一个小镜子补了补妆,说是补妆,其实就是把那个黑眼圈化得大点儿再大点儿,反正我是怎么看怎么觉得难看。

"苏言,这是你的新资料……"李想抱着一堆资料回来,看见左晓洁的背影犹豫了下没敢叫。

但左晓洁是什么人啊,自来熟,一扭头看见了李想马上就打招呼去了,现在

的左晓洁除了闭上眼睛能听出声音来以外，彻底没了以前的样子，逮谁吓唬谁。再这样下去，我看童话故事都得改写了，不久的将来大人吓唬小孩的时候都会说，你不听话左晓洁就出来了啊！

"帅哥，怎么不跟我打招呼啊？"左晓洁以为她还是那个正常的左晓洁，趴在李想的办公桌上说。

"咳咳咳，你是……左晓洁?!"李想的眼珠子都快瞪出来了。

周末，我接到了左晓洁的一条短信，上面就两个字——"救命!"

我赶紧带着刘赫去看她，一进门就看见左晓洁哭肿了眼睛，跟两个桃子似的，吓坏我们了。

"哎哟，哎哟……"此时此刻左晓洁正趴在骨科的病房哀号呢，大夫说她闪了腰，还说那么大年纪了就不要做那么激烈的运动，对腰有很大的伤害。

要我说这就是报应，谁叫左晓洁没事勾搭小白脸啊，不自量力。后来我才知道，她之所以弄成这样，完全跟人家小白脸没关系，他是不叫她去来着，但是左晓洁不服气啊，愣是把自己比成天真可爱充满力量的小 Lolita，作死地跟人家跳舞去了。

那天左晓洁跟着这个小非主流来到了本市最出名的摇滚酒吧，里面的音乐震天响。这个不是左晓洁接受不了的，她接受不了的是同去的小孩儿们叫她看书包，怕她老了，蹦不动。当时左晓洁就有点儿不高兴了，什么叫蹦不动，我蹦迪的时候你们还不知道啥叫迪厅呢。之后的结果就是左晓洁忘记了自己的高龄，跟一群小孩在舞池里面群魔乱舞，随即咔吧一声结束了左晓洁的欢娱。

"这就是自己作的啊，作的啊。"我帮左晓洁把药包放在腰上，"您也不想想您多大的岁数了，还当自己青春期呢？都快更年期了。"

"唉……出师不利啊，你们想想我容易吗？"左晓洁猛地一抬头哀号一声又趴下去了，她就是这样，什么都敢干，彪悍到家了。我听说上次她跟刘赫拍戏，差点儿把整个组点了天灯。

就在左晓洁为了爱情疯狂的时候，聂青遭遇了从来没有过的遭遇。她找了个同行而且极其小心眼，见不得聂青跟别的男人有什么接触，天天跟盯梢似的，二十四小时不离身。我们干什么他都跟着，所以我都不想找她逛街了。

"求你了，跟我去吧，我多想你啊。"禁不住聂青的软磨硬泡，我还是跟聂青去了商场，那个老师也说好了在车里等，不跟着我们，这让我松了口气。

"唉，我说丫恋母吧？"在聂青的电话第 N 次响过后我快疯了，太无语了，这

没事别惹前男友

孙子一个小时之内一连打了六个电话,平均十分钟一次,为的就是确定聂青现在干什么,身边有没有男人。

"别这么说,他也是关心我。"聂青不但不生气,还喜滋滋的,她说这个男人这么看着她是因为爱她,往死里爱的那种。我上下打量着聂青,这几天不见聂青都变受虐狂了,跟左晓洁没什么区别,不同的是一个遭遇比较可怜,另一个遭遇比较让人觉得可耻。

"早晚你就该知道害怕了。"我看着聂青的傻德行就知道,她又被这个男人套牢了,没救了。然后在他打过第N+1次打过电话之后,我狂吼,让丫过来,跟着我们逛。聂青居然以为是我怕她男朋友寂寞,天地良心我不是,都是让这个男人给逼疯了,好在聂青最后翻然悔悟,甩了这个老师。

这几天晚上,刘赫总拍我马屁,跟个太监一样,我听说他最近接的剧本是演个杀手啊,没听说改演李莲英了。我看着报纸不说话,他也不说话,带着满脸的谄媚笑,估计又是为了程盈盈,她最近不是在相亲么,刘赫其实特别怕程盈盈跑了,就是嘴巴硬得要死,什么也不说。

不过程盈盈的相亲倒是不错,听说已经找到了一个可以长期发展的男人,这个男人跟程盈盈一样是做编辑的,各方面兴趣爱好一样,唯一的要求就是想让程盈盈再苗条儿点,他喜欢赵飞燕那种。程盈盈其实一点儿也不胖,就是骨头架子大,看上去很杨贵妃,实则体重标准。

"你真减肥啊?"周末,我陪着程盈盈去图书大厦买瑜伽的教材CD,程盈盈挑了一车,每种都拿了点儿,看来这次是下定决心了。我还真就相信她能减下来,因为就她这种说一不二的性子太吓人了,谁拿她都没办法。

"你不觉得程光亮最近都瘦了吗?"程盈盈在吃饭的时候问我。

"不觉得,他最近满面春风的,再说,人家还有个大款小蜜吊着呢。"想起来我就来气,程光亮好像知道我们不大喜欢那个小模特,跟成心一样,动不动就把她叫来拍个照片什么的。那女的有什么好看的,穿上衣服跟假人模特似的,脸上的粉还那么厚,估计卸了妆她都能轻几斤。

"唉,你们就作吧,早晚有后悔的时候。"程盈盈拿叉子指着我,你怎么不拿这话说说你自己,我在心里想,敢怒不敢言。

那次之后,程盈盈活活饿了自己一个星期,体重非但没轻还重了点儿,拿程光亮的话就是饿浮囊了,都肿了。那个男编辑还惨无人道地带着程盈盈去参加什么会议,现在社会说是会议能有几个是开会的,不过是拿着公款吃吃喝喝,然

后再玩儿圈。在会议期间,那个男编辑就纳闷,程盈盈什么都没吃啊,怎么就不见轻,要不是不让她喝水太不人道,估计连水也给戒了。

看着满桌子的佳肴,程盈盈都想全吃了,但是为了男人,程盈盈愣是对这些美味视而不见。后来有个总编夫人跟程盈盈聊天说:"你嘴够刁的,一看就是美食家。我知道,你们这些码字儿的就喜欢在晚上吃夜宵,我老公也是,嘴刁得要死,上次料酒没了,我拿啤酒泡的鸭子他都吃出来了,真吓人。"

程盈盈当时就笑笑,什么也没说,心里却在翻白眼,你当我乐意?什么嘴刁,这堆东西就是放了三天我都能给吃了,要不是不能吃,还轮得到你跟我念叨什么燕窝炖得太稀了。哟——程盈盈吞了口口水,妈的,不能再看了,饿呀……

"你们就是一对神经病,自己作死谁也救不了。"程盈盈打电话给我的时候我正洗澡,坐在浴缸里面拿脚趾头扒拉着水面上的小兔子。这是李想从日本带回来的入浴剂,每个球里面有个小动物,听说是占卜用的,能预测你一天的心情。要不是舍不得我真想挨个扒拉开看看,里面的小动物一定全是可爱的。商家就是抓住消费者的心理了,连我们这些做广告的都佩服。

"唉,归根结底就是刘赫那王八蛋不好。"程盈盈一给我打电话总会拐到刘赫那里去,我都习惯了,给我打电话顺便套点儿刘赫的现状是她的习惯,而刘赫给我打电话套点儿程盈盈的现状也见怪不怪。到现在我才总结出来,跟程光亮分手就是他们的这个习惯给害的。

"得,您真会赖,你们啊,一个为结婚减肥,一个为爱人在家里宅,一个为小情人疯癫,真会玩。"我用大脚趾夹着那个小动物玩偶,"其实说你们也是说我自己,我就不明白了,你说咱们几个是不是被人家下咒了?非和那臭男人过不去,放都放不下。"

"少说我们啊,是你们,我好得很。不说了,回去了,早点儿睡觉不饿。"程盈盈呱唧就挂了电话,我知道她是怕我说点儿什么把她说哭了,我也怕,早点儿挂了比什么都好。

接下来,左晓洁继续跟着她那个非主流往疯狂里折腾,聂青继续到处嗅男人,程盈盈饥肠辘辘地出了差。

程盈盈是直接从门口摔进来的,看人家多仗义,饿得都没力气了还把给我们带的礼物送了过来,后来在这休儿歇了半个小时才缓过来,能说话了,但是气若游丝就像快挂了。我们都劝她吃点儿东西,为个男人值得么,后来在大家诚恳的目光中,程盈盈吃了一碗鸡汤泡饭。明显感觉就不一样了,说话都有劲了,她吃

没事别惹前男友

的连碗恨不得都舔干净了,然后精神抖擞地骂我们破坏她减肥,一会儿还跟男编辑吃饭去呢。

"吃饭? 你不是减肥吗?"我皱着眉看着程盈盈。

"是吃饭,他吃,我看着。"程盈盈一句话差点儿叫我背过气去。

"你是魔怔了吧?"左晓洁这号疑似神经病都觉得程盈盈出毛病了,这世道,真吓人。

不过程盈盈很快就解脱了,那天从我们这走了以后,她跟男编辑打起来了。

那个男编辑真是属狗的,鼻子太灵了,愣是闻出程盈盈的嘴巴里面有肉味儿。搁古代这人一定得被人当妖精给打死,是人么,狗一样,当妖精他也是狗精。

"你怎么这么没定力? 啊? 真是的,太对不起我了。"那个男人点了一桌子的肉,喀喀喀地吃着,听说他不吃素,所以长得白白胖胖。当然他也说了,这个毛病不好,但是改不掉,只能从女朋友身上找平衡了,所以一定要找吃素的女朋友,还不能胖,一定要瘦,这样才符合他的审美。

"说,你错在哪里了?"该男人啃着一只大肘子指着程盈盈说。

"……"程盈盈没说话,但是傻子也能看出来她不爽了,我都能想象到当时程盈盈的表情,一定很吓人,搁谁都会觉得吓人的,那男编辑居然没什么反应。

到后面程盈盈就犯上抽了,当着那个男人面叫来服务生点菜,点了她最喜欢的豌豆、牛排、佛跳墙。给那个男编辑气得"你,你,你"地指了她半天,程盈盈不为所动,然后还把吃剩下的菜丢在男编辑的脸上扬长而去。要我说,早就该这样了,这种人就欠弄死。

"妈的,我真冤,我不管啊,你们都得跟我吃饭去,吃大餐,把我前面亏的都补回来,一顿都不能落下。"程盈盈带着巨款说要请我们吃饭,聂青也好不容易缓过来了,我也在小模特的斗争中取得了胜利,还招安了白朗。现在就差左晓洁还执迷不悟了,整个就变成了孩子妈,负责小非主流的消费。拿她的话说就是"看看我们宝贝,年纪小小的每天读书那么辛苦,可得好好儿照顾"。其实我听说这倒霉孩子早就不上学了,现在靠劫钱发财,认识左晓洁以前就进出派出所好几次了,左晓洁装看不见。

"为大家脱离苦海干杯!"程盈盈这下开心了,把所有东西都吃了个遍,凡是带肉字的都叫她给点了,别的桌看我们还以为我们好几天没吃饭,真是丢人。现在程盈盈正下手抓起一个大肘子啃呢,我真后悔没要包间,太丢人了,看那个吃相,跟要饭的一样一样的。

"我说左晓洁，大家都出苦海了，你怎么还是执迷不悟？"聂青看着左晓洁。左晓洁她今天出门的时候要给自己化那种非主流的妆，叫我们给按住了，说你儿子不是去网吧了吗，反正我们去的都是高级场所，肯定碰不上的。

"滚滚，老娘乐意。"左晓洁现在不能用正常的思维想事情，每天就是一脑子的非主流，满嘴的话我们都听不懂，就上次闪了腰，我问她干什么去了就说了半天。

不过左晓洁坚持的梦幻爱情在我们出了饭馆以后就破了，那个小非主流正站在街边打电话呢。左晓洁把手指头竖在嘴边示意我们别出声，她要给小情人一个惊喜，结果除了惊，她什么也没听见。

"出来吧？"小非主流没想到左晓洁正在他背后，"我想你了呗，快点儿出来，那傻女人又给钱了，我们开房去。别闹，我说了只爱你，那老女人是提款机……"

就这几句话气得左晓洁直哆嗦，一脚就把小非主流踢到了马路上，然后气势汹汹地看着他。

"姐，姐……我错了，我开玩笑呢，她就是我一同学！"小非主流一开始还骂骂咧咧呢，一看是左晓洁没脾气了，一个劲儿地解释，还说就爱左晓洁。

"你个骗子！老娘我玩了一辈子鹰居然折到你手里了！"左晓洁上去就把那个小非主流按在了地上，左右开工打了不下二十个嘴巴，孩子脸都被抽肿了，然后在左晓洁的淫威之下写了张欠条，答应左晓洁把这些钱都还回来。最后左晓洁说："孙子，我看你敢跑，姑奶奶我认识黑白两道，不还钱就等着去死吧！"说完头也不回地就走了，表情极其凶狠。

"这回我们能一起庆祝了吧？"我小声的一句话，左晓洁猛地一回头吓得我差点儿崴了脚。

7

"姐们儿，出来吃饭吧，我给你介绍个企业家。"程盈盈高高兴兴地给我打电话。

"哦，我知道了，那个卖海鲜的吧？"程光亮说这个男人是海鲜批发公司的，天天往他们家送那些螃蟹什么的，吃得他都恶心了。现在他每天都给我们带爆炒小螃蟹、红焖大虾、葱烧海参什么的，大家都把程光亮奉为神，每天就等着程光亮来开斋吃好的。

"咦，你都知道啦，真没意思。"程盈盈明显不兴奋了。

这个卖海鲜的一副典型的南方人样子，一双眼睛咕噜噜的很灵活，一看就知道心眼多，我都怕实心眼的程盈盈斗不过人家。不过也无所谓吧，程盈盈又不是

没事别惹前男友

什么黄花大闺女,都离婚了,亏不到哪里去,骗钱更不可能,程盈盈把钱看得比命还重要呢。不过事情总有例外,又或者是这个男人太会说,哄得程盈盈一愣一愣的。

"他说帮我投资,你说,给他钱不?"就在我忙得四脚朝天的时候,程盈盈在MSN上问我。

"不给,万一是骗子亏大了。"我回了一条信息以后就忙着弄手里的文件了。

"万一真能赚钱呢?"程盈盈不依不饶地非要我给个答案。

"那就给他,少给点儿。滚,我忙死了!"我回过去以后就调成不接收信息了。程盈盈有的时候特讨厌,你说什么她总有反驳的话。

程盈盈再三犹豫后就给了卖海鲜的一万块钱,千叮咛万嘱咐叫他小心,然后提心吊胆地等消息。

还别说,这卖海鲜的真是做生意的料,把那一万块钱变成六万块钱给程盈盈拿回来了,美得程盈盈跟什么似的,带我们大家出来吃饭,纯女人的聚会,所有的男人都靠边站。程盈盈那叫一个眉飞色舞,高兴得都语无伦次了。

"你们看看,你们看看,我男朋友,多牛逼!"程盈盈现在把称呼都改了,原来叫那卖海鲜的名字,现在改成男朋友了,但是不知道为什么就是不说老公。估计在心里她还是把这个光荣的称呼给了我哥,但是我怎么听着那么别扭。

"姐,见好就收,我看那个卖海鲜的太滑溜了,跟泥鳅似的。"那个卖海鲜的真的挺精的,上次还非要程盈盈拉着我们一起入伙呢。左晓洁是去广州了没赶上,聂青说我的兜比脸还干净呢,而我正好把工资上交给我家国库了,一时拿不出来。所以程盈盈老说,你们就是舍不得孩子套不着狼,钱生钱的机会老天都不留给你们。

聂青跟我说她最近又要去相亲,而且态度坚决地说小心眼的不要,毛杰那种脾气的最好。说到这里就不得不说说那个一直默默陪在聂青身边的毛杰了,他是聂青的校友,聂青刚刚进大学的时候正好毛杰要毕业了,就被派去接新生。他一看见聂青就丢了魂,从此死死地跟着聂青不放,不过不知道为什么聂青就是看不上他,我想这就是大家说的,拥有的不珍惜。看看程盈盈就知道了,当初那个欧阳不是也喜欢她么,结果人家跟别人结婚了,她才觉得浑身难受,身在福中不知福啊。

毛杰其实也在聂青他们学校,不过是从事政治工作的,不带班。听说聂青被那个老师纠缠以后,毛杰就主动要求接送她上下班。聂青也是被吓坏了,所以满口答应,没事还请毛杰吃个饭什么的,就是不提跟毛杰有没有什么发展。

"阿姨。"我周末去聂青家吃饭,她妈妈挺喜欢我的,咱这人就这点儿好,讨人喜欢,尤其是讨家长喜欢。

"进来,苏言,好久没看见你了,都快结婚了吧?"聂青她妈一看就知道天天没事干净想闺女嫁人的事情了,面上都带着呢,听说最近有点儿更年期的反复,没事就唠叨聂青嫁不出去。现在聂青尤其怕她妈出去跟人聊天,你看吧,聊的时候好好儿的,聊完了以后回家就闹,哭天抢地的。难怪聂青总跟我们念叨,说更年期就不亚于神经病,这种病还没治,唯一的办法就是赶紧嫁出去。

"哪儿啊,阿姨,自从上一个分手后,我还没有正式的男朋友呢。"为了聂青的未来,我故意隐瞒了李想的存在,这也是为了聂青家里的安定团结,不然等我走了她家的天就塌了,不定怎么闹呢。

"哎哟,你得抓紧了,这样,等我们家小青过几天见完了,阿姨给你挑个好的。"聂青的妈妈对我的回答还算满意,我看她心情愉悦地走开了。做家长的也挺苦的,看见别人比自己的孩子强吧,就心里不舒服,但是一旦听说谁家孩子不如自己的孩子就痛快了,敷衍的话说得特溜。我家里也这样,我妈就听不得谁谁比我们兄妹俩强,当年我当不赚钱的实习生的时候,在家里我妈可没给我好脸色,但是只要是在外面,她可是逢人必夸的。

"你说你也是傻,毛杰也不差啊。"我翻着杂志说。我真的觉得毛杰这人不错,要样貌有样貌,要品行有品行,就是太老实,老实到不注意看都看不到这个人的存在。

"去去,我越不待见谁你就越说谁,过几天记得跟我去,保护我。"聂青给我倒上水。

"保护你?谁保护我,我不厚道地告诉你,出了事我会跑得比谁都快,这是一定的。"

程盈盈最近简直是倒霉到家了,要我说就是着急结婚闹的,要不怎么会这么倒霉。

那天是卖海鲜的给程盈盈送钱的日子,他一直说生意很好,又陆续跟程盈盈要了几回钱,一共是十万。就在我去找程盈盈的时候,她正跟火上房似的找那个卖海鲜的,结果就是她被人骗得很惨。

后来听警察叔叔说我才知道,这个卖海鲜的是个惯犯,专门骗那些征婚的妇女。程盈盈算是警醒的,只被骗了钱,没被骗了色,有不少女人还被骗了色呢,而且有几个还怀孕了。但是我特想告诉警察叔叔,现在比起来,程盈盈宁可选择被

没事别惹前男友

骗色。她跟我哥离婚以后就认为世界上没有什么能靠得住,除了钱,然后就疯狂地敛财,这十万不过是她众多财产中的很小的一部分。那程盈盈也受不了啊,那可全是钱,那可是紫外线一照有水印的真钱……

很快那个卖海鲜的被抓起来了,他不光得赔钱还得负责打胎的费用。庭审的时候,程盈盈特别平静,她直勾勾地看着那个卖海鲜的,眼神跟女鬼似的,把法警都看害怕了,问她要干吗。程盈盈突然笑了,吓得卖海鲜的直哆嗦,我也哆嗦,不是怕别的,主要是我怕程盈盈疯了,这得多吓人啊。

后来我还特意陪程盈盈住了几天,发现她一点儿事都没有,可能是我神经过敏了。程盈盈说:"你别看着我了,放心,我疯不了,就是想吓唬吓唬那个孙子,不能让丫活得太安逸,有疯的那个工夫我还想赚钱呢。吃一堑长一智,利息我当是交学费了,等下次相亲就会选了。"哦,对了,我忘记说了,那笔钱要回来了,卖海鲜的也不知道是真傻还是假傻,骗来的钱愣是一分没花,全在床底下放着呢,听说是想等攒够了一百万就回家盖房子。幸亏没花,这要是花了程盈盈一定得失心疯,还是治不过来的。

人总是会时来运转的,我现在就特别相信这句话,真的,聂青倒了这么多年的霉终于碰上一个靠谱的了。面前的这个小男孩是真不错,听说是一个什么公司的白领,文文静静的真好看。我这次没有站在幕后,因为聂青怕再碰上上次的结巴的憨厚同学的情景,所以直接让我坐在她旁边,一来给她压惊,二来保护她。

"嗨,苏言姐。"第二天我就在办公室看见了这位白领同学,他跟着一个老板摸样的人来办事,听说是李想接的项目,给这家公司做个视觉手册。这是个证券公司,最近火得不得了,至于为什么那么火我就不知道了,对这些东西一窍不通。

"真巧,你们认识?"李想走过来问我。

"啊,一面之缘。这个项目你看要是没问题,我就发印厂去了。"我把手里的文件夹交给他。

"OK,一会儿给你消息。"李想把文件放在了桌子上,然后我就出去了,不过没走多远那白领同学就跑出来叫我,然后我就听到了一件很惊悚的事情,吓得我魂飞魄散。

白领同学跑出来问我能不能带他去附近的咖啡馆,老板让他去买点儿咖啡。真是有毛病,我们的咖啡不好么,我觉得挺好喝的,但是没办法,人家说了就得带着去呗。

站在星巴克的等候区,我看着这个小资的装修。"我不在星巴克就在去星巴

克的路上"，当年这句广告词给我特好的感觉，天天梦想着带我的爱人来星巴克，一起喝一下午的咖啡，等有钱了以后却忙得没时间来喝咖啡，真是好笑。我一次也没跟程光亮来过，光看就看了无数次，愣是一次没进来。

"苏言姐有男朋友吗？"白领同学突然问我。

"啊？不算是有吧。"我脑子里出现了李想的那份合约，真是不知道我现在到底是有男朋友还是没男朋友，李想跟我是有合约的，程光亮又跟我说让我玩够了就回家……

"那么，你觉得我合适吗？"这位白领同学真是实诚，一张嘴就语出惊人。

一路上白领同学就没闲着，一直在和我说很喜欢我呀，觉得我很有 feel 呀，哇啦哇啦地说了一堆。吓死我了，让聂青知道了我还不得死，后来回到公司我就一头钻进办公室没敢出去。

不过，后来那位白领同学还来过公司几次，我没敢往前面凑，就是打个招呼就过去了，直到聂青喊大家周末一起去郊游。

"为什么躲着我？"白领同学不知道什么时候站在厕所外面还不让我走。

"没有啊，我跟你又不熟，没什么躲不躲的。再说，你不是聂青的朋友吗？"我下意识地退了一步。

"她？那个傻丫头，哈哈！"白领同学突然笑了，笑得好开心，但是我笑不出来，因为在他身后我看见了聂青。

"你笑什么？"我定了定神问他。

"那个傻丫头，我不过是利用她而已，我是想见你。"白领同学慢慢地靠近，我都吓傻了。

"别这么说，聂青听见会伤心的，她才是你的女朋友。我已经有男朋友了，你想都别想。"我看聂青的脸都绿了，就没敢再说下去，没想到白领同学不知死活，依旧胡说八道。

"没关系，没关系，咱俩好呗，不让聂青知道就成，你也别让你男朋友知道，这样多刺激啊！生活不能没趣……啊！"聂青实在是忍无可忍，抄起手里的西瓜就扣在了白领同学的脑袋上。白领同学的脑袋上跟戴了个头盔一样，衣服上面也全是红色的西瓜汁，搞笑的是他一直在喊"谁把灯关了"，我跟聂青一路笑着走了。这事还真的很好解决，看来是我多虑了，没事净胡思乱想，我们这么多年的友情岂是这个搅屎棍就能破坏的？岂有此理。

左晓洁自从跟那个非主流拜拜了以后就发誓再也不找比自己小的，这回找

没事别惹前男友

了个跟自己同岁的,这个人是个警察,左晓洁报案的时候认识的。真是,都差点儿被人抢了,还有闲心勾搭警察叔叔呢。

那天左晓洁走完秀都凌晨3点了,这人一向胆子大,愣是要自己回家,结果被贼盯上了。她当时把手里的包甩来甩去,里面有个一万块钱的红包,主办单位给的,左晓洁喜滋滋地一边哼歌一边转圈。一个贼就看上了左晓洁,估计是想劫财劫色,因为一个女人深更半夜的在外面晃悠不免让人遐想。

这贼慢慢地靠近了左晓洁,一把抢了包就跑,一开始左晓洁吓了一跳,紧接着就不干了,要是就一千多就算了,妈的,一万多块!够左晓洁花一阵子了,那是辛苦钱,要是大款给的就不心疼了,没了再要,这个性质不同。想到这可把左晓洁气坏了,她脱了高跟鞋就甩了过去,然后开始追。他们途经了好几条胡同,足足跑了一个小时,左晓洁就是穷追不舍,誓死要拿回自己的包。那贼都快哭了,没见过这么玩命的,最后跑得都没力气了,抱着电线杆子直吐,一边吐一边说:"大姐,我错了,包给你,饶了我吧,累死我了……"左晓洁掏出手机报警,没五分钟就来了个年轻英俊的小警察。左晓洁看着这个人眼睛都发光了,然后以迅雷不及掩耳之势娇呼一声扑到了人家怀里,一点儿也不像刚刚跑完这么远路程的样子。

"你也太厉害了。"我喝着咖啡看着左晓洁,她现在打扮得跟良家妇女似的,青春得不成,穿着小花裙,还梳俩小辫儿,一笑俩酒窝,简直就是一个玉女。估计这又是那个警察叔叔的嗜好,我有预感,下一轮的遭遇又来了。

最近左晓洁一直纠结着一件事,就是她没告诉警察叔叔她有同居史,因为警察叔叔说左晓洁特完美,跟仙女一样,导致左晓洁都不知道怎么蒙人家了。

"那就告诉他,你做了个手术,妇科手术。"我拿着新的方案,最近忙得要死,只好在班后带回家做。

"滚,你骗鬼呢?"左晓洁捂着脸用牙缝说话,她实在是太爱美,两天一张面膜,用得比谁都快。不过她靠脸吃饭,所以换句话说,这也算敬业。

"那就说碰见流氓了。"聂青抱着一堆卷子。

左晓洁跟个雕塑一样一动不动,脑子里还在想着到底要怎么糊弄过去。我知道她现在一定特后悔自己怎么不是处女呢,也不知道她是不是真的动心了,但是她一定是想求个安定,如果现在能结婚,她会不惜代价地领证去。聂青也一样,别看她到处相亲,但凡有个男人说结婚吧,她就敢拉着行李办证去。而我,我想我是不敢,因为不确定婚姻带给我的是安稳还是动荡。

8

刘赫最近好像跟一个女演员特别暧昧,一开始我以为是公司的安排,一般他们推新人的时候喜欢用这招,反正我知道刘赫心里装着的是程盈盈,跟其他人不过是玩而已。说到这里我就鄙视男人了,说爱你是一回事,但是发生关系又是另外一回事,这两样是分开的。而女人就学不会分开想,或者分开过,也许左晓洁是个例外,她还真的能分开,不过这样也有恶果,现在不就是自作自受。

程盈盈特意带了点儿礼物跑来我家,说是出差带了点儿东西回来,给前婆婆送点儿来。其实我妈还算喜欢程盈盈的,因为程盈盈的眉眼跟我哥很像,我妈信夫妻相这么一说,所以她也比较喜欢程光亮,因为程光亮的眼角和我一样有颗痣。

刘赫回来的时候程盈盈还没走,两人特客气,做足了外交功夫,详谈还甚欢,看得我直反胃,真是恶心。

"程盈盈是来看看我跟那个女演员有没有什么吧?"刘赫钻进我的屋里笑得跟老核桃皮一样,后来我跟他说你再笑下去能直接演老头不用化妆,他才不笑了。

"你最好没点儿什么,程盈盈可抽,回头吃不了兜着走。"我忙着看书没时间答理他,他跟程盈盈玩得也够吓人的。

不过这次奇怪的是程盈盈并不闹腾,她在报纸上看见刘赫的绯闻跟没看见一样,连程光亮都奇怪,这下我们有点儿慌了,难道程盈盈真的不惦记刘赫了?这叫什么事,他们俩打架,我们跟着遭罪,他们俩不打了吧,大家又跟着担心。

聂青决定换一种相亲的方式,她报了个什么相亲旅游团。现在嫁不出去娶不进来的人太多了,所以大家都拿这个说事,一跟什么联谊啊相亲啊挂上钩的东西就卖得特别好,而且还抢呢,上次跟左晓洁去庙里烧香我就看出来了,现在是相亲经济时代。

那头程盈盈到处说结婚,这头刘赫对着记者跟小姑娘起腻,看得我们全家心惊肉跳。太恐怖了!这两人已经把自己的小矛盾升级到了大矛盾,全市人民差不多都看见了,而且现在还有记者去骚扰程盈盈,因为程盈盈毕竟是我哥唯一承认的女朋友。

聂青相亲旅游团回来了,这次好像收获了个导游。说起来聂青也见了不少了,就是没有成功的,我要是她也郁闷,不过还好,有人认识总比没人认识好,我期待着她这次成功,这样以后我去旅游能打折。

左晓洁很悲惨地打来电话说跟警察叔叔拜拜了,就因为她不是处女,警察叔

没事别惹前男友

叔家里很保守,坚决不能接受左晓洁。我跟她说,别怕,这人一看就不厚道,不然怎么也能编个瞎话糊弄过去,所以他不值得你待见。然后左晓洁约我陪她花点儿钱去,不然心里别扭,都这样说了,我能不答应么。

"你今天可买了不少了。"我抱着一个大袋子,里面全是化妆品,左晓洁狂刷了五千多,我知道那张卡是左晓洁自己的卡,不是大款的附属卡。

"你说我是不是嫁不出去了?"左晓洁点着烟问我,表情很落寞。

"谁说的,怎么会?交朋友同居过又分手的有的是,要嫁不出去也只有我,要貌没貌要钱没钱……"我放下手里的东西,从左晓洁的烟盒里拿出一根烟,我们抽的是进口烟,专供女士抽的,很香,有一点点的甜味,但是没什么劲。

"我有时候想咱都是为什么啊。"左晓洁叹了口气看着我。

"为什么?生活质量呗,要么就是天性,生儿育女的天性。"

"不,我看不是,我们都是为了找个伴儿,一个人太寂寞了……"左晓洁说得无比深沉,然后猛地拍我的屁股,"傻妞,回家,东西我不要了,送你了!"

"哟嚯,发大财了啊。"刘赫看着我抱着一堆的东西回家。

"滚,我告诉你啊,少给程盈盈添堵,没人性的东西。"我估计是受了左晓洁的影响,对着刘赫恶声恶气地说。

"姑奶奶,程光亮又气你了?"刘赫帮我把东西放到屋里,然后抓着我非要谈心。

周末,李想带我去看电影。

我看着李想,他的侧脸很漂亮,让谁都喜欢,但是我真的不知道到底要不要继续。不可否认,我爱程光亮,但是又受不了他的脾气,受不了他太迁就我,把我说的每一件事情都当真,也许我该接受李想,早点儿结束这混乱的关系。

"你看电影的时候想什么呢?"李想吃饭的时候问我。

"想自己的事情。"我看着窗外,"可能是我不想跟程光亮斗气了吧,大家都不小了,该冷静了。这么久了,我看着大家在为爱情奋斗,聂青的不屈不挠,左晓洁的认真投入,程盈盈虽然是斗气,但是她也在思考。而我,除了玩就是玩。"

"其实你能看明白,就是不想去看,你在留恋……"李想看着我,他的眼睛跟别人有点儿不一样,但是我又说不出来什么,总之很奇妙。

我不知道,你是不是能让我忘了他,我看着李想在心里说,突然笑了。他也看着我笑,一瞬间我觉得他看穿了我,我在他面前是透明的,晶莹剔透,而他,我看不透。

"谢谢啊,还送我回家。"我下车的时候跟李想说。

"还是没想好要不要试试？"李想没有看我，轻轻地说。

"给我点儿时间。"我没回头，直接进了家门。其实是没敢回头，我知道，一回头看着他就又晕了，也许就答应了。

聂青跟那个导游还挺好，我跟左晓洁都很欣慰，这下聂青也终于有对象了，再也不用天天愁了。但是有个人不高兴了，毛杰那天突然给我打了个电话，说想跟我聊聊。

"在这里。"毛杰在咖啡厅等我，这人我还是比较喜欢的，长得挺白净，而且性格十分开朗，对谁都特别好，老是笑眯眯的。

"抱歉啊，我迟到了，最近太忙了。"我点了杯咖啡。

毛杰这次约我来就是想让我帮忙看着点儿聂青，说她太单纯、容易上当，上次就是教训，那个美术老师就吃定了聂青老实，所以把她哄得一愣一愣的。这次这个导游听说为人不大好，而且有过婚史，但是他没对聂青说。

这件事也是凑巧了，那个导游前妻的离婚律师正好是毛杰的一个朋友，他的朋友那天来找毛杰玩看见他了，打了个招呼，那个人脸色就特别不正常，赶紧着拉着聂青就走了。听说他跟前妻离婚就是因为喝酒，这人一喝多了就打人，酒醒了就承认错误，下跪，扇自己大嘴巴，一个磕巴都不带打的，但是就是次次喝了就闹，改不了。

本着对聂青负责的态度，我拉着李想找聂青他们吃饭。

"记着啊，就是给他灌多了，要不显不了原形。"我嘱咐着李想，还特意把刘赫去酒席的药偷了出来，这是刘赫从国外带的，就是好使，怎么喝都没事。他每次都带着这个去跟高层吃饭，就是一个毛病，老上厕所，因为酒精就靠着一个通道排泄出去。

酒真不是好东西，怪不得家长都不让喝，聂青的那个导游男朋友没几杯下肚就开始自己给自己倒了，李想想喝都不让，这样下来聂青的脸上就挂不住了。

"别喝了，吃口菜。"聂青按着酒杯说。

"你躲开！"那导游伸手就把杯子夺走了，聂青的脸都气白了。

"不会打人吧？"李想偷偷问我。

"我哪里知道，看看情况。"我拍拍李想，示意他别出声。

我们真的是低估了这个导游的威力，他居然要上酒疯了，在饭馆里大砸特砸，我们被他砸得抱头鼠窜，全部钻到了桌子底下。后来他把我们挨个拎出来谈话，把聂青吓得都不会说话了。好在毛杰怕出事一直在附近，我们一个电话就来

没事别惹前男友

了,要不真控制不住了。

可怜的李想,脑袋被一个酒瓶子砸了一下,破倒是没破,但是有点儿轻微的脑震荡,我真是对不起他。毛杰的手骨折了,我们两个女人倒是没事,不过吓得够戗。

"我真对不起你。"我扶着李想回家,看着他的样子都觉得可怜。

"那你以身相许吧。"他看着我说。

"还逗呢,看看你那个脑袋。"我白了他一眼。

"没逗,我是说真的,给我个机会。"李想在进门前跟我说,其实他让我挺感动的,要是没程光亮我第一个就答应他。

"一年,一年我们的合约就满了,到时候我就不想程光亮了,成吗?"我没敢看李想,怕自己一时冲动答应他。

晚上,我叫上聂青和程盈盈,大家一起吃饭,大家有一阵子没聚聚了。

我们就在李想的酒吧包间聚会,跟服务生说不用过来了,然后一直谈心到天亮。想想我脸真大,就那么大摇大摆地跑到李想的酒吧,然后还不答应跟李想有什么发展。

"你们说我是不是该答应?"我边吃薯片边看电视。

"要么说你傻,你丫不会俩都挂着啊?"左晓洁大言不惭地说。

"一边去,当我是你呢。对了,你跟那个新男人是怎么认识的?"我把薯片扔给左晓洁。

那天是左晓洁很不幸运的日子,同时也是幸运的,钓着金龟了。

"什么? 我靠,你们真孙子!"左晓洁不淑女地站在首都的机场,主要是太气了,她本来是要去上海走个秀的,结果到了机场主办方才告诉她活动不赚钱,不办了。可怜的左晓洁还带着一个很大的行李箱,她以为到那边有人接呢,这下好了接什么接,接个大头鬼!

然后左晓洁很郁闷地去退票,还拉着自己的大行李箱。

"你好,要帮忙吗?"一个很帅的男孩出现在左晓洁面前,跟天使似的,把左晓洁乐坏了,马上一扫刚才的凶悍样变得小鸟依人,柔柔弱弱的跟个小家碧玉似的。不过说真的左晓洁不演戏可惜了,那么好的演技,一准拿奖的主儿。

再后来飞机男又留了左晓洁的电话,然后飞快地发信息给左晓洁——"其实我早就看到你了,就是一直不敢跟你说话,我怕你不理我……"

左晓洁对这种感情一向是直觉敏锐,她一下就猜到了该男有企图,这不就上

钩了。

第二天回家以后我又吃了不少的东西，包括草莓、木瓜、酸辣粉，还有羊肉串若干，都是刘赫弄的。我在吃水果的时候，刘赫举着羊肉串和酸辣粉回来了，这等好东西入了我的眼还能有跑？当时我就给拦住了，非要刘赫分我一半，不分就告诉公司他在保持身材期间胡吃海塞。最近刘赫有很多的活动，公司交代过不能胖，胖了就用非常规手段——饿，帮他减肥。他已经受过洗礼了，现在就怕这个，所以是敢怒不敢言，老老实实地把东西给我吃了。后半夜我就开始上吐下泻没完没了，难受得我哭喊着："刘赫我跟你没完，你就是想整死我！"然后被家里人送到了医院，大夫说是病毒性痢疾，吃了不干净的东西引起的。

"没事吧？"聂青就是温柔，在我生病的第一时间来看我。

"还成，现在还有点儿恶心。"我浑身上下都没力气，上面吊着好几个瓶子，目前就靠这几个瓶子救我的命了。我的主治医生去拿病历了还没回来。

那个主治大夫在姗姗来迟之后看见聂青就呆了，聂青也看傻了，我从这两人的表情中看见了一个恶俗的词———一见钟情。

"嗨……我是苏言的朋友。"聂青傻呵呵地笑着。

"你好，我是苏言的主治大夫，展翼。"那大夫脸都红了，目不转睛地看着聂青，然后两人就那么看着，丝毫不顾忌我。

"大夫！大夫！点滴没了！"我眼看着点滴就打完了，却没人管理我。床头的呼叫器在聂青的手里，她刚刚说叫我睡觉，然后点滴没了她叫护士的。如今这两人沉浸在自己的世界，根本无视我的存在，直到我奋力举起枕头砸向聂青……

"你说说，你说说，这不是缘分么？"聂青坐在我的床边，下巴支着窗台，跟发花痴一样。

"滚！我的小命差点儿耽误在你手里。"点滴到最后都回血了，我眼睁睁地看着护士拔下针头还带着大半管子我的血。这个聂青，亏我以为她是最有人性的，结果最没人性的就是她，还捏着我的呼叫器，不然我早就叫护士了。

最后大夫说我暂时没什么事可以回家了，这两个人那叫一个恋恋不舍，就差依依惜别了，后来还互留了手机号码保持联系。聂青要电话的时候特别害羞，美其名曰怕我有什么危险要跟医院保持联系。大姐，一个痢疾，而且已经消炎了，我也不上吐下泻了，还能危险到哪里去？

没事别惹前男友

9

程盈盈最近要拍个新的电视剧,好死不死的,那个导演就看上刘赫了,非要他当男主角。这下好了,不是冤家不聚头,程盈盈只能在郊区的影视城跟刘赫度过漫长的三个月。

"你带拔火罐干吗?"我坐在沙发上看着刘赫收拾东西。

"拔火罐,带了就是去拔的!"刘赫理直气壮地说。

"不是吧?我听说你有半裸戏啊,能让你带着一身的圈去拍吗?"我看着他笑,"据我所知,程盈盈好像到了特别阴的地方就腰疼,用拔火罐才能好……"

"少说点儿话你会死啊!"刘赫拿起他的臭袜子砸我,叫我挡回去了。谁不知道你俩互相惦记着,还不好意思呢,真是的。

李想也真会选时候,他在这个时候把程光亮派出去公干一个月,广东那边有个项目需要我们派人去弄,还得要个能拿得起活的人。

"唉,李想,晚上一起吃饭啊。"程光亮拿着机票叫李想一起吃饭,这浑球,怎么不跟我告别?白朗哭着喊着也要去,但是没办法,这边有很多东西等着他做呢,去不了,白朗恨不得不要工资自费去。

"亮亮,出去别乱吃东西。"大家去机场送程光亮的时候就白朗带着一大包吃的,专门送给程光亮的,不知道的以为程光亮去赈灾,还自备口粮。

"我知道了,走了。"程光亮现在一脑袋的黑线,我知道他都想去死。

"亮亮慢点儿。"白朗挥舞着手绢送别,让我想起了琼瑶的经典告别场景,女主角站在站台上拼命挥动着手里的手绢,心里默念道:"我的爱人,你一定要回来啊,回来啊回来啊啊……"

叮叮告诉我,她觉得李想一定在追我,所以特意把程光亮放出去,还要我努力,做两手准备,要么跟程光亮复合,要么就干脆跟李想在一起,主要是这两个男人都很优秀。听说最近叮叮也开始相亲了,还有事没事的跟我取取经,她特佩服我看了这么多的极品还能谈笑风生,我也佩服我自己,现在已经练到看见鬼我都不怕了。

聂青还真的跟那个叫展翼的医生勾搭上了,我就知道这两人不对,那天我在超市碰见他们的时候,他们还挺不好意思。

"我就知道,当时我看着就不对。"出来以后聂青说跟我一起吃饭让展翼先自己回去。为了弥补我的失血,我强烈要求吃毛血旺,然后我们就找了家四川饭馆。

"吃你的。"聂青的小脸红扑扑的，还不好意思了。

听说这个大夫对聂青不错，跟小孩一样哄着，我问那个男的多大，聂青跟我说二十七了，但是我老是觉得不大对头，因为在医院的时候我听说他老去做什么手术，学医是有本硕连读的，这样读下来的话怎么可能让他直接去做手术呢？后来想想也没问聂青，年龄无所谓吧，反正早晚会知道，知道疼人就好了。

当天晚上，程盈盈约我陪她去相亲，这回见的是一个教授。刚一见面我差点儿喊他大爷，这面相是真老，看上去跟五十了似的。听说是留过学的，很有文化，现在有车有房有钱，就是想找个老实的女人，离婚的都不怕，主要是得爱干净。这个需求和程盈盈一拍即合，要知道，程盈盈爱干净不是一般的，刘赫就是因为这个毛病跑的，不然到现在他们还在一起呢。

程盈盈那时候是要求每隔一天做一次大扫除，起码要把家里的边边角角擦擦，后来在刘赫的装可怜下给改为一星期大扫除一次，但是平时打扫要根据她的要求。就说地板吧，先要用干毛巾擦擦灰，然后用微湿的毛巾擦，再然后是用消毒水，最后用干净的湿布擦干净消毒水，再用干布把水分擦干，不然会留印迹，还不能用墩布擦，要一点点地用手擦。每天光打扫，就要四个小时，还是程盈盈和我哥一起打扫，好在那会儿大家都没多少钱，不然买个大房子还不累死了，我怀疑程盈盈有点儿洁癖。

这个教授我看也是有洁癖的，因为我看见他吃饭前把勺子擦了又擦，还不用茶杯喝水，反正这回是两个洁癖凑到一起去了，不知道会撞出什么火花来。我是希望他们快点儿打翻，毕竟我哥还在那里等着呢。

说起来，我发现最近好几天没看见刘赫了，听说去一小村子拍戏去了。我妈心疼他，就让我带着炖排骨去看他，结果我没盖好盖子，让同车的丢丢全给吃了，只能又从一小饭店里买了一份。这个死狗，就知道吃，早晚我炖了它。

"给，咱妈让带的。"我看着刘赫，他嘴角化的全是血。这次演大侠，估计不是被仇人追杀就是练功走火入魔，反正武侠片都是这个套路。这地方其实挺苦的，别以为明星好当，吃糠咽菜的时候你们还没看见呢。我原来就怕刘赫接古装片，因为只要一吊起来准有伤，他回家还不能和爸妈说，只能我给他上药，小胳膊都弄紫了，我心疼得很。

"家里没事吧？"刘赫边吃排骨边看着我，还跟我说这排骨一股子饭店味儿，嘴真刁。

左晓洁最近和飞机男打得火热，她准备随时带回家招安了，但是就是有一点

没事别惹前男友

儿不大明白，飞机男总是和他说的话对不上。就拿程光亮出差来说吧，我们说让飞机男给弄张票，飞机男说我不负责这个，弄不来。我就奇怪，你不是机场地勤么，买张票有什么好难的？又不要折扣，反正公司会报销，不知道他为什么不愿意帮这个忙。

程盈盈没消停几天就和教授打起来了，两人就拖地的方向性问题打起来了。程盈盈每天都要拖地，而且一直是从左向右拖。有一天她邀请教授去家里做客，但是教授来的时候程盈盈还没打扫完，教授就说没事，我帮你，本来两人你依我依的打扫也算是浪漫，但是全叫墩布给毁了。

"你！你干什么呢？"教授冲过来的时候把程盈盈吓坏了。

"拖地啊。"程盈盈的声音里都带颤音了，可见被吓得不轻。

"谁叫你左右拖了？"教授愤恨地夺下了墩布，"要前后拖，不然灰尘全部留在左右两边了！还拖不干净！"

他一喊可把程盈盈吓坏了，她以为出什么惊心动魄的大事了呢，结果就是拖地的方向不对，一气之下抽劲又上来了，死活不干，非要左右拖给教授看。教授气得七窍生烟，还数落程盈盈。程盈盈哪里受得了那个气，当即把教授轰出去了，说这是我家，我爱怎么拖就怎么拖，看不惯别看！

周末，我又去李想家吃饭，他妈妈拉着我一直说话，末了还塞给我一个玉坠，说是上次没给我见面礼，怪不合适的。事后我让李想送回去，但是他说我不是还在考虑中么，考虑好了就戴上，当暗号使多有意思，死活不肯拿回去，只好放在我这里保管。

左晓洁依旧在她的相亲生涯中奋斗着，听说最近有人给她介绍了个搞房地产的，然后左晓洁就拼命给我们推荐房子。刘赫正好想投资一下房产，就托我去拿个宣传材料看看，结果左晓洁就一路把我拉到了毛坯房那里去看。

"慢点儿慢点儿。"左晓洁拉着我在毛坯房里走着，这个小区极其偏僻，而且很脏，要不是看着左晓洁跟他那个房地产男朋友怪热情的，我都不想进来。

"知道，你也看着点儿。"刚才左晓洁叫我看着点儿地上的砖头，没想到自己差点儿摔个狗吃屎。

我大致看了看，想了半天跟房地产说还不错。这个男人长得挺憨厚的，还一脸的福相，肥头大耳的，一看就知道能赚钱。左晓洁这回这个还算靠谱，就是我没想到这个人胆子那么小。

"不错吧？就这儿了。"左晓洁看着这个毛坯房跟看着自己家的房产似的。

"这个我得问刘赫,谁知道他是什么意思。"我把材料放进包里,刘赫一定不要,那么破还离市区那么远,他回头想骚扰程盈盈都不能马上去,他才不来呢,但是碍于左晓洁的面子我也说不了什么。

"成,回头我给打个折,咱都是朋友么。"房地产拿出手绢擦了半天汗,擦着,擦着,突然高喊一声,"你们干吗呢?!"

我扭头一看,原来有好几个农民打扮的人正肆无忌惮地拆着毛坯房里面的水管,长得很是穷凶极恶,一脸的横肉。

"咋地?"为首的人手里拿着一块板砖朝我们走过来,左晓洁拉着我赶紧躲到了房地产的身后。

"我告诉你啊,少来劲,偷东西还那么凶,老公!上!"左晓洁推了房地产一把,结果那个房地产直接出溜到地上去了,低三下四的,还一个劲儿地叫左晓洁闭嘴把包里的钱快给人家。靠!这种王八蛋真不是人。

"真是气死我了,都什么东西,这就是极品,不,变态!"回去的路上,左晓洁就没管理房地产,就连房地产吓得腿软她都没扶,还叫我别扶,让他自生自灭。不过我看房地产也怪可怜的,就没听左晓洁的。左晓洁为这件事埋怨了半天,还叫我请她吃饭,我就请了。好在当时的包里什么都没有,除了那些资料就是几包面巾纸,事后想想,关我什么事。

周末,聂青拉我去和那个展翼谈判。展翼一直在骗她,聂青不敢想象这样发展下去还会有多少秘密。

"对不起,我真的是太想认识你了。"展翼说得特别诚恳,让人都不忍心去怪他,结果三言两语聂青就原谅他了,两人又和好如初。我真是替聂青高兴,她这下真的是得偿所愿了,但是后来一堆人的到来把我们惊出了一身汗。

还没出饭馆呢,一群人哗啦啦地就围上我们了,吓死我了,以为有人抢劫,这光天化日的就抢劫,这是什么治安状况?

"孙子,让我好找!"一个穿得跟黑李逵一样的胖子掐着展翼的脖子,卡得他只翻白眼。

"干什么你们?"这爱情真是伟大,聂青居然想去救爱人,后来我们被提溜到一边去了。

当一个怀着孩子的女人出现的时候,我就知道,一场狗血的故事又上演了,结果还真跟我猜得差不离。那个展翼是入赘的,在女方家里吃吃喝喝还花钱上学,学成以后就分到了医院,但是依旧贼心不死没事就勾搭勾搭小护士、患者什么的,

没事别惹前男友

经常不回郊区的家。这回也不知道是真的喜欢聂青了还是出于什么目的,他非要和老婆离婚,但是他老婆偏偏在这个时候怀孕了。没办法他只好东躲西藏的,不过丫真是坏,躲就躲吧,居然还不忘勾搭聂青,害得聂青直纠结了那么久。

经不住打击的聂青一下子就病了,发烧三十九度,直说胡话,是我跟左晓洁连夜给送到医院的。大夫说再晚点儿就抽过去了,多危险。醒了以后,聂青死活不肯在医院待,我知道她是触景伤情,受刺激了,左晓洁也照顾不好她,只好把她送回了家。

"阿姨,我来看看小青。"我带着水果去看聂青,她妈妈给我开的门。

"快进来进来,谢谢你啊。"聂青她爸爸把我让进来,然后就去房间里喊聂青。

"没事吧你?"我看着聂青,她气色还不错。

"没事,我什么事都没出,多好啊,要是出事了才吓人呢。"聂青这人就是这点好,缓得快,跟左晓洁一样,抗击打能力强。

从聂青家出来以后,我去了程盈盈那里。她最近把自己关在家里改剧本,所以我带着羊肉串和啤酒去的,准备在她家大吃大喝,然后不回家了,直接住在她那里。这几天惊心动魄的事情太多,我得压压惊。

"姐,开门,我给你带好东西来了!"当我敲开门的时候吓了一跳,教授居然在她那儿。

"那个,那我走了,回头咱再说。"教授带着一脸的尴尬走了。这事我得好好儿问问程盈盈,不是说分手了么?

"我们和好了。"程盈盈吃着羊肉串说。这个消息让我很惊讶,程盈盈这个人有个特点,不接受道歉,她总是说狗改不了吃屎,一次犯错就一定次次犯错,但是这次不知道为什么。

我们聊到大半夜才去睡觉,程盈盈本来是不想原谅这个教授了,但是教授一直给程盈盈发信息,那个坚持劲真让人敬佩。程盈盈从来没受过这样的待遇,原来跟我哥打架的时候每次都是程盈盈先说和好,要不刘赫敢就那么一直晾着,反正他忙,不见得天天回家,每次都让程盈盈很窝火。

刘赫这人其实也挺拧的,就是不喜欢道歉,从来不说软话,跟谁都是。小时候一犯错,爸妈都会忍不住打几下出出气,我就知道使劲哭,一哭家长就揪心,打得也会比较轻。而刘赫不,每次都伸着脑袋,特不服,嘴里还说"你打,你打,使劲,不使劲不解气",把人气得没辙,然后败下阵来。

今天要不是我来,程盈盈都打算让教授别走了,住下了。后来我想想还真是后

怕,我抚救了刘赫的婚姻啊,不然这要是让外人占了便宜多吃亏。

周末,我难得在家就开始收拾东西,丢丢在一边把废纸叼来叼去的,都给我弄乱了,气得我狠狠地给了它一巴掌,然后它就躲到一边委屈去了,把嘴里的纸扔到了地上,结果捡起来一看差点儿吓死我。那是刘赫的一张诊断书,上面说刘赫得了白血病,还是恶性的,没几天活头了。当时我就懵了,什么都不知道了脑子也不会转弯了,唯一的想法就是这个事不能让我爸妈知道,我说怎么最近刘赫总不回家,还不接电话,平时他没空他助理毛毛 也应该有空啊,天哪!我哥得白血病了!

"怎么回事啊?"程盈盈哭着跑进了我家楼下的小饭馆。是我约程盈盈来这里说话的,在家我怕自己会哭,一哭我爸妈就该知道了,他们身体也不好。

"我也不知道,这是证明。"我压着伤心给程盈盈看,"姐,这事我没敢告诉咱妈,刚刚我给我哥打电话了,他说还在影视城。"

"还瞎拍个屁啊……"程盈盈眼眶里全是眼泪,不由自主地往下滑,"什么都别说了,我们现在就去,把你哥接回来,带他看病去!"

我赶紧点点头,跟着程盈盈上了车。一路上,我们什么都没说,满肚子的心事,我都能想象到刘赫的葬礼了,一定有很多人来看,有程光亮、李想、左晓洁、聂青,然后就是哭成一团的我和程盈盈,还有我爸妈……

没事别惹前男友

第三集　爱情与我无关，为你存在

　　其实男人伤一个女人轻而易举，因为女人不可能简简单单地忘却，而女人伤男人也一样，不过大家都会爱上伤害你的人，这就是女人奇怪的心理，伤害心理学。他伤害你越深，越是无法自拔，因为他的强大让你在心里产生了一种依靠，很傻的依靠，甚至很自觉地去服从他的一切，直到再次伤害。

1

　　一路飞奔到了片场，我跟程盈盈扑到刘赫的身上就开始哭，一直哭，哭到刘赫跟我们一起哭，他就怕看人哭，因为那样他也会流泪，这孩子就是心软……

　　后来我们止住了哭，仔细一询问，才觉得亏了，亏大发了。刘赫这个死王八蛋，那张病历是这次新片的道具，说到底也是经纪公司讨厌，演就演吧，还直接拿"刘赫"这两字当了男主角的名字，然后到处宣扬刘赫本名华丽演出出道以来的心路历程，再说真是，他本名也不是这个啊，简直胡闹。刘赫拍完了顺手就塞到裤兜里了，然后回家换衣服的时候忘了拿出来，早上的时候刚刚被导演骂过，毛毛跑到医院补去了。

　　再后来，我跟程盈盈一起把手里的包狠狠地砸在刘赫的脑袋上，太缺德了，坑我们，还害得我跟程盈盈差点儿撞车去见了上帝。我一边砸一边骂，你赔我的眼泪，赔老娘的精神损失。程盈盈则喊，你大爷的，我差点儿说我们复合了，你个死王八蛋，混账！

　　刘赫还算得上英俊的脸被我们拍得像猪头，完了我跟程盈盈昂首挺胸地大步走了，那叫一个齐，跟红旗班的正步似的。哼，这就是报应，骗我们，我扭头看着站得笔直的刘赫，他完全被打懵了，正犯傻呢。

回去以后，我突然特别想去找程光亮，我想看看他是否平安，病来如山倒，病去如抽丝，我不想某个时段看见程光亮病入膏肓，这样的时候我一刻也受不了，在生命里，我早已把他当做亲人。

车开到程光亮楼下的时候，我看见程光亮跟个姑娘拉拉扯扯，那姑娘一直抓着程光亮不放，甚至去亲吻他，程光亮躲闪着，但是又不推开她。我闭上眼睛，就像是发了急病一样的难受，我的心已经在慢慢地裂开，我的眼睛已经在慢慢地充血，一脚油门我从程光亮的车旁开了过去。因为离得太近实在躲不开，我的车撞上了他那辆羚羊的后屁股，大灯哗的一声就碎了，跟我的心一样，不过不是无声的碎。程光亮猛地推开那姑娘，一双眼睛看过来，而我就那么溜走了……

迷迷糊糊地，我不知道开了多久，直到车没油了，只好停在高速路旁的应急车道上。我下车蹲在碎了的大灯前面，那里跟我的心一样，碎的样子都一样。

"啊——"我把头深深地埋在膝盖之间。手机上显示出程光亮的电话号码，我将手机一下扔下了高速路，看着它咚的一声粉身碎骨。

没多久天就开始下雨了，很大的雨，我看着车窗外，这雨不知道什么时候才会停，我的泪不知道什么时候才会不流。没人知道我在这里，也许就应该这样一辈子，没人能让我有一个安静的未来。

啪！啪！

一双手在拍打着我的车窗，那张脸是那么熟悉，熟悉到我已经无法辨认……

"呜呜呜……"我抱着他的肩膀，眼泪比刚才更猛，我在宣泄着全身的委屈。他一动也不动，就那么让我哭，只是用手拍着我的背，外面的雨很大，我知道，他的衣服都湿了……

那天我跟李想谁也没有回去就待在车里，我只是告诉左晓洁我不去她那边住了。然后整夜和李想大眼对小眼地看着，谁也不说话，当眼神的焦点对到一起的时候，大家都笑笑，然后各自闪开，想着自己的心事。早上，我发现我们不知道什么时候睡着了，他的头靠着车窗，阳光从外面照到他的脸，闪亮亮的，茶色的头发好像巧克力一样，是今年最流行的颜色。我听左晓洁说的，她一直想染，但是没时间，李想却不知道什么时候染了，真风骚。想到这个我突然笑了，扭头让阳光照在脸上，一切似乎重新开始了。我默默地拿出那个玉坠戴在脖子上。

第二天在公司，我看着程光亮心里默默地说："我为以前的无聊行为道歉。但是，你一定要活得比我还好，找个好点儿的女朋友，起码，别像我一样，任性妄为。还有，一定要温柔，能记得住你能吃什么、不能吃什么……"

没事别惹前男友

左晓洁这几天没怎么出门，忙着安排一个什么义卖活动，听说这个活动搞好了，没准儿电台一高兴就跟她签个长期的合同。当然，签不签倒是无所谓，主要是男人，这个慈善会上有不少大龄未婚王老五，左晓洁也是在今天整理名单的时候才看见的，然后就风风火火地跑来了，激动得跟什么似的。这下到好，左晓洁和聂青一起两眼直放光，狼一样，太恐怖了，这社会怎么了，大龄女青年都把自己逼成狼了。

程盈盈很委婉地问我是不是跟程光亮分手了，我告诉她，本来我们很早就分手了，不过你放心，我不会再跟程光亮过不去了，有什么好姑娘赶紧给他介绍吧。我知道，咱妈惦记程光亮的婚事很久了，就差恨我恨得牙痒痒了。最后我对程盈盈说，其实我挺对不起程光亮的，真的，折腾了他多少回了，也怪可怜的。姐，你也别闹了，能过就过，不能过早点儿放了自己找个好的吧。但是有一点，要是真爱就别拖着了，不然黄花菜都凉了，刘赫再不济也比你认识的那些个乱七八糟的强，起码我们还知根知底呢。程盈盈听完什么都没说就挂了电话，我知道她是思考去了，我也需要思考，虽然人类一思考上帝就发笑，但是你笑去吧，后面的事反正你也管不着。

这几天我老是睡不好，总是做梦，不是梦见跟程光亮打架就是梦见跟李想打架，打架的原因不是程光亮就是李想，反正见天的车轱辘话转着圈儿地说，然后就醒了。我看着床头的表发呆，然后等着李想每天来问早的短信，他跟个报晓的鸡一样，天天七点整报点，这孩子的生活习惯真是好。

周末，我惊闻聂青也要去慈善会，真是吓得我不轻，人家去慈善会的都是大款，就聂青那个小家产，还不够大款笑的呢，不知道她去个什么劲儿。

"你懂个屁。"聂青白了我一眼，她现在说话直逼左晓洁，什么都敢说，大言不惭，一点儿也没有当今教师的风采，低俗得很，一看就知道是更年期提前了。"你不知道，灰姑娘就是去了舞会才勾搭上王子，平步青云的，所以说，要下本，就得豁得出去，这样才能成为大款夫人。男人就是要去认识的，不去到处跑跑上哪里找男人去。"聂青吐出了嘴里的瓜子皮。

"我说左晓洁，这是你教的吧？"我抓了一把瓜子去敲浴室的门，左晓洁在里面洗澡呢，她这人一有点儿不顺心的事就洗澡，一洗三个小时，死活不出来，也不知道怎么洗呢。我看她要是鬼很正常，人家得慢慢地画那张皮，不然不好看。

"你能擦擦哈喇子吗？"我叉着草莓跟聂青说，她现在两眼放光，男人们也两眼放光，不过焦点不同，男人们看左晓洁，聂青看男人们。她真是傻了，有左晓

洁在,哪个男人还会看聂青,除非玩腻了打算找个良家妇女。哦,良家处女,聂青迄今为止光荣的就只有这个了,倒是符合豪门的完整情节。李想本来也说要来的,但是聂青说你来了,我就成灯泡了,说得可怜兮兮的,所以李想没跟着我,带我家丢丢去打针了。这狗最近不知道是吓着了还是怎么了,神经兮兮。我怀疑它有点儿狂躁症,这不是闹着玩的,咬了刘赫就咬了,但是万一咬了我和爸妈怎么办。

第二天上班的时候我支着脑袋看着外面,程光亮从门口匆匆路过,带着一件外套,其实今天温度还成,穿外套有点儿热了。他一屁股坐在休息室准备歇会儿。

"少喝点儿凉水,你胃受不了。"我递过去一杯温的白开水,这是习惯动作。做完了我就开始后悔,但是想想,现在和以前不同,我们不再是对手,恶语相加没有必要,我现在只想他好。

"谢谢。"程光亮愣了下拿起水杯看了看。

"你放心,我没放泻药。"我耸耸肩,"虽然我特想放,但是,算了,我得给我自己积德。"

"我以为你不会理我了。"程光亮在我准备出去的时候说。

"差点儿,不过我没办法不把你当朋友,关心朋友没错吧?"我努力对着程光亮笑,只有这样,我才能继续看着他,等他找到自己的幸福才离开,"不过,你找女朋友可是要给朋友过目的,我搅和了你那么多回,这次负责帮你找个好的。"

"还是你先结婚吧,老了嫁不出去了。"程光亮突然一笑让我觉得心里完全释放了,没有难过,没有悲伤,只有一种很安心的感觉。

"你滚蛋!"我转身离去。

聂青最近神经得可以,她那天风风火火地把我叫到她家,说是要问我点儿有文化的事。这就让我纳闷了,还"有文化的事",能有什么文化? 无非就是男人的问题,这也算文化? 相亲文化?

聂青看我来了以后什么都没说,径直进厨房,拿出一个梨还有一把水果刀,当着我的面把梨咔嚓切开。这个梨还真不错,水多,脆生生的,我拿起来就吃,一点儿也不客气。

"你明白没?"聂青看着我。

"明白啥?"我啃着梨,"难道这个梨和其他梨有什么不一样?"

聂青把刀扔到了茶几上面,吓了我一跳,然后开始叙说她那点儿事。

聂青在慈善会上认识了一个男人——我说那天她怎么跟人间蒸发一样,瞬

没事别惹前男友

间就不见了。这男人表面看上去很美,就一个面,里子就不一样了,吃饭吧唧嘴,家里坐着抠脚,而且胡说八道,一点儿也不上道。尤其是喜欢听地方戏,聂青带着他去听音乐会,哥们儿居然睡着了还打呼噜,要不是人家都有素质,肯定给他们轰出来。这要是我早就分手了,但是聂青舍不得。主要是这个男人太会照顾人了,而且感情极为敏感,只要有点儿风吹草动就敢哭出来,真是闻者心酸,见者流泪,比滚刀肉还讨厌,人家滚刀肉是软硬不吃,这个哥们儿是软硬兼吃。

聂青实在是扛不下去,打算分手,但是又不敢说得太狠,不然这个男人敢哭到警察那,还得说是聂青虐待毒打他,反正谁都不相信聂青。这男人真可怕,演戏有两把刷子,不过聂青也不是什么孬人,老人常说不要跟一个人一起分吃一个梨,分梨分离,会分开的,所以聂青当着我的面把梨切开,暗示决心分离。

"真没想到,你一个大学生居然连这个都不懂,太浪费我的感情了。"聂青看着梨义愤填膺,顺便不忘记帮自己也洗一个。

"废话,我哪里知道你是什么意思。这样吧,干脆不答理他,顺便找个人假装劈腿。"我喝着水,这个聂青真有瘾,对一没文化的那么含蓄,人家懂才怪。

从聂青那里出来以后,我直接去找了左晓洁,我要她帮我找个良家妇女出来,是不是处女不重要,一定要人品好,会做饭,最好还懂点儿医学常识。我记得左晓洁的一个姐们儿的妹妹是护士,给程光亮做媳妇儿正合适。

不过左晓洁以为我疯了,我也差不多这么认为,天知道我为什么非要给程光亮找个女朋友,反正我不许程光亮跟个不靠谱的在一起。

"别忘了啊,我得先看看,太难看的不要。"出了左晓洁的家门,我还不忘叮嘱她。她眼神迷离地看着我,看得我都有点儿不舒服了,心里感觉怪怪的,一会儿酸一会儿疼的。但是我宁可看着程光亮跟我选的女人结婚,也不想看着程光亮自己找一个不能照顾他、还有可能拖累他的女人,那样我会不开心一辈子。我哥得瑟没了婚姻,而我得瑟没了程光亮的大好姻缘,我们都是罪人,上辈子也许我跟刘赫是刽子手,杀了程光亮和程盈盈全家,没准儿还株连了人家九族,不然这辈子怎么就跟我们过不去了。

回家以后,我看见刘赫的鞋摆在门口。

"你干吗呢?"我推开刘赫的房门,他一哆嗦。

"没事,听说你打算给程光亮找个女朋友?"刘赫很明显已经从左晓洁那里知道这个信儿了,不过无所谓,本来我就没准备瞒着刘赫。

"嗯。"我坐在他旁边,打开啤酒瓶,对着瓶嘴喝。刘赫从身后默默地拿出一

袋泡椒鸡爪和几串羊肉串,我知道他早在等着我了,进门的时候就闻见味儿了,不然我也不会跑到他屋里来。

2

其实男人伤一个女人轻而易举,因为女人不可能简简单单地忘却,而女人伤男人也一样,不过大家都会爱上伤害你的人,这就是女人奇怪的心理,伤害心理学。他伤害你越深,你越是无法自拔,因为他的强大让你在心里产生了一和依靠,很傻的依靠,甚至很自觉地去服从他的一切,直到再次被伤害。

"如果我伤害了你,你会恨我吗?"不知道为什么我发了这个信息给李想。其实我知道答案,但是就是想问,自己想来想去也不知道为什么要这么问。发完信息,我到楼下花园里蹲了会儿。

大概11点的时候我上楼,洗完澡倒在床上的时候发现手机一直在闪,李想一共打了十个电话、发了二十多条短信问我出什么事了。我拨过去,李想当时已经穿好衣服坐在车里了,他说如果我再不回消息他就到我家来了,把我弄得不知所措。我跟他说没事。李想"哦"了一声没说什么。憋了半天,最后只是互道晚安,挂了电话。

我去找程盈盈聊天,其实我是想看看她跟刘赫有没有复合的可能,因为傻子都能看出来,程盈盈一刻也离不开刘赫。这样下去太危险了,我跟程光亮就是活生生的例子,也许我们之间是误会,也许不是误会,但是现在我们都不能回头了。李想没有什么错误,不能连累他受到伤害。程光亮如果真的找到了新的女朋友也没错,毕竟我们中间的事情太多,不是一句两句就能说清楚的。现在的安稳就是最好的状态,所以,就这样下去吧,大家还算得上开心。但是程盈盈不能和刘赫复合就会伤心一辈子,我知道,不然就程盈盈这个相亲的速度绝对早该结婚了,她是从心里舍不得刘赫。刘赫也是,现在的小演员多漂亮啊,还年轻,最近他们公司签约的十七八九的小姑娘太多了,一个个长得要条儿有条儿、要模样有模样,而且都极有手段,不然怎么都能找到比自己大、还有钱的如意郎君。当然说是这么说,是不是如意还是自己的事,别人根本不知道。

"怎么那么闲啊?"我到的时候程盈盈在沙发上睡觉。

"哦,你啊,昨天在公司待了一宿,太忙了。"程盈盈爬起来,头发都乱了。听说最近她在忙一个什么剧本,累得跟三孙子一样,这些个码字儿的人都是很苦的,什么时候都得写。程盈盈的腰啊、肩膀啊都不好,以前总是疼,然后我哥就到

没事别惹前男友

处找管用的膏药,还买了拔罐的东西,没事就给程盈盈弄弄。

"你真的想给程光亮找女朋友?"程盈盈突然摸摸我的脸问。

"谁嘴那么碎呀?我不能让你弟弟一直荒着啊。再说,现在挺好,他能到处磕姑娘去了,我则被套牢了,没人再给他捣乱。"我靠在沙发上疲惫地说。

"你总是把什么都做到最好,心里不难过么?"程盈盈看着我说。

"你呢?刘赫的位置没人占吧?"我看着程盈盈的眼睛,那双漂亮的眼睛转到一边去了,只留给我一个看不清的侧面。

"不知道,也许吧,刘赫是个好人,他对我真的很好很好,但是我们还是分开更幸福。就跟你说的一样,现在每天在变化,大家都有了新的变故,不管是误会还是其他什么,总之是不能回到以前了,硬要回去,会伤害很多人。教授已经向我求婚了。"程盈盈站起来从抽屉里拿出个相框,不用看我都知道,那里面是刘赫的照片。我觉得这个事情大条了,不能让程盈盈嫁人,不然刘赫怎么活,于是我不动声色地跟程盈盈吃完饭,马上冲出来给刘赫打电话,让他到李想的酒吧来。

"啊!刘赫!"

"呀!刘赫!刘赫来了!"

刘赫真是不知道什么叫危机,春风满面地来了,还站在酒吧里跟那些小影迷照相,真是够可以的,我看你一会儿怎么哭!

"叫我干吗?还到这个人多的地方。"刘赫喝着啤酒说。我们在李想的办公室,包间不够安静还不够那些服务员看的,刘赫就这点儿不好,太招人了。

"程盈盈说那个教授向她求婚了。"我看着刘赫说,李想在旁边直捅我。

"……"刘赫一句话都没说,但是我看见啤酒从他的鼻子里流了出来,然后是剧烈的咳嗽,咳到脸都红了,而且还伴着眼泪。谁都能看明白,一开始是呛了,但是到了后面的眼泪就是自己的,他失声痛哭,完全没了以往的风度。

李想跟我只能一边一个坐在他的旁边,什么也不说,就是让他靠着。他一会儿趴在李想的肩膀哭,一会儿趴在我的肩膀哭,我想他真的是伤心了,不然不会这么哭,那眼泪都把我们的衣服弄湿了。

"也许,程盈盈还没答应呢。"我拍着刘赫的肩膀,现在只能这么说,看程盈盈的样子一定是答应了,不然她不会说得那么难受。

刘赫几乎哭到了虚脱,是我跟李想把他抬回家的。然后我们叫了程光亮出来,大家得商量个办法。我们毁就毁了,程盈盈要是真嫁给教授,刘赫真能死去。这个时候我突然想如果我嫁给李想,程光亮会不会也这样为我哭?我不求他能

来说我还爱你，我只是希望他能为我哭一哭，这样起码说明我在他的心里还有一点儿地位。

"姐，晚上我们叫上聂青和左晓洁一起吃饭吧？"我给程盈盈打电话，饭馆我们都安排好了，那是当初刘赫向程盈盈求婚的地方。程光亮通过左晓洁找了两个小演员，就按照当初刘赫求婚的桥段演给她看，用周围的环境刺激程盈盈。她这种人得来猛药，一定得让她想起当初和刘赫的种种，不然就晚了。

"晚上？晚上我看看啊，成，教授晚上有课，我也没事干，好久没跟你吃饭了。"程盈盈痛快地答应了，然后挂了电话。我对着李想和程光亮伸了两根手指，告诉他们一切搞定。

到了饭馆，我看见李想站在厨房门口打手势，我们包下了这个西餐小馆子，活动资金是我们凑的，刘赫完全不知道，就他这种死要面子的人一定是不会同意的。左晓洁和聂青早就到了，他们把座位安排在中间，这样比较容易控制，所有的都准备好了，就等着程盈盈这条大鱼上钩了。

"姐，什么时候结婚啊？"左晓洁切着牛排问。

"啊，马上，下个月吧，其他的教授来挑。"程盈盈愣了下，马上恢复正常。

"姐，礼花可得给聂青留着，她等着抢呢，恨不得现在就练上了。"我对着聂青笑，大家表现得跟没事一样，就是一起高高兴兴地吃个饭，其他的什么事也没有。

半个小时后，婚礼进行曲准时响起，餐厅的灯暗了下来，一道光束追着一个男孩慢慢地走来，他手里托着一个大蛋糕，上面写着"亲爱的，嫁给我吧"，走向一个女孩。

"亲爱的，在这里我向你求婚。今天是你的生日，以后这天会是我们的纪念日，永远的纪念日，在老到走不动的时候这就是我们儿女的纪念日，在这一天他们会说，你看，今天是爸爸妈妈爱情的见证日……"

这段求婚词是我跟李想翻遍了刘赫所有的东西才翻出来的，还加上了程光亮的证词。听说那天回家以后程盈盈把这句话到处说给任何一个人听，还把它写在了本子里。大家找了一天多，终于把这句话还原了出来。

"谢谢，你们找到这些已经不容易了。"程盈盈看着我们，眼泪流了下来。

"姐……"我看着他们，李想和程光亮也走了出来，大家都面面相觑不知道说什么好，怎么大家这么完美的计划还是被程盈盈看穿了？后来才想起来，是程光亮的车，他虽然遮了车牌子，但是那天我撞的痕迹一直没有去补，估计街上很少能看见带着碎灯的羚羊。

没事别惹前男友

"程盈盈会在什么时候结婚？"回家后，我看到刘赫站在客厅等我。

"下个月。哥，你要是难受我跟你兜风去吧？"我拉着刘赫想带他出去。

"傻丫头，我才不难受呢。程盈盈这个母老虎嫁人了，我就方便泡小姑娘了，多好，哈哈！"刘赫摸着自己的脖子回屋去了，我妈从厨房走出来叹气。

"小言，你以后别像你哥这样，事是自己的，难受也是自己扛……"我妈深深地看了我一眼，我觉得这一眼就把我看穿了，知女莫若母，我妈就跟神仙一样，预见了我的情劫。

接下来的半个月，我看着刘赫跟往常一样每天出去活动，在电视上谈笑风生。而程光亮则看着程盈盈到处收拾东西，把擦过的东西再擦一次，再擦一次，直到擦得跟镜子一样，然后就是叹气。刘赫没事就把自己关在屋子里，什么也不说，还破天荒地把房门锁了起来，不准我们进去。

程盈盈的婚礼如期举行，在婚礼的前几天，我看见刘赫拿着一个很大的相框样的东西出去了，还用报纸裹着，我知道这一定是给程盈盈的，也算是结婚礼物。看着他的背影，我觉得他瘦了，瘦得就差皮包骨了，但是心一定早就瘦到贴在一起了，贴得那么紧，一定很疼很疼。

那天程盈盈穿着白纱，这是她第二次穿白纱了，不如第一次好看。因为第一次程盈盈是笑的，这次却是苦笑、皮笑肉不笑。教授倒是挺喜庆的，他的脑门上都刻着"高兴"两字，让我看着直恶心，真是小人得志，乘人之危。

"你哥来吗？"程光亮悄悄地问我。

"不知道，不来吧，我看着他都难受。"我闭上眼睛。

"不来也好，省得不舒服。"李想拍了拍我的肩膀，程光亮则悄然离开了。

"哇——"程盈盈突然蹲下痛哭，谁也不知道发生了什么。

"盈盈，你怎么了？"教授很紧张地看着程盈盈，还向大家笑，说没事没事，就是太紧张了，可能压力有点儿大。

"我不结了，不结了！"程盈盈站起来抓着头上的发饰，把东西全部扔了下来，然后开始脱白纱。我看着她的白纱就笑了，没有人这么穿的，程盈盈把一件抹胸和一条牛仔裤穿在了里面，一看就知道有点儿什么打算。不过事后程盈盈坚决不承认，愣是说为了防走光，一看就知道不是真的，太假了，真没演技。

"万岁！"我们一拨人站在混乱的婚礼现场，把戴着的花全部抛了起来，那些花上写着亲人、证婚人、闺蜜……

"噢——"然后大家拥着程盈盈一起冲到了马路上，钻进各自的车里，一起

发动，一起欢呼着离开。后面的教授呆若木鸡地跑出来追，一激动把皮带跑折了，我们一边笑一边把那些挂在车上的装饰往下扔。

"我不结婚了！你自己玩吧！"程盈盈从副驾驶座上高高兴兴地把戒指盒扔了出来，砸在了教授的脸上，害得教授一个跟跄差点儿摔了个狗吃屎。

后来大家一起喝多了，谁也不知道到底刘赫是用什么把程盈盈留住的，反正这对冤家没事了，我们也欣慰了，这对冤家只要不闹出人命来就没事。前几天刘赫那个德行吓死我了，跟活不了了似的，回家我得审问下刘赫看看他要什么手段了。

回去的路上，李想一直心有余悸，唠唠叨叨地说结婚太恐怖了，一定要在程光亮的后面结婚，要么就先领证，后结婚，不然的话跑了就麻烦了。我笑他买媳妇呢，还怕跑了，不如把我拴在裤腰带上保险，他还跟我嬉皮笑脸呢。其实大家心里都明白，要是程光亮真要给我点儿什么刺激，没准儿我还真的就跑了。结果还真就跑了。不过当时我跟李想的想法倒是一致，那就是给程光亮找个女朋友，然后各回各家，抱着自己的男朋友或者女朋友才踏实，但是往往当时的想法都是幼稚的，没什么未来，太傻了。

回家以后我问了刘赫才知道，孙子太绝了，他给程盈盈绣了一幅十字绣，上面是程盈盈的画像，还血迹斑斑的。你想吧，刘赫，多大的明星，多大的腕儿啊，天天撅着屁股给你绣花，这都可以忽略。但是这份心意就够感动人的了，上面可是血，刘赫的血，这就叫一针一血泪，针针珠玑谁都会感动。

后来我问过刘赫，我说是你的血吗？刘赫说我傻，傻得跟二百五似的，十字绣是刘赫花了几千块钱定做的，不然自己绣死都弄不完。好吧，我不厚道地承认，刘赫这件事做得不算错，本来么，刘赫不是一般的人，他那么忙，买一个也是没什么的，但是血我就感动了，跟血书一样。结果刘赫告诉我那血就是拍戏用的血包，丫真孙子，缺德到家了，谁敢这么糊弄我，我非砍死他！

3

聂青的暗示法没起到什么作用，那个土大款非但没明白，还跟聂青说谢谢，把两瓣梨都吃了，还教育聂青说，以后梨不能这么吃，知道不？分梨就是分离，意义不好。我就不明白了，他是真傻还是假傻，自己都把话说出来了，怎么就是死活不明白？

就在聂青以为倒霉到家的时候，机会来了，土大款的妈来了，说是来看病，其实就是来看聂青。这下聂青可就能抓住脉门了，恶媳妇谁能喜欢，跟未来婆婆闹

没事别惹前男友

呗,使劲闹,这样老太太一说不合适就吹了。反正这阵子接触下来,这土大款听他妈的,什么都听,老实得很。其实要我说这土大款除了臭毛病多点儿,其他都还算是比较好的。有时候我劝聂青,让她想办法改造下得了,现在男人不好找,尤其是聂青这种天生没桃花的,捞着一个不容易。结果聂青梗着脖子跟我说,狗改不了吃屎你明白吗? 活这么大了都定性了,怎么改? 听这个腔调我就知道是左晓洁教的,除了她说话这么损,没别人了。

"这个咋样?"聂青穿着左晓洁的露背装在我们面前晃悠。

"我觉得你穿得不够风骚,你没那个媚样儿。"我吃着东西看着聂青转来转去。这衣服不难看,后面什么都没有,就是一个窟窿,聂青的背上也没什么赘肉,但是就是看着别扭,跟去妓院一眼就能看出谁是新来的一样,她没那个范儿。

"反正我也觉得别扭。"左晓洁皱着眉,她看了看我,跟我点点头,对着聂青说,"宝贝,你真的不适合,我觉得吧,外貌没准儿人家老太太不在意,穿衣风格可以慢慢调教的么。这样吧,你装女流氓得了,说话脏点儿、难听点儿,这样效果也不错。"

"是啊,那你们说,怎么骂人,教教我!"聂青一屁股坐在我的旁边。

老人老说,学好不容易,学坏容易着呢,这话真没错,聂青没一会儿就学会了,那话骂得比我们还溜。平时我就觉得我很会骂人打架了,聂青比我们还厉害,骂得都出花了,主要是她损,人家骂人不说脏字就能噎死你,而且句句狠毒。

两天后,聂青春风满面地出现了,她夸奖我们的主意好,已经摆平那个老太太,估计现在她连门都进不去了。不,估计现在靠近小区都不成了,把老太太气得够呛,就是不知道土大款什么意思。

那天老太太来的时候聂青就没去,成心的,就是不去,然后还一个电话都不打,最后土大款扛不住了,给聂青发了个短信——"宝贝你给我打个电话,妈到了。"

呸,聂青随手就关了手机,然后继续在网上跟我们玩游戏。第二天还是土大款跑到左晓洁家里恭恭敬敬地把聂青给请去的。

"阿姨。"聂青穿得特别清爽就去了土大款的别墅,看见他妈就叫,表面看上去可甜了,对老太太嘘寒问暖。

"这姑娘真好看。"老太太也不是什么普通人,一看就精明,听说早就没了老伴儿,自己拉扯着儿子,所以就怕儿子受委屈,什么都以儿子为主。

"谢谢阿姨,他们都这么夸我,要不你儿子干吗看上我了啊。"聂青大大咧咧地踢踢土大款,让他靠边自己好坐在老太太的旁边,结果老太太就有点儿不高兴了,

不过马上就又变回笑脸了——老太太也是个高手啊。

"青青啊，你会做饭不？"儿子一出门，老太太就马上问聂青做饭的手艺，生怕自己的儿子以后没饭吃，受委屈。

"不会，我从来不做，在家里碗都没刷过，我就会吃。"聂青啪的一声打开电视看上了。

"哦，没事，以后能学。青青啊，你喜欢看电视啊，我就不看，太费电了。"老太太扭着就去把电视关了，然后拉着聂青侃来侃去。

老太太看样子还是比较喜欢聂青的，一个劲儿地说要教聂青做饭啊干活的，还差点儿当场就教上了。聂青思来想去觉得该给老太太上猛药了，不然这得拖到什么时候！

"阿姨，您看什么病啊？"聂青看着土大款出门去买外卖了，然后抓紧机会惹老太太不高兴。

"哦，没事，就是老寒腿，站不起来。"老太太摸着自己的腿，"我呀，没事找人按摩按摩就成，不用麻烦外人。"然后就看聂青，傻子都明白，以后咱就是一家子了，没事伺候我儿子了就给我按按呗。

"不是啊，我听说也难治，基本上就是等死了，死了就不疼了。"聂青装得特别清纯地眨着眼睛，忽闪忽闪的差点儿让老太太背过气去。

"你给我出去！"土大款还没进门呢，就听见老太太喊上了。

"怎么了，怎么了？"土大款冲进来扒拉开聂青护着自己的妈。

"呜呜呜，你妈干吗这么对我啊。"聂青假装哭着就跑出去了，等走远了扔了手里的纸巾哼着歌欢欢喜喜地回来了。

"你们真狠。"吃饭的时候，李想就差大呼小叫了。

"别这么说啊，狠的是聂青，要我说就是脸皮子薄，想分手就直接说，还非不说，怕没台阶下。"我用叉子支在盘子上面。

"太吓人了，女人是可怕的。"李想长叹一声伸了个懒腰。

聂青打来电话说当初土大款还是宁死不屈的，后来是老太太要死要活地闹，完全继承了老一辈的传统——哭二闹三上吊，还差点儿喝了农药。要我说，什么农药，城里能有么？老太太也没天眼，怎么会预先带着农药来看儿子，一定是装的可乐冒充的！反正不管怎么说聂青这个小手术非常成功，土大款准备要割肉了，不割不成，老娘会死。

"青青。"土大款真是重感情，还哭呢，那眼泪哗哗的，不知道的以为我们这

没事别惹前男友

里拍戏呢,拉着聂青的手死活不放,跟泪人一样。我看着心里都揪着,太惨了,琼瑶估计也写不出这样式的,把周围的观众都煽出眼泪来了,旁边一小姑娘哭得稀里哗啦的,害得她男朋友劝慰了半天,还用杀人的眼神看我们,估计恨我们恨得牙直痒痒了。

告别了土大款,聂青兴冲冲地拉着我去了一家餐厅。

"我说,刚刚人家哭得那么惨,你现在就拉我庆祝,缺德了点儿吧?"我看着拿着小镜子补妆的聂青。

"去,一边去,别破坏我的心情。一会儿我要去见潜力股,听说刚刚留学回来,就是老了点儿。但是左晓洁说了,老男人比较会疼人。"聂青正对着小镜子按粉饼呢,左晓洁给她介绍了一个海归。

"我说,为什么我看着你那么想泼你呢?"我真的想把手里的饮料泼到她脑袋上面,还说自己的桃花不好,现在我看她就是自己作呢,爱情这个问题看来是害人不浅,聂青都疯癫了。

李想来接我的时候也以为聂青会很沮丧,结果人家聂青抓着手机正跟刚刚才见的那个海归发短信呢,连打招呼都顾不上打,把李想弄了个措手不及。

我对着他耸耸肩,歪歪嘴,都不知道说什么好。我认识的这都是什么人,一个个的要么作死玩,要么游戏人生,调戏相亲对象。李想拍拍我,他的潜台词一定是这样的:还好,我在你还没疯癫的时候认识了你,不然我就死了。

左晓洁虽然疯疯癫癫的,但是正经事干得还算靠谱,她从她姐们儿那里扒拉出来一个姑娘,听说长得很漂亮,问我要不要做程光亮的候选人。

"你帮我说,我说不出口。"我在 MSN 上央求李想把这个消息告诉程光亮。

"你自己说吧,不然还以为我嫉妒心作祟……"李想发来表情,那嘴撇的,跟我要怎么他似的。

"但是……我怎么说啊?"我有点儿犯憷。

"我教你!"就这样,我按着李想的描述向程光亮委婉地表达了帮他找了个女朋友的事实。

"不是吧,我自己找好了。"程光亮在 MSN 上眼珠子都快瞪出来了。

"别啊,我都跟人家姑娘说好了……"我只能在 MSN 上跟程光亮胡搅蛮缠,鬼知道我抽什么疯,给我前男友介绍女朋友,我一定是狐仙入脑了,还不轻,都是鬼使神差。

"你是苏言吧?"两个美女站在我的面前,其中一个是那姑娘的一个闺蜜,左

晓洁有事不能来只能托别人带姑娘来。

"啊，对，菲菲吧？谢谢啊，今天麻烦你了。"我赶紧把人往里面让，顺便偷偷看了看人，真是挺好看的，一看就觉得特别清纯，不过是不是真纯就听天由命了。程光亮命够好的了，还想怎么样啊，我都给他找女朋友了。

接下来大家坐在一起聊天，这个姑娘还挺害羞，看着程光亮笑眯眯的，把我给恶心坏了，弄得我头也不敢抬，还老是慌手慌脚的，先是把番茄酱挤了李想一衬衫，后是把叉子掉到了桌子底下。不过就在我捡叉子的时候，我看见那个菲菲一直拉着那个姑娘的手，还拉得挺紧，两人也不能好成这样吧，我好像没这么亲昵地抓过聂青或者左晓洁呢。

"你没事吧？"回去的路上李想问我。

"啊，没事，反正早晚程光亮也是要娶媳妇的。"我看着外面说。

李想把车停了下来，他跟我说难受就说出来，不要自己憋着，不然到头来无法释怀的只有我。我只好承认自己是有点儿别扭，主要是一想到这个姑娘不错，好像对程光亮也有意思，心里就酸溜溜的。真是丢人，从小到大我都没对谁酸溜溜过，就连刘赫第一次拍戏拿回来那么多钱我也没有这样过，当时我还在想，你那钱也是出卖色相来的。

第二天，我把程光亮堵在电梯里问他的想法。

"大姐，你饶了我吧，就是当个普通朋友先接触着吧，我真没什么想法。"程光亮就差哭着求我了。

"我不管，你赶紧给我定下来一个，不然我心里慌，我难受。"由于气急败坏，我把实话也喊了出来，然后大家都傻了，一直看着各自的脚尖，跟做错事的孩子一样，什么也没敢说。后来叮的一声电梯到了，门一开就见李想站在外面，正一脸莫名其妙地看着我。程光亮蹿了出去，一句话也没说，李想也没问我，真是谢谢他的信任。

左晓洁今天上网头一件事就是问我怎么样了。

"还成，姑娘不错，看着程光亮也不错。"我心灰意懒地回答着左晓洁。

"你没事吧？"左晓洁的脑袋一直闪啊闪，看得我闹心，就把 QQ 给关了。后来左晓洁风风火火地跑到了我的办公室，她冲进来时把大家吓了一跳，我赶紧把她带到了公司的天台。

"你干啥？"我问左晓洁。

"去，你个死王八蛋，我以为你要自杀呢，吓死我了。"左晓洁拍着胸口对我说。

没事别惹前男友

"滚滚滚,你才自杀呢,世上又不是只有程光亮一个男人,再说,还有李想呢。"不知道为什么,每次提到李想我老是觉得对不住他,真是的,我又不是红杏出墙,我是正常交往!

我一直在天台上跟左晓洁胡说八道,也不知道我们怎么那么能侃,每次一起出门哪怕去个超市我们都得去一天,和她在一起聊天老觉得时间过得特别快。这才是朋友呢,什么都能说,什么都能侃。

后来李想上来把手机交给我说是有个电话一直在打,左晓洁趁机跑了,然后我又和李想待了会儿。他说他本来是想上来看看我是不是难过呢,但是一直忙着弄东西,程光亮也觉得我是跑到天台跟左晓洁哭来了,真是的,我怎么那么脆弱? 可能么……

但是回家以后我觉得这种可能性被验证了,我一躺下就做梦,梦见程光亮跟那妞儿结婚了,还送请柬给我们。婚礼上我就后悔了,对着程光亮大喊大叫,他跟没听见一样。我想跑也跑不动,因为我真的被拴上了,拴在李想的裤腰带上了。这都是什么乱七八糟的梦,太诡异了。不过我听说梦是反的,也就是说,程光亮跟那小妞结不了婚,李想也没办法拴住我。靠,那我不成潘金莲了?!

李想说的那个电话后来一直没打,我以为是哪个声讯台的圈钱运动没管理。现在的声讯台可了不得,有的电话号码你一回电话就自己定业务了,然后还删不掉,月月扣你钱,跟小范子一样刮你的钱。以前程盈盈就碰上过,后来给气得差点儿背过去,要不是我们死命地掐着人中就真过去了。要知道,从程盈盈手里抠钱就跟从阎罗王那里要生死簿一样,非死即伤。

结果在周末的时候这个号码又响了,而且我还认识打电话的这个人,正是那天陪着姑娘相亲的菲菲。一听她的声音我就差点儿崩溃了,完了完了,那姑娘真的看上程光亮了,程光亮要娶媳妇了,谁他妈的跟我说梦是反的? 这不人家都上门提亲了? 我心里跟嫁闺女一样的舍不得,都凉了半截,但是没办法,人大不中留啊,然后我凄凄惨惨地喊上李想陪我去给程光亮下聘,我怕自己把持不住又给他搅黄了。

菲菲约我们在一家咖啡馆见面,我们到的时候她跟那个姑娘已经到了,两人的表情不对,有点儿不安、有点儿紧张。我们的表情也不对,我是不安加难过,李想是不安加怕我难过,更怕我放不下程光亮。

大家就这样尴尬地喝着咖啡,盘算着自己的说话方式。

"那个,我说……"最后还是菲菲开口了。算了,该死的总是要死的,出来混

的总是要还的，我看着菲菲让她说，然后在桌子底下紧紧地抓着李想的手，他都被我捏出汗来了，但是他什么也没说，就是神情复杂地看了我好几眼。

原来那姑娘是个女同性恋，爱人不是别人正是那个菲菲，两人大吵了一架，菲菲怪姑娘不能理解自己，而那个姑娘则埋怨菲菲不能公开两人的关系，后来菲菲一怒之下就说你不就是想要结婚证吗？我给你找个男人不就得了，然后就开始赌气帮自己的女朋友找男朋友。那姑娘也拧，到处说，你敢给我找，我就敢见，后来碰上了到处替我踅摸姑娘的左晓洁，三人一拍即合，就上演了这样狗血的一场戏。天哪，这都是什么乱七八糟的，我当场就笑得不成了，肚子直疼眼泪直流，把李想吓坏了，他以为我一时想不开疯癫了。

无巧不成书，程光亮给李想打了个电话，告诉他现在不想找女朋友让他叫我消停会儿，自己不是小人，既然说明白分手了就不会给我们捣乱，老老实实地玩我们自己的就成，不要有事没事就把他捎上。这个王八蛋，真是不知好歹，我还不管他了，哼！

4

有的时候学的知识太多就会给人一种学神经的感觉，很多人都是这样，这也就是高分低能的由来，现在的社会压抑的人太多，所以神经病到处都是，防不胜防。

程盈盈的教授，本来以为他受了刺激就算了，根本不会再答理程盈盈了。没想到这人是一个受虐狂，追得程盈盈没地方躲没地方藏的，一看这教授就有神经病的趋势，天天给程盈盈寄礼物，吓得程盈盈没办法只好去找刘赫帮忙。

"关我什么事？"刘赫的眼睛瞪得跟牛一样。

"废话，不是你招得我难受，我跑什么啊！"程盈盈这几天都处在教授的阴影里，一瞬间的爆发力是巨大的，说话就跟炮弹一样，差点儿把刘赫炸死。

到后来程盈盈也没让刘赫帮忙，还跟我说你要记住，男人靠得住母猪会上树，尤其是刘赫这种人面兽心的东西，特别没用。本来我还希望两人因为那个婚礼和好，但是我看是不可能了，现在导火索引爆了，不知道什么时候就引发一场大爆炸。

不过更无奈的是我爸妈，本来老两口以为程盈盈和我哥会就此不闹了，再过个几年弄个孙子玩玩。想想父母这样也挺没劲的，孩子没结婚惦记人家结婚，结婚了就惦记人家没孩子，孩子都是生活在父母的监视之下，一点儿自由都没有。所以只有两种人，一种老老实实听家里的话，做个什么都不会的高分低能；还有

没事别惹前男友

一种就是坚决斗争到底,六亲不认,直到斗到你死我活,至死方休。我倒是很佩服后者,有勇气、有毅力,能把自己当成大恶人,但是仔细想想也是被逼的,不是父母,父母再如何也没错,是社会,万恶的社会逼的。

程盈盈一天到晚神经兮兮的,我看就是让那个神经教授传染了。这病还不轻,她开始觉得有人到处跟踪她,不时地就需要我们安排人来陪她,一陪陪一天,这谁受得了?!我看就只能刘赫去了,他最近戏不多,他还不乐意,其实最不乐意的是程盈盈的,她还嫌刘赫上次的态度不好呢,这是对冤家,不,神经病。

"我说,你跟程盈盈是什么意思?没事就复婚吧,这样我就踏实了,再把程光亮典出去我也放心结婚了。"我看着刘赫。

"不干,我快活刚儿天啊,再说,你不结婚我不踏实。"刘赫玩着手里的飞镖,看着他我什么也说不出来。

其实刘赫从小就很疼我,就是我天生的反骨,老是和他过不去。刘赫打小就帮我打架,那个时候没人敢欺负我,因为刘赫很凶。长大了刘赫为我的工作费了不少心,到处给我想办法,虽然都不靠谱,而且回回招我骂,但他却把程光亮和李想带给了我。这样,两个优秀的男人都在我身边了,把聂青和左晓洁她们都羡慕坏了。现在我哥就是想看着我,怕我再出点儿什么问题。当初跟程光亮分手以后,表面上我装得跟战士一样,每次半夜都是他陪着我哭,陪我喝到烂醉如泥,还千方百计地带我玩。那阵子我们疯狂地钻酒吧,给媒体拍到还在报纸上说他不检点,差点儿毁了他的事业。那个时候他说,没事,我妹妹高兴就成,这个地方混不下去了我还去饭馆当我的厨子,这手艺丢不了。想想我就热泪盈眶,真的,就冲他这么说。一个人在风光无限的地方待久了,怎么可能丢下一切去当个普通人,谁也做不到,但是我知道刘赫真敢这么做,就因为他最疼我。

"我靠,你神经了?哭什么!"刘赫拿纸巾帮我擦脸。

"滚,我是迷眼睛了,我告诉你啊,要复婚给我赶紧的,程盈盈不知道什么候就抽疯了。"我打了刘赫一巴掌走了出去。

"你说程盈盈是不是真的神经了?"我拉着聂青去找程盈盈,其实没聂青什么事,都是那个程盈盈,非要我们过去接她,她要去超市买东西。看看,这不是大爷是什么,连出门都要求接了,都是刘赫惯的,是他说有事打电话我们随时到,害得我成了跟班。

"不至于啊,不就是最近有点儿被害妄想么。"聂青最近满脸的桃花,那个海归好像真的是她的梦中人,这姐姐幸福一回不容易。不过没过多久,这大姐就让

一算命的瞎子给忽悠了，那手段真是狠到家了，不得不说，封建糟粕真是害死人。

"姐，你干啥不关门？"我们到的时候程盈盈的门虚掩着，一推就开，一看就知道等我们呢。靠，再惯下去该等我们给梳妆打扮了，什么事啊。

进门以后，我倒是没看见程盈盈，不知道她跑到哪里去了，反正没走远，她就等着我们呢。我向聂青耸耸肩，聂青说没准姐洗澡呢，我们等等吧，然后就坐在沙发上指挥我给她找点儿喝的。大爷的，我真是欠她的，没办法，谁叫我非让人家跟我来当跟班呢，我只能去厨房给聂青倒水。进了厨房，我发现程盈盈跟我哥的合影不知道怎么摔了，一地的渣滓，难道是我哥又气程盈盈了？

"啊！"聂青一嗓子吓我一跳。

"你干吗？"我在厨房正倒水呢，差点儿把水浇到手上，真是的，想烫死我啊。

"疯了你，喊个……屁……"本来我想骂骂聂青，不像话，恃宠而骄。但是出来以后我就傻了，早知道拿把刀出来，这样还能跑。站在我面前的是已经疯癫的教授，手里抓着一个花瓶，聂青则倒在沙发上。

"你，你要干吗？我，我是空手道，高手。"我想起电视上的姿势跟他胡抢，反正估计他什么也不会，吓唬吓唬得了。没想到，这大哥马上摆出比我还专业的姿势，我哭，这孙子还真练过……

然后我马上蹲下求饶，事实让我没办法凶悍，没准儿人家一撅我小胳膊就折了。苍天哪！大地啊！我犯了什么错误这么对我，死刘琳都是你个王八蛋，你咋不来当跟班？程光亮你也不是好东西，这是你姐还是我姐？李想也是，平时没事在我眼前天天晃悠，这回有事你死哪儿去了？

"哎呦……"聂青在几分钟以后醒了过来，睁开眼睛看见那个疯癫的教授就喊起来，后来才发现我们仨被捆得像粽子一样丢在一起。程盈盈之前被教授塞进了厕所，刚刚提溜出来的，眼线都哭花了，比鬼还难看。聂青的脑门上凸起一个大包。我还好，求饶及时，态度较好，只是被捆了起来，还是我自己帮着捆的，我都觉得我自己贱……

"盈盈，盈盈，我们的结婚戒指哪里去了？"教授戴着一顶可笑的帽子，一只手拿刀一只手拿毛巾，一边擦桌子一边问。

"你有病吧？"程盈盈哭喊着，满腹的委屈。

"你怎么能骂人呢！"教授冲了过来，把刀搁在程盈盈的脖子上，吓得程盈盈直往我身上靠，我为了躲往聂青身上靠，三人跟叠罗汉一样摞着。

哆嗦了半天，程盈盈也没敢说话，后来还是我说的。

没事别惹前男友

"教，教授哥……不，姐夫，你不是找东西么，没戒指咋结婚啊？"当时我从聂青的眼神里看出鄙视了，被我狠狠地瞪了回去。这个时候还顾得上什么尊严，命重要。

"哦，对！对，戒指，我找戒指去。"教授想了想扔了毛巾去找戒指了，这要是找不到回来不得杀了我，想到这个大家都哆嗦了。一阵嗡嗡的声音传来，是我的手机，上面李想的名字在闪烁，我们大家对视一眼差点儿高兴到尖叫，这教授都疯傻了，手机没给我们收走。

我跟聂青用极其龌龊的姿势蹭了半天也没办法拿到手机，最后是程盈盈干脆趴在地上，拿嘴把手机给叼了出来。期间还咬了我的肉，疼得我龇牙咧嘴还不敢喊。然后程盈盈用牙啃来啃去，我跟聂青一脸恶心的表情，妈的，这个手机又不能要了，程盈盈的口水都上去了。好不容易程盈盈蒙对了按键，李想却给挂了，妈的，你早不挂晚不挂现在挂！还没等我们抱头痛哭呢，教授回来了，手里拿着两个戒指，一个花里胡哨的，一个简约版的，反正都是女士戒指，还高兴呢。

想想我当时那个德行一定贱到要死，为了我们大家的小命，就只能对着那个神经病教授喊姐夫，喊得跟真的似的。最后我蒙他，说婚礼必须在教堂举行，不然早晚得离婚。正在这个时候李想打来了电话，聂青也不知道哪根弦搭错了，跟教授说，你看，你看，神父打电话来问你啥时候到教堂呢。瞬间我觉得完了，大姐，谁能有那么聪明啊，不以为打错了电话才怪！

聂青在我们大家鄙视的眼神中再也不敢说话了，我的努力白费了。教授将李想当成神父说了半天，李想一定挂了，搁我也挂，还得想，怎么打错电话到精神病医院了，我好想哭啊……

折腾来折腾去，我们大家都累了，然后就看着教授躺在沙发上睡觉。我手都麻到没知觉了，你还睡觉，怎么那么舒服啊！一怒之下，也不知道怎么一挣居然把捆我的绳子挣开了！哦，苍天哪，你真是好人，我马上就想爬起来，但是由于坐久了还把花瓶碰倒了。这下完了，我闭着眼睛等死。程盈盈拱了我几下，我睁眼一看，原来那个傻教授居然没醒，老天我爱死你了！

人有旦夕祸福，天有不测风云，就在我爬到门口的时候教授一下坐了起来，像逮小鸡一样按着我。妈妈呀，我还不想死呢，我看着教授一边挥着手里的刀一边骂。突然门铃响了，救世主来了，不管是谁，只要救了我嫁给他都成，立马结婚！

教授拎着我开门，门打开的一瞬间，我看到李想和程光亮并排站在门口。靠，老天爷，你真会耍我，两个人我咋嫁啊，真不开眼。

"呃……你好，我是 ×× 教堂的神父，这是我的助手。"李想一本正经地说，调调都和平时不一样，我想笑又不敢笑。

"……"教授一言不发，瞪着眼睛看看他们，又看看我。好吧，我这个汉奸狗腿是当定了，定了定神，我开始忽悠教授。

"那个，姐夫，我没说错吧。不是结婚么，结婚得有神父，这个教堂业务多好，还上门服务呢，你不跟人家谈谈啊？再说，我姐等着你，一会儿等烦了该不敢了。"我话音还没落呢，程盈盈马上跟着喊："对对对，我等时间长了就不结婚了啊，神父来了你赶紧谈吧。"

教授一听程盈盈开口了，马上就乐了，手一松，李想一把把我拉过来，程光亮上去就一脚，然后我看见一堆人冲了进去把教授按到地上。程盈盈居然站起来了，跑到教授身边一边踢一边骂，声音特大，估计是恐惧全都释放了。程光亮赶紧抱住程盈盈，而我则被李想拥在怀里。程光亮，难道你就真的不想来拉我吗？就那么想让我赶紧离开你？不知道为什么我特别难受，抱着李想的脖子号啕大哭，还大喊大叫，他们都说我吓着了，其实我自己知道，我是气的，程光亮真的不要我了……

后来我听说教授原来就有点儿心理方面的毛病，但是这人为人低调，除了他自己没人知道，而且他隐瞒了重大事实，他原来结过婚，新娘子在洞房当晚跑了，还是跟他一哥们儿跑的。这也是个傻帽儿，他老婆用个假的结婚证就把他骗了，说办结婚证一个人就可以。这也是教授为什么不跟程盈盈领证非要先结婚的原因，有阴影。

这回把聂青和程盈盈吓得不轻，在家里歇了好几天还一惊一乍的呢。这件事的插曲就是聂青的那个海归连脚指头都没露，倒是毛杰来看了好几次。聂青还没给人家好脸，真是身在福中不知福。而程盈盈也抽上了，非说是刘赫闹的，不然不会吓得自己跟孙子似的，立马又拿他当敌人了。

左晓洁倒是欢天喜地的，还带着录音笔来看我们，主要是想从我们嘴里套套真实情况再添油加醋地当成故事说给她的听众，真是没人性，我们都这样了还要刺激我们。

回去以后我就感冒了，天天眼泪汪汪的，不知道是真难受还是在哭诉程光亮真的不想要我，反正就是一团糟，全堵在心里。真是的，不是想明白了么，干吗还跟程光亮过不去，我有李想陪了……

有一天我又开始发烧，正好家里没人，李想老远地跑来，带着一罐满满的骨

没事别惹前男友

头汤。我不知道他是怎么开车的,居然一滴都没洒出来。刘赫说这一定是抱着开的,不然早就晃悠没了,一个急刹车就出去了,还汤,罐子都剩不下。

然后我觉得自己感动了,老天爷特意让我在那天看明白,让我老老实实地跟李想过下去,不许闹了,一定是,一定是这样。我甩了甩脑袋,把程光亮甩出去,再也不想了。

想通了以后,我的重感冒居然在第二天好了大半。刘赫说这就是心病,然后他也感冒了,不是我传染的,他自己说的是心病,一看就知道是为了程盈盈。

聂青从惊吓中费了老鼻子的劲儿才缓过来,后来就迷上了算命。程盈盈正好也迷上了,这俩就跟仙姑一样的闹腾,听说找了庙还是寺的什么地方,专门供了个牌位,说是给自己死后积福,你都死了知道个屁! 真是无聊。

"我的祖宗,你饶了我成么?"我带着吃的找左晓洁和聂青喝酒,还没进门呢,我就听见左晓洁喊了。

"干吗呢? 嗬!"一进门一股子蚊香味儿,差点儿给我顶出去,再一细看,聂青正点着香对着一张字条拜呢,跟电视里演的似的,还念念有词,末了还转了好几个圈。左晓洁都疯了,拉着我跟我说,求你了,把丫带走吧,别跟我住了,跟教授关一块去吧。

我叹了口气准备劝劝聂青,结果差点儿被她吓死。

"说!"聂青拿着那桃木剑指着我鼻子,那阵势就是横眉冷对千夫指,"你是不是属牛的!"

"宝贝,咱疯过了啊,我属什么的你不知道,还姐们儿呢。"我一哆嗦,这不也跟教授一样疯癫了么,我可怜的聂青啊,你还没嫁人呢,你还是处女呢……

"今天师傅说了,跟属牛的犯冲,我回屋去了。"聂青刷地收起剑,还摆了个Pose,走到门口一回头,"那个,羊肉串给我一半,搁在我门口,一会儿我自己拿,给我磕磕辣椒啊。"

"滚你大爷的!"左晓洁拿起靠垫扔在了门上。

那天晚上,我和左晓洁隔着一扇门跟聂青谈心。我们说聂青也神经了,什么都信,然后聂青就反驳我们,还说我们一看就是印堂发黑马上玩儿完。也不知道是谁教的,我真想看看这个师傅是什么德行,看看把我们聂青蒙的,一愣一愣的。

5

聂青依旧在装神弄鬼,完全没有女教师的风范,看着倒是有女神棍的风范,

谁劝都不听，还怂恿她妈搬家说风水不好。她妈能听那个，住的这可是全北京最好的地界，搬家，开玩笑，搬了还不得去郊区住。

聂青也不敢跟家里硬闹，最后找了个折中的办法，她把自己屋里的摆设换了一遍，还拉上我们去帮忙，最后换到都没办法出门了。她说师傅说了，这个门口是凶位得堵上。幸亏聂青家住的是一个老小区，房子布局很奇特，就是一家一户一个超大的阳台，开了三扇门，门里面分别是聂青爸妈的房间、聂青的房间还有厨房。不过聂青家嫌格局不好，把大屋和聂青的小屋给封上了，这样去阳台就只能从厨房走，但是聂青已经不管那个了，愣是又打了个窗户，现在天天爬窗户，一点儿也不怕麻烦。我真怕哪天有人打电话跟我说你知道不，聂青变猴儿了。

毛杰急坏了，生怕聂青出点儿什么问题，恨不得天天往聂青家跑，但是聂青才不会答理他。其实我也想不明白，毛杰要才有才，要貌也有貌，可聂青不知道怎的死活就是看不上他，这或许就是所谓的孽缘吧。聂青的海归就是象征性地打了几个电话问候了一下，主要是怕聂青神经赖上自己，不过聂青不这么想，瞧给她美得跟什么似的。

"我说毛杰，你不能让聂青这样折腾了。"我从聂青家里出来拽着毛杰去了一家小店。

"她不答理我啊……"毛杰跟泄了气的皮球一样趴着。谁都看得出来，这人心都凉了，不帮帮他我心里都过不去。这个时候就得看李想的了，他馊主意最多，所以我一个电话就把他招来了。

李想听了半天，说现在就得抓着聂青的迷信，就她现在这个状态别说骗她花点儿钱了，就是让她死保不齐都去。我说实在不成就跟聂青说，不跟毛杰结婚就会死，我们买通那个神棍师傅一起蒙聂青，还没说完呢，被毛杰义正言辞地给拒绝了。李想就差鼓掌了，一个劲儿说这才是人性。反正不管怎么说，聂青看不上毛杰是她瞎了眼，我们只能这么算计她了，不然这傻东西把大好姻缘错过了还不知道呢。

前几天，刘赫在一个访谈节目上公开说要找女朋友，那天家里就我一人看着电视，吓得我跟看见鬼一样，身上的衣服都湿了，太恐怖了。你说你斗那么多回了，这回怎么下死手啊，现在已经不是当初程盈盈要嫁教授的时候了，有本事你当初别急啊，还哭，我看你眼泪都是装的吧？

第二天，我小心翼翼地问程光亮他姐姐有没有什么不正常。

"这话你问对了，岂止不正常，简直是丧心病狂了。"程光亮一听我问马上叽

没事别惹前男友

里呱啦地说了一大堆。

　　程盈盈跟聂青差不多也跟跳大神一样,不过她是自己住,爱怎么跳怎么跳没人管。但是邻居不干了,给程光亮打电话说是他姐姐现在开始在屋子里烧纸了,跟家里死了人似的,再不管这栋楼就成殡仪馆了,把程光亮这一顿好训,差点儿骂他。

　　程光亮没办法只能带着家里的厚望去规劝程盈盈,程盈盈不但不听还给程光亮普及了半天迷信知识,顺手捎上了我,说我跟程光亮之所以分手主要是惹了王母娘娘,所以王母娘娘派月老给我们搅黄了。还真是王母娘娘,她程盈盈不就是么,真把我气乐了。这都什么乱七八糟的,我看现在程盈盈的毛病可比聂青严重多了,再不拯救就歇菜了。

　　下班以后,我和李想跟着程光亮去了程盈盈那里,大家说什么也要跟她好好儿说道说道,教授的事完全是她自己作的,谁叫她不调查清楚教授的身家,非要赶快结婚。当然了,她自己也折腾得够戗,刘赫也是,这对冤家啊,真要人命。

　　一开始,我们大家都以为会发生点儿什么大事,结果到了以后我们看见程盈盈正把一堆符纸啊、铃铛啊、幡啊的往外面扔,这一堆堆的,还真不少。程盈盈戴着一顶大帽子,帽檐低得都看不见眼睛了。

　　"姐啊,你干啥呢?"程光亮刚要伸手扒拉就被程盈盈打了下来,力道还不小。

　　"你没事吧?"我从帽檐下呈四十五度角看去,程盈盈脸上没什么,就是感觉哪里看着别扭,一双大眼睛怒视着我,"妈呀,姐啊,你眉毛呢?"

　　程盈盈骂了半天才把我们让进屋,家里都不成样子了,地板上还有残留的灰烬,门框上挂着一面大镜子。这镜子我知道,听说是防小鬼儿的,我们家对门原来就有一个,反的光总是照在我家门上。正好那个时候刘赫特别倒霉,就死咬说是镜子的事,后来定做了超级大镜子,照着我家门做的,对门就不干了。那会儿程盈盈为了不让刘赫吃亏,简直打得天翻地覆,后来在居委会的调解下大家各退一步全部给摘了。

　　程盈盈一边招呼我们坐,一边擦地,顺便跟我们讲了那个缺德师傅的事情。这次程盈盈得到教训了,说什么也不信了,不过这个教训大了点儿,差点儿给程盈盈点了天灯,要不是醒得早只怕就跟我们阴阳相隔了。

　　"大师,你看我可怎么办啊?那神经病不会回来吧?"程盈盈给那个神经教授折腾怕了,抓着那个师傅不放手,后来师傅没辙了跟程盈盈说,我不想管这个

事，但是普度众生么，我帮你一次。

我喝着可乐听程盈盈讲事情的原委，还普度众生，德行，这大师撑死了在公园练过几年气功。我不屑地看着没有眉毛的程盈盈，程光亮在旁边笑，李想也乐着。

"这样，你要是想摆脱呢，就得听我的，一会儿我给你发功，再写上几道符，回去你要抄写经文，呃……对了，还得多留点儿香火钱，不是我要，是玉帝要。"那师傅说得一板一眼跟真的一样。我看他是快见上帝了，把程盈盈弄成这样，回头第一个死的就是他。

"成，多少钱？"程盈盈实在是想翻本儿，一个磕巴都没打。

"先拿六千吧。"

听到这里我实在是忍不住笑了，开玩笑，程盈盈那个铁公鸡，六毛都不给你，还六千！后来李想杵了我一下，我才发现程盈盈正使劲瞪我呢，赶紧承认错误叫她继续。

那大师告诉程盈盈，首先，回家要先沐浴更衣，然后斋戒三天，就是三天不吃饭，把家里的窗帘啊什么的拉上，门锁好，用符纸贴满屋子，点上蜡烛抄经文。不能开灯，开灯仙气就跑了，还不能睡觉，要一直抄一直抄以示自己的虔诚，期间不能打电话什么的。每天还要默念一千遍经文，要抄满七天，千万不能说话，切忌切忌。

要么说程盈盈抽呢，这姐姐还真是老老实实地抄，真没睡觉，不然也不会发生这样的事情。不管邻居怎么敲门、怎么骂，程盈盈就是一声不出，那感觉跟地下党似的，放在以前就是一个优秀特工，优秀到能得到领导人接见的那种。

程光亮看了我一眼，那意思我知道，就是我说我姐怎么不接电话呢，敢情还有这么一说。

程盈盈默念经文已经念到快虚脱了，再加上好几天没吃饭了，算算得坚持十天呢，真有毅力。后来不知道什么时候，程盈盈就趴着睡着了，面前就是那根蜡烛，程盈盈这人睡觉的毛病是爱打摆子、到处骨碌，一下子就把蜡烛碰翻了，那蜡烛把地上抄的经文点燃了。等程盈盈被烫醒时，前面的刘海和眉毛都没了，还差点儿把自己给点了，于是哭了出来。后来安定下来她才发现破了戒了，都这个时候了程盈盈还是不悔悟，依旧给大师打电话问怎么办。据程盈盈的回忆，这大师好像在打麻将呢，旁边一个劲儿的"碰啊碰"的，他一烦就跟程盈盈说"没救了，你等着死吧"，然后就挂了。

然后程盈盈哭了一个下午，躺在沙发上等死，期间还给刘赫打了个电话，是

没事别惹前男友

毛毛接的,说刘赫在录节目,一会儿下了节目马上过去。程盈盈说算了,不用了,爱来不来,然后就晕了。当时程盈盈还想,死得还真快,不难受,后来知道是累晕了,而且一连等了好几天都没死,她想是不是有绝症就爬起来去医院检查。大夫说她除了营养不良、脑门烫了个泡以外起码还能活四十年,她才翻然悔悟。

知道了全部过程以后,我们安慰了程盈盈好长时间,一直待到吃饭时间。李想和程光亮去做饭,我则陪程盈盈看电视,播着播着就播到了那天刘赫的采访,我赶紧换台,但还是晚了,里面刘赫正嬉皮笑脸地说让主持人给自己找个女朋友呢,还说自己要什么条件……

"那刘赫喜欢什么样的女孩子呢?"一白白胖胖的主持人把话筒塞给刘赫,满嘴的港台腔。

"这个么,温柔贤惠最重要。"刘赫还笑呢,真不要脸。

"哼,温柔贤惠……你祖上有那根高香吗?"程盈盈拉着脸说,然后我就心惊肉跳地听着程盈盈和电视里面的刘赫对着抬杠,越抬越凶。

"起码要知道孝顺父母。"刘赫说。

"呸,你当你找通房大丫头呢?"程盈盈跟着接上。

"还得会做饭。"刘赫接着说。

"那找厨子去吧。"程盈盈翻着白眼。

"最最重要的是爱我。"刘赫到最后还来了个总结陈词。

"爱你个屁,撒泡尿看看你那个德行!色狼!臭流氓!"这话彻底让程盈盈疯狂了,号叫着把遥控器摔在刘赫的脸上,电视啪的一个火花就灭了。程光亮和李想听到动静连忙跑过来,我就郁闷自己手怎么那么贱啊,看哪门子电视?再说,电视台也是撑的,那么多新节目不播,重播它干什么!

"你找我干吗?"说曹操,曹操到,刘赫一边摘墨镜一边进来了。刚刚李想去扔垃圾回来就没关门,说是放放劣质的香味,"怎么了?"

刘赫看着我们往门口蹭,一脸的迷惑。程盈盈则一句话都没说,跑到厨房接了盆水,一只手端着,另外一只手挽着刘赫的胳膊,那个时候我们已经站在门口哆嗦了。刘赫还摸了摸程盈盈的额头,问是不是发烧,然后才觉得不对,说了句:"咦,你的眉毛呢?"就是这句话触怒了程盈盈,刘赫这个笨蛋,哪壶不开提哪壶,程盈盈一脚把刘赫踢了出去还关上了门。

"我的天哪,怎么了这是?又闹更年期呢?"刘赫一下子扑到我们仨的面前,被我们按在墙上,好不容易站稳了,还没回过神来呢,程盈盈又把门打开了。

"都给我滚！"一盆凉水兜头就泼了下来，我们谁也没幸免，这一天过的，我怎么这么倒霉。

第二天刘赫没起来，我进屋一摸才发现是发烧了，烫得跟烤白薯似的，赶紧喊我妈给120打电话，把他送医院去。

大夫说刘赫是重感冒转肺炎，再晚点儿就危险了。估计是程盈盈那盆水闹的，也没准儿跟他说过的一样，这就是心病，想通了，什么事都没有了。我给李想打了个电话请假，说刘赫病了，顺便问问他和程光亮，这俩一点儿事没有，正在办公室为一个方案吵得脸红脖子粗呢。两人全是工作狂，一忙起来就拿我当小工使唤，我就是欠他们的。

等我从家里带着一大罐的汤去看刘赫的时候差点儿进不去门，也不知道谁嘴欠，把刘赫住院的消息给捅了出去，这下热闹了，大批的歌迷、影迷来了，堵得水泄不通。我差点儿都被拦在外面，还是毛毛一个劲儿喊"自己人自己人"，保安才给我拎进去的。

刘赫的小脸白得跟鬼一样，气若游丝，真是可怜。

"哥，想开点儿，回头我跟程盈盈说明白了，让她给你认错，成不？"我摸着刘赫的脑门说。

"你说，你说我这是为了什么呀……"刘赫突然抱着我跟小孩一样哭，又喊又叫，吓得毛毛带着大夫就冲了进来。

"哭吧哭吧，乖，哭出来就好了啊，我知道你委屈。"我抱着刘赫的肩膀轻轻地拍着。唉！真想不通，我在程盈盈面前给你当说客，现在还得给你当妈。我的儿啊，你们什么时候不闹了啊，饶了我吧，想哭的是我。

大哭一场后，刘赫明显好了不少，把一罐汤全喝了，还要了点儿米饭泡在里面吃了，中间嫌没咸味儿喊毛毛去买了包榨菜，就差再弄个炒菜了。

我看着他，突然觉得没心没肺也好，忘得快，这不立马没事了。我什么时候这样就好了，就能把程光亮忘了，高高兴兴地等着李想跟我求婚，然后嫁人生孩子，这辈子就完事了。不过我这人就是心重，什么都放不下，什么都怕给人添麻烦。

"呃！"刘赫摸着肚子打了个嗝儿，说了件特恐怖的事，"我不能这样窝窝囊囊了，程盈盈就算了，我不求了，爱咋地咋地，我要找新女朋友。不，找媳妇，专门结婚使的。"

"你说啥？"我一喊吓了他一跳，咳嗽了半天都翻白眼了，毛毛大呼小叫地喊来了大夫，刘赫差点儿被噎死了。毛毛直给我作揖，"我的姐姐，你救我一命吧，

没事别惹前男友

求求你了,别刺激我哥了,先回家吧!"

"这是什么事啊。"我站在医院楼下郁闷,我不管了,爱死死去吧,早死早托生!想到这里我转身打了辆出租车去找聂青和左晓洁喝酒解闷去了。

这几天,我们都在劝聂青回头是岸,这姐姐就是不信,连程盈盈都上阵现身说法去了,就是不起什么作用。我知道程盈盈拧,没想到这聂青也不是什么善人,比程盈盈还拧,拧的人我见多了,就没见过这么拧的,抽得跟驴一样,驴都没这么抽的。不过过了没几天聂青就自己说不信了,李想拿了张报纸给我,我才知道,原来警察叔叔把那个神棍抓起来了,说他骗财骗色。对于聂青估计是没骗到色,她太保守,对于财,聂青死活不肯告诉我们被骗了多少。

"看看这神棍多渴望骗财骗色啊。"李想回家的时候跟哄孩子一样哄着我。

"岂止,当初我妈就老教育我们,不要吃陌生人的东西,不要跟陌生人走,不要……"话还没说完,我的唇被一个软软的东西堵上了,李想那双漂亮的眼睛就在我的面前,清澈而透明,我能看见他眼睛里的红血丝。有时候就是这点儿不好,跟化妆的女人一样不能细看,细看你会发现这姐满脸的粉,铺得特别厚,而且很有可能不是个大眼睛美女,那双眼睛是画出来的,眼周围有黑黑的框框……

再后来我不记得是怎么回家的,一路上跟失忆一样,忘光了所有的事情,就连回家开门都哆嗦半天,后来是喊我爸给开的。

倒在床上我翻来覆去地睡不着觉,一闭眼我就看见李想那双眼睛看着我,弄得我浑身紧张,折腾到了后半夜才迷迷糊糊地睡着了,结果又被噩梦吓醒了。我梦见我结婚了,嫁给了程光亮,这是多么美妙的梦啊!我记得在梦里我可高兴了,觉得空气都是甜的,腻得要死,后来终于等到神甫说,新郎可以亲吻新娘了。我脑子里一直想,我有没有好好儿刷牙、有没有吃口香糖,但是等睁开眼睛的时候我发现站在我面前的程光亮不见了,取而代之的是李想的那双眼睛……

"啊!"我在一声尖叫中醒了过来,刚一坐起来,一个枕头打在了我的脸上。

"大爷的,你不会小点儿声啊?昨天晚上嚎上半宿!"刘赫光着上半身愤怒地站在我的床前。昨天把聂青送回家以后,刘赫接了个电话说要补戏,然后就马不停蹄地去剧组了,大概后半夜回来的吧,反正我什么也没听见。

"你说,接吻会让人紧张吗?"上班的时候,我看李想跟没事人一样,但是我心惊肉跳的,手都不知道放哪里好,只能在线上问左晓洁。

"你丫多大了?"左晓洁上来就回复了一句让我想死的话。切,你当我乐意问你呢。

"滚蛋，快给我说！"

"这个吧，怎么说呢，如果好久没看见男人的话是紧张，主要是分别太久，本来熟练的技术工种不熟练了。"左晓洁大言不惭，她现在说什么都能扯到男人身上去，还说得特别认真。

"去，不问你了，滚蛋。"我关了对话框。

"苏言，这个文件需要你过目。"李想把文件夹递给我，我一慌把咖啡倒了自己一身。

"干吗呢你。"李想笑眯眯地拍了我一下。

"去，我一会儿看，先找件衣服换了。"我从柜子里拿出一件新的衬衫。不知道从什么时候起我也开始在办公室备衣服了，太恐怖了，我被李想同化了！

回到座位，我看见左晓洁的脑袋一直在 QQ 上面闪，打开一看差点儿被气死。

"怎么着，跟程光亮重温旧梦去了？"

"去死，去死，去死！"我羞怒地敲击着键盘，程光亮从对面看了我一眼，就这一眼都让我觉得自己跟刚刚偷完情回家似的。什么事啊，我是光明正大的！我拿文件夹一拍桌子，李想帮我新续满的咖啡原封不动地又扣在了我的衣服上。呜呜呜，怎么这么倒霉！一下午，我都只能贴身穿着正装外套，站在洗手间的门口，用干手器烘着我的衣服。

左晓洁最近也不上线了，周末我在线上蹲了整整一天等她，白朗等着她来拍个平面广告，我们什么都弄好了，就是左晓洁死活到不了位。这回李想有点儿怒了，说什么也要在今天联系到左晓洁，这么久了我们谁也没看见他怒过，真吓人啊，那小眼神，很凶悍。叮叮她们原来就是李想的粉丝，个个规劝我老实点儿别欺负人家，现在反过来都同情我，还说就李想这种，不发脾气跟好好先生似的，一发起脾气来一定会打人。

"祖宗，你上哪儿去了？"这一天我就分配到一个任务——联系左晓洁。我可不敢招惹李想，乖乖地坐了一下午了，就死盯着 QQ，一眼都不敢松懈。

"去去，忙着呢，变身呢！"在我发了大概十条信息外加抖了无数下之后，左晓洁才回复了这么一句话。

"少给我废话，说，你什么时候来公司？"我看着差点儿给乐死，什么变身呢，估计不是化妆就是在穿衣服。

"明天，十点。"左晓洁回了这么一句就没再搭理我，没关系，反正任务完成。我赶紧跑去跟李想汇报，半道上看见程光亮在角落里打电话，突然一阵眩晕，他

没事别惹前男友

在给谁打电话？背着人？女朋友……脑子里渐渐地浮现出这么一个可怕的名称。我不敢再想了，立刻钻进了会议室，李想正在里面冷静，刚刚他差点儿把嗓子都喊劈了，太可怕了。

"那个左晓洁说明天十点。"我伸个脑袋对着李想的椅子说。他好像在看外面，也不知道看什么，看得还挺专注，没有回头。

"喂……"我过去扒拉他才发现他居然睡着了，跟小孩儿一样，也是，嚎了一个上午怎么也累死了。

"你呀，报应吧，喊呀，比谁的声都大，上辈子你是广播站的大喇叭吧？"李想的脸真是越看越好玩，我蹲在旁边对着他笑，"切，傻样儿，我刚才看见程光亮打电话了，估计又招了一个妞，具体不知道。不过我一定不去捣乱了，对吧，咱不能这么不仗义……"低下头我发现脚下的地板上有一滴水迹，刚刚这滴水还在我的眼睛里，它就这么掉到地上了，叮的一声。他们说眼泪最没轻重，这不是还挺重的么……

后来李想用手按了按我的头，抬起眼他转过来紧紧地抱着我，跟我说："别着急，我陪着你，一直陪着你。"

"啊，对不起！"程光亮推开门，愣了一下马上退了出去。我慌里慌张地站起来，但是因为蹲的时间长了，差点儿坐在地上，李想拉住了我。

"那个，你们谈，我是来告诉你一下左晓洁明天十点来，现在让大家开始着手准备。"

我打开门，程光亮抱着文件站在门口，我没敢正眼看他，匆匆地离开了。

6

回去以后，我的眼睛还是红的，叮叮跑来问我是不是李想还发脾气呢，嘴里还说："你看吧，我就说没有什么温柔的男人，这个是表面看着是羊，其实是狼。"一下子把我气乐了，顺手把手机里李想的名字改成了"大灰狼"，突然又看见当初给程光亮的昵称：亮亮。现在这个词不属于我了，它属于其他的女人。想到这里我按下了编辑键，把"亮亮"这个名字删除，郑重地打上了"程光亮"三个字。

聂青哭哭啼啼地跑到我家，可把我吓坏了，大家都以为她碰见流氓了，差点儿报警。后来才知道跟流氓没关系，她这几天不光在家里烧香，还见了个海归。

海归同学从小热爱学习，已经把自己学成了书呆子，做事一板一眼，为人处事不会，到处得罪人就不说了，还自命清高。我真不明白，一样是出国留学的，怎

么人家那么阳光他就那么阴暗，估计就是家里给惯的，真不像话！到了大学，这大爷连鞋带都不会系，也是，他家里有钱，出门就车接车送，要什么给买什么。我就不明白谁没事给聂青介绍了这么个高分低能的东西，这少爷被惯得一身的臭毛病，而且还有很严重的处女情结。这也是聂青在一众美女中被选中的原因，其他的美女漂亮是漂亮，但是多多少少的都有同居史或者艳遇。丫也不想想，都美女了，身边的男人能少么，要这样我看除了聂青你就得去幼儿园预订了。

我们前几天不是差点儿被那个教授吓死么，一听说这事少爷马上联系聂青，把她感动的，要知道这少爷这几天是把聂青呼来喝去的，就跟当初皇上翻牌子似的，这次可是轮到聂青招幸他一回，而且少爷还说来学校接聂青去吃饭。

"你没事吧？"少爷一来就对聂青关心得要命，问了半天那天是怎么回事，还表露出很关心的样子。

聂青很是受用，她先是撒娇似的说了个大概，一边说一边往少爷身上靠。但是那个少爷总是躲，还没等聂青豁出去干脆撑着他呢，这孙子一句话差点儿把聂青气死。

"那个……问题的重点不在这里，我的意思是你到底跟那个教授做没做什么？我听说他还企图强奸……"少爷估计也是不想绕来绕去了，干脆撕破脸直说了。

"你说什么?!"聂青蹭的一下就站起来了，饭馆里的人都抬头看了过来。

"别那么冲动，这里那么多人，我们出去说。"海归带着聂青出了饭馆，聂青一下子甩开他的手，"干吗！你都做出这样的事了，你还急！"海归怒了。

啪的一声，聂青给了海归一个大嘴巴，打得他眼泪汪汪的，满脸的委屈，嘴唇哆嗦着，看着聂青离开。

"打得好，这种东西就欠抽，什么玩意儿，还海归呢，不过就是个大王八而已！"刘赫在一边听得津津有味，还帮忙拱火呢。

"滚，出去！"我拎着他的领子给扔出去了。

聂青委屈地看着我，惨着呢，真是怪可怜的。我劝了她半天又帮她给家里打了个电话，告诉她妈今天聂青住我家。她妈问我出什么事了，海归跑到她家里说聂青打他，一听我就怒了，死王八蛋，还敢恶人先告状！我把事情经过添油加醋地说了一遍，还杜撰了比如海归当着别人的面骂她是鸡啊什么的，反正不能便宜那个孙子。聂青听着听着又哭了，抱着丢丢哭，看着真是让人心酸。

后面这件事闹了好几回，一开始是那个海归的家里给聂青打电话说自己的

没事别惹前男友

儿子受了多大的苦啊,挨了打啊,这么大家里都没动过他一个手指头啊。我实在看不下去接过电话说:"你知道什么叫猥亵女性吗?我告诉你,你要是觉得冤大可以报警,我们跟警察叔叔说!"

后来聂青还说这样说不好吧。左晓洁幽幽地看了她一眼说:"这要是我,直接找流氓拆丫房去,叫他跟我牛逼,弄不死他的!"表情极其凶狠。

星期二,聂青找我晚上和她去跟海归最后摊牌,我正愁没地方去呢,正好见识见识这个贱男人什么样,高高兴兴地答应了。最近李想忙得要死所以火气大,逮谁骂谁,早上把我骂了个狗血淋头,因为我把一个重要的电话记漏了。我冤啊,本来这是叮叮的活,就是那天我看她太忙了就顺手帮了个忙,还招来一顿骂。

海归带着家眷来跟聂青谈判,那老太太长得跟慈禧转世似的。他们估计聂青会一个人来,切,傻子才自己来呢,谁知道你们家的这个少爷急是不是流氓色鬼。我看着那个老太太,真是不得不说老太太气场真强,俨然就是老佛爷,一身高档面料的小套装还化着妆,一看年轻的时候就是美人。听聂青说人家祖上是皇亲,老太太小的时候还有嬷嬷管教呢,不知道这个嬷嬷是不是姓容。老太太上来就说这感情吧就是小年轻人自己的事情,我跟苏小姐去那边坐吧。聂青看了我一眼,我跟她说别怕,不走远,要是有流氓就使劲地喊,我给你找人砍死他!少爷听了马上一哆嗦,战战兢兢地看了他母亲一眼。

"苏小姐是做什么的?"老太太不知道哪根筋搭错了,没事跟我聊上了。

"设计师。"我虽然坐在那里,但是眼睛一直看着聂青,他们还在说,少爷整个一苦情戏主角,老远看上去还很凄惨。大爷的,谁叫你丫贱啊,我看着特解气。

"哦,这个行当不好干吧,我家里的老嬷嬷都说了,女孩子不能抛头露面的。"老太太抿着嘴看着我笑。

"是啊,没办法,现在的男孩子啊,都学傻了,上大学还不会系鞋带呢。唉!我也累啊,要不我男朋友老劝我,吃软饭怎么了,该吃就吃。"我心想你个老东西跟我斗,我噎死你。

"呵呵,是啊,不过也不能这么说,现在这个社会么,大家都是看学历的。"老太太临危不乱,还谈笑风生。

"学历有个一般般就成了,做我们设计的有技术才重要,我们不是刚刚开除了个人么,听说还是个博士后。没办法学历是不错,高分低能啊,跟弱智有什么区别。"我觉得自己现在身处武林之中,老太太就是灭绝师太,我则是一代女侠,大家杀的是你死我活。

"看招!"老太太手一抬,一道光从手中射出,闪着墨绿色的光,一看就是淬了剧毒的。

叮的一声,我挽了一个剑花把这暗器弹了出去,随即这个带着毒的暗器插在了老太太身后的树上。

"呀!"老太太以迅雷不及掩耳之势冲了过来,手里举起了那把剑,此剑早已绝迹江湖 N 久,大家对它的下落几番猜测,却不想原来落在她手。我挥剑挡在胸前,暗暗运力把所有的气集中到了剑身,只听"叮啷啷"两把剑并在了一起,火光四射。

"小姑娘身手不错嘛。"老太太嘴角有些血丝。

"过奖了,师太武功不减当年啊。"我暗自又加了几分力,生生地把老太太逼退了几步。

"娘!"旁边突然出现了一个三角眼、红鼻子、歪嘴、冬瓜脸的男子。

"怎么,师太帮手不少啊。"我一运气推开了老太太,反手拿出独门暗器打过去,男子应声倒地。

"我的儿!"老太太忙扑上去。

"小姐搞定了,我们都说好了。"一个青衣女子在一旁拉我,一听就知道是我的丫环。

"你傻了?"聂青推了我一下,把我从臆想中叫了回来。

"啊,没事我跟阿姨聊天呢,我就喜欢跟阿姨聊天。"

少爷正愁眉苦脸地扶着老太太呢,老太太一脸的愤恨,脸上一阵青一阵白的,末了还说:"那青青,我们有时间再一起出来喝茶。没事,当不成男女朋友还能当普通朋友么,阿姨还是很喜欢你的。"

聂青说那个少爷翻来覆去地就是要和好,道歉的态度特别诚恳,一开始聂青还有点儿心软,后来少爷的一句话让聂青彻底想明白了。他说:"我求求你了,我错了,这年头我找个处女容易么,再说,你要不是处女我理你干吗?"真是雷死我了。怪不得这个少爷从小到大没什么朋友呢,连宿舍的同学都排斥他,真是极品啊,人间少有的,可称得上是绝版孤本了,还是那种千年难见的,一般人还不给你看呢。后来我拍拍聂青的肩膀,小同志,你有福了,这等人间孤本你都看见了。后来聂青说了句话差点儿吓死我,她说不成,过几天我还得相亲去,靠,人间孤本我都见了,难道老娘还怕鬼不成!

那天我跟李想说好了去玩,结果李想半道被客户给喊回去谈合同,剩下我自

没事别惹前男友

己在西单穷晃悠。真郁闷！给左晓洁打电话，她说忙着准备晚上的广播呢，聂青这个时候还没下班，程盈盈最近倒是有空，不过我不敢找她，谁知道她还气不气，万一再扇我一顿，我就冤死了，思来想去还是回家吧。

"苏言！"后面有人喊我的名字，一扭头汗就下来了，不是别人正是程盈盈，不过看上去她的情绪起伏不大，看起来还是很平静的。

"姐。"我站在原地不敢动，看着程盈盈。

"傻了你！"程盈盈上来就给了我一巴掌，她心情一好就喜欢动手动脚地打人，听说有次程盈盈跟刘赫打架就是为了这个事，那通掐吓死人了。

"心情不错啊？"我瞬间放下了心里的大石头，这下好了，"我怕你生气都没敢去找你。"

后来我跟程盈盈一起吃的饭，程盈盈跟平时看似一样，不过隐隐约约还是觉得哪里有点儿不对，有点儿……很释然，就像我现在的状态，心里把那个重要的人找个地方包好了，写上"秘密"埋起来，努力让自己不再去找。突然我明白了，完了，刘赫这次危险了。

程盈盈对我笑，说你别害怕，别着急，我就是想明白了，现在可舒服了。听得我心惊肉跳。程盈盈说以前跟我哥真的是很想很想在一起，但是毕竟身处的环境不同，而且程盈盈受不了心理落差，每天看着刘赫去工作，自己则只能在家打扫、买菜、做饭、洗衣服、上网，她觉得自己与世隔离了。其实谁都向往这样的生活，但是当一旦适应了这样的生活以后就会贼心不死地求变化。况且刘赫的花边新闻层出不穷，管着管着心就累了，累得要命，所以需要歇歇，不知道什么时候能重新上路，听到这里我觉得有必要找刘赫谈谈了。

"我有事跟你说。"我把碰见程盈盈的事原原本本地告诉了刘赫，他听了以后什么也没说。

"你知道么，我突然觉得心死了……"刘赫倒在床上，闭上眼睛跟我说。

刘赫说当程盈盈把一盆冷水泼在他身上的时候，他突然明白了，这么多年来他一直是这样的生活，但是程盈盈就是不能理解，所以大家才会有那么多的分歧。他是真的想把程盈盈关起来好好儿照顾，让她衣食无忧，但是程盈盈不是这种人，她不能没有工作当寄托，所以两人之间争吵不断，虽然都是小事情，却无法妥协。

"你走吧，我累了，睡觉。"刘赫转过去背对着我。他会哭吧？我关上门的时候看了他一眼，没什么动静。但是我知道，当我关上门里面就是他的世界了，每

个人都会在自己的世界里变脆弱。

回到房间，我看着手机发呆，心里堵得慌，不知道在想什么，或许是不敢想，无法面对。为什么人必须只能有一次选择，而且有些事情选择了以后就无法挽回？

分手的时候，程光亮问过我会后悔么，我说后悔就后悔，那也不会去烦你、打扰你的生活。但是现在我多想说这世界上没有卖后悔药的，错过了就错过了，没办法，不可能再回去。况且，我已经把别人牵扯进来了，李想没有任何错误，程光亮也没有，谁都没有错，这都是我自己作的。生活太安逸了，就开始给自己找麻烦，也许我不适合跟人一起生活……

叮叮叮！手机响了起来，"大灰狼"三个字一直在屏幕上闪着，这个时候只有他会打来电话吧，我看着屏幕笑着把电话拿起来。

"喂？"我嘴里苦苦的，抬手一抹，全是眼泪，又咸又苦。

后来我和李想到处给程光亮抓壮丁，从李想的同学，到我的网友，给程光亮介绍了一个遍，命令他必须马上找到女朋友结婚。而聂青依旧在苦海里挣扎，还顺手带上了叮叮，这俩现在好着呢，每天在一起发牢骚，说什么男人不是好东西。刘赫还在拍他的倒霉戏，程盈盈则买了不少投资产品，现在穷得就剩钱了，这俩人平静了很多，而且有了变化——两个人在暗地里相互关心，从往死里打变成了暧昧。看来复婚有希望了。

7

"我求求你们了，饶了我吧。"程光亮今天早上一上班恨不得哭着找我们。

"干吗，昨天见的那个怎么样？"我看着程光亮笑，昨天我把一个网友介绍给了程光亮。这姑娘我看过照片，一看就是实在人，李想也仔细观察过，觉得人不错。

"我靠，幸亏我没去啊。"程光亮咕咚咕咚地喝了不少水。

"啊？"李想抱着一沓文件走进来。

昨天程光亮把这事跟刘大志说了，然后这厮就非说要帮兄弟的忙，靠，有这么帮忙的么？兄弟洞房你怎么不替着去，真是不要脸！不过话虽然这么说，这回还的的确确是刘大志救了程光亮一命。到了地方刘大志就蹿上去了，而程光亮在远处站着，没一会儿一个穿着T恤短裤的女孩来了，跟刘大志说话呢，给刘大志美得欢天喜地地给程光亮发短信："你滚吧，我跟小妞处处，回头谢谢苏言啊，我可是找到媳妇了。"程光亮松了口气，高高兴兴地吃烤翅去了。

一个多小时后，程光亮正在家里洗澡呢，刘大志一个电话把程光亮从浴室里

没事别惹前男友

喊了出来,还带着哭腔。原来这姑娘是个酒吧托儿,带着刘大志去了酒吧。两人坐下来以后,刘大志这个殷勤啊,一个劲儿地说姑娘点,他请。也没点什么,就是红酒和小菜什么的,结果结账的时候两千多。刘大志是什么人哪,也算是个地头蛇,马上就蹿了,但是人家当酒托儿的也不是什么任人欺负的人,当即钻出来好几个大汉把刘大志打了。他哪里吃过这个亏,马上招集兄弟来报仇,两伙人最后一起去了派出所。现在要程光亮去保人呢,这都是什么事啊!

"我错了。"我赶紧给程光亮倒水,"以后我不给你介绍网友了。"

"我倒是没事。"程光亮看见我那么恭恭敬敬立马来劲了,看那个德行,真缺德,"但是刘大志非让我转告你找他一趟,他说有事找你。"

"什么?不去,让丫死去。"提起这个刘大志我就烦,除了吃喝嫖赌抽就不会别的了,抽是抽烟,他倒知道吸毒没好下场,其他没一样让我待见的。呃,好吧,算他有一样,这人倒是很仗义,什么事都知道帮兄弟考虑,不然这次他不会进去。

我让李想送我到刘大志老晃悠的酒吧就让他走了,然后站在路边等,反正刘大志见天的在这边晃悠,出不了别的地方。

"刘大志,你死了?!"说好6点半刘大志给我打电话,结果他一个电话也没打,拨过去不是占线就是不在服务区。我一直等到8点多,要不是他遇上酒托儿是因为我,我早就回家了,让丫死去。

"别介别介,我这不是去办点儿事么……"刘大志老远就跑过来了,还带着一脑门子的汗,然后一个劲儿地给我作揖,说什么请我吃饭,我们就去了路边的小饭馆。看看,还请我吃饭呢,吃的这是什么东西。

酒足饭饱以后,刘大志跟我一说事情我都想去厕所抠嗓子,把这顿倒霉饭给抠出去。真是吃人嘴短,这下把我自己绕进去了,他居然说看上聂青。

刘大志一直以来也是光棍一个,主要是他这个德行没哪家的姑娘敢嫁给他,要什么什么没有,吃什么什么不剩。不过最近程光亮说他老实多了,自己盘了个小店说要开买卖捣腾水晶呢,这玩意儿要是玩好了也赚钱,赚得还不少。他还红着脸跟我说,从那天看见聂青以后就一直想,老想,天天在梦里跟聂青相会,说得这叫一个恶心,我差点儿把刚才吃的东西吐出来。原来这孙子是想让我帮忙给搭搭线,我呸!聂青看上毛杰也看不上他刘大志啊,瞧他那个倒霉德行!

但是饭都吃了,我不得不给聂青捎带提了提。

"去!干吗不去!"聂青扫了我一眼继续看她的教案。

"咳咳咳,你说什么?"我的声音高了八度,瓜子皮差点儿卡在嗓子眼,"那可

是刘大志，他除了是个男的以外没什么吸引人的地方。"

"废话，不是男人我还不看呢！"聂青今天从一进门就生气，不知道怎么了，她还死活都不说。这个时候我就无比怀念左晓洁，她那眼睛一看就知道怎么回事，算得准着呢。

"我回来啦！"左晓洁咣的一脚就把门踢开了，冲进来抱着我们，吓得我跟聂青半天没反应过来，还以为是出什么大事了。

那天我们又喝多了，聂青也说了实话，她说无意间听说毛杰也要开始相亲之路，家里给找好了，过几天就去见，然后她就气不顺了。要我说跟程盈盈一个毛病，不珍惜啊，结果便宜泰国菜了吧，到手的熟鸭子都能飞了。但是聂青则认为毛杰是在向她示威，好标志着他们家属院里面就剩下聂青最后一个剩人了。闹腾吧，闹腾吧，我看你最后到哪里哭去！她还从我手机里面抢走了刘大志的手机号，说要自己联系，三个月以后结婚。原本都以为她喝多了，没想到最后差点儿吓死我们。

"这裙子怎么样？"聂青穿着一条花里胡哨的裙子在我和左晓洁眼前转。

"你要是看刘大志去，我希望你能照着你妈的级别打扮。"我看着电视里的相声笑，左晓洁在一边敷脸。

"滚，打扮那么老气也没用，你这招不是早给人破了么！"聂青的嘴现在是越学越毒，能噎死人。

她说的是我那次的绝招，倒霉的绝招，我本来是穿得特别土去相亲了，没想到那个男人居然就看上了我土，还说我会省钱，会过日子！

那天下班以后，我跟聂青说好了陪她去看刘大志，不看着不行，就刘大志那个色狼，我不放心。李想本来也想去，我说聂青脸皮薄，你还让不让她活了。

到地方才看见，刘大志这个小人，怕我跟着捣乱带上了程光亮，专门拖着我。

我跟程光亮面对面坐着，我没给他一点儿好脸色，真的，你跟着揭什么乱，讨厌。

"我……"程光亮看着我想说点儿什么。

"你说吧，咱们之间没什么不好说的。"我突然发现我有超能力，程光亮一定是找到女朋友了，想跟我说一声，又不知道怎么说。

"也是，是这样，我找到女朋友了，不用你跟李想那么帮我了。"程光亮放下杯子说。

"郝沙沙？"我紧紧地捏着手里的杯子。

没事别惹前男友

"等定了我会告诉你。"程光亮低着头。

啪！不知道怎么回事我手里的杯子突然炸开了，碎片溅得到处都是，我的手是首当其冲，程光亮的脸也被飞出去的碎片划破了。我看着满是血的手笑了。"你看，我不发脾气了，它倒替我发了，跟扇你一大嘴巴似的。"然后就轰然倒地。

"没事吧？"我清醒时，看见李想在我眼前。

"在医院？"我坐起来看着纯白的墙。

"对，你晕血，醒了就没事了。"李想扶着我，轻轻地握着我的手。我没问程光亮去哪儿了，他一定是回去了，因为李想已经来了。以后我的生活里不会有程光亮，只有李想。

李想送我回家，一路上谁也没说话，回家以后他给我发了个信息，问我难过吗？我回信说早晚有这么一天，长痛不如短痛，再说，那杯子替我报仇了，以后谁也不欠谁的。然后关机睡觉。

第二天，程光亮看见我什么也没多说，只是对李想说应该去找那个饭馆算账，绝对是质量问题。我说没事，也许是我捏得太狠了，以后不会了，李想会看着我的。然后三个人相视而笑，这一笑泯了恩仇，忘了前情，谁也不欠谁的。大家还回去工作，还回去谈笑风生，还回去和没事人一般地生活，只是这生活短期内有点儿涩。

周末，程盈盈非要我去找她拿东西，其实我知道她只不过是想知道我好不好，她怕程光亮的事给我打击太大。

"你别怪他。"程盈盈给我倒了杯水。

"我怪什么？早就回不了头了。再说，姐，我不怕你不爱听，李想比程光亮要好，真的。"我很平静地跟程盈盈说。

"那就好，那就好。"程盈盈放心了，其实她没必要紧张，真的，我现在可平静了，波澜不惊，一点儿也不想再像原来那么闹腾了。跟程盈盈说的一样，累了，爱咋地咋地吧，不管了，反正有人爱我并知道疼我就好，李想就是个合适的人选。

程盈盈跟我侃了半天，七拐八绕了很久，然后拿出一盒高级燕窝给我。一开始我还美呢，上好的燕窝啊，好几千呢，我看见过，同仁堂里五瓣儿就三千多。程盈盈是自己人，她拿回来的只会更好不会次，这不是待见我？后来才明白敢情她待见的不是我。她说早些时候看见刘赫在节目里说最近脸上老粘胡子啊、化妆啊就差毁容了，所以这是给他带的。还说得轻描淡写，没事，你乐意吃你吃啊，反正刘赫那脸已经那个德行了，吃什么都不管用，回头浪费了。然后她眼巴巴地

看着我，生怕我真说那自己吃了。这个程盈盈，我还不知道她？！

"你媳妇儿给你的高级燕窝。"我把那盒燕窝扔在刘赫的肚子上，他正躺着练哑铃呢。

"吃这玩意儿干吗，跟女人似的。"刘赫抬起下巴看了看，一脸的不屑一顾。

"太好了！这玩意儿贵，我替你吃了。"我抱起来就走，这下刘赫不练了，哑铃还差点儿砸在脚上，德行！

聂青一直不跟我说她到底觉得刘大志怎么样，其实不说我也知道，就这个刘大志，干什么什么不成，吃什么什么不剩，首先聂青她妈这关就过不去，我不抱期望，或者说我诅咒他们。左晓洁的节目现在特别火，有很多人听，因为左晓洁把男人分析得头头是道，成了所有女人的偶像。这个星期有个什么发布会，好像是挖到了一个比较牛的编剧专门给他们写剧本。左晓洁特意邀请我们去，不去还不成，必须去。我只好跟李想去商场挑衣服，我是打着给李想买衣服的幌子去的，后来总结下来我比李想买得多。冲动是魔鬼啊，多可怕。

不过听说刘大志最近发了，正好跟上了一阵水晶的大风潮，好多明星买水晶，通过程光亮、刘赫的介绍，刘大志赚了不少。这事我要是知道一定不让刘赫跟着掺和，但是我知道的时候他们仨已经在分钱了，还说大家一起吃饭聚聚。我不是怕他们赔了，因为最近聂青开始抽疯找大款赶紧结婚，只要人看得过去、有钱，她马上结婚。左晓洁也纳闷，难道是毛杰给的刺激刺激反了，吓得也不敢动，就看着。这下好了，刘大志阴差阳错地发了财，聂青眼看着要羊入虎口了。

"刘老秃儿！你成心跟我过不去是不是？！"我趁着刘大志去厕所的时候骂刘赫。他最近也不知道要拍什么戏，反正听导演的话把头发剃了，跟个灯泡似的天天在我眼前晃悠。

"哈哈！"程光亮跟着乐。

"你也不是好东西，不知道聂青正抽疯呢？！"我上去就给了程光亮一脚。

程光亮和刘赫劝了我好久，说聂青就是没事逗着玩，谁看得上刘大志啊，一个纯种大流氓，除了坑蒙拐骗偷其他一概不会，说得我觉得也是。没多久，刘大志就回家了，看看，还说没事呢，现在刘大志已经不正常，还不说明问题？给李想打电话说，结果李想也笑，他说我实在是太紧张了，肯定没事，憋得我只能找左晓洁。

这是个大情况，左晓洁听说以后第一句话就是这个，听听，怪不得左晓洁是爱情的半拉专家呢，说得一针见血。

为了聂青的安全，我们决定跟踪刘大志，但是大家又都没什么时间，我们就看

没事别惹前男友

上了程盈盈家的小保姆,反正她白天也没什么事,程盈盈不在家她就是看家别丢东西就完了。思来想去,我们决定找程盈盈聊聊,挽救聂青。

"姐,喝水。"程盈盈家里的小保姆长得可漂亮了,小圆脸、大眼睛,怎么看怎么好看。不过听说这个小保姆是刘赫给找的,原来在片场的时候是刘赫的保姆,专门负责刘大明星吃饭,做一手好菜,后来不知道怎么成了程盈盈的保姆。

在程盈盈家里磨了半天,程盈盈才说让小保姆试试,然后我们把事情跟小姑娘说了。看人家小姑娘多痛快,就有一条,只要刘大志不是流氓对她没危害就成,瞧人家,多聪明啊!然后我跟左晓洁就高高兴兴地出门了,差点儿忘了问小姑娘的名字,还是给程盈盈打电话问的,人家姑娘叫红杏,多好听啊。

8

"这主意不大好吧?"李想听说了以后就问我,他是怕人家小姑娘被刘大志占了便宜。

"这你放心,刘大志我还是了解的,撑死了动手动脚。我回头给红杏买个防狼器,敢动就点丫挺的。"今天白天跑了一天我都累死了,上车就把鞋脱了,然后把座椅向后调了调。

"那就好,不过,聂青要是知道你们这么捣乱还不得气死。"李想嘟嘟囔囔地开车。我们说好了今天去他家吃饭,今天是李想妈妈的生日。

回家以后我没睡着,不知道怎的就想起当初左晓洁说过的话,她说一生中女人总会碰见三种男人,一种是你爱他,他也许不爱你;一种是他爱你,你也爱他,但是不能在一起;还有一种就是他爱你,你对他谈不上爱,也谈不上不爱。这第一种男人就是初恋,有的时候只是小姑娘的小心思,成功的几率很小;第二种男人是在大学里的爱情,在象牙塔里是美的,但是出了象牙塔,很多环境的逼迫会让你们痛苦得不想在一起,成功的几率就只剩下四分之一;第三种男人一般出现在工作后,大家都是通过相亲认识的,抱着同样的目的,有着同样的目标,更多的是依赖大于爱情。

这三种男人我想我都遇见了,不过时间上不一样,但是也够我刻骨铭心了。第一种男人太虚幻,早已经不记得;第二种男人是程光亮,我们可以在一起,但是只能伤害其他人,况且程光亮现在已经有了自己的生活;第三种男人是李想,我知道他的心思全在我身上,但是又惶恐不安。对我来说,目前最好的选择应该是李想,他会对我很好,好到我在某天会忘记程光亮。

"喂？左晓洁，你最近又有新目标了吧？"我马上给左晓洁打电话。

"去，一边待着去，你们是成双成对了，怎么着，还不许我自己偷摸幸福会儿？"左晓洁懒洋洋地接电话，本来我以为她会扭扭捏捏地不承认，但是她一这么痛快我倒不知道说什么好了，只能问问他们怎么认识的。

那天左晓洁的发布会上大家都很高兴，左晓洁就多喝了几杯，我有李想陪着，她看我没时间就自己去了花园里坐着，点起烟，后来被烟灰迷了眼，才发现自己没带纸巾而且妆估计花了。

"要纸巾吗？"一个男人的声音从左晓洁的后面响起。

"谢谢。"左晓洁抬头看了他一眼，这个男人很有风韵，有一种谁也说不出的亲和力，让人没办法拒绝。一瞬间左晓洁有点儿晕。

然后他们就交谈起来，那个男人说我知道你一定在思念一个你永远也忘不了的男人，左晓洁低头笑而不答。男人告诉左晓洁其实他也在怀念一个女人，谁也忘不了的女人，然后看着左晓洁，把左晓洁逗乐了。她看看男人撇撇嘴，你不是说我吧？左晓洁带着一丝高傲看着男人，这是男人惯用的搭讪，现在有点儿过时。男人笑了，耸耸肩摇摇头轻轻地说不知道。淡淡的一句话让左晓洁很吃惊，她从来没想过会有男人这样回答，因为她以往得到的答案不过是"你猜"或者"被看穿了"，显然这个男人很不一样。

聂青依旧跟刘大志来往，谁说都不听，没办法我们只能组织毛杰努把力了。这个毛杰平时是很闷的一个人，闷到小学上了六年，到现在都有人不知道他是谁。聂青是个怕寂寞的人，觉得毛杰太安静了，所以才产生了抵触情绪。

"这样成吗？"毛杰听我们说完以后就蔫了，孩子老实惯了没干过这种事。

"你也该变化一下了，不然聂青就跟刘大志那个老流氓跑了。"我拍拍毛杰的肩膀。今天是周末，我特意叫李想去接白朗了，对于打扮，白朗比谁都明白，而左晓洁只会给女人打扮。

"好吧。"毛杰做出一副我豁出去的样子，把一切都交给了我和左晓洁。

"叫我干什么？"白朗戴着帽子进来了，看见我就扑了过来，"亲爱的，看我的新帽子，他给我买的！"

"不错不错。"我看着李想笑，白朗正使劲地抱着我，本来我一直没把白朗当男人，但是李想不干。这小帽子还真的不错，特别好看，料子也好，听说这个是今年的新款，贵着呢，就是死贵，白朗的新男朋友真的很疼他。

李想实在忍不住了从我的肩膀上把白朗揪了下来，告诉他我们想让他帮忙

没事别惹前男友

改造下毛杰。他看起来实在是土里土气,别说聂青了,李想看着都觉得毛杰很邋遢,虽然衣服是干干净净的。

白朗先是带着毛杰来到他常去的美发俱乐部,李想还说不就是理发馆么,被白朗狠狠地瞪了一眼。顺便我也揩了点儿油,用白朗存在那里的高级发膜做了下头发,效果就是不一样。真的,超级滑,效果特别好。李想都感叹了,说不如我们也弄一套吧,然后叫小工过来问价钱,拿来一看差点儿吓死我,一个发膜是一千八,高级进口货,听说里面有胎盘、高蛋白啊,想想怪恶心的,我都想马上洗头了。不过小工说是羊胎盘,我们才松了口气,吓死了还以为是人的呢。都是前一阵白朗说要弄个什么人胎盘吃吃,说加班把自己的皮肤都弄得不好了云云,那天我就说恶心来着,还跟白朗说要是吃了就别理我。

做完发型的毛杰让我们觉得眼前一亮,真的很不错,其实毛杰本身的气质很好,文质彬彬,就是常年不变的中短发,有时候没时间剪就长了,要么就没时间洗,一脑袋的油。白朗帮他设计好了头发,整个人看起来清爽多了。

下一站我们来到了美容院,要给毛杰好好儿收拾收拾这张脸,我也赶紧跟着蹭。李想都无奈了,只好跟着白朗喝花草茶。当我泡在玫瑰花的浴盆里的时候,我拿手扒拉着花瓣,真美!哎呀,我什么时候能天天这样啊,白朗这个小资真会享受,怪不得人家看着那么白净。

最后我们去西单买衣服,他们去逛,我跟李想坐在冷饮店喝东西,他一直看着我笑,说我比毛杰还美,跟小孩儿似的。我说那当然,反正我有的蹭就高兴。

焕然一新的毛杰去上班时把他们学校的老师都震住了。聂青慌里慌张地给我打电话说她上班的时候在学校里看见一帅哥,那叫一个激动,都结巴了,然后说晚上侦查了再向我汇报。

"帅哥怎么样了?"我跟左晓洁早早就在饭馆等着聂青,这回她算是掉到我们的套儿里了。

"唉,别提了,不是帅哥。"聂青郁闷地咬着筷子,"你们说毛杰是不是吃什么恶心东西了?"

"你说什么呢?"我看着左晓洁笑着装傻。

然后聂青就给我们讲了毛杰的变化,那表情特别陶醉,还夹杂着不可思议。本来人家毛杰就不差,不过是聂青老是戴着有色眼镜看他。在洗手间里我给毛杰发信息,告诉他一切搞定,继续保持。

晚上,刘赫递给我一套高档化妆品。

"我靠,你终于良心发现了!"我抱着就准备拆,刘赫赶紧抢了回去。

"干吗你?这个又不是给你的,讨厌!"刘赫简直是气急败坏地号叫。

"你想让我带给程盈盈?"我等他叫够了冷冷地看着他,我就知道程盈盈比我待遇高,你怎么不知道给我买东西啊,你瞧你那个德行。

"对,帮我带给她,反正买多了。"刘赫挠挠脑袋走了,到门口又转过来跟我说,"那个,这个是你的。"顺手扔给我一个东西,我都没注意,差点儿接不到。后来一看才知道是个小样,小得跟眼药水似的,还是瓶洗面奶!

我趁着刘赫去洗澡,在他的电脑里装了个病毒,这个病毒叫作女鬼,我想常上网的都知道这个病毒。我特意等着没睡觉,果然不出我所料,夜半三更刘赫尖叫不断。这就是个小病毒,能自动开机,而且把桌面屏蔽,上面显示的是一个很恐怖的女鬼。哼哼,该!看我吓不死你,这就是小样儿的怨念。

那天,一到公司,我就发现李想和程光亮的眼神都很凝重,当时我就预感这个事小不了,而且一定是必须要办的事情。

原来,总公司在上海新开了一个分部,需要一个合适的有经验的设计去当设计总监,任期两年。也就是说我、李想、程光亮,三个人必须走一个,而且今天下午5点就要给出结果,上面等着呢。一时间我觉得天旋地转,这怎么办,到底谁走?

一个下午,大家坐在一起什么都不说,什么也不看,全在发呆。我知道这个事情很难决定,李想一定不想走,他怕这段时间我会和程光亮有点儿什么,毕竟程光亮跟我有那么多年的感情。而他也不想让程光亮走,一方面他希望可以公平一点儿,不想让大家说是他为了某种想法让程光亮离开的。程光亮应该也不想走,他的新感情刚刚稳定,不可能想离开,那么只有我走,这是最好的办法了。

"……我走吧。"我打破沉默,总公司希望在5点有结果,现在是3点半,时间一分一秒地过去了,再等下去就由上面指派,那不走也得走。

啪!

李想奋力拍了下桌子就冲了出去,我赶紧跟上去一起跑到天台。

"你听我说,现在不是拖的时候。"我拉住李想,"必须走一个,那我走,你不烦恼,程光亮也不用费神……"

"你只是想到面上的东西,你让我怎么想?你到底是为了躲我,还是为了躲程光亮?"李想突然抓狂了,对着我喊。

"你到现在都不相信我?!"我彻底怒了,"从一开始你就不相信我!我说过,过去的事情就过去了,没有再提的余地。"眼泪不知道为什么突然流了出来,李想

没事别惹前男友

看见了就想抱着我,被我使劲地推开,然后我站到了一边。

　　"对不起,是我不好,我太冲动了。"李想从后面紧紧地抱着我。

　　"……你必须下定决心,我走是最好的方案。"我看着晚霞,时间马上就要到了吧。

　　"要去我跟你一起去,大不了我辞职,把酒吧卖了。"李想的下巴顶着我的头。

　　"喂!"程光亮在我们身后大喊一声,跑过来一下子坐在栏杆上面,"我打电话给总裁了,过几天我就去上海泡个吴侬软语的南方姑娘回来!"

　　"你说什么?!"这回我跟李想全傻了。

第四集　争吵，安静，迷茫

　　他们说，帮李想守着这个秘密太难了，程盈盈好几次都差点儿说出来，刘赫也是，只能躲我远点儿。叮叮说在办公室不能看我，就怕自己一直盯着我看。李想真是坏，让大家一起来欺负我。刘赫也讨厌，你就不会偷偷地告诉我啊？但是这一刻我觉得很温暖很安逸，真想就这样一直下去，哪怕是做梦也永远不要醒来。

1

　　程光亮离开以后，大家继续过着活色生香的日子，而我的日子里多了争吵。李想给自己的巨大压力让我成了受害者，其实很奇怪，他究竟在为什么吵闹？当然，办公室的人完全不知道内情，叮叮说有人认为是李想利用自己的职务之便特意调走程光亮，而另一方面，我想李想真的觉得是自己逼走了程光亮，不然他不会抽疯。

　　期间，聂青给我打电话说想拍几张照片，问能不能忽悠白朗来帮忙，外面的摄影太贵了。我说只要你不是跟刘大志那老流氓拍婚纱照，我就帮你问，后来聂青阴阳怪气地挂了电话。这年头人真的疯了，刘大志这种东西都成好的了，太可怕了。

　　聂青这边的事我还没整完呢，程盈盈急吼吼地打来电话说左晓洁变成猩猩了，吓得我半死。我以为左晓洁变成星星了，那不是死了么？马上就飞到左晓洁家去了。

　　聂青前阵子跟着学校去参加什么培训了，其实就是集体大腐败，说是去外地培训一星期。左晓洁就跟我说要抓紧时间给自己换个环境，后来想想那是她抽疯的前兆。当时我以为左晓洁也就没事买个新沙发什么的，那小屋也弄不出什

没事别惹前男友

么花来就没管她。等聂青回来她们家已经成了热带雨林,极其郁郁葱葱。

原来,最近左晓洁觉得自己的压力特别大,大到自己都不舒服,主要是悲哀的爱情故事听多了。谁叫她没事弄个情感热线,那些打来电话的人能有一个安心幸福的么,但凡幸福了也不给她们打电话了,在家腻味还来不及呢。

后来有人跟左晓洁说你就是听得太多了,所以不舒服需要减压,减压知道不? 就是放松身心,要做到自由自在,抛弃一切束缚。然后开始跟左晓洁哇啦哇啦地说自己最近报了个班,专门教人放松心情找到自我的。我一听就明白了,看来银子没少花。

"去去,你懂个屁,回头我带你听次课你全明白了。"左晓洁不但不听我们的,还怒了,抱着猫上厕所去了。

"原生态的都在花园上厕所,不会使马桶。"聂青在后面起哄,然后咣的一声一个东西砸在了我的脸上,靠,我招谁惹谁了!

程盈盈说自己家的那个保姆辞了,本来她想辞职就辞职吧,大不了告诉我一声就说我们的卧底不干了,但是后来她发现事情没这么简单。那小红杏最近电话频繁,说说笑笑,程盈盈问她是不是找对象了她就笑,脸都红了。临走,程盈盈还多给了她半个月的工资,说算是给他们结婚的礼金。程盈盈看见一个很熟的人来接走了红杏,后来程盈盈想起来吓出一身冷汗,就是那个秃子刘大志,两人亲亲密密一看就知道关系不一般。

"太恐怖了,你是说,我给聂青找了个第三者?!"我指着自己的鼻子说。

"不,是我们。"程盈盈把我的手指头扳过来冲着自己。

然后我俩谁也没说话,坐在大楼门口,一言不发地看着前方,心里一阵寒风飘过,冻得我俩一激灵。

"哟嗬,在这儿晒太阳呢?"李想甩着车钥匙来了。

"取暖,我们冷。"我跟程盈盈拖着长音异口同声地回答。

"青青!"我看见聂青就扑了过去,吓得聂青直跑。

"咦,你真恶心,干吗?"聂青使劲胡噜着自己的胳膊。

"没事,我跟白朗说好了,周末我们拍照片去。"我自己想起来都恶心,这腻味人的活还是左晓洁会说,不然那些男人怎么就专吃这一套。

本来白朗周末基本不出门,他白天睡觉,晚上看电视,我是费了好大的劲才把他给叫出来,还得请他吃饭。程盈盈、左晓洁也来充当助手,唉! 谁叫我们大家欠她的,我的人生啊,平时伺候李想,周末跑来当碎催。

我们约好了在常去的咖啡馆集合，大家都来了，唯独聂青迟迟不来。我们打了无数的电话，这大小姐的手机还关机，气得我啊，要不是欠她的我真想回家了。大家互相安慰着等了聂青一个小时，她到的时候我们才知道，这位大姐记错了地方，转悠了半天才想起昨晚忘记给手机充电了。我当时就咬着牙跟左晓洁说，我怎么那么想扇这傻东西呢。左晓洁告诉我要冷静冷静，想想我们的错处，一句话噎得我没话说了。

为了拍出好的效果，白朗让我跟左晓洁拿着遮光板跑来跑去，你说老老实实地拍不就得了，事儿怎么那么多。白朗非要拍聂青从高处跳下来的姿势，还说他是完美主义者，一定要跳得漂亮才拍。我们大家只好陪着聂青一共跳了十八次，我都觉得自己快跳挂了，他才迟迟地按下快门。好不容易拍够了，我们大家去吃饭。

"哎呀，饿死我了……"程盈盈基本上都累得吐舌头了，聂青一点儿都不累，乐乐呵呵地上厕所去了。

"上菜快点儿啊！"我冲着厨房使劲喊，手上还忙着给李想发短信问安。我们本来想，也折腾够了，吃了饭，大家就一起回去算了。结果纸包不住火，好死不死看见刘大志拉着小红杏卿卿我我地走了进来。

"喂！怎么办？"左晓洁拿菜单挡住脸问我。

"我怎么知道，等死吧。"我是真想死了。刘大志这个死王八蛋，我找你的时候你不出来，不找你的时候自己往外出溜。

"嗨！姐儿几个出来吃饭啊？"刘大志要么是瞎了没看见聂青，要么就是不知死活，还专门跟我们打招呼。我跟左晓洁还有程盈盈刷地站起来，跟他挤眉弄眼地让他滚。

"哟，跟女朋友出来吃饭啊？"聂青满面春风地擦着手出来了。

"嗯?!"我们仨看着聂青眼珠子都快掉出来了。

"干吗啊，你们有病啊？"聂青吓了一跳。

原来聂青早就知道刘大志跟那个红杏勾搭到一起去了，本来她也看不上刘大志，就是听说毛杰也找女朋友了心理不平衡，借刘大志装装样子。当然，到现在她也不知道那出墙的红杏是我们给搭的线。这俩人早就达成和平协议分开了，也不告诉我们，就看着我们仨跟着丢人，太缺德了，合着我们才是小丑。

"我冤死了。"我把头放在酒吧的吧台上面，目视前方。李想最近新招了个糕点师，小蛋糕做得很有水平。

"我亏死了，VODKA（伏特加）……"程盈盈半死不活地伸着手指要酒。

没事别惹前男友

"苍天哪，我造什么孽了。"左晓洁把头埋在手臂中。

"唉！"我们三个一起大声叹气做总结性陈词。

后来，刘赫给我打了个电话，舌头都大了，哼哼唧唧半天我也没听清他说什么。给毛毛打电话才知道刘赫跟人去后海××酒吧了，估计是喝多了想找人送他回家，才给我打电话的。

"我今天亏死了！"我气鼓鼓地把刘赫提溜到后座上，又给他塞了个塑料袋，万一吐到我车上多恶心，真是的，一个两个的不叫我省心。

"哎哟，盈盈，我恶心……"刘赫靠着后座叫唤。

"你敢吐在我车上，我弄死你！"我一踩刹车将车停在了路边，跑到后面等着刘赫吐，结果这家伙半天不吐。没想到我刚说开车回家，他"哇"的一声吐了我一身，我恶心啊……恶心死了……

"妈呀，妈呀！"我扶着刘赫喊我妈开门，我们没回家，他们是一定会等门的。

"这是上哪儿喝去了？"我妈扶住刘赫问。

"不知道，恶心死了，真讨厌。"我恨不得把刘赫扔到地上，但没办法，他是我哥。

"妈呀！呜呜呜……"刘赫抱着我妈哭，"妈呀，盈盈跟我离婚呀！她呱唧就签字了……"

每次刘赫喝多了就哭离婚这件事，我们大家都习惯了，回回都哭，然后回回清醒了就不承认。我听说最近刘赫跟程盈盈谈了谈，也不知道是怎么谈的，但是我一直认为中心思想就是跟程盈盈复婚，回头等哪天我得问问刘赫，不然成未解之谜了。

左晓洁的放松身心还在继续，不过改在她自己的屋里了，客厅只是摆了不少植物。聂青现在没事就浇浇花、喂喂猫，还挺不错，就是老长吁短叹地说什么毛杰眼瞅着就娶上媳妇了，自己还没着落什么的。后来我跟聂青暗示毛杰分手了，聂青一听便如释重负，表情那叫一个痛快。

李想在MSN上跟一个大学同学聊天，发现这哥们儿居然没有找到女朋友，马上就高高兴兴地跟我汇报，说聂青有下家了，我立马跑去跟聂青说了。

"你怎么着？"我抱着左晓洁的富贵猫，那猫刚刚吃饱正在犯困，枕着我的胳膊直哼唧。

"去，干吗不去。多高？"聂青正忙着往脸上贴黄瓜。

"不知道，李想说跟他差不多吧。就是有个小问题，这人有点儿木讷，成吗？"

我记得李想跟我说这人不大喜欢说话，就是两个字：老实，老实得大学都上完了班里还有人不认识他呢。

"记住啊，这人不爱说话。"今天聂青要跟李想的同学见面，我又打了个电话去嘱咐。

"知道了，知道了，耽误我化妆了。"聂青早就盼着了，她一直认为，李想的同学一定比哪一个都靠谱。

"她怎么说？"李想问。

"高兴着呢。我说你这个靠谱吧？"我按着李想的肩膀问。

"应该没问题。这人吧，人品应该没问题，也许就是抠了点儿。"李想吃着水果。

"无所谓，反正聂青身经百战，她已经可以封侯拜相了。"我拍着李想的肩膀说。

结果，当天晚上聂青就给我打电话说这人是不是脑子有毛病，说得我一愣一愣的。这人学历不低啊，怎么就成脑子有毛病了呢？

那天聂青穿着自己最喜欢的花裙子，那裙子还是我跟她一起买的，那会儿我们都看上了，但是号码大，我穿着直掉，没办法只能忍痛割爱让给了聂青，但是没见她穿过。每次问她，聂青都说得等到大场合再穿，所以就聂青的穿着来说，她对这次见面还是很重视的。

在公园门口，聂青很快就找到了那个男的，因为就他特显眼地坐在门口，西服革履的，还戴着眼镜，就是脸色很白很白，看着像是有病。我听李想说这个同学在一家科研所工作，做什么研究的，估计书生宅男都这个德行。

"你好，我叫聂青。"聂青调整了半天情绪，争取显得活泼点儿。

"哦，你好，我叫卓航。"那个男人笑了笑，打了个招呼。聂青一边笑一边想，这不是挺好的么，文文静静的，一开始是这么想，但是到后面就变了，变得很诡异。

这两人围着公园转了一圈，估计是说话说多了，一时有点儿冷场，两人就找了个地方坐着，没几分钟就沉默了，大眼瞪小眼地看着对方，面带微笑，然后又不知道说什么了。聂青就开始走神了，在心里盘算上了未来，恨不得连结婚请谁不请谁都想到了，还幻想着我跟李想给她当伴娘和伴郎，就在这个时候聂青被奇怪的声音弄清醒了。

"1,2,3,4,5,6……"有人在数数，声音不大，轻轻的，还挺有节奏。

聂青抬头看了看旁边，左边坐着的是一对情侣，两人卿卿我我地说悄悄话，后面是对老夫妻，平均岁数在六十以上。聂青刚想张嘴问问卓航听见没有，结果在卓航的嘴上找到了答案。卓航正念念有词地数数儿呢，从1到10，再从10到1……

没事别惹前男友

"应该不会有毛病吧,可能是无聊,你背单词的时候不是还唱歌么。"我想了半天才跟聂青说,这事是有点儿历史的,所以她理解起来很容易。

小时候,我跟聂青一起上过一个英语班,老师说留半个小时自己背单词,搁现在说那老师真缺德,收着钱不讲课。但是背不下来一会儿老师又查,我只能硬着头皮背,背着背着我被旁边诡异的声音吓到了,不知道谁就一个调调,在唱着什么。仔细一听就是我们在背的单词,问题是这调调跟葬礼上用的哀乐似的,还尖声尖气的,吓死我了。找了半天才发现是聂青坐在我旁边唱,还唱得特别来劲,这样我才知道聂青喜欢唱着背单词,这是一多变态的习惯啊。

后来聂青又跟我意淫了一下这个卓航的长相,听说是白白净净柔柔弱弱的,具体我不知道,李想也不知道,他们毕业以后就没见过。因为大家都想不起来有这么个人,所以聚会什么的也不叫他。

最近刘赫变得贼眉鼠眼的,好几次我半夜上厕所都看见他在屋里开着个小台灯不知道在干吗。今天又是这样,出于好奇我推门进去了,他居然都没发现,直到我蹲在他旁边问他干吗呢,他才开始叫嚷。

"嘘!! 都睡觉呢,你干吗!"我捂住刘赫的嘴才没让他喊出来。

"吓死我了……"刘赫瞪着我胡噜着胸口。

"你弄什么呢这是?"我看着刘赫桌子上的西瓜,还有西瓜皮。我说新买的西瓜怎么没了,一度我还以为是狗给啃了。

"不知道了吧,程盈盈说自己想开个饭馆,我得送个比较独特的礼物。"刘赫两眼发光,兴奋得要命。

2

左晓洁特意给我买了个高级宠物食盆,听说是限量版的,上面还有水钻。富人们真是没地方花钱了,一个喂猫喂狗的盘子都弄那么花哨,而且还分男女,形状不一样。一开始我以为是左晓洁从哪家赞助商那里顺的,后来才知道是她买的,这不是神经病么,钱多你给我多好。后来还是李想提醒我,左晓洁从来不会这么殷勤地送东西。

"嘿嘿,这不是找你帮忙么。"左晓洁跟我嬉皮笑脸的,她说最近跟一高学历大夫勾搭上了,这人有点儿洁癖,而且怕猫。这一点直接妨碍了左晓洁用惯用伎俩把他拿下,家里那只富贵猫她舍不得扔,好几千块钱买回来的,但是又没地方放。聂青说他们家有鱼,那是她爹的心肝宝贝,这猫都进不了门,所以她想放到

我家。

"我们家有狗啊，你又不是不知道。"我觉得加个猫没什么，但就左晓洁家那富贵猫，都成精了。现在那猫每天要喝专业的奶粉，还吃巧克力，便宜货不吃，德芙都不要，专门吃左晓洁从国外带回来的。那天聂青从冰箱翻出来一罐罐头差点儿给吃了，幸亏看了一眼，那是高级猫罐头，做得特香。难怪聂青一拿罐头，那猫就嗷嗷叫，还哈她。

再然后就是每天得给猫按摩，它跟大爷一样趴在地上，让你揉，还得揉对了，揉不对上去就一爪子。睡觉得睡床，起码要占一个单人床的位置，因为那猫横着睡觉，还打呼噜，睡高兴了喵喵地说梦话。最讨厌的是还放臭屁，放得比人都臭。聂青说要不是左晓洁花钱供着，她又还算喜欢猫，真想给扔了。要我说就是惯的，不听话扇几巴掌我看它还闹，翻了天了都。

"没事没事，我这不都给你家狗买了高级食盆么，它跟我没话说。"左晓洁说得就跟和我们家狗拜了把子似的，表情极其恳切。后来李想说你养着吧，不成就挑一个送我家去，给左晓洁美得，差点儿越过我亲他一口，吓坏了李想。

"大丢，你看富贵！"为了左晓洁的猫，我蹲在丢丢面前给它看左晓洁的富贵猫，我决定叫它富贵，才不管左晓洁起的那个洋名呢。她非管这猫叫什么Ella，说是什么小淘气、美丽的女子的意思。那会儿她以为这是只母猫，结果我带它去宠物店洗澡的时候，人家告诉我这是只公猫，所以我直接把名字改了，这是为了这猫能有正确的性别意识。

丢丢皱着眉头看着富贵，一会儿又看看我，一脸无奈。

"你当我想啊？这不是左晓洁给你买了个好碗么，就你现在扒拉的这个，看看，看看，全是水钻。哥们儿，这碗就得一千多块钱，你还是赚了呢，我什么都没捞着。你哼唧，哼唧什么啊？我还得多伺候一个呢，你知道不知道？"我拉着它的耳朵劝了半天，反正不干也得干，猫都送来了。

刘赫一进门就被猫抓了，因为踩到它的脚了，差点儿抓了刘赫的脸。

"看看，抓了我吃饭的饭碗你让我喝西北风去啊？"刘赫指着自己的腮帮子跟我说。

"歇会儿好，省得你累。"我翻着白眼进屋了，真是的，全当我乐意呢，你个死猫，等左晓洁把你弄回家去，我得好好儿吃左晓洁一顿。

没几天，左晓洁春风满面地来了，说要把富贵送给我，被我严词拒绝了。她说那大夫已经搞定了，准备马上结婚，但是这猫必须马上解决，不然自己的婚姻就发

没事别惹前男友

岌可危了。最后，我们憋了半天决定给卖了，于是带着猫来到了花鸟鱼虫市场。

"这猫多少钱？"一个女的指着富贵问。

"八百，不砍价。"我抱着猫坐在石凳子上，左晓洁去买水了。看看，这就叫明星效应，这猫再讨厌也是名贵种儿，面相上带着呢，正宗的银色虎斑猫，就是胖了点儿。

"再便宜点儿吧？"那女的蹲下来看着富贵，还一个劲胡噜。

"最低了，而且你要好好儿养。"左晓洁回来了，一把把富贵抱过去，"我们每天要喝三勺奶粉，普通的可不成，要专用的。还有啊，中午吃巧克力，不要德芙，我们吃进口的，每天还要……唉！你跑什么啊？"左晓洁几句话就把人家给噎跑了。我看不跑才新鲜呢，一只猫竟然有那么多的要求。

后来我跟左晓洁蹲了一天也没卖出去，左晓洁一会儿嫌人家看猫的眼神凶，一会儿嫌人家不认识好猫，要么就跟我说这人一看就知道没钱，富贵去了肯定养不好，反正就是一句话，舍不得卖。也是，那么好的猫，卖了可惜。中午，我们把猫放在车里去吃饭，怕它憋坏了，车窗特意留了条缝。结果那猫非但不给左晓洁减轻负担还加重了负担，因为回家的时候我们发现它居然不知道什么时候给自己弄了一个小蜜，就卧在后座下。我们谁也没看见，还是一个花得离谱的野猫，难看得都没治了，身上什么毛都有，人家富贵就喜欢，抱着死活不撒手。

"你！你个流氓！臭流氓！"左晓洁回家以后气急败坏地指着富贵的鼻子骂，"你找个这么难看的，还让不让我活了?!"越想越生气的左晓洁上去就给了那猫一脚，结果让野猫把脚指头给咬了。

最后左晓洁也没办法，因为那野猫一给轰出去富贵就叫，哭嚎得跟鬼一样。左晓洁只好留着那只花猫，说要从长计议，然后开始了扔猫大战，一星期扔了八回。每次扔出去了，没几个小时这猫就自己找回来了，也是，左晓洁家里有好吃的好喝的，什么都有，还有个男猫陪着，搁谁都不走。左晓洁和聂青看着都羡慕，说人要是有这份感情多好，什么事都没了，和和美美地结婚去吧，然后再生个孩子。

要我说早恋这件事和猫这事是一样的，那个时候小，都这样，家长、老师越反对越来劲。不是不让好么，我就好，你还管不了，一激动还把禁果给吃了，早恋变成了早孕，这下就热闹了。

我们发现那花猫怀孕的时候它都要生了，左晓洁也是，这猫天天挺着大肚子在跟前晃悠，就是死活没看出来，还以为这猫长肥了。

有一天晚上，李想的车在左晓洁家附近抛锚了，他让我找左晓洁待会儿，他

自己等拖车来了再找我。

"好在你们住在这边，不然我就得在车上过了。"我躺在沙发上换着台。

"你这是赤裸裸的炫耀，李想对你多好，我倒是想找这么个人呢，别说在车里待着了，就是车底下待着我都不郁闷。"聂青从冰箱里拿出小菜，富贵追着聂青喵喵叫，还抓聂青的脚。

"左晓洁，你管不管？"聂青差点儿被猫绊死。

"富贵，你要死啊？"左晓洁丢了个球给它玩，然后跟我们喝啤酒。

那个花猫在这个时候出状况了，一开始我以为那猫随地大小便，因为它屁股底下有一摊水。

"你个死猫，我不扔了你我不叫左晓洁！"左晓洁气呼呼地去找拖把，那猫自顾自爬上沙发，富贵紧紧地跟着，还不让人家动花猫。

"胖子，你等着死吧，弄脏了沙发我看你娘不抽死你。"聂青扭头看着富贵，然后开始跟我语无伦次地嚷，害得我差点儿让金针菇噎死，"猫，猫，猫！"她指着后面向我瞪眼。

"噎死我了，废话，不是猫还是狗啊？"我顺着聂青的手指看过去，发现那花猫抬着自己的后腿，腿底下分明有块肉在动，生崽了！

"怎么办怎么办？"左晓洁抱着富贵站在宠物医院里蹦。

"爷，你歇会儿成么，我眼晕……"左晓洁看见花猫下崽儿了就一直号叫到现在，一刻也没闲着。我让聂青留守阵地打扫房间，然后拉着李想跟左晓洁到了医院。谁说人和动物没有共通性，我看是一样的，这里的大夫看了一下以后比看人都紧张，说是什么难产，然后就大呼小叫地一会儿挂点滴一会儿推进产房。我看这猫生完以后，大夫还得嘱咐坐月子的事呢。

折腾了大半夜，富贵的三个儿子生出来了，死了一只小母猫，左晓洁还掉了好几滴泪。不过看见另外的三只猫就高兴了，瞧人家长得，这一个个的小富贵，完全没靠那母猫，没准能冒充纯种卖出去。

我抱着花猫——不，现在叫花花了，左晓洁兴冲冲地抱着富贵，李想用小篮子拎着富贵的三个儿子，我们一起往家里走去。左晓洁抱着富贵高兴得跟什么似的，让我想到了恶婆婆只为了香火不顾儿媳妇，可怜的花花，到时候你还得骨肉分离呢。左晓洁现在想结婚都想疯了，为了结婚，我看你们一家子就等着分道扬镳吧。

程盈盈的饭馆马上要开业了，不过就程盈盈这种才华，不做买卖白瞎了，人

没事别惹前男友

家自从离婚以后捞了多少钱啊,真是情场失意,赌场得意,这小钱哗哗的。不过据可靠人士说,里面有刘赫的股份,占了多少我就不知道了,反正他们现在不打架了就最好。不过程盈盈一看见我就老惦记着我什么时候结婚,我一听就想笑,我看是他们着急复婚了,真够逗的。

"光问我了,你跟我哥什么时候复婚啊?"我看着程盈盈吃饭,她最近有点儿发福,脸都圆了。

"去,有你什么事,我们的事不许你问。"程盈盈白了我一眼。

"嗬,都我们了,也不知道是谁前阵子指着刘赫的鼻子说,你别让我再看见你,看见你弄死你!"我拿叉子指着程盈盈笑。

"滚滚滚,少拿我开涮。"程盈盈扭头不理我。

李想下班的时候说,周末聂青和卓航要请我们去郊游,看来倒霉的聂青终于有望嫁出去了,不过可惜了毛杰了,孩子也怪可怜的。后来才知道,敢情聂青是专门让我们看看这人有什么毛病。事后问她,她说怕李想没面子,不好意思说。其实她还不如直说呢,吓死我们了。

就为了这次郊游,我还特地跟李想去超市买了不少东西。

"要吃樱桃吗?"李想看着樱桃问我。

"吃!多买点儿,我先分一半晚上就吃了。"我看着新买的洗发水,最近头发有点儿掉,听说这个洗发水是防脱发的。

"广告你也信。"李想看着我笑,然后找塑料袋去装樱桃。本来我想鄙视下李想,但是那个时候我突然发现我长千里眼了,老远我就看见一男的和程盈盈在对面的冷柜买酸奶,不用说我都知道,不是别人一定就是刘赫。我欢欢喜喜地跑过去一把把那男的的帽子摘了下来,然后我傻了,这人不是我哥。

"没事啊,你等我一会儿。"程盈盈拉着我走开。

"这是怎么回事?"我当时怒不可遏,要我哥是我的专利,不是程盈盈的。

"这人,这人是我新男朋友……"程盈盈低声下气叫我小点儿声。

"你们俩给我说清楚了,要不谁都别想走!"我现在非常生气,我觉得自己就跟个白痴一样,到处让人耍。

"你冷静,听我说。"刘赫拉着我。

"滚蛋!"我一脚踢在他的膝盖上。

"别冲动,先听听怎么回事。"李想拿来几瓶啤酒。开酒吧就有这点儿好处,什么时候都能有啤酒供应,还是免费的。

后来我才知道，接受和平分手的不止我跟程光亮，还有我哥跟程盈盈。这几番斗下来大家觉得很累，他们冷静地想了好久，发现大家的生活方向都不同。然后决定和平分手，重新认识，重新接触，一切从头开始。

"你们就涮着我玩是吧？"我突然觉得特别委屈，什么都不让我知道，甚至还一起约定到我结婚以后才说出来。这让我接受不了，我咣的一声把啤酒放在桌子上，瓶子底掉了，啤酒流了我一脚，然后我趴在桌上使劲哭，就差撒泼打滚了。现在想想幸亏是在李想的酒吧，不然一定有人以为我在耍酒疯。

"我昨天是不是特别丢人？"我帮李想把东西塞进后备箱。

"没事啊。"他伸手刮了一下我的鼻子。

"我就是觉得冤……原来一直是我哥愧疚，现在变成我了。"我现在特别郁闷，这回总算是知道了，我哥当时得多难受。

"不想了，你这样我都难受了，我现在觉得我是第三者。"李想轻轻地说完，我才惊觉自己完全没有顾及他的感受。

"对不起……"我突然特别想抱抱他，他为我受的委屈太多了，就在伸手的时候刘赫不知道从哪里钻出来了，吓死我了。

"没看见啊，什么也没看见！"刘赫捂着脸转过去。

"干吗呀你？"我上去照着他的屁股就一脚，差点儿把他踢到垃圾桶里。

"我怕你生气，盈盈跟我在车里守了一宿。"刘赫低着头看着脚尖。晚上，我哭累了睡在了酒吧值班室。李想让刘赫他们走了，自己在外面沙发上待了一宿，让我有点儿小感动。后来我跟刘赫他们说，你们下回再敢蒙我，我就把你的一切捅到小报上去，包括你的婚史。末了，刘赫跟程盈盈高高兴兴地走了，我跟李想带着一车吃的往市郊开去。

"其实你跟你哥的感情挺好的。"李想看着我笑。

"唉，没办法，他再傻再缺心眼也是我们家的人，有时候我真烦他，废话太多。"我看着前面聂青他们的车，里面貌似气氛很严肃，两人坐得笔杆溜直的。

"你们同学长得挺白净啊。"我看着李想说。

"不知道，我也是毕业以后头回见，原来好像没有这么，这么……嗯，别扭。"李想有点儿皱眉。

这人吧，我看到第一眼就觉得有点儿问题。

怎么说呢，这人两眼发直，有点儿让人瘆得慌，还有点儿书生气，脸色苍白，白得跟那种有病的似的。但是感觉这人要是神经吧，一定还是跟教授那种神经

没事别惹前男友

不一样，就是那种类似于马加爵的人，看得我后脊梁发凉。后来事实证明了，这人是有点儿不对头，不对头得吓人。

"丫头，你把盘子给我。"李想忙着把买的烧鸡撕开，也不知道我们当时脑子进什么了，没事买个烧鸡吃，都是程盈盈气的，平时我基本不吃鸡，但是买都买了，凑合吃吧。

"带把刀来就好了。"我捏着樱桃。聂青拧着一瓶水，半天没拧开，那卓航就看着什么话也没说。这人是够不会来事了，我想。然后看他走到车那边去了。

"看见了吧。"聂青一发力居然把水拧开了，然后一边喝一边跟我说，"现在我信了，男人靠得住母猪会上树。"

"说什么呢，他是比较老实。"李想撕着鸡说，"其实吧，我觉得有的时候女孩子就差句话。苏言这点就做得特好，人家连瓶子都不拿，直接跟我说，去，把水给我打开递过来。"

"滚！"我把手里的樱桃核扔了过去，然后我就看见一白花花的东西嗖的一声掉在了我跟李想的中间，那是把大号水果刀，不能折叠的那种，跟西瓜刀似的。然后卓航就开始笑，再配上那张惨白的脸让我想起了无数美国恐怖片，最多的是描述一群人郊游碰见变态杀人狂的，我的汗瞬间就流下来了。

"你不是说有刀好么，我找了把刀，可快了，你看，这样一捅就一个大窟窿。"卓航从李想手里拿过鸡就开始切，一边切一边跟我们笑，气氛非常诡异。

我看着他手里的鸡，突然觉得我们就是那只鸡，出来挨宰来了。一看李想，他咽了一口唾沫，我觉得他是把快跳出来的心给咽回去了。再看看聂青，她正跟我挤眉弄眼，我拉着她去了厕所。

"怎么回事？太吓人了。"我抓着聂青说。

"我就是想让你们看看。这都不是可怕的，上次才吓人呢。这次就是靠你们壮胆来说分手的，这样李想是亲眼看到的，也不会说与事实不符。"聂青一脸诚恳地看着我，我都想拉着李想赶紧跑了，姐姐，你这不是拉着我们一起送死么……

聂青说一开始她没觉得什么，就是卓航有的时候不说话，有的时候自言自语，其他还算是好的，本来都想带到家里去了，幸亏没去。

那天卓航难得主动来约聂青吃饭，原因是一个课题通过了，带着聂青庆祝庆祝。说是庆祝，其实就是所里请客，当时聂青虽然觉得这种场合去了不舒服，但是想想这不是拿她当女朋友么，也挺好，就去了，后来的事情太可怕了。

大家吃完了就说去唱歌吧，然后到了崇文门的KTV。本来大家都喝了点儿

酒,有点儿胡说八道的,后来也不知道谁说:"卓航,你可是捞上了,这么多年不招人待见,要不是上头有人,还能混到现在? 这回算是瞎猫碰上了死耗子。也挺好,自己能耐了一回。"当时卓航的脸就白了,聂青忙着打圆场,跟他说别往心里去,大家不是都喝多了么。卓航却爆发了,大呼小叫地让聂青滚,抓着同事一顿爆打,往死里打的那种,打到最后那同事都休克了。

过了好几天,聂青都没敢答理卓航,这卓航倒跟没事人一样,天天去找聂青。渐渐地,聂青就发现这人有问题,特别记仇。有时候还跟聂青讲上大学的时候谁谁欠了他十块钱、谁谁老给他使坏,还说李想也不是好东西想骗他的钱,说到最后又问聂青,你是不是跟李想一起算计我啊? 吓得聂青不敢说话,反反复复地折腾了好几回,聂青实在是受不了了,就想找个时间把话说明白了,于是策划了这次郊游。听完以后我就一阵眩晕,我靠,姐姐,你害死我了。

"那个,好吧,我们就不说废话了。"聂青定了半天的神开始说正题。大家已经默默地吃了半个小时,我跟李想都吓死了,趁着卓航不注意把一切可能变成武器的东西全部划拉到自己的身边,然后偷偷往书包里装。等没什么东西可以构成伤害了才向聂青使眼色叫她赶紧说,说完就溜。

"你说什么?"卓航平静地问聂青。然后,聂青又壮着胆子说了一次。"你——说——什——么!"这次卓航爆发了,大喊一声站了起来,跟电影里的鲤鱼打挺似的,吓得李想赶紧把我们拉起来。

"那个,那个,咱好好儿说,别着急。"我躲在李想的后面战战兢兢地说。

"我算是知道了,你们这群坏人,处处算计老子,从上学的时候就是,啊——"卓航愤怒地瞪着眼睛,指着李想的鼻子,"你,你以为你是什么好东西,我早就看你不顺眼了,王八蛋,还想骗我的钱,呸!"

卓航越骂越凶,口口声声地说我们会遭报应的,然后转身就走了,吓得我们仨瘫坐在地上。

"大姐,我求你了,以后危险的事情多带俩人成不?"我上气不接下气地跟聂青说。吓死我了。

"我这不是没找到人么……"聂青脸都青了。

"别说了,快走吧,万一他一会儿回来就麻烦了!"李想一下子站了起来,吓得我们东西都没要慌里慌张地爬上车就跑了。我都不敢看后备箱,生怕这人藏在后备箱里,然后猛地钻出来挨个掐死我们。

没事别惹前男友

3

程盈盈听说了卓航的事以后马上来看聂青，没带着她那个新勾搭的男朋友，还算她识相。

"你还生我的气吗？"程盈盈一边剥桔子一边问我。

"不知道，反正你俩欠我的。"我翻着白眼看着程盈盈，"这个是从哪儿划拉来的？"

"什么叫划拉啊，我妈给我介绍的，军官，帅吧？"程盈盈美滋滋地吃着桔子。

"我可告诉你啊，军婚可不是闹着玩的。"我看着程盈盈郑重地说。

"怎么说？"程盈盈把桔子核吐了出来。

后来我给程盈盈在网上搜索了一番。

"你嫁给军人我是无所谓，但是，就怕你哪天跟刘赫，呃，或者别的男人出回墙，这样人家就死定了，或者你以后恨谁就这么整人家。"我看着程盈盈，她有点儿发懵了。

"他一看见我就说喜欢我来着，还说要结婚呢。"程盈盈跟我说。都能看出来，她慌了，还不是一星半点儿的慌。

"我倒是有个主意，不知道你——"我看着程盈盈拉长了声调说。

"试试，我一定得试试。"程盈盈把头点得跟鸡啄米似的。

后面的事情进行得很顺利，我们派出了左晓洁去勾搭军官，在这以后就要看程盈盈的了。程盈盈收到消息后就开始约军官看电影啊什么的，不出所料遭到了拒绝，可笑的是他还想享齐人之福，两头瞒着。后来程盈盈被逼急了，军官干脆不答理她了，发了个短信说分手。不过事情还没完呢，不能让这号败类就这么算了，简直是丢军人的脸。

"够不错的啊，这么快就有新目标了。"程盈盈在公园里看着军官说。

"这是谁啊？"左晓洁也看着他问。

"我，我不认识，走吧。"这人还真是临危不乱，拉着左晓洁就走，不过左晓洁甩开了他的手。

"干杯！"晚上，我们在李想的酒吧开庆功会。

"太感谢了，不然我又上贼船了。"程盈盈豪爽地喝了一瓶啤酒。

"没事，这为民除害的事我特爱干，好几回我都差点儿笑出来。"左晓洁很兴奋。

那次庆功会大家都喝了不少，程盈盈喝得东倒西歪的，还是刘赫送回去的。

这俩打车走的时候我还笑，别回头不知道咋回家，结果刘赫真的不知道怎么回家，跟程盈盈住到一起去了。大家都是成年人，后面的事谁都能想象，不过是涉及色情不方便说而已。

聂青担心自己犯了太岁，大清早的就一路奔到了白云观，把所有的太岁都拜了一遍，发出去大把的香火钱，然后买了道符回家放在枕头底下。不过有了上次的教训，聂青没敢太信，但是又不是不信，只能说女人的心最难猜了，口口声声地说不过是求个安稳，但是她每天都把那道符拿出去晒月光，说是什么要给自己吸点儿灵气，让我直接想到了老妖精吸收日月精华。

左晓洁的猫出落得是越来越水灵，谁都舍不得扔，又不能让大家帮着养，因为两只猫就够难缠了，更何况是五只猫。没办法，左晓洁只能把大家招集到家里商量对策，最后我们一致看上了李想。

李想实在是架不住我软磨硬泡，打算周末带回家去试试，然后我们大家欢快地散会去吃饭。路上李想跟我说怎么觉得这不是商量，是选出来一个养猫人。

"哎呀，这猫真好看。"李想他妈妈一直抱着富贵，也没准儿是有眼缘，富贵一进门就跟他妈妈特别亲，又蹭又哆哆地叫，叫得人都心软了。

"妈呀，帮我们养几天好不好，回头有地方我就把这一家子接走，大猫都绝育了，小的回头长大点儿也去做手术。"李想托着可怜巴巴的小猫，小猫邓大眼睛水汪汪的，看着特别心酸。

"成，那我养着，等你们结婚买好房再给你们，对了，你们什么时候结婚？"老太太抱着富贵眼睛里闪着光。当时我就知道，完了，这老太太真有将才，逼婚都能这么不动声色。

我们只好跟他妈说再处一年就结婚，为了左晓洁的猫，我一下子把自己买了。不过还好，还有十五个月才是最后的决定期限。

"想什么呢？"李想明显高兴得很，让我有种被算计了的感觉，本来是我煽乎李想帮我们养猫的，现在我觉得自己一头栽进了李想挖好的坑。

"我冤，掉到你的套儿里了。"我揪着李想的领子。

"小姑娘，心机尚浅啊，多学学吧！"李想拍拍我的头说。

"啊！我冤死了，就为了五只猫！"我假装哭天抢地，但是这个瞬间突然发现原来我的心里是甜的，不过还带了点儿酸溜溜的、很奇妙的感觉。也许，我终于找到了幸福，此刻叫幸福的东西就在我旁边。

前几天，聂青妈妈的同事给聂青说了一个，这个人倒是有房有车，唯一的缺

没事别惹前男友

点是外地户口。但是听说明年单位就能给他转北京市户口了，也基本上能算半拉北京人了，老家其实也不差，不算是贫困县。

"喂？"电话里聂青的声音特甜美，我就学不会。我妈老说我接电话五大三粗的，一点儿都不温柔。李想说这是本色个性，说明人实诚。

"你好，聂青是吧？我是×××，董阿姨介绍的。"那男的声音还好，有点儿口音，不是很重，极个别的字能听出来。在进京的大潮中，这人算是普通话很好的了，不过到后来本性就暴露出来了。

"你不嫌我是外地人吧？不嫌吧？其实我马上也就是北京户口了，没什么的，是吧？不过有点儿小问题我问你啊，你是什么学历啊？家里妈妈是做什么的啊？爸爸呢？"

我还没反应过来呢，这个人叽里呱啦地问了一大堆。

"不嫌。我是大本，我妈退休了，我爸是机关干部。"聂青干巴巴地回答着。

"哦，这样啊。"那边的声音明显很失望，"那你家里不嫌我是外地的吧？是吧？其实我很快就是北京人了。还有啊，不知道你是不是熟悉我这边的工作，我是做财务的，你的数学怎么样？

"哦，一般啊。没事，回头我教你，到时候你找我来我给你上课，一点点教给你。正好在我家里吃饭，我给你做，没事，别客气。你平时买衣服多吗？"

"哦，还成，不乱花钱是好的。咱们不能跟别人比，要攒钱的，我还想把咱妈接过来呢，你没意见吧？"

"也是，孝顺婆婆应该的。然后呢，我们就得说说孩子的问题了，我们家就我一个独苗，怎么也得生个儿子，对吧？闺女绝对不能要，你有同学在医院吗？没有就跟我说，我抓紧时间找一个这样的朋友，回头方便孩子查性别。你不要心疼啊，到时候女孩子我们一定不能要的，该打就打，不能断了我家香火……"

"我生你大爷个屁！"聂青突如其来的咆哮吓了我跟李想一大跳，然后电话咔嚓一下就断了，震得我耳朵到现在还嗡嗡直响。

"你说说这是人吗？我去他大爷的。"聂青晚上来找我们愤愤不平，气得要死。

"管理他干吗。"我咬着吸管笑，真是笑死我了，在办公室跟李想笑了半天。

"妈的，想起来我就生气。"聂青怒不可遏地跟我们说的时候，她的手机响了无数次，一看就知道是这个极品唐僧男，不然聂青不会马上就顺手关机了。

"我比你好不了哪里去。"左晓洁顶着一脑袋的丧气来了，"我告诉你们啊，最近这段日子这个号码给你们发信息就当没看见。"她把一张纸扔在我们面前。

"你这边又是什么啊？"纸上记着两个号码，其中一个有点儿眼熟，不过我想不起来了。

"别提了，老娘倒霉到家了。"

左晓洁上班的时候勾搭到了一个外企白领，听说是一次采访勾搭上的，一切都很顺利。按左晓洁的话来说就是从来没有这么顺的时候，连家长都见了，百分百满意，而且这人还不嫌左晓洁不是原装货，对左晓洁爱护备至。不过就是有点儿小心眼，一开始没什么，到后来发展到想把左晓洁训成狗，随叫随到，二十四小时汇报行程，外加二十四小时开机，后来左晓洁就在自家楼底下跟这白领打起来了。

那天左晓洁去了一个片场，手机正好没电就顺手关机了，一直拍到后半夜才回去睡觉。到了楼底下，一个人影蹿出来把左晓洁吓得不轻，定睛一看正是这个白领。

"哦，你吓死我了。"左晓洁出了一身汗，差点儿喊出来。

"你死到哪里去了？我不是跟你说手机二十四小时开机么？你怎么这么不听话啊。"那男的上来就推了左晓洁一把，本来就困得睁不开眼的左晓洁一下子坐在了地上。

"嘿！你大爷的，你当你是什么东西，老娘乐意！"左晓洁从来没吃过这个亏，一把就把那个弱不禁风的白领来了一个过肩摔。自从上次她差点儿被人抢了以后，就去报了个跆拳道的班，这东西真是防身啊，"孙子，我告诉你，去你大爷的二十四小时开机吧，咱俩完了！"然后她潇洒地回家睡觉了。

"这不是解决了么？"聂青一脸的迷惑。

"解决个屁，这孙子复制了我所有的联系方式，到处给人发短信诋毁我，不是说我请人家吃饭，×××饭店门口见，就是以我的名义到处借钱，真孙子。么就给我的朋友发短信说什么我是鸡啊什么的，妈的，鸡我也是高级鸡！"左晓洁狂喊了一句，招得旁边的人都看我们。

"没事啊，没事。"我招呼服务生给每桌送个果盘，他们最近都说我有酒吧老板娘的气质，谁叫李想天天跟甩手大掌柜似的回家睡觉。也是，最近他累得跟狗似的，逮哪儿趴哪儿。

"啊！左晓洁！你不是给车撞了么？"程盈盈噔噔噔地从外面跑进来找我们。

"左晓洁，报警吧。"程盈盈叼着烟摸牌。

"我是这么打算的。八万！"左晓洁使劲抽了口烟扔出来一张牌。

"那就快点儿报吧，这种东西需要收拾一下。"我喝了口水说。

没事别惹前男友

"就是,赶紧解决了,解决了以后你们还得帮我想办法呢。"聂青拿起左晓洁那张八万。

我们后半夜没事干就一起去了左晓洁那儿打牌,期间每个人的手机信息无数,有骂左晓洁的,有说左晓洁出车祸的,还有说左晓洁是通缉犯的,最最可笑的是说左晓洁跳海自杀了。这不错,一天之内左晓洁死了八次,人家都说猫有九条命,不少人夸左晓洁是猫样的女人,那就还差一个死法。

我刚刚放下手机,就看见聂青身后的手机亮了,拿过来一看,上面说左晓洁不慎掉到护城河淹死了,说得跟真的似的。这下就对了,九命猫妖么,不能少一个。

"他大爷的!"左晓洁直接把桌子上面的牌胡噜乱了,然后跳到沙发上拨110。

"真缺德!我马上胡了!"程盈盈哼哼唧唧地把手里的钱装到钱包里。

"得了吧你,你赢得还少啊,我钱包都空了。"聂青一脸的郁闷。

"妈的,110都打不通。"左晓洁刚挂上电话,我们就被一堆人按到桌子上了,然后有人把大灯打开了,一时间乱得要命。我觉得我还没怎么着呢,砰的一声就给按在桌子上了,脑门撞在桌子上磕得我眼冒金星。

"说!赌多长时间了?"一盏大灯照在了我的脸上。

"叔叔,咱好好说成么,我赌什么了?"我捂着眼睛,真刺眼。我怎么这么倒霉。

"老老实实的。"灯转到别处去了。

"你看这个,不好意思啊,这件事我们一定严肃对待,严肃处理。"天亮的时候,派出所所长把我们四个送出来,然后跟我们承认错误。

这白领太缺德了,居然连我们玩牌都知道,然后给警察叔叔打电话说我们聚众赌博,警察叔叔毫不费力就把我们四个逮了。在派出所挨个过堂审了一宿,最后发现抓错人了,然后就带着一堆人去抓白领去了。该!就该先抽一顿再逮,大爷的,我亏死了,脑门都撞青了。气死我了!不过我一直纳闷这孙子是怎么知道我们玩牌的。最后还是程盈盈自己主动招了,上厕所的时候白领又发了个短信,然后程盈盈说:"你丫再发弄死你,打扰老娘赌钱的心情!"

"妈的,我就想掐死他,气死我了。"左晓洁戴上墨镜就要撒。

4

聂青实在是受不了这个唐僧了,决定说什么也要把这个极品扔掉,但是没想到这个唐僧不光说话难缠,连思维也神奇,神奇到我都怀疑这人是从火星来的,没准儿哪天就回去了。

　　聂青给我看了他的短信，前一条聂青说得明明白白，说我们不合适分手吧。没三分钟这人就回复消息了，他说没关系，女孩子么，使点儿小性很正常，没事，我知道你是试探我。

　　"这是人么，苍天哪，我做什么孽了啊！"聂青假装昏倒在沙发上。

　　"这人看琼瑶的书看多了吧，告诉他，你别做梦了，我根本不爱答理你。"左晓洁举着手机，她也没闲着，正忙着跟新下家手指传情呢。我则安安静静地坐在旁边看着，今天李想回家睡觉，所以我才找左晓洁玩。李想都把自己折腾成熊猫了，我舍不得吵他，但是又太无聊，所以一早就蹿到左晓洁这里来了。

　　"我现在想杀人！"聂青把脸埋在靠垫里说。

　　"杀人可犯法，还不如你在精神上摧残他。"我玩着 PSP，顺嘴说了这么一句。

　　"怎么弄？"聂青还当真了，拉着我非让我出个主意。不能见死不救，没办法让我给指使到左晓洁那里去了。

　　"我们出来坐坐吧。"

　　聂青给唐僧同学发了短信，约好了在商场门口见面，她准备用我的老套路，对着抠人使劲花钱，让他知难而退。我跟左晓洁在后面保护，说白了就是当面拿言语刺激他。这怎么也算个女二号吧，但是聂青非说我们是群众演员。

　　"这裙子你穿不好看，太肥。"唐僧同学的随机应便能力可真强，在没有看见价签之前，他夸聂青穿这裙子好看得不得了，顺便也赞美了他自己的眼光，听得我跟左晓洁直起鸡皮疙瘩。

　　"刚才你可不是这么说的。"聂青毫不客气地把话直接说给他听，左晓洁暗竖大拇指。

　　"你看你看，这要是我男朋友一定上来就把这衣服买了，他还得说，我媳妇喜欢的就买。"左晓洁故意大声地说。

　　"小点儿声。"我看了唐僧一眼，他脸上有点儿挂不住了。

　　"小姐，帮我包上。"聂青转身就把衣服包上了，顺便狠狠地看了唐僧一眼。

　　"我没带那么多钱。"唐僧噌地站起来，转身出去了。

　　"搞定！"聂青轻声跟我们说。

　　"再下点儿猛药，争取一次解决！"我赶紧把商场的高级购物袋掏出来，里面是聂青以前的几件衣服，我找了点儿铜版纸在公司打印了几个假的标签，上面的价签特别客观，件件在两千以上。

　　"你跟李想最近怎么样？"我跟左晓洁坐在茶餐厅等着聂青胜利的消息。

没事别惹前男友

"很好啊，如果不出意外，我明年也许嫁给他。"我扒拉着杯子里的冰块。

"挺好的，早点儿结婚好，我也在努力，但愿明年我们一起结婚。我要在三年内把自己嫁出去，不然我死不瞑目。"

"我们心里都有一道门，就是不知道锁是不是牢固，别到时候把不该放的人放出来。"我看着外面，今天商场有活动，外面全是情侣，听说情侣八折。

"就怕有人撬。"左晓洁突然拉着我，"别让人来撬门，丢了什么都不值当的，尤其是现在那里面还有个宝呢。"

"我知道。"我收回目光就看见聂青回来了。

趁聂青不注意，那个唐僧翻了那个购物袋然后就吼了。我知道一定是我做的价签吓着他了。

这个人是我见过的最逗的，他跟聂青大喊大叫，说聂青花了他妈妈的钱，吓得聂青差点儿咬了舌头。

按照唐僧的逻辑，聂青这些买衣服的钱，在未来有可能是聂青作为孝顺的表现给他妈妈花的。当时聂青真是涵养好，搁我早就一嘴巴抽过去了，真不拿自己当外人，还花了他妈妈的钱，他怎么不说花了自己买棺材的钱呢？聂青说我乐意花，再说我跟你们没什么关系吧，犯不上给你们家钱，除非我脑袋叫驴踢了。然后这狗血的唐僧同学马上坐在地上号啕大哭，说什么聂青欺骗了他的感情，忽悠了他的情意，反正就跟唱快板似的，有板有眼有节奏，说得周围的人一愣一愣的。让我想起了周星星的那段心又悲、心又痛的宣言，这个场景不能想，一想我就想笑，最后笑得直倒气。

李想最近神神叨叨的也不知道在干什么，天天跟我说忙，一到下班就没影儿了，害得我无聊到陪程盈盈去相亲玩。主要是程盈盈太彪悍了，她比左晓洁那个广撒网还要命，相亲就相亲吧，找的男人还非得在同一天约在同一个地方吃饭。程盈盈左思右想挑了一个在电话接触中最为顺心的，另一个惨遭淘汰的由我对付，一场狗血的相亲计划就这样开始了。

而唐僧同学也开始了狗血的追逐大战，他说聂青最淘气了，又是试探他又是给他机会的。现在他天天拿着花站在学校门口等，要不就忽悠聂青班上的小孩，模仿电视剧情节，一人拿一朵玫瑰花送到聂青的办公桌上面，弄得聂青下不来台。聂青终于以报警来吓唬，唐僧可算是给解决了。

"记住了，你这边是个老师，教那个，那个，哦！教化学的！"程盈盈站在我面前晃悠，"要是太难看，你直接给我 pass 了，怎么气人怎么来。"

"这敢情好，我天生对化学老师有敌意。"我端着咖啡说，我们上学的时候那个化学老师就是一个笑面虎，看着你是笑脸如花，但是在你一说不会答题的瞬间能转化为夜叉，还是那种龇牙咧嘴的。数学课中关于容积和溶质的问题，我死活都学不会，但是在这个夜叉老师的教导下，我愣是学会了，还能用这个方法把数学题套起来做完，我都佩服我自己。

程盈盈见的另外一个靠谱的是个律师，听说是左晓洁给介绍的。左晓洁说这个人有房有车没有老妈，有才有面没有脾气，说得好的不得了。不然程盈盈不会顶着得罪亲戚的想法让我解决了这个化学老师，听说这个老师是程盈盈的妈妈的妹妹的孩子的姐夫的同学。真难为程盈盈能把这一串关系说下来，真要命。

我跟程盈盈提早进了相同的那家饭馆，然后分别发短信说到了。这是一家西餐厅，沙发座，纱帘隔断。我跟程盈盈背对背坐着等着来人。

"我说，这人有没有什么具体的长相？"我看着手里的杂志问程盈盈。

"不知道，就是说比较瘦，说话有点儿冲，然后嘛，我觉得这个人有些大男子主义。"程盈盈在我后面说。

7点半，程盈盈和我要对付的人来了，我们一起站起来礼貌性地打招呼。

"你好，你跟照片上有点儿不一样。"化学老师是一个清瘦的男人，就是面相老，老的有点儿不像话。我跟他坐在一起让李想看见了他不会有什么想法，撑死了认为这是我的老师，年纪轻轻的跟快五十了一样。就这样的，程盈盈一准儿Pass，不过她那边倒是靠谱，白白净净的，还戴副金丝边小眼镜，那气质、那感觉，真不错。

"你在看什么？"化学老师问我。

"啊，没什么。你吃点儿什么？"我赶紧翻菜单。

"随意，吃什么都成。你皮肤不错，真白。"这老师果然话冲，上来就实话实说。

"谢谢。"我看着菜单心里想，要不是程盈盈说请我吃饭我看你干吗。

这顿饭吃得我极其郁闷，这个老师问东问西，一会儿说什么我就喜欢看特别白的女人，一会儿说什么我与以前女朋友分手就是因为她不白，而且身材不好。要不是我脸上有点儿难看，这孙子还会说你站起来转个圈给我看看，妈的，你又不是皇帝老子还选上秀女了。看你那个德行，老的掉渣，搁以前就是个私塾先生，还得是乡下的。

我气得要死，程盈盈那边也不咋地，我始终竖着耳朵听着他们说话。对面的老师还在废话，说什么他有多忙多忙、多辛苦多辛苦，我就不信你能忙过我家那

没事别惹前男友

个大明星。我干脆面带笑意地听着,把全部精力放在程盈盈那边。

"你们工作应该很忙吧?"程盈盈貌似比较满意,打算继续了。

"还成。"那律师倒是沉稳,但是我老是觉得这事顺当得不正常。

程盈盈跟这个律师相谈甚欢,然后就有点儿冷场,那个律师憋了半天突然问上程盈盈了。

"你觉得我怎么样?"他的声音有点儿激动。

"挺好。"程盈盈老老实实地回答。其实我知道程盈盈现在恨不得说咱继续吧。

"哦,那就好,那就好,说实话我见过这么多女孩子还没有对我不满意的呢。"那男人声调都高了,带着那种我极其不待见的优越感,"我这人就是喜欢实话实说,你别介意啊。是这样的,我呢,在你的前面还接触过四个女孩子,她们都对我穷追不舍啊,追得我没处躲、没处藏的。这次我觉得你还成,不过你可要抓紧啊,我打算明年就结婚了,你要是不抓紧回头就被她们抢了,这样我就怪不好意思的……"

"噗!"

我把嘴里的汤喷了出来,呛死我了,左晓洁介绍的这是什么玩意儿。

"你没事吧?"化学老师问。

"没事,我去洗手间。"我站起来的时候听见程盈盈说,我去打个重要电话。

"我靠,这都是什么玩意儿。"我站在水池子边洗手。

"别提了,你那边那个靠谱吗?"程盈盈在厕所的隔间里问。

"不靠谱,这人太清高了,他已经把自己臆想成全国人民崇拜的目标了,就像超人一样,但是悲惨的是他把裤衩穿在里面了。"我看着手机,李想还真放心,一个电话都不给我打,不过想想最近他累得像狗似的,还是不吵他,让他早点儿睡吧。

"唉……赶快解决战斗我们撤了吧。"程盈盈从里面出来一脸无奈。

我非常愉快地跟那个化学老师说了拜拜,然后走出门去。今天我把李想的车弄来了,因为我的车让刘赫借走去酒吧磕姑娘去了。我跟程盈盈在洗手间里说好在左晓洁家门口见,而且来之前就说好,回家了直接向左晓洁和聂青汇报,大家都等着呢。

扔在副驾驶上的手机"嘀嘀嘀"地响了三声,把我高兴的,我以为李想给我发信息了呢,结果一看是那个化学老师的赞美:"你的车挺漂亮啊,真有钱,回头结婚的时候正好你买房子。"

当时把我鼻子都气歪了,但是碍于程盈盈亲戚的面子就没发飙,压着火跟他说:"不好意思,咱俩不合适,以后不要联系了。"然后手机就开始爆响,弄得我差

点儿闯了红灯，直接把这人拉到黑名单里去了。

我开始闹心，一定是虚荣心作祟，突然觉得特别对不住李想，我感觉自己就是出墙的红杏，等着被他抓住挨个收拾。但是我冤死了，跟我有什么关系，要收拾也是程盈盈，就数她最没溜儿，想到这个我不由自主地拨了李想的电话。

"喂？"他的声音让我清醒了许多，心想，为什么要给他打电话？

"呃，没事，我就是想看看你睡觉了没有……"我把车停在路边。

"准备睡觉呢，你干吗呢？"李想的声音对现在的我来说有一种蛊惑的作用，他在让我想，干脆说了得了。然后我特别激动地告诉了他刚刚发生的一切，后来是沉默。

"你生气了？"我蜷缩在座椅上问。

"没有。"他的声音开始让我觉得浑身发冷。

"我错了，下次，不，永远没下次了。"我对着电话发誓，这一定很蠢。

"那你必须……"李想的声音变得很轻很轻。

"你说，怎么着都可以。"我都想钻到电话那头去了。

"请我吃夜宵。"他开始笑，原来他在逗我玩。

我在下一个路口直接转弯了，然后给程盈盈打电话让她自己玩去吧，我有事，不顾她还在唠叨就挂了电话，然后直接关机，不然得让她唠唠叨叨折腾死。

5

聂青最近相亲碰见了流氓，把她都气病了，其实没大病就是个感冒，但是聂青把自己想成了林黛玉。人家林黛玉是爱情不成郁郁而终，而聂青肯定不会因为这个郁郁而终，她不过是想不明白自己怎么这么倒霉。

那个人是聂青的老同学介绍的，一开始就说没准你看不上，聂青以为老同学说客气话呢，还说你跟我客气什么啊，后来才知道，还真不是客气。首先这个人的长相就给了聂青致命的一击，老同学说这个人眼睛不大，聂青看的时候差点儿背过气去，眼睛是不大，看上去特别迷茫，因为眼睛几乎是睁不开，一道小小的缝隙，聂青说我真想找把刀给豁大点儿。

这个人的眼神就在聂青的脖子以下，肚子以上转悠，转悠了大概半个小时，然后跟聂青说，你身材不好，胸太小了。我以前的女朋友可是D，估计你也就A。这样倒也没什么，可以去隆胸，不知道你肤色怎么样，我不喜欢太黑的。聂青当时就两眼发黑，心口发堵，就差晕过去了。然后她破天荒地拿起水杯泼了那男人

没事别惹前男友

一脸,转身走了。

"你太便宜他了。"左晓洁一边削苹果一边说。

"都泼水了还能干啥,聂青又没学过跆拳道。"我帮聂青倒了杯水。

"就是。"聂青堵着鼻子,说话有点儿口齿不清。

"要我就看着他说,我是胸不大,不过我看你那个尺寸也不咋地。"左晓洁摇头晃脑地跟我们说,"这才是双重打击,既保全了自己,还拿最惨痛的事情刺激了他。"

"高手。"我顺了块苹果夸左晓洁。

"屁!"程盈盈第一个提出反对,"我告诉你们,真的色狼是不会退缩的,他会接着说,要不我们开间房验证一下,这种孙子我见得多了。"程盈盈义愤填膺地说。

想想程盈盈应该是碰见的色狼比我们多,主要她是离异,挑的范围比我们少了一大半,而且中年色狼偏多。程盈盈最不愤的也是这个,凭什么我嫁过人就得找那些半老不残或者色迷迷的男人。最近听说不知道谁开始给程盈盈张罗那些丧偶的了,据保守估计最年迈的可能有七十,人老人家是想续弦的,不是跟程盈盈一样找浪漫的,就那个岁数浪不起来,再浪下去就得猝死了。

周末,李想神秘兮兮地拉着我去一个地方,我都不知道他在折腾什么。

"你不是想把我拉到郊区卖了吧?"我坐在车上笑着说。

"猪肉减价了。"李想跟我嬉皮笑脸,被我掐得直叫唤。

"干吗,捧着我打你啊。"李想非要把我的眼睛蒙上,弄得我使劲抓着他。

"自己看!"他高高兴兴地拿掉我眼睛上蒙的布,我发现自己站在一个装修得特别温馨的小二居里,"这是?"我看着李想,他正在笑。

"我特意买了这个房子,这里是最佳的位置。"他拉着我到阳台上,"那边就是你家了,我家在这边,我选的地方正好在两点的中间,正对着的方向是公司的位置,而且楼下就有公共汽车,万一哪天车坏了,我们可以坐公共汽车。我们可以把那群小猫接来,到时候一起上下班,到处去玩。"李想笑得很暖,我有种特别想哭的冲动。

"如果,我是说如果你没想好,那我们就分开住,把原本的书房改了……"李想站在夕阳下看着我,面带微笑,但是眼睛里满带哀伤,让我心疼到了极点的哀伤,刺到了我心里最柔软的地方。我想起大家说的所有话,他们说李想是百年不遇的好人选,我应该好好儿珍惜……

"白痴!"我抱着他。很多年了,我没有这种安稳感。和程光亮在一起虽然快乐,但是我老是有种不安,我不明白这种不安来自哪里,但是心里就是不舒服,

所以我总是在不经意的时候和他争吵。但是面对李想，我知道什么他都会替我解决，让我有最舒适的环境，早晚有一天他能把我宠到无法无天，甚至做出我自己都不能理解的事来。

"钥匙。"李想把钥匙交到我手里，然后拿出房产证，上面清楚地写着我俩的名字。

"万一我不同意，你不是白白送了我半套房子？"我看着房产证，还是有点儿想哭。

"我知道你肯定同意。"李想拍了我一巴掌，"因为你不同意的话我有亲友团。"他微笑着拉开其他两间小卧室的门，我看见程盈盈、刘赫、聂青、左晓洁还有叮叮他们从里面蹿了出来。

"你们这群浑蛋玩意儿！"我看着她们笑，一直笑到我泪流满面，然后跟他们抱成一团，哭。

他们说，帮李想守着这个秘密太难了，程盈盈好几次都差点儿说出来，刘赫也是，只能躲我远点儿。叮叮说在办公室不能看我，就怕自己一直盯着我看。李想真是坏，让大家一起来欺负我。刘赫也讨厌，你就不会偷偷地告诉我啊？但是这一刻我觉得很温暖很安逸，真想就这样一直下去，哪怕是做梦也永远不要醒来。

清晨，我总能被李想从厨房弄出的响动吵醒，然后看着富贵把大肚反翻过来睡觉，旁边蹲着一堆猫猫。花花平时最喜欢李想，总是跟着他到处跑，从早到晚地跟着，现在一定在厨房的灶台边上。

"吃什么？"我从后面抱着李想问。

"好东西呗。"李想的背靠着特别舒服。

我突然觉得，就这样下去吧，多好，白天我们一起上班，晚上回家一起喂猫，多幸福！这段时间我觉得我好像活在梦里，太幸福了。

但是等打开电视的时候，我看见了一个惊天大雷，坐在凳子上的不是别人正是聂青，她在一个劲地表现自己，特做作，再配上酸溜溜的解说词。这妞不是疯了吧？

"你掐我一下，我是不是在做梦？"我招呼李想来掐我。

"我看没做梦。"李想也傻了。

"姐们儿，你疯癫了？"我看着聂青安安静静地坐在沙发上喝咖啡。

"没啊，很正常，我是广泛撒网，集中捕鱼，万一一捞条大的我就抄上了。"聂青现在平静得很，就跟皈依了佛门一样，不是佛门，是相亲门。

"我没的说了。"我看着聂青，"左晓洁哪儿去了？"我发现来了以后就没看

没事别惹前男友

见左晓洁。

"带你哥相媳妇去了,给你哥找了个小空姐。"聂青的电话响了,她立马蹿起来接电话,动作是一气呵成,一看就知道已经训练有素了。

晚上,我特意跟李想一起回了家,主要是想看看刘赫对空姐有什么感觉。

"坐啊,吃什么?"我妈现在已经把李想当成了自己的女婿,高兴得很。

"别客气,阿姨。"李想笑得特别甜,跟大姑娘似的,让我突然觉得自己就是大粗老爷们儿,然后不由自主地臆想我威武地坐在虎皮上,李想跟个大姑娘一样羞怯地坐在旁边,想到这里我不由得笑出了声。然后刘赫非说我等着嫁人呢,看,多高兴。

"哥,我听说今天左晓洁带你见了个空姐啊。"我看着刘赫,跟我逗,我让你底儿掉。

"呃,这个……"刘赫一听这个就含糊了,汗也出来了。

"真的啊?"我妈立马兴奋了,眼里直放光,跟狼似的,闪亮亮的,"那姑娘什么模样啊?家里有兄弟姐妹没有?你觉得怎么样?要不哪天带来我给你看看?"

程盈盈最近也去相亲了,看见一个超级腼腆的男孩,还有他妈。好在程盈盈怕遇见聂青那种情况,没有单刀赴会,而是拉上了左晓洁。

那个男人的妈妈真不是一般人,左晓洁说那小眼神犀利着呢,你这边摸下脑袋那边眼睛马上就扫过来了,跟机关枪似的。倒是那个男人什么都没说,柔柔弱弱地坐着,一直低着头,还带着羞涩,两腿紧闭,手放在膝盖上面,跟个大家闺秀一样。未来婆婆把程盈盈审问了一遍,还算比较满意,但是后面就气人了,她安排程盈盈跟那个男人聊聊,然后自己跟左晓洁坐到了旁边。

"左小姐跟盈盈认识多久了?"老太太跟探照灯似的眼睛看着左晓洁,左晓洁说自己觉得跟内衣颜色被她看出来了似的那么尴尬。

"五六年了。"左晓洁老老实实地回答。

"哦,她的私生活不是很乱吧?我是说不会随便找男人那啥吧?"老太太看着远处的程盈盈问。

"那不可能,我姐们儿……"左晓洁当时就狂野了,见老太太一瞪眼又吓回去了,"我说盈盈不会,她一向知书达理。"

"那就好,我们儿子老实,就是想找个大点儿的,回头能在各方面照顾他。私生活方面也要注意,我们儿子老实,第一次还留着呢,所以得找个成熟的教教他。

我看盈盈还不错，能照顾好他。"老太太难得地露出了笑容。

"你看倒不如找个鸡呢，什么花样都会……"左晓洁心里翻着白眼小声嘀咕。

"你说什么？"老太太那眼睛刷地一下就转过来了，看得左晓洁出了一身的冷汗，吓得她赶紧望着程盈盈的方向。

程盈盈对着这个老实孩子都不知道说什么了，主要是人家不说话，自顾看看自己的脚尖。

"那个，你喜欢玩什么？"程盈盈觉得这趟不能白来。

"都成，其他的你问我妈。"那男人跟大姑娘一样扭扭捏捏的。

"哦，工作不忙吧？"程盈盈耐着性子问。

"你问我妈吧。"那个男人轻轻地扭动着肩膀，低着头。

"妈的，我怎么觉得我跟强抢民女似的。"程盈盈靠着冰箱一口气喝了半罐啤酒。

"我告诉你，趁早让丫死去，他妈就是想给他找一个通房大丫头，伺候少爷顺便教会少爷闺房生活，跟娶个童养媳没什么区别。"左晓洁使劲抖着自己的衣服，说要好好抖抖这身晦气。

"这个好玩，那姑娘，不，那少爷的长相你看清楚了吗？"我趴在沙发背上问。

"那少爷——"程盈盈马上放下啤酒，脚尖向内，搓着自己的衣角，用最柔弱的声音说，"那个，我不知道，你问我妈去。"

"哈哈哈！"聂青笑得前仰后合。

没待多长时间，我就被她们给轰了出来，非说看着我闹心。因为目前就我开始同居了，不能跟她们在一起刺激她们，真是的。

"对了，我有一个小师妹，要不给你哥看看合适不？"李想接我的时候跟我说。

"长什么样？"我问。

"特别可爱，圆圆脸，一笑还俩酒窝。"李想马上拿手比在嘴边笑给我看。

"德行。也成，听说那空姐把我哥给踢了。"我掏出电话喊刘赫半个小时以后酒吧见。

"那空姐怎么着了？"我嗑着花生说。

"别提了，我都成小丑了，真现眼。"刘赫提起来就郁闷。

那个小空姐确实什么都不错，就是嘴太冲，逮什么说什么。她在第二次跟我哥见面的时候说，我不是处女你不介意吧？吓得我哥差点儿开车冲到收费站去，听到我哥说不介意的时候，这姐开始跟我哥普及不是处女的种种好处，还说什么

没事别惹前男友

这样才能更高兴地享受生活。

刘赫说我家里还有个妹妹，这妞就不乐意了，说你还有个妹妹，那以后不得跟我抢衣服啊，再说，你妹妹比我还大，赶紧给嫁出去，省得占地方。还有啊，我不跟你爸妈一起住，老头老太太太讨厌，我都烦死我妈了，嫁人就是躲清静去了。还有，你买个房子吧，回头我们一起住，结婚的时候你把什么都包了。刘赫听得冷汗直流，然后这妞的电话就响了，她看都没看就接了，是她妈打来的。

"干什么干什么，不是叫你少打电话么，你耳朵是背了，再加上个更年期，早晚害死我得了！"刘赫尖着嗓子跟我学空姐说话。

"我要是你直接给丫从副驾驶上面踹下去。"我在一边气呼呼地说。

"嗯，然后我把车停在了路边，告诉她我俩不合适，你猜她说什么？"刘赫看着我问。

"闹来着？"

"她说，我靠，你早说啊。快送我回去，我们这趟飞机上面有个王储，赶紧倒班，万一勾搭上了享大福了！"刘赫倒在桌子上。

"以后离左晓洁远点儿，她认识的都不是一般人。"我拍拍刘赫的脑袋。

6

左晓洁在聂青跟无数男人奋斗的时候也没闲着，她一姐们儿给他说了一个男的，做房地产的。说实话，她一说做房地产的，我就想到了那个不争气的房地产商，靠，什么事啊，一有强盗比我们还没出息

听说这个房地产特别有钱，算得上是大地主了，唯一一点就是磨叽，估计是生意场上练的，做什么都要观察很久很久，然后还间杂着问东问西，有几次还给我们这些好朋友打电话询问人品。我真想劝左晓洁赶紧把这个极品给踹了，太闹心了，怎么现在的男人老把自己当太上皇一样供着，要真是供着你能这么大岁数找不到对象吗？但是左晓洁说我是饱汉不知饿汉饥，这么多人里面能找这么个人容易么，一直舍不得踹，而且自己还尽力表现得特别检点。要我看就左晓洁最不检点了，隔几天就换回男人，聂青一开始对家里出现的多个男人混淆不清，现在已经习惯了，反正过几天就又换了。但是这次左晓洁挺上心，连着一个月没往家里带男人，这让聂青都不习惯了。

跟房地产富商电话传情了一段时间，富商终于要求跟左晓洁见面。左晓洁兴奋得愣是一宿没睡着，第二天还约了自己最好的化妆师姐们儿给自己化妆。

富商就富商，连见面的地点都选得与众不同，是一个酒会，唯一巧合的是这个酒会就是我们公司主办的，主要是打算拉拉大客户，所以我跟左晓洁在酒会上碰头了。

"你好，苏小姐。"我奇怪的是富商认识我，后来听左晓洁说我才知道，这个富商不但把左晓洁查了个底，还顺带查了我们，甚至雇了私人侦探跟踪我们所有人。当然待遇是不一样的，左晓洁是派两个侦探跟着，而我们只是派了一个，还是不定时的。他给左晓洁看过我们所有人的街拍，连李想在家里挂窗帘的都有，太吓人了。

"太吓人了。我强烈要求分手，一定要分手。"我贴着面膜从牙缝里往外挤字。

"就是太恐怖了，我怕等哪天我洗澡都给人拍下来了。"聂青吃着苹果说。她的照片拍得最好了，是在学校拍的，当时她正在给学生上课。

"没错，我告诉你，拍到李想挂窗帘我没什么意见，但是万一拍到我们有点儿什么，我还活不活了。再说，刘赫上个厕所你说你拍什么啊，又不是狗仔队！"我把面膜揭下来，气死我了，我觉得现在自己像生活在大庭广众之下一样，这不仅仅影响了我，连李想都影响到了，他现在郁闷我总是躲着他。

"但是吧……"左晓洁看着我们说。

"你别给我说这种大款多难得，这种天生的侦探，人格太可怕了。"聂青拿苹果核砸左晓洁。

后来左晓洁就去跟富商谈判，到了半夜气哼哼地回来了，一进门就骂。听说不是左晓洁找富商谈判，而是富商找左晓洁摊牌，他说左晓洁有整容的历史，把左晓洁自己都说蒙了，后来经过富商提醒才想起自己因为倒睫毛的问题拉了个双眼皮。富商很遗憾地把左晓洁给 Pass 了，但是他觉得聂青是个合适人选，让左晓洁回去跟聂青说说。

聂青直接给富商打电话说，去你大爷的，我们家不是中情局，不要你这类特工。算是给左晓洁出了口恶气。

我妈给刘赫找来了个大麻烦，这个女孩是我从一个菜市场听说的，说是有特别好的工作就是性情怪了点儿，但是人不错。然后我那英勇的妈也不看清楚就慌里慌张地找上了人家姑娘的门，给刘赫找了一连串的麻烦，还差点儿搭上了小命。

"你好。"相亲是我跟刘赫去的。因为他们去的新桥饭店有李想喜欢吃的蛋糕，我是为了他去的，于是我有幸见识了一位极度神奇的女超人。

"你好，坐。"一开始这女超人特别好，谈吐举止都很优雅，优雅得让我觉得

没事别惹前男友

自己都不是女人了。我放心地把刘赫扔在那里,自己去给李想买蛋糕了。

一开始刘赫也说跟那个女超人谈得不错,但是问题就出在我们回去的路上,本来我想让刘赫送女超人回家,我自己打车回家。后来刘赫说一起吧,顺路,先把我放在家门口,再送女超人回家。我正犹豫,刘赫说你磨叽什么啊,直接拉着我往前走。那女超人当时就吼起来了,哇!你们怎么这样,太恶心了!吓得我们一哆嗦,赶紧甩开了。那女超人看着我,看得我面红耳赤,就跟我是我哥的小三一样。想想,奶奶的关我什么事啊,再说这又不是乱伦,招我一肚子气。

"没准儿人家开玩笑呢。"李想吃着蛋糕说。

"去,有这么开玩笑的吗?"我喝着茶,这茶是李想特意买的,他说对身体好。

"想多了吧,再说,你妈不是一开始就说这个姑娘有时候有点儿个性么。"李想现在嘴巴一动,大大小小的猫就围了过来要吃的,使劲地蹭啊,磨啊,还叫得特别多。

"去去,就知道吃,一边去。"我把猫全轰到一边去了。

"吃醋了吧,要不你也蹭蹭?我分你一块。"李想嬉皮笑脸地跟我逗。

周末,一下班我就赶紧回家了,主要是放心不下刘赫。结果不出所料,可怜的刘赫,眼睛下面一片青,而且一惊一乍的,全被那个女超人吓的。

刘赫说那个女超人的家里都是娃娃,做得跟真的似的,全是那种鬼片里面用的,网上说叫 SD 娃娃。但是这些娃娃都是改造了的,全部穿着诡异的衣服,或者是破破烂烂的,或者衣服上面有红色的东西,女超人挨个的拿到刘赫面前进行了介绍。

"Lilies,这是刘赫叔叔。"女超人拿起一个放在刘赫面前,"这是我最好的孩子了,你可得好好儿照顾。"

"嗨……"刘赫都傻了,带着颤音挨个跟娃娃们打招呼,还让那个 Lilies 坐在自己的腿上。所有娃娃里就那个 Lilies 最诡异,穿着白纱,上面红色点点的,跟血似的,"为什么她的衣服上有这么多的红点点啊?"刘赫想了半天才问,其实还不如不问呢,刘赫都想抽自己。

"那是我的血啊,这种娃娃得用血养才能活过来。"女超人看着我哥使劲笑,还说什么你看 Lilies 多喜欢你啊,还看你呢。

刘赫差点儿把那个娃娃扔在女超人的脑袋上,吓得一宿没敢睡觉。后来女超人还不断刺激刘赫,不是让刘赫跟她陪着 Lilies 出去买衣服就是让刘赫抱着 Lilies 拍几张照片,拍完了送给刘赫,还让刘赫管 Lilies 叫女儿,吓得刘赫就快尿

裤子了。

为了刘赫的后半生，我决定跟女超人谈谈。出于安全考虑，我拉着李想、刘赫作陪。

"我说，那个……姐姐。"我坐了半个小时看着她给那娃娃梳头、化妆，最后实在耗不起了才开口。

"叫嫂子。"女超人冷冷地看了我一眼。

"噗！"李想擦了擦嘴角的咖啡。

"那个，好吧，嫂，嫂子同学。"我战战兢兢地看着她，生怕她一不高兴拿梳子戳死我，"我觉得吧，你好像跟我哥不是特别，特别的……合适。"我小声说出最后的词。

"哼，我就知道。"她啪的一声放下梳子，看着我，"你就是那个妖精。"

"喂喂！你别胡说啊，我有男朋友！"我当时都惊了，戳瞎眼我都不会看上这个东西的。再说，那是我亲哥哥。

"别装了，你个妖精，跟自己亲哥哥好算什么能耐啊。"女超人站起来吼，全茶餐厅的人都抬头看着我。苍天哪，我做什么孽了。

后来李想也加入到了嘴战，大家越说越凶简直没办法收场。刘赫一看不好赶紧报警了，等警察的工夫被那个女超人掐住了脖子，她不说我是妖精了，开始说刘赫是什么什么魔头，反正我也没听明白，好像还是个外国名儿，要主持正义弄死刘赫。不得不说这姑娘手劲真大啊，我跟李想一起都拉不开她，终于，警察来了。

"我的儿啊。"我那个惹祸的妈泪眼汪汪地看着刘赫，弄得我们也不好说什么，只能拍拍刘赫让他认了吧，亲妈没办法。后来我们听派出所的人说这女超人有癔症，就是一直没犯过，老是生活在自己的世界里，说自己是某国公主转世，专门为这个世界清理坏人的。她倒不说自己是美少女战士，不然还得找个会说话的黑猫去。

最最搞笑的是居委会给我们送了个奖状，说我们舍己为人、帮助有心理疾病的业主治疗。李想说我们居委会太有才了。

7

我是从派出所把程盈盈带出来的，警察叔叔们说程盈盈下手太狠了，差点儿把那个男的掐成太监，到现在都是公公声。

"怎么回事？"我看着程盈盈阴着脸。

没事别惹前男友

"还能有什么,色狼。"程盈盈点上烟开始狂抽,我也没敢再说话,把程盈盈送到了家,给李想打电话说我要在程盈盈这里待会儿再走。

程盈盈回家的第一件事就是洗澡,她说得好好洗洗晦气,然后又把家里里里外外扫了一遍。可怜的我啊,帮着程盈盈在家里打扫卫生。期间还出现了一只耗子,程盈盈上去一把就给薅住了,然后从十三层直接给扔了下去。我在心里默念往生咒,倒霉的耗子啊,谁叫你赶在程盈盈心情不爽的时候出来呢。

折腾够了,程盈盈说要出去吃饭,吃顿好的压压惊。吃饭的时候她心情才好了点儿,给我讲了事情经过。

程盈盈的一个远方姑妈给她介绍了个男朋友,这个男的是搞 IT 的,听说特别有才,就是一点,有点儿胖。程盈盈说胖没事,只要人好怎么着都成。她姑妈也是这个意思,而且还当着程盈盈的面和介绍人说,咱俩都是姐们儿,我也不瞒你,我们盈盈虽然是个离异的,但是我们没负担啊,没孩子。程盈盈听着非常不爽,但是为了面子还是忍了。

见面的时候程盈盈有点儿崩溃,这男人不是一般的胖,怎么也有三百斤,要是按猪卖估计能赚一笔,这是程盈盈亲口跟我说的。这个男人有点儿自信过头了,拿他的话说就是我特别招女人喜欢,是个女人都喜欢我。让程盈盈听了想吐,太恶心了,你也不瞧瞧你的吨位。

本着试试看的想法,程盈盈居然答应了继续交往的要求,开始了三天一见面、五天一个电话的生活。那个胖子在跟程盈盈见面的第二天就发短信说,亲爱的,你想我不?吓得程盈盈一哆嗦,她跟我哥最腻味的时候也没这样说过话,都不习惯了,有点儿恶心。这是程盈盈最不满意的一点,主要是这个胖子喜欢酸溜溜地说话,好几次程盈盈都想让把他那个舌头捋直了再说话,但是张不开嘴。

胖子说公司有个什么什么展会,让程盈盈陪着一起去,在展会上面无数人问这个胖子,这是你女朋友啊?胖子马上点头,然后大家用一种神秘莫测的眼神看着程盈盈,程盈盈觉得那个时候都能有心灵感应了。那堆人都在说,你看,你看,那个胖子居然还有人追呢!程盈盈在上厕所的时候才知道,原来这个胖子到处跟人家说是程盈盈要死要活追的他,还一哭二闹三上吊死活非要和胖子结婚。几个眩晕过去程盈盈已经想死了,说什么也得甩了那个胖子。

这都不是最恐怖的,在车上程盈盈本来想跟他摊牌,但是胖子比她动作要快,趁着程盈盈盘算怎么说的时候强吻程盈盈。听到这里我看着桌子上的口条又放下了筷子,有点儿恶心。然后程盈盈暴怒之下往死里掐着胖子的重要部位,

直到把胖子都掐得背过气去了还觉得不解气，又抡起包打了一顿，车外面的人老远看见了，以为打劫才报了警。

我们陪着聂青去相亲的时候就坐在旁边，装做不认识聂青来吃饭，不过在那个男孩的旁边还有一桌中年人，频频往我们这边看。

"我看着那边是家属团吧？"程盈盈吃着沙拉又看了看。

"估计是，中年团一般比较关注。"我喝着饮料说。

"这真是有点儿腻歪，早知道不如我们约在酒吧呢，这样看他们怎么跟过去。"程盈盈趴在桌子上玩玻璃杯。

相亲就别别扭扭地继续下去，那男人总是往自己妈那边看，还跟聂青说你是不是特别不想来啊？反反复复地问，后来聂青说你有什么话可以直说，他们听不见。

那个男孩跟聂青想的一样，他在外地有女朋友，不过是农村的，家里还特别穷，他妈死活看不上，非要他们分手，说得凄惨无比，后来跟着一起哭。我们看着不知道怎么回事，那边的中年团也不知道怎么回事，大家都傻了，还不能暴露身份。后来还是聂青站起来说，大家都出来吧，咱得一起谈谈。事态就此发生了极大的变化，我们大家都被那风花雪月的爱情打动了，开始帮着那对可怜的情侣说服父母。一个人的力量不大，但是一群人的力量就大了，愣是把老太太的思想给做通了，老人松口了，我们一起欢呼。那个男人拉着聂青的手感激得说不出话来，我们也很欣慰，又一起去了酒吧放松心情。

"不对，有我什么事啊？"聂青在一瓶啤酒下肚以后突然明白刚才发生了什么。

"算了，就当做善事了。"左晓洁拍拍聂青的肩膀，她已经有点儿醉了。

"就是的，你要是积福，没准明天就从天上掉下来个男人。"程盈盈打了个酒嗝。

老天爷总是公平的，好人好事是有好报的，聂青在这次以后就真的在公车上捡了个男人，还一度让聂青念念不忘来着。不过最后证明，捡来的东西一般都是人家掉的，而且失主早晚会找回来的。

我妈消停了几天以后又开始蠢蠢欲动，不过这次她吸取了教训，在介绍之前她会先仔细地调查一番。

"妈啊，你饶我一命吧。"刘赫就差下跪了。

"儿啊，你放心，这次的一定是没问题的。"我妈跟个观世音一样站出来，手里还拿着净瓶。那是我们家狗的拾便器，她要带着狗出去玩，链子都拴好了。

"我怎么那么倒霉啊……"刘赫从外面冲进来倒在我的床上。

"你就从了咱妈吧，没办法，除非你找到一个咱妈满意的新媳妇。"我看着他笑。

没事别惹前男友

"去看看吧，万一不错呢。"李想手里拿着杂志。

没办法，刘赫还是去了。地点在李想的酒吧，方便在他要死的时候我们去救助。

"这不是不错吗？"李想站在吧台里擦杯子。

"面相是可以，不过我觉得这种面相太硬了，保不齐又是个程盈盈。"我支着下巴看着，听说这个女人自己有公司，是做什么进出口生意的，长得特别有那种女强人的范儿，看着比程盈盈还硬气点儿，刘赫要是招了这么个人进门还不如招程盈盈呢。

"你好，你是演员？"那女的看着刘赫笑，能看出来还算是满意的。

"啊，对，录过几张专辑，不过嗓子不好，唱着玩的。"刘赫一看就知道是那种外貌控，看见女的长得不错就软了。

"哦，是这样的，我平时呢是比较忙的，所以我希望找一个比较，呃，怎么说，比较能照顾我的人。你要是跟我好呢，以后最好就不要跟这些工作沾边了，我给你个下属公司，好好儿学着做生意。要是你有这个能耐以后就帮我打理公司，要是没这个能耐你就在家里帮我做家务。会做饭吧？"那女的大气的把这些话说完以后，刘赫的汗下来了。整个一个武则天。

"那个，做饭，我会……"刘赫拼命地挠脑袋，这是我们说好的暗号，他一挠脑袋我们就出个人去救他，但是那个时候我偏偏上厕所去了，李想冲了过去，噩梦发生了。

"哟，你在这里啊？"李想坐到刘赫的旁边。

"这是你雇的托儿吧？""武则天"就是武则天，一眼就看穿了，还对着他们冷笑。

"我没明白你是什么意思。"刘赫故作镇定。

"我听有的小报说你是同性恋，你不是想用这么无聊的手段表示不同意吧？""武则天"双手一摊靠在沙发上。

"唉，你也听说了，我就没办法了。"刘赫拉着李想的手开始表现得特别哀伤，李想已经完全吓傻了，动也不敢动，"我不得不告诉你这是真的，这酒吧就是我们的定情礼物。对不起，你去找一个你觉得合适的吧……"

"武则天"的手抖了一下，但貌似还是不太相信，一直看着刘赫，三人对着看。刘赫不知道哪根筋搭错了，他突然觉得没有点儿真才实料"武则天"不见得相信，一狠心拉着李想使劲亲了一口，对他说我一定不离开你呀什么的。等我从厕所出来的时候，"武则天"一边说着太恶心了，一边打着电话说这个 Pass 了，下一个

马上约时间。

"我错了……"刘赫一脸的诚恳，但是我还是觉得特别腻歪。李想这次完全傻了，他估计这辈子也没碰见过这种事情，可怜的孩子，这次刘赫要负全责。

"摸摸，真可怜，我不嫌弃你。"回家后，李想破天荒没去抱猫，而是灰溜溜地贴着墙边去了卧室，我赶紧跟过去，心里把刘赫骂了一遍，这个浑蛋，当着我的面，调戏我的男人，还亲我们。

"我怎么觉得你在幸灾乐祸。"李想上下地打量着我。

"怎么会呢。"我赶紧哄。这是什么世道啊，我有点儿欲哭无泪的感觉。

后来我妈给了刘赫一顿暴打，倒是没说李想什么，李想真是好孩子，让人占了便宜还帮着哄我妈。不过我不知道他是不是想报仇，反正他安慰完了我妈以后，我爸又抽了我哥一顿，说他不但自己不招人待见，还顺道欺负自己妹妹的男朋友，真不要脸。

没多久，我又接到刘赫的求救电话，说我今天不去救他，他这辈子都不承认我是他妹妹，吓得我赶紧跑了过去。

这个姑娘是那个齐大姨说的，我一听就明白了，这齐大姨就够没溜儿了，这姑娘也好不到哪里去。等看见以后我发现最近齐大姨的眼神好多了，这个长得还算过得去啊，刘赫闹腾什么闹腾。后来我发现这个姑娘的眼神有点儿不对，她一直往我这边看，丝毫不看刘赫。这就奇怪了，要是搁在平时，哪个大姑娘不是目不转睛地看着刘赫，还犯得上看别处？

"你来了啊。"刘赫手一拉就把我拉到他旁边坐着，然后表现得跟我特别亲密，还摸我的头发。

"那么着急叫我干啥？"我笑着踩着刘赫的脚指头说。

"哦，没什么，这是赵，赵……"刘赫的手指向对面的姑娘。

"赵菲菲。"她侧着头看我，但是我老觉得她在看茶馆门口，敢情这个姑娘眼睛有点儿斜视。

"哦，这是我女朋友！"刘赫开始大言不惭，吓得我一愣一愣的，"那个，真的不好意思，其实我俩好了很长时间了，就是没跟家里说……"

等回家以后我跟刘赫挨个挨了一顿说，我妈说人家姑娘打电话跟齐大姨说刘赫这人不检点。要说你还想怎么着啊，这老太太也是，眼神不好不说还见天儿的找那堆歪瓜裂枣，祸害完了我，又开始跟我哥没完了。不过我也就是在心里想了想，没敢说，说了我就成了阶级敌人了，现在我不过才是个帮凶。

没事别惹前男友

聂青又从一段白痴的相亲里出来了,她见了那个男的一面,人家那个才真叫腼腆呢,从头到尾就没说过几句话,一概"嗯嗯啊啊"地过去了,把聂青郁闷坏了。我们怕她心里不爽,就喊上了左晓洁跟程盈盈一起去唱歌。

KTV里,聂青拿着话筒凄凄惨惨地把一首歌唱了三遍,我听着都要疯了。

"大姐,咱换一个成吗?"程盈盈实在受不了,把话筒给抢了。

"就是,没那么严重,我们应该唱《爱要越挫越勇》。"左晓洁马上把歌单给改了,大家终于能换个歌听听了。

我听说左晓洁最近跟那个在网上钓的男人特别聊得来,现在大部分的时间都泡在网上。这个人是一家广告公司的高层,左晓洁让我想办法打听这个人。本来愁死我了,但是李想给了我一个好消息,我们下个星期正好要跟这个公司谈合作,这事不错,于是我让李想一定要带我去。

玩着玩着,聂青的手机响了,她喊程盈盈帮她看一眼,这一眼可把我们看郁闷了。

"你干什么呢?"这是第一条。

"你是不是背着我勾三搭四呢?你个贱人!"第一条我们还没弄明白呢,第二条就来了。

"我靠,这是哪个王八蛋啊?"左晓洁把手机抢过来研究。

"我不认识这个号啊。"聂青拨回去,然后真相大白,把我们气得哭笑不得。这人就是那天聂青见的那个不说话的。聂青真没想到这个男人会这么狂野,说完直接把全部信息转发给了介绍人。左晓洁说这种东西不吓唬吓唬他不成,所以我们一起想了条信息发了过去:"你好,你的短信已被我作为证据提交到了派出所,并且,我决定以辱骂公民罪起诉你,谢谢合作。"

那天我们玩到了很晚,回去的时候都快凌晨了。左晓洁和聂青觉得自己刚刚睡下没几分钟就被一阵敲门声惊醒了。开门后,看见了那个不说话的人,他扑通一声就跪下了,抱着聂青的腿不撒手,吓得聂青脸惨白惨白的。聂青长这么大连大腿都没给男的摸过呢,这回好了,假报警成了真报警,两人让派出所给训了一顿,各打五十大板,谁也没赢。

8

前几天看新闻的时候,我听说刘赫报名征婚去了,招得无数姑娘尖叫,那叫一个热闹。本来我以为是他们公司安排的小炒作,结果没想到是真的,还是我妈

去报的名，刘赫一点儿都不知道。

老太太真是何其奸诈啊，在家里编好了理由，镇定地给我哥打了一个电话，说是一个节目要求刘赫去，时间已经约好了。刘赫就这样让我妈给摆了一道，摆得还不轻。毛毛汇报后把公司乐坏了，一个劲夸我妈太会宣传了，让刘赫继续把节目做下去，弄得刘赫欲哭无泪。

聂青的一个远房表姐又给聂青介绍了一个男的，说是在机关工作的，学的是一个很神奇的专业，什么空调维修专业的。聂青当时就郁闷了，好像没哪个大学有空调维修，但是人家表姐就咬定了是大学毕业，然后劝聂青，你不能这么看，你看他们家给弄到机关去了，说明什么呀？忘了说了，聂青这个表姐是个幼儿园老师，比聂青还会忽悠小朋友呢。聂青想了半天说不明白，表姐急了，说你怎么那么傻，说明家里有实力啊，吃不了亏。我听了一脑袋的汗，真是的，这是什么啊，又不是跟他家里人一起过。

后来聂青去见了，回来说这个男的没什么，就是黑了点儿，瘦小了点儿。但是这人可真惊人啊，谁说矮子里面没有高人的，这就是，高手啊，愣是把聂青爸妈给哄住了，主要是这小子嘴甜。

本来左晓洁跟聂青逛街逛得好好的，这个小黑非要也过来，聂青说你过来也没什么可说的啊，我的朋友你也不认识。他说没事，见面侃侃就是朋友了，聂青没办法只能让他过来。

"这不是挺好的吗，算了，你就看在这人没有什么乱七八糟的毛病认了吧。"左晓洁拍拍聂青让她知足，反正这个比上次骂人的那个强多了。

"我是造了什么孽啊……"左晓洁说聂青当时特别苦闷，不过那个小黑来了以后左晓洁也跟着苦闷了。所以吃晚饭的时候叫上了我和李想，说要苦闷一起苦闷，那小黑当然跟着，还寸步不离。

点菜的时候，李想帮我点了个醉虾，就是那种把生的小虾放在调料里泡着吃，最近我们都觉得这个菜不错。左晓洁点了干锅茶树菇。聂青什么都没点，光顾着生气了。小黑点了肘子、狮子头，还有一条鱼，让我觉得这人要请客，这个还不错，不是挺好的吗。我看了看左晓洁，左晓洁正拿着筷子杵着自己面前的小盘子，一脸的郁闷。

"您的菜齐了。"菜上齐了，我跟李想准备吃虾，还没放到嘴里呢，小黑说话了。

"哎呀！"他冷不丁地喊了一声，吓了我一跳，"多残忍啊，这小虾还活着呢。"

"别胡说，这虾就这么吃。"聂青懒洋洋地说。

没事别惹前男友

"啧啧,真残忍,你看看,你看看,阿弥陀佛阿弥陀佛……"小黑马上闭上眼嘴里还念念有词,说得我跟李想谁都没吃。李想说算了,我们打包回去给猫吃吧。那小黑用特别大的声音赞叹,"真有钱哪。""钱"字的音特别重。

我们默默地吃饭,什么都没敢再说,主要是你说什么小黑都有话说,然后噎死你,导致谁也不敢说话了。小黑却又耐不住寂寞了,他说我给你们讲个故事吧,可好笑了。我和李想也不想这么尴尬,接过话说好啊好啊,省得大家干吃无聊,但是他说完后我们都吃不下了。

他说他跟一帮人在一个饭馆吃饭,有一个不胜酒力的人在饭桌上吐了。这就够恶心的了,他还指着那锅茶树菇说,你知道不,就是这样大的锅,吐的那堆东西得有满满一锅。左晓洁把放到嘴里的茶树菇吐了出来,嘴里骂着。

聂青当时就拍桌子哭着回家了,那小黑还不明白到底怎么回事。我跟李想也赶紧跑了。左晓洁跑晚了一步,她在半个小时以后打电话给我说,小黑愣是一分钱没掏,是她付的账。这都没什么,最可怕的是小黑出门的时候说了一句,你请我吃饭是不是喜欢我啊?我告诉你啊,我很专一的,聂青在你前头,等哪天我们吵架分手了再来考虑你。左晓洁马上双手抱拳,一鞠躬说"爷爷,你饶了我吧",一转身慌忙逃窜了。

因为这个小黑,聂青跟家里大吵了一架。这个小黑真会告状啊,说聂青找了我们这帮人挤兑他,还骗他的钱,非让聂青上门赔礼道歉,把聂青气得七窍生烟。后来我们本着家庭和谐的目的,陪着聂青去道歉,想想真憋屈。

"哎呀,我们家小黑可是吃大亏了,他都病了。"小黑他妈进门就没给我们好脸色,还好小黑他爸是正常人,拉着老伴出门了。

左晓洁把手里的录音笔递给聂青,让聂青别害怕,进去说,我们在外面保护你。聂青特别镇定地看了我们一眼,大义凛然地走了进去。我们没听见他说什么,只知道聂青在半个小时以后跑了出来,抄起把剪刀就奔着小黑的要害部位去了,大家拉了半天才给拉开,随即聂青报警说有人公开猥亵女性。

"怎么回事啊!你干什么了?"聂青她爸妈气喘吁吁地跑到派出所的时候,聂青特别平静,把手里的录音笔给了他们,说你们自己听。我跟左晓洁也凑了上去,这才知道了事情的原委。

"你说吧,到底怎么着算我道过歉了?"聂青语气平稳地说。

"你这是什么态度?我受了大气了。"那小黑的态度特别强硬,"你知不知道给我造成了多大的伤害……"理直气壮说了一大溜。听得我跟左晓洁都想抽他,

真孙子，给我们带来多大的伤害啊，到现在我跟李想都不敢吃虾，左晓洁彻底戒了茶树菇。

等这个小黑说了一大堆以后，聂青说你到底干吗吧，这小黑就提出了恬不知耻的要求。他说聂青伤害了他，得弥补，想和聂青到宾馆开间房慢慢说。傻子都明白这孙子说的是什么意思，我们听见了一个响亮的耳光，然后这个小黑带着哭腔说你打我，那好，光你一个解决不了这个问题了，你得把那个叫左晓洁的也叫来，这样去宾馆才能抚平我的创伤。再然后就是一片混乱了……

警察说小黑扰乱了社会治安拘留十五天。小黑父母不干了，开始求我们，说他们家小黑就是不会说话，孩子没坏心，就是老实。这下把左晓洁给气乐了，左晓洁说你们家孩子要是老实全社会都安静了，说完扶着聂青的父母，我拉着聂青一起大步离开了。这段日子就今天是最开心的，心里觉得特别痛快。

最近听说刘赫接触了一个护士，他在一次拍戏的时候把胳膊弄骨折了，然后去了医院，不知道什么时候勾搭上了小护士。这个护士倒是不难看，小瓜子脸，很和气，周末刘赫带她来家里吃饭。

"喜欢吃什么自己夹啊。"我妈特别高兴，把我的位子让出来给小护士坐，让我坐到我爸旁边去，李想这次是被彻底扔到一边去了。我哥那个美哦，美得要命，我知道他不是美找到女朋友了，而是美自己从齐大姨的魔爪下逃出来了。我听说最近齐大姨已经成了大龄未嫁娶人士的躲避对象，她老是埋怨怎么自己的余热发挥不出来了，开始在公园里踅摸那些看着家里像是有剩人的老头老太太。所以，你要是在公园里看见个老太太有一搭没一搭地跟你父母打听家里有几个孩子啊、多大啦、搞对象没有啊，那你就危险了，齐大姨很可能把自己的余热奉献给你。

听说这个护士是丁克一族，就是不要孩子，她说讨厌孩子，这个跟刘赫有点儿不对付，也可以说跟我妈不对付。我妈现在就盼着我跟我哥赶紧生孩子，她已经不在乎我是不是结婚了，反正当李想是到手的鸭子飞不了。那天我去我哥屋里找一本杂志，在枕头底下翻出一本《如何生一个漂亮宝宝》。

"你真恶心！"我把书丢在刘赫的脸上。

"什么啊？这是什么东西啊？"刘赫看清了书皮以后大呼小叫。

"你叫什么叫，我还不知道你们男的怎么想。"我都不想在我哥这屋旦待了，太腻味。

"这不是我的。"刘赫拍着自己的胸脯，恨不得把心挖给我看。我们发现那

没事别惹前男友

本书后面印着居委会计生办宣传册的字样,明白了这是我妈弄的。后来我哥特意给我妈讲了一下什么叫作丁克,把我妈说得老泪纵横,说什么你就忍心看着妈半辈子的愿望落空。结果刘赫反咬一口说指着我还不如指着我妹呢。我爸就急了,说什么闺女早晚是人家的,留着没用。我听着不乐意了,我怎么就成了破鼓万人捶了,看看我们家这罗圈架打的。

那天老太太越想越觉得不是滋味,拉着我爸就去了医院,打算找那个小护士谈谈,好好儿说道说道。刘赫身上继承着我家传香火的重大责任,不能没有孩子。

到了医院,老头老太太摸到了婴儿房,听说这个护士这个月转到了儿科,老远就看见那护士正给一堆孩子打针。那个小护士瞪着眼睛举着针管,凶神恶煞地喊着一队跟小鸡仔儿似的孩子,挨个儿过来打针。那叫一个凶狠,抓过来一个呱唧就扎下去了,一边扎还一边训,哭什么哭,站好了,疼死你,再哭使劲扎死你!

老头说当时老太太一个眩晕差点儿坐在地上,好在不是一个人去的,老头赶紧搀着老太太回了。到家我妈就给毛毛打电话,让我跟我哥都回来,要不就不用回来了,直接去八宝山等吧。吓得我跟我哥还有李想狂奔到家,一路上我跟李想闯了三次红灯。近期李想是不可能再开车了,他的分给扣光了不说,还得上什么学习班,我娘一发飙我直接损失了免费司机。

我妈直接要求刘赫跟那小护士分手。本来我以为我妈非让分手,我哥得郁闷几天,没想到根本不是这么回事,我哥说下次打死也不找医院的了,太恐怖。

上个月,我哥去郊区拍戏带着小护士。他也不嫌累,白天拍戏晚上拉着小护士调情。那小护士的一大爱好就是摸着我哥的肋骨说,你这骨头不错长得直,死了以后好解剖,从第几根几根肋骨扎进去,然后从哪边哪边放血……

这个都问题不大,说说就说说吧,但是那个小护士总是在我哥脱了衣服以后说,你看你,长得五大三粗的,就是有些地方不是很理想,要不我帮你找个医院做个手术吧,不然我后半辈子的性生活可怎么办?吓得我哥魂飞魄散,只住了一天就把这姑奶奶送回去了。本来还愁怎么分手呢,这下好了,不愁没有理由。不过这个护士在我哥还没张嘴的时候再次刺激了他,她跟我哥说她是一个生活水平要求很高的人,然后打量着刘赫的下半身,我想你可能达不到我的要求,你还是找其他的好姑娘去吧。

周末,难得空闲,我在家打扫卫生,程盈盈找上门来了。

"我还以为今天我得自己在家里玩呢。"我把手里的猫交给程盈盈,然后去冰箱给程盈盈拿啤酒。

"我烦啊，就你这里能清净会儿。"程盈盈喝着啤酒问我，"你哥最近见了几个？"

"也算是无数吧，光那个齐大姨就带来了一本的资料，那些小照片照的那叫一个朦胧，我看没少往上面加模糊，还有一层膜，基本上可以说看不清楚脸。"我跟程盈盈说。

"这齐大姨也够可以了，什么眼神。"程盈盈撇着嘴说。

"没办法，我妈说人家齐大姨可是这片的大红娘，有多少多少人都是齐大姨介绍的，不过现在好像离婚的有一半了。但是我妈说这个叫师傅领进门修行在个人，日子过不好不能赖人家齐大姨。"我把猫从沙发上抱起来，最近这群小家伙长得跟大猫一样了，特别淘气。我正打算过一阵子跟李想带着它们一起给咔嚓了，不然对猫猫也不好。

晚上李想回来的时候，我刚刚把程盈盈打发走。我问李想最近手头有没有资源，李想倒是真的想起来一个，他有个同学在一个工学院工作，这个行当不缺别的，就是缺女人。他说回头给我问问，然后开始长吁短叹，自己好不容易不用再去相亲了，没想到还要比那些相亲的人更上心地胡噜素材。我跟他说，我们不能想着自己的幸福，要想着广大大龄剩人们还在奋斗，我们要为了广大受难的群众而结合，要为了帮助大家脱离苦海而努力，我的话把他一下逗笑了。

程盈盈辗转勾搭上一个出租车司机，一个眉清目秀的男人，看上去三十多岁，一脸正气。程盈盈擦了擦眼泪就跟这个司机聊了一宿，怎么说怎么投机，然后这个人就成了程盈盈的司机。他还在程盈盈即将开业的饭馆里长期驻扎下来，成了这个小餐馆的经理，也就是二掌柜。不过这个二掌柜在电视剧里面一般都不是好人，程盈盈这个也不会是例外。

"太浪漫了。"聂青对这件事激动着呢，还跟我们说你看看，说现在没好男人，程盈盈不就捡了一个，还捡得这么浪漫，太童话了。

"但是童话都是骗小孩子的。"我看着杂志头都没抬，聂青就这件事已经兴奋了一个星期了。

"呸呸呸，胡说。"聂青上来掐了我一把。

"不过当着程盈盈的面还真不能说，她跟你急。"左晓洁顶着面膜就出来了，她把眼膜也贴上了，跟瞎子一样摸索着。

"也是，程盈盈现在正疯癫着呢，说了不是找死么。"我把聂青带来的薯条全吃了，反正她现在也不需要，人家正做梦嫁王子呢。

没事别惹前男友

　　吃完了饭，我看见程盈盈的那个司机来了，长得嘛，还真是一表人才，看着也挺老实的。听说他每次都是很早就来等程盈盈，说是怕万一下雨程盈盈还得在门口等。

第五集　我们回不去了

　　我始终不知道李想到底是不是对的人，但是我知道他会是最疼爱我的人，他想把我永远放在身边，为我安排好一切，怕我受伤害。但是不知道他是不是把我保护得太好了，好到我没事干总是在胡思乱想，特别容易想起程光亮，想起我们原来的日子，连争吵都那么真实。而现在的日子却特别不真实，总觉得每一天都是虚的，让我不安心，真的不安心。

1

　　程盈盈的饭馆也够可以了，这边抱着自己的新欢庆祝饭馆开业，那边勾搭着我哥当剪彩嘉宾。她那个新欢，也就是丁谦，愣是装作没看见，还笑脸相迎，让我有种很别扭的感觉。但是李想说人家都想得开，你有什么想不开的，真是庸人自扰，还笑我傻。那天的开业典礼特别成功，招来了不少记者，说什么刘赫前女友开的饭馆。他们那是不知道真相，知道真相的都该郁闷了，哪是什么前女友啊，根本就是前妻，还好大家都不知道，无数人慕名而来，真够热闹的。

　　程盈盈现在俨然就是大老板的架势，还弄了副眼镜戴着，充文化人。我喝着茶打量着这出租车二老板，这人吧，倒是没什么，但是我看着特别别扭。他的眼睛不是特别大，但是总闪着光，眉眼间总有一种奸诈，让人有点儿琢磨不透，反正我是怎么看怎么觉得别扭。没一会儿他就把程盈盈叫走了，跟程盈盈拿个本对着什么。

　　"你说，是不是我有毛病了？"聂青说。

　　"怎么说？"我看着她问。

　　"这丁谦我看着老是不对，但是又不知道哪里不对……"聂青托着腮帮子看

没事别惹前男友

着程盈盈那边。

"我也是！"我抓着聂青的手，"估计我们都成人精了。"

"是久病成医，我们见的花里胡哨的太多了，哪个都不是省油的灯。"聂青看着我说。

聂青安静了没几天又开始抽疯，她跟我说马上要结婚，结婚对象都找好了，然后火速带给我们看了一男的。

"你疯了吧？"我真想扇她一顿。

"没疯，我好着呢！"聂青梗着脖子跟待宰的鸡似的。

"你有病啊？"左晓洁上去就拧聂青的耳朵，拧得聂青眼泪都出来了。

"干吗！我结婚怎么了！你们都幸福了，谁管我啊?!"聂青推开左晓洁准备冲出去，叫程盈盈给提溜了回来。

"我告诉你，嫁人不是不可以，你想清楚了，你到底嫁个什么玩意儿！"程盈盈找了根绳子把聂青捆上以后，拿起浴室的花洒直接喷过去，我跟左晓洁对视了一眼向程盈盈竖大拇指。

等冷静够了，聂青放声大哭，她说自己害怕，怕嫁不出去，眼看着我们都有着落了，她还是独自一个人，到时候孤单终老可怎么办。听得我们也很揪心，大家一起哭，挨个说自己的难处，说到最后个个哭得凄惨无比。那动静，吓得楼上楼下的人都来拍门，说我们要是有什么危险就报警，要么去叫他们，被我们婉言谢绝了。

不过事情还没完，我们得想办法让聂青退亲。也不知道她从哪里找了个男的，听说家里是农村的，极其保守，人老实也不会离婚，她把聘礼都收了。问题是连她妈也不知道，只是听说要结婚，她妈一听晕了过去，她爸也捂着心口，这叫什么事，抽疯没这么抽的，这都不是抽疯，是神经，不，变态。

"我见过变态的，没见过这么变态的！"我愤恨地坐上副驾驶座，要不是李想来接我，差点儿回不去。

那家说聂青收了礼了，而且村里人都知道了，要么结婚，要么就跟我们没完，后来也不知道怎么想的，说聂青不嫁也成，但是要我留下。吓死我了，早知道就不一个人来了，都是左晓洁，她跟我说几个乡下人好对付。

"别害怕，没事。"李想摸摸我的头。好在有他，而且他说已经报警了，不然我不定被扣到什么时候，真不知道聂青从哪里找了这么个认死理的男人。

"怎么着了？"左晓洁在我哭够了之后懒洋洋地打来电话问。

"你大爷的左晓洁！看见你我掐死你……"我对着电话吼，然后听见左晓洁吓得直叫唤。

"没事没事，她吓着了，我们找个地方说吧，去哪儿？"李想把电话接过来，顺便把手借给我抹鼻涕。

"我错了，我真错了，低估他们了。"左晓洁抱着我晃啊晃，一直到我心情舒坦了。

"我可怎么办啊！"聂青直捶桌子。

"你还有脸捶，我的命差点儿搭进去。"我上去给了她一巴掌。

"那男的跟我死磕了。"聂青哭得脸都花了，"问题是，我妈现在觉得这个人不错，虽然是农村的，但是也是个大学生，人也老实，现在都开始跟他妈说这事了……"

"自作孽不可活。"程盈盈看着聂青只说了这么一句。

"啊！我死了算了，你们谁都别拦我！"聂青站起来趴着窗户，我们依旧坐在原地看着。趴了一会儿估计是觉得没意思，又回来了。

"现在你只能想办法激活这家的变态本性了。"李想端来果盘，他刚才狠狠地批评了所有人，除了我，因为我算半拉受害人。

"哥呀！救命！"聂青抓着李想不撒手。

左晓洁觉得自己嫁不出去还是下的本不够，这回打算狠点儿，把名字改了。

我就奇怪了，改什么名字。刘赫那圈里倒是有不少改名字的，说什么有认识的人，大仙儿，改了名字能火，说得可好了。还有例子呢，说你看××不是火不了么，然后现在人改叫三字了，一下子起来了！还有人说刘赫之所以能火全在这个"赫"字上，什么占了什么，又正好改了什么命格就起来了。你怎么不说我们遭多大罪，又减肥又美容的，见天偷我的化妆品使，那面膜我还没用呢，全让他给试过了。

不过左晓洁这人我太明白了，钻牛角尖，钻进去了还就出不来，非得达到目的，不然不干。她说周末约好了一个大师给看名字，资料都报上去了，这是一个隐士高人，一般人都找不到他。反正周末没事，我跟着左晓洁去看跳大神。

左晓洁说一般这种高人都不住在等闲之地，要住在山清水秀的地方，全住郊区，虽然远了点儿，但是接地气，而且不妨碍吸收日月精华。我怎么想还是想到了老妖精吸月光，而且还是个特猥琐的老头，小眼睛，色迷迷的，尤其喜欢左晓洁这样的非典型狐狸精。

左晓洁打开导航，主要是这个大仙儿住的地方特别，不是一般人能找到的。

没事别惹前男友

而且左晓洁画的那个地图也出奇的牛,远得都没边了……

我们一共花了四个小时才找到神仙住的地方,神仙住得那直叫一个偏,都快到月球了。在村门口我们都打听好了,顺着大路上山,老远看见一个烟囱,那就是起名神仙住的地方。还真特别,人家都在山下住着小楼房,起名神仙自己在山上住破草房。

"我靠,这是人住的吗?"我拿着个小望远镜看着前面,老远的地方还真有个烟囱,还冒烟呢,就是有点儿远。

"神仙就得住在这种与世隔绝的地方。"左晓洁喘气快赶上牛了,她把鞋也脱了,用手拎着。还是李想英明,昨天晚上就把我的运动鞋拿出来了,还给我垫个特别厚的垫子。我还说又不是红军长征两万五千里,犯不上,真是冤枉李想了。

"别逗了,我敢打赌,这老东西在山下有个小别墅,然后专门等着你们这群傻帽,一说要来就上山赶紧扮上。"我拉着左晓洁的手往上拽。

"滚蛋,少废话,你得罪了我的神仙,弄死你!"左晓洁现在根本没时间收拾我,她快累死了。

"大仙儿,您看……"左晓洁把自己的生辰八字写在一张红色的小纸片上,毕恭毕敬地递上去,跟三孙子一样,逗得我直想笑。

"放那儿吧,你这个名字谐音不好啊。"那老头睁开一只眼,嘴里的烟抽得吧嗒吧嗒的。

一进屋我正说没人呢,这老头不知道从哪里钻了出来,跟猫似的,走路没动静,吓了我们一跳。长的嘛,还真是仙风道骨的,那叫一个瘦,肋骨都能数出来。一头长发盘在脑袋上,胡子也不短,就跟电视里的老神仙一样,估计就朝着那样打扮的。

"怎么说?"左晓洁赶紧往前凑。

"左晓洁,左晓洁,谐音像是做小姐啊……"老头把那只眼睛也睁开了。

"哈哈!你怎么知道左晓洁以前的外号?"我也往前面凑,让左晓洁一脚给踢出来了,她让我在外面等着。真没人性,我不就是说点儿实话么,以前是有人这么给左晓洁起外号的。

在这之后左晓洁就开始了她的改名之路,那起名大仙儿,让左晓洁把这个"晓"字屏蔽了,叫左洁就没事了。

不过派出所说没什么特殊的重要的原因不给改。左晓洁这回急了,求爷爷告奶奶地找关系,左晓洁气急败坏地都想炸了派出所。这人太危险,我思来想去

觉得聂青这边的斗争可能不是很激烈,所以我转而去帮聂青,让程盈盈帮左晓洁去吧,反正这俩人是神经到一块去了。

2

聂青的大战还在继续,不过老天帮了她个大忙。这个男的太逗了,不,可以说逗的是他妈妈,俨然就是第二个慈禧,这个"光绪"哥哥也挺惨的,不过唯一强的是不会被"慈禧"逼死。

这个"慈禧"把自己的儿子安插在聂青的身边,常驻聂青她家,而且跟自己家一样。那天聂青她妈没在家,老太太一人把聂青的高档洗发水给使了,还穿着聂青老妈的睡衣,结果聂青她爸差点儿把她当成自己的老伴,她一回头把老头吓了个半死。

"青青啊,你跟我们光绪出去玩玩呗!"(为了好区分,该极品男用"光绪"称呼。)老太太一点儿也不拿自己当外人,看着电视跷着腿。聂青她妈脸支薄,一声没吭,只是让聂青早点儿回家,这要是我早蹿了。

"哦——"聂青拉着长音找了一件最难看的衣服出门了。

要我说,这个外号起得最好,"光绪",这个光绪同志充分把自己当成了太上皇,还是那种没断奶的,整个一儿皇帝。

"你去买吧,我没买过。"光绪同志把聂青带进了一家麦当劳,跟聂青说请她吃大餐,"那个,要发票啊,我回家跟我妈报账的。"他一屁股坐在椅子上。

"我买你二大爷!"聂青咬牙切齿地去了,然后开始咒骂我们,说我们的馊主意一点儿都不管用,她妈还是没烦这对极品母子,殊不知家里的战役早已打响。

"那个,我说老姐姐……"聂青她妈定定神开口了。

"啊,你说。""慈禧"就是慈禧,人家临危不乱。

"嘿嘿。"聂青她妈看了看自家老头,"老姐姐身体不错啊,天天早睡早起的,对身体好。"

"是啊,我们那边都这样,习惯了,不过以后没事了,有青青帮我呢,到时候就不用我了。"老太太简直是目光如炬。

"我们家青青什么都不会,只会没事做做小菜。"聂青妈妈的脸拉得老长,虽然没事闹闹更年期吧,但是她妈是真疼聂青。只要聂青说要,没有不给的,从小聂青就比我优越。别看刘赫没事就出个国,可是他什么都没给我带过,倒是一出了什么新的手机啊游戏机啊,我还是从聂青那里见过、玩过,才让我哥给我带。

没事别惹前男友

再说这边的"光绪"，他也不是省油的灯。

"快吃，吃完我们就回去了。""光绪"啃着汉堡看着外面。

"……"聂青一句话没说，汉堡吃了一口就吃不下去了，她现在想死的心都有，最要命的是"光绪"总是跟她说"慈禧"怎么伺候自己，然后看着聂青，那意思是你也得这么伺候我，聂青翻白眼瞪着他。

"走吧，我还上班呢，没那么多时间在外面闲逛！"聂青找了个袋子准备把吃剩下的东西带回去当早点。

"哦，这个吃不了，你吃了吧。""光绪"把剩下的苹果派推给聂青，而且他还特别会吃，把派的馅儿都给曝了。

"你，你说什么？"聂青当时觉得这人说的是人话么，怎么听不明白。

"你吃了啊，然后我们走。""光绪"往后一靠整个把自己当皇帝了。

"……"聂青站起来看着他，一阵眩晕，"我不吃狗剩！"聂青几乎是夺门而出，一路哭回家。这时家里的战争也达到了白热化的程度，俩老太太从一点点的抬杠升级到了面对面的冲突，再加上聂青是哭着回来的，差点儿动上手。

聂青到家的时候，那"慈禧"正在聂家指手画脚，当时聂青就愤怒了。

"这是我家，请你出去！"聂青站在她妈面前，指着门口，脸上还带着眼泪。

"怎么了你，哭什么啊，是不是出什么事了？"老太太吓坏了，主要是看着聂青哭了，她当他们家"光绪"出事了。

"妈。你怎么回事，扔下我一个人往回跑！""光绪"气喘吁吁地跑了进来，扶着他妈比比画画地说着聂青的不是。老太太气坏了，指着聂青的鼻子就骂，把聂家上下吓坏了，从来没见过这样的，他们家一家子文化惯了就是没见过农村妇女骂街。关键的时候还是左晓洁夺门而进，给了老太太一重击。

"干吗呢？干吗呢？"左晓洁上去就给了"光绪"一个耳光。

"你个小妖精！""慈禧"疯了，上去就要抓左晓洁，但是左晓洁是谁啊，她什么没见过，两下就躲开了，站在茶几边甩着自己的长发，整个一泼妇。

"我告诉你，这儿不是你们家炕头！"左晓洁叉着腰瞪着眼，"少给我撒野，大半夜的别给警察添麻烦，你这叫私闯民宅！你是这家的人吗？天天给我跑这儿待着你当不花税钱啊？我告诉你，你再给我闹一个看看，老娘就跟你算算账，你别想跑，在我们这里吃啊喝啊，不花钱是吧？我都给你记着呢，咱一笔笔算！"

"慈禧"就是慈禧，见过大世面，拉着"光绪"就要跑，临了"光绪"还拔份儿，说他现在就带他妈去检查去要是有点儿什么病就跟聂青过不去，把聂青气得说不

出话来,还是左晓洁说,要是聂妈妈气出个什么好歹来就告死你,我们上头有人!

"左晓洁,哦,不,左洁,你太神勇了,我真服你。"我看着左晓洁在心里哀悼,都是那个死刘赫,我错过了多大一场好戏。

"那是,老娘是谁。你认识警察不?"左晓洁现在逢人便问谁认识警察,就是为了改名字。

"不认识,我说,你跟刘赫一样弄个艺名得了,到时候大家都叫你左洁,身份证上写着左晓洁,这不齐活了。"我喝着李想新调的奶茶。最近他在学做奶茶,我们分配好了,太难喝的他自己喝,一般难喝的我喝,实在喝不下去的喂猫,现在他手艺进步了不少,头两天连猫都不喝。

"不成不成,这样不诚心,到时候没用。"左晓洁说得特别诚恳,要是她上学的时候这么诚恳,我估计早就读成博士了。

"唉……"聂青愁眉苦脸地过来了。

"没事吧?"我看着她问。

"没事个屁,现在那慈禧天天蹲在我们家小区,还反复说就看上我了。"聂青倒在沙发里嘟囔着。

"不是把钱给退了吗?"我那天跟左晓洁去退的,还和他们说这是犯法的,吓得他们够戗,我以为事完了。

"那就找个男朋友,气死她!"程盈盈一脸不善地进来了。程盈盈说她最近发现丁谦买了套健身器,说是想锻炼锻炼,但是刷的是程盈盈的卡,还信誓旦旦地给程盈盈写了借条。这要是放在别人身上估计没什么,但是放程盈盈身上就是大事,她把钱看得比命还重,但是又说不出什么来。过了不久,程盈盈发现饭馆的账面有点儿不对,丁谦支了不少的钱,但是你一问吧,还都有出处,连发票都拿得出来,所以程盈盈特意跑来找李想,说是要问问最近的物价,说什么反正酒吧饭馆都是馆子,性质一样。她也不想想,李想这边是玩酒,她那边是玩菜,能一样吗。

那个"慈禧"真是有一套,开始在小区里到处宣扬聂青要结婚了,嫁给了她儿子,说得街坊朋友都给聂青她妈道喜去了。这下聂青她妈才知道,给气得不行,甚至跟聂青说要找人收拾他们。这话要是从我们嘴里说出来不算什么,但是聂青的爸妈可是知识分子,这足以证明老两口是被逼急了。

"你说什么呢?"聂青堵在小区门口问"慈禧"。

"没什么啊。""慈禧"的目光很犀利。

没事别惹前男友

"你少给我废话啊，我们家跟你们家没关系！"聂青看了看周围，她觉得人有点儿多，让她抹不开面子。

"那你说没关系就没关系吧。""慈禧"马上就掉眼泪了，任谁看见都心里一哆嗦，"反正我们没什么人，也没什么关系，结了婚就得听人家的，人家娘家不愿意认穷亲戚我们也没办法。"老太太说得特别可怜，周围的人开始窃窃私语说怎么这样什么的。

"你，你，你个老东西，别给我胡说八道啊！"聂青气得浑身哆嗦。

"你就该勇往直前。"程盈盈把手伸得笔直，她现在打算把饭馆的大权要回来，正琢磨怎么跟丁谦说呢。

"就说呢，这样败退太没面子了。"左晓洁忙着补妆，听说要去做什么磨皮，就是把老皮磨了，然后等着长出一层新皮，听着我都疼。

"不过这老太太够毒的，人言可畏啊。"我看着报纸说。

"不成，我不干！"聂青坐在沙发上大喊大叫，左晓洁他们说要让毛杰来冒充聂青的新男朋友。我就猜到了，她一定不同意。

"那就不干，到时候你就去村里当小媳妇儿去吧，哦，不对，是保姆。"左晓洁看着聂青一字一句地说。

"没错，到时候你别想我去村里看你，那穷乡僻壤的，我水土不服！"我站在吧台后面擦杯子。

"你们……"聂青气急败坏地指了指我们。

程盈盈带着毛杰进来的时候，聂青还在做自己的思想斗争，她还是不能接受由毛杰友情客串自己的新男朋友，主要是毛杰居心不良，而且她现在觉得这是个圈套。我只能说聂青学聪明了，起码不再傻呵呵地听我们的话了，这就是人类一思考上帝就发笑，是挺可乐的。

聂青在事实的胁迫下只能答应跟毛杰先凑合着，把这变态"慈禧"糊弄走再说。

那天，聂青跟毛杰例行公事似的走在回家的路上，这是必须的，我们还给聂青安排了无数的任务，然后跟聂青说戏要做足，不然没效果，聂青现在是哑巴吃黄连。

"你是谁啊？""慈禧"蹲在小区门口质问毛杰。

"我又不认识你。"毛杰错个身想离开。

"你别走，你个不要脸的！"老太太突然就开始抓毛杰。

"你干吗?!"聂青气喘吁吁地从后面跑过来，刚才她买冰棍去了，一回头就

看见"慈禧"发威了。

然后这个"慈禧"就闹开了，在哭喊中叫聂青是潘金莲、毛杰是西门庆，闹得整个小区鸡犬不宁，于是有人报了警。警察费了半天劲才闹明白是怎么回事，于是给"光绪"打了个电话，要他到派出所来领人，还说老太太违反治安条例了，要拘留。老太太一听怒了，怒骂政府，说什么没天理，怪不得现在还有潘金莲，自己可怜的儿子成了武大郎，说得有板有眼，比唱的还好听，特有节奏，招得所有警察都出来了，还有拍视频的。后来"光绪"急了，大声地喊让他妈闭嘴，老太太一听立马收了声。毛杰说我不跟你一般见识，你有病最好看看去，说完挽着聂青大踏步地走了，后来两人还跑到小胡同庆祝去了。

"看着吧，这回聂青是骑虎难下了。"左晓洁闭着一只眼画眼影。

"你有把握吗？"我坐在桌子上看杂志。

"那是，你想啊，闹起来了还是在大院里，这回瞎子都知道毛杰是跟聂青一起回来的，那群小脚侦缉队的厉害你又不是不知道。"左晓洁回头看了我一眼，这话真是一针见血，让我怎么想怎么别扭，当初这群小脚侦缉队没少找我麻烦。

左晓洁参加了一个八分钟约会，就是左晓洁那个公司的联谊，包了个小酒吧，女人们一人一个桌子，位置不动，男人们在桌前坐了八分钟以后换地方。左晓洁也积极参与其中，就是炒作一下，还有记者采访呢。不过出了点儿意外，有一个姑娘前一天吃海鲜过敏了，起了满脸的包来不了了，左晓洁叫了我来凑数。

我看着面前的男人，他有点儿紧张，满脸的汗，一个劲地擦，都顺着腮帮子流，看着真是难受。

"嘿嘿。"我看着他乐，心想怎么还不换人，下一桌的男子长得可好看了，虽然不如李想白。

"那个，我不大爱说，说话。"他坐了半天都没敢拿正眼看我。

"哦，没事。"我心说你不说话才好呢，省得我麻烦。

后来大概折腾了有半个小时，我把眼前的人抡了一遍开始准备回家，左晓洁说就不送我了，还有点儿后期的事情，真是过河拆桥。回家的路上，我赶紧给李想打电话，我得哄哄他，不然回头没我好果子吃。我如实告诉李想我去干什么了，怎么跟左晓洁蒙事儿来着，还发了回誓说自己绝对没留手机号。

"你不是被人套了卡了吧？"我跟着程盈盈去银行大户室，这年头连银行都势利眼，你只要拿着张金卡一晃悠马上就有专人出来伺候你，端茶递水跑前跑后的。外面排队的人看着我们进去，那眼神，什么样的都有，跟针扎似的。程盈盈

没事别惹前男友

说我土老帽儿，没见过世面，这叫优越感，让他们排队去吧，我们就办我们的，然后趾高气扬地进去了。

"不可能，我对银行卡特别注意！"程盈盈对天发誓说没有，我也信，就她，恨不得把钱穿在肋条上面花，取钱得用钳子拖。

查了一个下午，银行的人说程盈盈的卡在前几个月开了一张附属卡，上面的签名赫然是那个丁谦，还签得眉飞色舞，估计办的时候不知道有多开心呢。程盈盈差点儿把鼻子气歪了，立马把卡给封了，还跟银行的人说这是你们的失职，吓得银行的人赶紧说以后看不见本人不给办了，同时点了下程盈盈怎么不保管好身份证，让程盈盈拍着桌子给骂回去了。

程盈盈骂了一路，我劝了半天，还叫了左晓洁一起来商量怎么办好。左晓洁的意见是按兵不动，就让那个丁谦刷不出钱来整整他。程盈盈听了特别满意，说就是左晓洁聪明，多精明的女人。我心里嘀咕着，精明她还跟一个色狼同居那么久，不过我没敢说，说了我就死定了，现在还是少说话的好。

前一阵，我妈和刘赫因为相亲的事差点儿打起来，没办法，我只好搬回家住几天。刘赫听说后，生怕我不回去，一大早就跑来帮我拿东西，还恨不得把所有的东西都搬走，弄得李想颇不高兴。

李想后来很郑重地跟我谈了一次，他说不想让我离开他太长时间，所以还是和他结婚吧。我实在想不出有什么理由不答应他。

为了让李想安心，我跟他在酒吧向大家宣布准备在合适的时候结婚，目前准备先订婚。当时我记得我是笑着说的，我们拍了不少的照片，但是白朗当天晚上回去的时候把他视为生命的相机丢了。那是白朗最珍惜的相机，靠着这个相机他赢了不少的东西，但是这次跟着我们这段诡异的恋情一起丢了，白朗为了相机哭了，我也想哭，不知道为什么，但是哭不出来。

"这个怎么样？"我把手里的打印样递给李想。

"颜色问题，我想再调暖一点儿会更好。"李想的心情特别好，他现在看什么都是粉红色的，虽然听着恶心了点儿，但是从他手里过的稿子全部是暖色调的。叮叮说他现在在把自己变成大红色的，跟结婚用的专属红色一样，充满喜庆。

左晓洁新配了个助理，因为原来的助理要结婚了，对象是跟左晓洁的化妆师，两人是在工作中搞到一起的。这给了左晓洁灵感，她现在开始盯着自己身边的助理、化妆师、服装师，还有司机，到处收集资料，跟只老猫一样，我看她的眼睛都能放光了。

　　晚饭时,程盈盈把我们都叫了去,我以为程盈盈做了什么新菜让我们大家就吃,就高高兴兴地去了。我当然带着李想,现在大家都说我们是连体婴,找到哪个都成,因为另外一个一定在身边。这种感觉很奇妙,就像双胞胎一样,我永远都不会寂寞,在寂寞了这么多年以后,我很感动。

　　到了饭馆,我看见程盈盈穿着一身黑,跟去葬礼似的,看着就不善,不知道谁招惹她了。

　　"我今天说件事情,我跟那个开出租的分手了,让他滚蛋了!"程盈盈举着杯子有点儿亢奋地说,看来又出大事了,这事必定还很销魂。

　　原来,前一阵子程盈盈想做火锅店,于是去了重庆考察,后来还真被她请到了一个厨子,小麻辣火锅做得很地道,相当有味儿。

　　程盈盈下了飞机就打车回家了,她打算把这个好事和丁谦说说。但是走到家门口的时候,她觉得家里有点儿不对,丁谦不知道去哪里了,到处找都找不到。在找丁谦的时候,程盈盈发现她的抽屉挨个都给翻过了,里面值钱的东西都没了,把程盈盈气得当时就两眼发黑、心口发堵。还没报警呢,丁谦回来了,看着程盈盈一点儿都没有解释的意思,还吼程盈盈为什么把银行卡给封了,让他丢了这么大的人。程盈盈一个耳光抢过去,指着他的鼻子骂,你吃我的喝我的,还敢跟我吼,是不是不知道自己是什么东西了?

　　然后就跟港台片拍的一样,程盈盈让丁谦滚蛋,丁谦抱着程盈盈的大腿说自己错了,还说只要程盈盈别不要他,他当牛做马都成,不要脸到家了,程盈盈说自己跟吃了一嘴的苍蝇一样恶心……

　　"嘿嘿,多他妈的好玩,老娘也演了回港台剧。"程盈盈对着我笑,笑得特别平静,让我们直害怕。

　　"你没事吧?"我摸着程盈盈的额头问。

　　"没事,我好得很,反正倒霉的不只是我,刘赫不也碰见女流氓了吗?"程盈盈给我夹菜,让我多吃点儿,还说回头让厨子弄点儿泡菜给我带回家炒饭去,保证是原汁原味的特产。

　　这顿饭吃得很安静,大家谁也没多说话,不知道说什么。程盈盈这回是真伤心了,她以前相亲可没说什么,主要是这个丁谦太缺德了,他特别会来事,把程盈盈伺候得非常好。程盈盈特殊时期的卫生巾都是他买来放在抽屉里的,除了吃点儿软饭,这人没什么太大的不是。但是跟别人不同,她程盈盈可是要钱不要命的主儿。

没事别惹前男友

"你说要不要告诉我哥?"我靠着李想看电视,说是看电视,其实心里想着程盈盈。

"我早打过电话了。"

"你怎么跟蛔虫似的。"我以为只有我待见刘赫呢。

"谁叫我待见你呢。"

没想到刘赫这白痴又惹了大麻烦,他吃饱了撑的开着自己的车去找程盈盈,跟程盈盈吃吃喝喝地侃到大半夜,后来就没走,让记者拍了个正着。他跟我们信誓旦旦地说什么也没发生,但是我才不信,反正他跳到黄河也说不清楚了,鬼才知道那天晚上发生了什么。

我们还没给聂青跟毛杰做出下一步的约会计划呢,聂青就先把毛杰给踢了。这个过河拆桥的聂青,怎么就一点儿都不知道珍惜,但是惊悚的事情还在后面。

我气哼哼地去左晓洁的住处找聂青说道说道,结果一开门我就看见满脸包着纱布的左晓洁,包得跟木乃伊似的,这就是左晓洁说的磨皮。她说大夫用一种磨皮机把自己脸上的皮薄薄地磨了一层,然后新长出来的会比以前的嫩。这太恐怖了,左晓洁爱美都折腾疯了,她也不怕毁容。但是我今天来不是教训左晓洁的脸的,我直接推开了聂青的房门,一个男人噌地站起来了,当时我就觉得血往脑门上涌,毛杰在李想的酒吧哭得稀里哗啦,她还有心思在这里玩,气死我了。

"你怎么不敲门?"聂青嗔怪地看了我一眼,"这是我一朋友,叫柴勇。"

"你好。"那男的点头哈腰地和我打招呼。我都没正眼看他,在我心里他跟奸夫没什么区别。

后来我把聂青叫到了厨房准备骂一顿,没想到让她给我噎回来了。聂青说柴勇是正牌海归,孝敬父母,而且有自己的公司,双方的感觉都很好。但是毛杰就不一样了,太老实,老实得跟傻子似的,而且太容易知足了,什么都觉得不错,一点儿也不会去争。是,跟着毛杰很安稳,但是现在才活了多长时间,就这么默默无闻地混下去等死?

"怎么样?"李想站在酒吧门口看着我,他抱着肩膀,马上就该数九了,有点儿冷。

"干吗不进去?多冷。"我把自己的围巾摘下来给他。

"聂青怎么样?"李想跟我一起进了酒吧,他给我倒了杯热巧克力。

"她把我都说傻了,没准她说得对,人嘛,太安逸了就抽疯。"我看着热巧克力,然后跟李想又说了一些乱七八糟的话,突然很想哭。刺激真不是谁都能追的,

我追的刺激让我那么失落,但是不追又不是我的个性,或者说,这就是贱,专门作践自己。

程盈盈推开酒吧门的时候,我的眼泪在眼眶里打着转,趁着李想去倒喝的我赶紧给擦了。程盈盈捏捏我的手,她什么也没说,我猜,她知道我在想什么。

3

那天程盈盈没怎么待,她说去劝劝毛杰,让我们好放心,还说她是过来人,好劝。我放心大胆地让她去了,才半个月,程盈盈就带给我们一个惊爆消息。

"你说什么?!"我抓着程盈盈的手,把她都捏疼了。

"干吗啊!"程盈盈甩掉了我,推了毛杰一把,"你说吧。"

"怎么回事?"左晓洁顶着狂风来了,是我给她打的电话,我说出大事了,不然她不会戴着大口罩来。她的脸好多了,就是还有点儿没长好,但是姐们儿就是姐们儿,为了程盈盈她很快就过来了。

"你看看这俩,一对神经病。"我指着沙发上的程盈盈和毛杰,"这俩要结婚!"

"我靠!你俩神经啦?!"左晓洁一个趔趄差点儿趴在地上。

程盈盈面对我们一句话都不说,倒是毛杰特别认真地跟我们说他觉得太累了,自己怎么对聂青好她都不知道,这样下去没意思。后来程盈盈也说话了,她说现在歪瓜裂枣太多了,不论是谁都不知根知底,谁都有可能是个骗子。但是毛杰就不一样了,大家那么熟了,再说,同是天涯沦落人,能一块儿过日子就过吧。挺好的,她还真想得开。

"什么?!她让驴给踢了?!"刘赫知道后玩命地跟我吼。

"你跟我吼什么啊,赶紧想办法给解决了。我可告诉你,你再不努力程盈盈就嫁人了,还是嫁给聂青的初恋情人。"我本来是不想告诉刘赫的,但是李想说人逼急了会发生奇迹,没准儿一刺激,程盈盈能说复婚,然后我们就来了。刘赫的表现我早就想到了,他没跳脚我就知足了,然后刘赫就开始转圈,一圈圈地转,后来点了烟,捶胸顿足地在沙发上坐坐站站,就没闲着。

"对了,我忘记告诉你了,程光亮会在今年年底或者明年年初调回来。"回去的时候,李想的一句话让我被车窗玻璃夹了手,疼得我眼泪都出来了,他慌忙停下车。

"没事吧?"本来我都说没事了,李想还是非要带我去医院看看,后来大夫说没事,就是肿了,回家喷点儿药,这几天少提东西就好了。

没事别惹前男友

"嗯,不疼了。"我靠着李想的后背,"我以为你不乐意告诉我程光亮会回来。"

"对不起,我本来不想告诉你的,前几个月我就知道了。"李想转过来抱着我。我不知道说什么好,就那么一直待着。

为了程盈盈和毛杰各自的幸福,我们决定利用毛杰放不下聂青做突破口。

"这样太狠了吧?"李想看着我把过期了一个星期的牛奶倒进了杯子里。

"工欲善其事必先利其器!"这牛奶是我从床底下翻出来的,然后又暴晒了好几天就是为了让它变质得更彻底。

"聂青,帮我们看着店啊。"我故意跟聂青说看电影去,让聂青看着店。因为白天本来人就少,再加上饭点更没人了,我们给聂青留了加味儿的牛奶和过期沙拉酱做的生菜沙拉,还有一块从猫嘴里夺过来的鱼,我就不信你不中毒。

不过我跟李想没敢走远,就在马路对面的车里待着,还不敢把玻璃摇下来。我们坐在里面啃汉堡,没一会儿电话响了。

"喂……你们什么时候回来啊?"聂青的声音明显很虚弱。

"啊?什么?听不见……怎么没声啊?"我挂了电话取出了电池,李想也把电池取了出来。接下来聂青该给左晓洁打电话了,坐在后座的左晓洁直接把电话给关了,然后毛杰该出场了。聂青他们学校在附近招生,毛杰作为招生办公室的主力一定在,而且二十四小时开机,果然,十分钟后毛杰小跑着到了酒吧。

"耶!"我们三人在车里欢呼。

毛杰说聂青到医院的时候已经翻白眼了,要不是送得及时她就挂了,说得我跟李想心有余悸,太可怕了,聂青要是挂了我们就得连坐了。

"宝贝,你没事吧?"程盈盈拿着花来看聂青,俩人有点儿尴尬,主要是因为这件事说起来太诡异了。

"没事……"聂青指指凳子叫程盈盈坐。

"那个,我真是不应该,真的,都是被那个丁谦气糊涂了。"程盈盈搓着手。她刚刚跟我们说了,毛杰找过程盈盈,说你是好人,但是我还是放不下聂青,真对不起。不过这样正中程盈盈下怀,她已经为了说要跟毛杰结婚的事磨叽好几天了,其实程盈盈就是被丁谦气的,再加上刘赫比她还惨,心里马上就痛快了。他们表面上一直说祝福对方,但是暗地里还是在较劲,现在我才知道程盈盈不是真伤心,她是郁闷被刘赫知道了不定怎么笑呢。

我们站在病房外面看着聂青跟程盈盈拥抱,这下全安生了。

"不过要我说,你跟李想都够毒的,给聂青吃了什么啊?"左晓洁问道。

"就是点儿过期牛奶、变质沙拉酱,还有点儿猫食。"我给左晓洁倒了一杯咖啡,然后拿起放在吧台上的小奶杯,里面还有点儿牛奶,估计是给客人的,客人又没动,所以给左晓洁加上了。

"听起来真恶心。"左晓洁喝了一大口。

"没办法,我可是把酒吧的声誉都搭上了。"李想从后面擦着手出来。

"去,我不说谁知道,再说,为了姐们儿怎么不对?"左晓洁把咖啡一饮而尽,拿上包走人了。

"咦?"李想进了吧台翻着什么。

"你找什么?"我在旁边洗杯子。

"我放在这儿的奶杯呢?"李想指着桌子问。

"那个啊,我给左晓洁倒在咖啡里面了,反正客人没动,左晓洁不在乎。"我把洗好的杯子放在架子上面。

"啊?"李想都快蹦起来了,"那是上次聂青那杯啊,我准备拿来擦皮鞋的!"他的话刚刚说完,左晓洁就冲进来了。

"一会儿给我拿纸!"左晓洁捂着肚子一溜儿风地跑到后面的卫生间去了。

"……我去买止泻药。"李想耸耸肩出去买药了,我赶紧给左晓洁送三纸。

李想决定把酒吧圣诞节的活动让一个哥们儿安排,那个哥们儿是专门做这个的。我们这几天要做的事情太多,一般临近节日的时候是我们最忙的时候。我妈特意打来电话说让我记得多穿衣服,这点儿事搁在平时没觉得什么,但是在我一边忙工作,一边在与李想商量结婚的事的时候就有点儿诡异,好像我已经嫁出去了,跟娘没什么关系了,别别扭扭的。

"好久都没看见你了。"门上的铃铛一响,李想赶紧去开门,他那个哥们儿来了。除了他,后面还跟着聂青。

"找我啊?"我走过去。

"你好,我是柴勇。"那个男人有一种亲和力。

我站在吧台的后面擦杯子,聂青在一旁帮忙。我现在终于知道毛杰碰上了什么对手,这个人别说毛杰,就是李想也就勉勉强强平分秋色,他优秀得跟虚构的一样,我要是聂青也会选他。可怜的毛杰,总是时运不济。

李想跟他是多年的同学和朋友,关系好得很,所以一听说李想找他帮忙马上就来了。这个人现在在家里当海带,自由惯了,很少回家,也不告诉任何人去哪里了,他只在他想回来的时候回来,听说他有这么个性格的时候,我万恶地觉得

没事别惹前男友

毛杰又有希望了。

"这个不错吧？"聂青美滋滋的。

"唉，可怜的某些人……"我看着聂青继续手里的活。

"优胜劣汰，你总不能放着蛋糕不吃，吃狗食吧？"聂青现在的嘴跟左晓洁学得越来越坏，噎得你一愣一愣的。

"对了，过几天我帮程盈盈介绍个朋友。"聂青放好杯子跟我说。

"哦？ 这回你可得找个正常的，程盈盈离疯癫不远了，都快神经了。"左晓洁也说要给程盈盈找一个呢，最近这人桃花运不错啊。

左晓洁在对面的玻璃后面录着节目，她的侧脸简直完美无缺，太漂亮了，就是不知道为什么死活嫁不出去。其实我身边的人都不算难看、落魄，但是都桃花不顺，极其不顺，别的运倒是强。

"你找我干吗？"我足足等了一个小时，后来在沙发上睡着了，是左晓洁把我拍起来的。

"好事呗。"左晓洁赶紧抓着我，她跟我说最近勾搭了个网友，这事很正经，我安安静静地听着，但是下一句就不正经了。

"你疯了？"左晓洁说她要全方位了解这个男人，所以让我冒充网友来想想办法套套他。

"就这一次，我求你了。"左晓洁拉着我的手晃啊晃的。

"你想让我死啊，被李想知道了我还活不活了。再说，我这么笨，回头给弄砸了。"我知道这个左晓洁肯定又钻牛角尖了，"这样吧，不如找个下午啊，什么的，咱所有人一起套，三个臭皮匠赛过诸葛亮么。"我实在是太不厚道了，愣是把所有的人都拉进来了。

"这主意好！"我的傻主意在左晓洁那里得到了肯定，她还真喜欢这个主意。

我还没跟李想说这个事呢，刘赫跟我妈打起来了，而且殃及池鱼，他现在和猫一起住在我们家的小沙发上。事情的起因还是相亲，被动的相亲，要说这个倒霉的事情还得从上个星期说起。

我妈为了刘赫的婚姻大事，叫我们回家开会，同去的还有准女婿李想。大体的意思就是不能光自己幸福了，筷子要一般长才能吃饭，一奶同胞要相互关爱，甚至还暗示李想要是能帮忙把刘赫折腾出去，我妈同意我们提前结婚。听了这个意思李想倒是没什么反应，主要是他手里女人的资源甚少。

后来我妈就自己行动了，随身带着刘赫的玉照，到处找老熟人，要么是以前

的街坊,要么是过去的老同事,唯一比较庆幸的是齐大姨因为高血压住院了,刘赫的危险起码少了一半。

4

"小杰啊,妈问你,看没看见什么人?"刘赫一进家门,我妈就拉着不放。

"什么人?"刘赫从冰箱里拿了瓶啤酒。

"就是一对母女。"我妈跟我哥比画了半天长相和穿着。

"呃……没印象,歌迷倒是不少,全给轰走了。"刘赫坐在沙发上翻着白眼。

"什么?!"我妈差点儿蹦起来,上去就给了刘赫一巴掌。

原来我妈给刘赫弄了个角落相亲,在那堆歌迷里有一个女律师跟她妈,她们不是歌迷,是去看刘赫的,说看好了再给信,而刘赫完全不知道。他是绝对不会老老实实地让人当大熊猫参观的,当时把刘赫气得差点儿背过去,然后就开始跟我妈打架,连喊带嚷,最后提溜着自己拍戏时的行李箱来投奔我们了。

"你说说,气死我了,老子又不是大熊猫!"刘赫吃着菜跟我们嚷。

"算啦,反正你一天到晚给人家看。"我给刘赫夹菜,脑子在想,他不是想住在这里吧。

"去去去,你也是个不会说人话的,讨厌。"刘赫瞪了我一眼。

"行了,先吃饭吧,别生气了。"李想忙着打圆场。

"你什么时候回去啊?"我洗完澡看见刘赫还坐在沙发上抱着猫看电视,开心得很。

"我没说回去啊。"他笑够了回过头来说。

"什么?!你……"我还没骂他呢,李想把我拉到卧室去了。

没办法我们只能让刘赫在这里住,还给他拿被子,给他关灯,让家里的猫们陪着他。我冤死了,关我什么事,多别扭,家里平白无故多了个男人,还是一个最八卦的。我敢说他要不是今天折腾累了一定会趴墙根,听我们说什么,或者,听我们做什么……

我愁死了!

第二天,我趁着午休回了趟家,头一件事就是要那个女律师的照片,然后想办法把我妈哄好。我在老太太面前说一定站在她这边,当然了,主要是我哥怕了相亲,所以我得为他的身心考虑,我们觉得也得角落相一回那个女律师。老太太听了,高高兴兴地给介绍人打了电话,我则回去劝降刘赫。

没事别惹前男友

下班的时候,我满脑子都在想怎么忽悠刘赫,李想突然站着不走了。

"干吗?"

"你是不是忘了点儿什么事?"李想捏着我的脸。

"什么啊?你生日?"我揉着脸想,"不是啊,我生日也没到,最近也没谁过生日……"歪着脑袋想了半天还是没想起来。李想崩溃了,闷闷不乐地去开车了。

为了让李想告诉我什么事我费了不少劲,在他的肩膀蹭啊蹭,争取把自己想象成富贵,后来李想说你不如富贵,因为你压死我了,才有了点儿笑意,真是不容易。

李想把我带到酒吧,他早已准备好了红酒还有一个蛋糕,我笑他风骚,但是心里还是有点儿感动。我知道他对我好,恨不得把我绑在他身边,每次想到这里我就觉得自己挺不是东西的,人家对我这么好,我的心里还是有根刺,那根刺叫程光亮,还死活剔不出来,一直在那里硌着。要是我先认识李想,就什么事也没有了,或者要是我坚决反对跟程盈盈亲上加亲,要是能给我个机会重新来就好了。

在诱导了李想半天也没效果以后,他才告诉我,今天是我们见面一周年,就是那次见面才有了现在。而我想的是,要是没那次见面,那么现在我依旧在和程光亮打打闹闹,或者不打了,我们又好了,思绪就这么飘飘荡荡的。我的理智告诉我不能胡思乱想,让程光亮死去吧,但几年的时光不是假的,是我自己把幸福作没了,现在谁也不能怪。

那天晚上我喝得有点儿多,忘记说了什么,就记得自己一直绷着,千万不能让李想知道我心里的斗争。那瓶红酒喝了一半,我拿出他送我的水晶放进酒杯,用红酒泡上,非说好看,还不让他捞出来,他也惯着我,没去捞。我跟李想是在酒吧睡的,谁也没少喝,然后抱作一团睡着了,直到早上才被刘赫叫醒。

"阿嚏!你们太缺德了!"刘赫抱着肩膀坐在沙发上,流着鼻涕。他昨天半夜回家没带钥匙,打了半天电话,我跟李想睡着了,谁也没接。不过他倒是聪明,开车来了酒吧,从外面看见里面黑乎乎的他就以为我们不在。原来是李想把厚厚的窗帘挂上了,他说这样私密,而且安静,适于调情,却害苦了刘赫。他在车上睡了一宿,空调也没敢开,主要是他怕死。一大早发现我们的车停在酒吧后面,他就愤怒了,使劲敲玻璃。

"活该,谁叫你不回家。"我一点儿也不心疼刘赫。

"嘿,你怎么不像我的亲妹妹呢?"刘赫跳着脚蹦了半天,说这样能暖和点儿,"唉,这酒不错,我喝了取暖!"跑去就把桌上那杯酒喝了。

"别喝!!"我跟李想赶紧跑过去,但还是晚了。刘赫干什么都慢,唯独吃最

快,这下好了,等着上医院吧。

"哎哟,我死了变成鬼也跟你们没完……"刘赫抱着肚子坐在后面,让我们慢点儿开,千万别颠,不然肠子破了怎么办。

"谁让你喝的?!"我坐在副驾驶座上哭,一半是为了刘赫,我怕他死在我手里,毕竟那东西是我放的,另一半是心疼水晶,万一到了医院大夫说让刘赫拉出来我还怎么要啊。

"马上就到了。"李想也很着急,还得尽量把车开稳当。

到了医院,小心地挪到医生处,医生给刘赫拍了张片子,说得做个小手术弄出来,没什么大事,但是到了手术签字的时候刘赫突然不干了。主要是医生说得太恐怖,把会出的危险都跟我们说了,说得特别悬,就跟进去了出不来似的。刘赫给我妈打电话,跟我妈承认错误,口口声声地说儿子不对,今后要是伺候不了你了,就让妹妹好好儿伺候你。吓得我妈差点儿出溜到地上去,风风火火地跑到了医院,眼泪汪汪地送刘赫进了手术室。我这才松了口气,在手术室外陪着老妈,李想去买吃的了。

"请问现在刘赫什么情况?"

"有生命危险吗?"

"跟我们说说吧?!"

本来我想看看李想买东西怎么还不回来,一出门就被一堆记者围上了。真是好事不出门,坏事传千里,他们知道得真快。不定哪个小护士到处说去了,这下热闹了,非得折腾好几天不可,还不能说刘赫是因为吞水晶的缘故,太丢人。

"这边,这边!"李想从人群里伸出手把我拉进了医院。

"你跑哪里去了?"我接过李想拿来的水。

"出门的时候还没人呢,我回来就这样了,没挤进来。他们围着你的时候,我倒是找了个空进来了。"这个时候手术室的灯灭了,刘赫被推了出来。本来我以为自己不会觉得怎么样,但是他一出来,看着那张苍白的脸,不知道为什么我突然抱着李想哭了,心里一抽一抽的,估计这就叫做血浓于水。后来李想从护士的手里接过了那块水晶,特感慨,那可是在他大舅哥的肚子里转了一圈的信物,估计谁也没这样的艳遇。

我妈就这样跟刘赫和好了。刘赫趁机跟老妈告我的状,这个没人性的东西,说我怎么冻他来着,还让他喝了水晶、挨了一刀。我妈真是老当益壮,上来就给我一巴掌,差点儿把我打到医院外头去。毛毛也来了,还给刘赫带来了好消息,

没事别惹前男友

因为这次住院,后面的六场活动他不用去了,公司说等歇好了再说。这下子皆大欢喜,刘赫终于也能在家过回圣诞节了,这家伙还不知足地感慨要是春节也这样就好了。我把那水晶递到刘赫眼前,让他记得大年二十九的时候吞了它。我妈差点儿拧死我。

"你哥没事吧?"左晓洁打来电话,她现在在外地,暂时回不来,所以那个狗血的试探计划也搁浅了,程盈盈的那个男人也没见成。

"没事,肥得跟猪一样能有什么事,可惜了我的水晶,还怎么戴啊。"我看着那块水晶,现在被我泡在办公室的鱼缸里。那是风水鱼,我特意买的,专门配这块石头的,反正我是没心情戴了。一想到它在刘赫的肚子里面转了一圈我就不舒服,浑身痒痒。李想一向惯着我,什么也没说,不过他在纠结这么有意义的纪念日,我竟然什么也没送他。

"那就好,告诉程盈盈,我把她的电话给那个男的了,到时候会联系她。"左晓洁说完就挂了电话。唉!这叫什么事啊,刘赫还在医院里住着,这边程盈盈又开始找下家了。可怜的刘赫,不过也不知道谁可怜,那个女律师刘赫还没相呢,我妈可没忘。

"老娘命苦啊……"程盈盈几乎是爬着回来的。

"聂青不是给你介绍了个体育老师吗?"我看着程盈盈的惨样就想笑。

"……你怎么知道,快,快给我倒杯水。"程盈盈把包扔到吧台上。

"我真他妈的冤!"聂青也一脸疲惫地来了。

"你干吗去了?"

"别提了,一言难尽啊!程盈盈,那个老师怎么样?"聂青手搭在程盈盈的背上问。

"与君共勉,老娘也一言难尽。"程盈盈像泄了气的皮球一样。

程盈盈说那天她高高兴兴地去了,到了地方还特意绷得特别直,显得自己亭亭玉立。

"你是程盈盈吧?我是聂青的同事。"一个男的跟程盈盈打招呼。程盈盈差点儿蹦起来,聂青就是姐们儿,瞧瞧这个爷们儿找的,怎么说都算得上上品。

聂青说这个同事是新分来的,看着特别的有味,高大威猛,而且还没女朋友。她是顶着多大的压力给她留下的,要知道多少没嫁人的姑娘惦记着呢,为了这聂青都得罪了不少姑娘了。这俩也不知道什么时候变得这么铁。

路上,程盈盈意淫着怎么跟这个体育老师玩浪漫呢,想得自己直流口水。一

不留神自己脚崴了一下,然后就跟抓了救命稻草一样不起来了,期待发生点儿什么浪漫的事。

"你没事吧?"体育老师握着程盈盈的手问。

"我没事,脚崴了一下,自己能起来。"程盈盈装着矜持想站起来,然后又娇呼一声倒在了体育老师的怀里,这怀抱结实啊,全是疙瘩肉,而且强而有力。

如果事实能这么发展也不错,不过这些都是程盈盈的臆想。体育老师人家就没听,直到程盈盈自己高声地喊自己脚崴了,他才走回来,捏着程盈盈的脚,问是这里吗,程盈盈马上点头并且随时准备倒向那全是疙瘩肉的怀抱。那体育老师捏着程盈盈的脚腕使劲一扳。"嗷"的一声,程盈盈的惨叫响遍了大山,鸟都给惊跑了一片。

"没事了吧? 就跟抽筋了一样,站起来走走,一会儿就好了。你就是缺乏锻炼,有空我们一起跑步吧。"体育老师以前就是练长跑的,还差点儿参加奥运会呢,然后就带着程盈盈爬上了山顶。到了山顶,还没来得及歇一歇,体育老师跟程盈盈说咱们慢跑回去吧,正好可以聊聊天。程盈盈咬着牙跑,到了市里以后,程盈盈赶紧说自己要在附近办事,撒了个大谎跑回来了。她还是聪明的,看着那个体育老师上了公交车才打车的。在出租车上,不顾司机的反对就把鞋脱了,她都想把脚剁下来。以往是见了变态毁了自己姻缘,这次是见了好姻缘却没双好脚。

"哈哈哈……"我笑得差点儿背过气去。

"笑什么笑,你个没人性的东西!"程盈盈哭丧着脸准备穿鞋回家。

"那这回的又黄了?"我对着程盈盈的背影喊。

"屁! 黄你个头! 我明天还跟他跑步去呢。"程盈盈把包甩到肩膀上一瘸一拐地走了。

5

"你怎么了啊?"我拍拍聂青的头。她一来就把下巴支在吧台上,一副痛苦的样子。

"还能有什么,柴勇又失踪了,我等了他一天,手机不通,家里没人。"聂青歪着头,不知道看什么呢。

"对不起,我来晚了!"柴勇抱着一大摞绘图纸进来,聂青"哇"的一声就哭了,然后就扑在柴勇的怀里撒娇。我对着李想两手一摊,真是没办法。

柴勇说自己这几天都在想怎么做这个圣诞节的活动,然后摊开一堆图纸就

没事别惹前男友

跟李想说,两人一边说一边点头,说得很投机。

"我说,你知道李想跟柴勇的区别吗?"我看着聂青问。

"你说我听听。"聂青看着外面。

"李想他再忙也会安排出自己的时间,专门来恋爱的时间,而柴勇,我看他是把自己献给工作了,工作才是正牌大老婆,你也就算是个妾。别怪我说话难听,其实毛杰很好,真的,老老实实,本本分分。也许你的生活会少了不少的乐趣,但是会有不少的安全,柴勇没什么安全感。"我把所有的话都原原本本地倒给了聂青。

"我知道,但是不甘心……"聂青转过来看着远处的柴勇,"女人老得很快,我还什么都没试过呢。再说,我不在乎能成什么样,只要能找到个对的人。"

"对与不对谁知道,我也算是过来人,自己的感觉才最重要,如果有男朋友等于没男朋友,那就没有意思了。"我低头摆弄着手里的杯子。

我始终不知道李想到底是不是对的人,但是我知道他会是最疼爱我的人,他想把我永远放在身边,为我安排好一切,怕我受伤害。但是不知道他是不是把我保护得太好了,好到我没事干总是在胡思乱想,特别容易想起程光亮,想起我们原来的日子,连争吵都那么真实。而现在的日子却特别不真实,总觉得每一天都是虚的,让我不安心,真的不安心。我闭上眼睛,聂青拍着我的手,告诉我该想的想,不该想的就别想,过日子得找能照顾自己的人。

"你说,程盈盈会不会坚持处下去?"回家的路上,我挽着李想往前走,他的侧脸在路灯下还挺好看。

"我看会吧,程盈盈也是想早点儿安定。不过,我知道你一定别扭,替你哥别扭。"他刮了下我的鼻子。

"你真是蛔虫。"我靠着他的肩膀,默默地回家。那扇门一推开就有暖气,还有花里胡哨的几只猫,它们并排坐着等我们回家。

左晓洁回来的第一件事就是拉着我去找程盈盈,她也给程盈盈说了个男朋友。

"我靠,你怎么晒得跟鬼似的?"左晓洁从来嘴边就没把门的,这回也是,她上来就一针见血,直扎程盈盈的痛处。因为体育老师总带着程盈盈跑步啊锻炼啊什么的,搞得程盈盈现在晒得跟黑鬼一样。她已经办了全套的美容卡,全身美白,但是美的不够晒的,她现在就痛恨听见"黑"字。

"你怎么着?那位还见不见?"左晓洁躺在程盈盈的左边,我在右边。别说程盈盈办的这个会员卡真不错,我做了下补水觉得皮肤特饱满,下回还得跟着蹭。

"见……当然见,咱也试试脚踩两只船,你等我找个空就见,现在没办法啊,

天天在店里累死了,完了还得跑步。"程盈盈扭头睁开眼,"我现在特别希望这人在上课的时候摔个狗吃屎,然后跟我说,盈盈,我摔骨折了,咱俩暂时不跑步了,你就自己练练器械吧。起码我能歇几天,再练下去我可以去参加选美了。"

程盈盈这话倒没说错,她现在都有肌肉了。体育老师还让她每天吃十个煮鸡蛋的蛋白,说能补充肌肉需要的营养,这样长的肌肉结实。他现在的目标就是把程盈盈练成一个标准的女子健身比赛选手,我是不能苟同,就那个比赛我看过,那块儿练得都没女人样了。我不是鄙视人家,主要是我的审美接受不了,太雄壮了,女人不是要温柔如水才好看么,不知道娶这样一个老婆回家,见天晚上摸着这一身的疙瘩肉是什么感觉。

做完保养,李想来接我,今天是我们说好回家吃饭的日子,上星期去的李想家,这星期去我家。顺便商量怎么在暗地里给刘赫相那个律师,结果没想到人家捷足先登了。

饭吃到一半有人来串门,也不知道是谁,还挺急茬儿,一个劲地敲门。

"谁啊?"我去开门的时候手里还端着碗。

"小言吧?阿姨小时候还看过你呢。"一个老太太站在门口跟我乐,一开始我没认出来,后来才想起来,是我妈单位幼儿园的阿姨,姓宛。就这阿姨,太厉害了,在幼儿园就是一霸,哪家孩子看见都哭,除了我。我从小就是混世魔王,一天到晚招猫逗狗,还死命抵抗幼儿园午睡的要求,被这个宛老师关了不知道多少回。我那时特倔,这老太太站在门口等着我求饶,但是这是不可能的,我才不呢,两人就一个门里一个门外地憋着,说白了就是斗气,你越叫我睡觉我越不睡,折腾死你。等我妈来了我才哭,哭得地动山摇,跟受了虐待一样,要不是我哥通风报信说我不睡午觉,我妈差点儿跟她打起来。

后来我才知道这就是那个女律师的介绍人,这姑娘是她妹妹的孩子,今年已经过了二十七还没嫁出去。不过算上去她比我哥大啊,不知道我妈是怎么想的。

左晓洁本来要陪程盈盈去见那个人的,但是她要去采访,所以给我打电话叫我跟着去,还特意把照片先给我传了过来。

"这人怎么看怎么面熟。"我看着照片跟李想说。

"你以前见过?"李想抓着我的手问。

"没有,那个感觉很熟,就像……"我站起来在办公室巡视,"呃,白朗,跟白朗似的!"

"干吗?"白朗扭着腰肢走了过来。

没事别惹前男友

"没事,我看你好看,今天的妆化得不错。"我对着白朗笑,然后小声跟李想说,我就觉得那个浪德行像。

程盈盈站在咖啡馆的门口,我坐在靠窗的位置,不过我敢猜,今天的人一定特别娘。李想说什么也不信,说一个白朗是特殊体,不可能世上有那么多的白朗。后来我们打赌说,要是我输了,周末我在酒吧给他当侍应生,要是他输了周末就得跟我回家当小工,还得加上按摩和随叫随到。

老远我就看见一个人打着伞过来了,这姑娘真高啊……我带着羡慕的表情看过去,后来发现此人在程盈盈的面前停了下来,放下伞。原来这就是左晓洁说的那个人。我说说一定很娘,那小粉底打的,我都不敢想象他自己还敢笑,这一笑粉还不得扑簌簌地往下掉,不过眼线画得真不错,然后我看见程盈盈皮笑肉不笑地跟他走了进来。

"坐。"程盈盈一副商务礼仪的样子。

"啊,好,不好意思啊,晚了,我在家里等着防晒霜到时候。你不知道,要是不提前抹,是没什么作用的。"这个人倒是笑眯眯的,还算得上健谈。

"没事,我出门也没多长时间。"程盈盈掏出纸巾擦汗。

"呀!可不能这么擦,到时候妆就花了!"他坐在程盈盈的旁边,从自己的包里掏出一个粉饼。那个粉饼我也有,但是不好用,我老是抹不匀,然后我就扔在家里了,说什么也不使了。那个人用喷雾在粉扑上喷了几下,开始在程盈盈的脸上弄,弄完我就疯了,效果太好了。掏出镜子照照,我靠,比我脸上的五百多块钱的粉底效果还好,那个破粉饼才一百多。原来是这么使的,早知道我买这么贵的干吗呀,都是白朗,净招我去买贵的东西!

回家后我第一件事就是找粉饼,一定得找出来,我得试试。

"你找什么呢?"李想看着我翻箱倒柜。

"粉饼,你不知道,今天程盈盈看的那个人,有绝招啊,我原来准备扔的粉饼,他化出来那效果,没治了!"我把富贵从化妆台上轰下去,它哼哼唧唧地去找李想要抱抱了。

"又没戏?"李想喝着茶问我。

"呃,估计是。还有!你输了,过来!给我按摩按摩。"

"……我就知道你忘不了我们的打赌。"李想开始帮我按摩。

"比起伪娘来,我绝对是喜欢纯爷们儿,纯的!"程盈盈跟我们握拳明志。

"唉,可惜啊,我好不容易找了这么一个比较合适的,我们多大方可爱!"左

晓洁看着杂志头也不抬地说。

"对对,太可爱了!挽救了我的粉饼。"我对着镜子,最近叮叮他们都以为我去做磨皮了,这手法没治了,让白朗嫉妒去吧,还好意思跟我说什么什么化妆的专家呢,他也配!

"看看,群众的眼睛是雪亮的!"左晓洁指着我说。

"她那是喜欢人家的技术,我就服了,化妆师都这么娘啊。"程盈盈靠在沙发上,聂青在帮她贴风湿止痛膏。聂青用剪子剪了剪,啪的一下贴在程盈盈的肩膀上,把程盈盈疼得龇牙咧嘴。

"一边去,你这就是自己作孽,还纯爷们儿,你那个纯爷们儿就快把你训成猩猩了,不,比猩猩还壮。"我看着程盈盈的样子笑。

"还别说,这就是成效,就说今天,饭馆的煤气罐倒了,我正好站在旁边,你猜怎么着?"程盈盈马上爬起来,穿上鞋开始跟我们说。

"你躲开的时候扭了腰了?"聂青正给程盈盈把腰上的膏药贴严实点儿。

"去!"程盈盈在我们的哄笑中气急败坏,"老娘一把给扶起来了!厨子都傻了!"

"所以肩膀跟腰就是这么疼的。"我忍着笑说。

"那老娘也扶起来了,你扶个试试!"程盈盈想站起来,一下又坐下来了,鬼哭狼嚎的。

"你的水果。"李想恭恭敬敬地把剥好皮的橙子递给我。

"嘀……"刘赫坐我旁边看着那叫一个歆羡。

"干吗?"我一脚踢在他的腰眼上,踢得他直哼哼。

"我靠,你真不是人。"刘赫捂着腰看看我,又看看李想,"我是知道你受什么摧残了。"

"滚,是他打赌输了的代价。"我把橙子上面的汁甩了刘赫一脸。

刘赫找我们是为了让我们帮忙去看看那个女律师,这俩一开始就是从斗气开始的。刘赫是个不服输的人,他觉得白给人家当动物园里的猴参观了一次不值,怎么也得参观回来,不然他亏死了。

我记得有人说相亲就是从算计对方的缺点开始的,是极其不平等的外事合作,在刘赫身上赤裸裸地实现了。他说那个女律师最近要上门,上门前一定要知道她长什么样,不能一而再、再而三地失了先机,不然就冤死了。他是来求我们的,但是态度不对,因为他总是拿我可怜的水晶说事,还说李想要是不帮忙就摔

没事别惹前男友

了我送李想的宝贝杯子,吓得李想点头说好。

"你还真信刘赫要摔了你的杯子,我看他敢。"我跟李想一起把酒吧外面的防盗门帘拉了下来。

"反正周末没事,刘赫又提供我们一切开销,就当玩去了。"李想跟我一起上了车。

"也是,那我们带狗去吧,反正刘赫负责全部开销。"我系上安全带,刘赫说这个女律师有只拉布拉多犬,极其宝贝,周末要带着这狗去参加一个宠物联谊,主要是针对狗的,富贵不用跟着去,我们带着丢丢那傻家伙去就得了。

"你看! 人家拿玩具了! 你给我争气点儿!"我拉着丢丢的耳朵说,今天的活动上有个召唤小游戏,玩好了给个玩具。刚才丢丢就没拿着狗粮,因为它走神儿看人家母狗来着,还看得流口水,真给我丢人现眼。

"还玩吗? 你看它委屈的!"李想揉着狗的腮帮子说。

"怎么也得给我弄个奖回来吧,你看看那个女律师,人家拿了好几包狗粮了,全场就看她了。"我努努嘴看那个女律师,不知道人家是怎么养的狗,听话得跟人似的,那叫一个聪明,跑得还快。我本来以为我们家狗挺机灵,但是跟她的狗一比那就是白痴,不,弱智。

"大丢! 你太棒了!"我抱着狗脖子,刚才在我的威逼利诱下丢丢第一个跑回我身边,终于给我拿了个玩具回来。李想说是你太凶神恶煞了,那表情很狰狞,还使劲地喊,连威胁都出来了。其实我就说"大丢,你敢不过来,我让你知道知道什么叫找揍",又没说别的什么。

"怎么样怎么样?"刘赫早就坐在沙发上等我了,特隆重。

"德行。"我白了他一眼,把狗放开。

"赶紧赶紧。"刘赫抢了相机就跑。那女律师长得还成,就是看着很厉害,我跟李想也玩疯了,只拍了一个一闪而过的画面,其他都是我们拍的人家好看的狗,还顺便给大丢找了个媳妇儿,人家那个金毛长得可秀气了,互留了电话,再有就是拍它领奖。刘赫看了照片郁闷得想死,说什么就知道我靠不住。切,有本事你自己拍去啊,你有那个时间么。

"你觉不觉得我不女人了?"程盈盈愁眉苦脸地贴着面膜。

"怎么会。"我戳着程盈盈的胸口,"这东西在这里摆着呢。"

"一边去!"程盈盈踢了我一脚,"我都愁死了。"

程盈盈说最近她跟着体育老师锻炼看着是挺浪漫,但是其实是有目标的,程

盈盈说那个体育老师给她制定了详细的锻炼计划，很详细，就差包括上厕所了。她说别的倒是没觉得，就是觉得大家没有谈恋爱的感觉，好像面对的是一个健身教练，而且还是强制性的。每天早上起来就拉着跑步，一分钟都不让歇，虽然那身疙瘩肉摸着是不错，但是要是长在自己身上就不妙了。原来饭馆的员工把程盈盈当成弱智女流，现在他们把程盈盈当成大力士，什么罐头瓶子打不开啊，什么有东西要一起抬啊，总是喊上程盈盈，导致她现在觉得自己跟火车站扛大个的似的，一点儿女人味儿都没了。

"那你就跟体育老师说明白了，要么咱相互适应，要么直接拜拜。"我觉得程盈盈也挺可以的，把自己当成什么了。

"但是吧……除了这点儿毛病，还真的没什么。"程盈盈一脸的舍不得。

"你跟聂青一个德行，聂青也是舍不得，但是也够神经的，柴勇总在需要的时候联系聂青。而那个体育老师志在把你练成健美小姐，呃，妇女也成。"我看着程盈盈，她现在胳膊上面都有肌肉了。

"谁说我神经了，老娘不玩了！"聂青从后面跑了过来了吓死我了，"我跟柴勇和平分手了，你们有好的记得给我介绍，我一个不嫌少，十个不嫌多！"

聂青说她跟柴勇进行了一次和平谈判，她说自己是有思想的、需要关注的，你总是在自己想起我的时候来找我，这样让人感觉不好，甚至觉得自己是应征小姐，随叫随到，很难受。柴勇半晌没说话，他说自己是真的觉得聂青还好，起码她不会像原来的女朋友哭闹，反倒是很平和，他是真心地想跟聂青结婚。这话瞬间让聂青爽了，聂青总是被男人甩，或者是看见不能容忍的变态，这次则是她甩了男人，说明自己还是有魅力的，失恋的苦恼一扫而空，反而跟柴勇高高兴兴地吃了分手饭。她说就这次最痛快了，她是痛快了，程盈盈这边还执迷不悟呢。

"左晓洁呢？"聂青说了一堆以后问。我才想起来是左晓洁叫我们来的，她说是时候该试试那个策划了，成就马上搞，不成就拉倒。

"来了来了。"左晓洁带着一个笔记本呼哧带喘地来了，她说自己套着了该策划的QQ号，今天晚上我们要扩大自己的思维跟他耗，直到把老底耗出来。

"醒醒！醒醒！开工了……"左晓洁打着哈欠把我叫起来。

"我的天哪，你饶了我吧，白天在办公室被李想摧残，晚上还要陪着你熬夜……"我一百个不想动。

"别废话，明天不是周末嘛。"左晓洁用喷雾把我喷了起来，太缺德了。

"你平时玩什么？"我喝着红牛提神。

没事别惹前男友

"呃……什么都玩,最近在玩点儿新鲜的。"他打字的速度还不错,能跟上我。大家开始接触电脑的时候都练过打字,但是能坚持的没有一个,大多数是网聊练出来的,我也是,以前速度一般般吧,但是通过跟李想拿 MSN 传情已经突飞猛进了。

"什么新鲜的?"我赶紧发了个表情过去。

"小女孩还是不知道的好。"他给了我一个笑脸。

"我不小了啊,有男朋友,还住一起呢!"我佯装生气,反正这个号挂了还有其他的。我们一共出动了两个号套取信息,一个比较放荡,就是我现在用的这个,另外一个比较淑女,那个号的主力是聂青,淑女除了聂青以外我们谁都装不来。

"呵呵,那是你说要看的啊。"他传给我文件。

"我靠!牛了嘿!"我一打开文件就惊了,太刺激了!

"怎么了?"左晓洁睡眼惺忪地坐起来。

"你最好做上良好的心理准备再看。"我抱着电脑躲躲闪闪。

"去你大爷的,我什么没见过,给我!"左晓洁抢过电脑,这个时候聂青跟程盈盈也醒了,大家一起看图片。

那是一个压缩文件,没有文件名就一个日期,三天以前。点开以后看见照片上是一个男的,穿着皮衣,还特暴露跟三点式似的。我单知道女的有三点式,男的也有,这事挺神奇的。他手里拿着一个鞭子似的东西,挥舞着,一个女人跪在旁边身上全是道道,第二张是这个女的被踩在脚下,第三张是求饶……到后来越来越恐怖,并且还有点儿恶心。

"那个,左晓洁,你喜欢这个我不反对,以后可别给我看见啊。"聂青第一个受不了刺激,去睡觉了。

"我倒是不在意,但是左晓洁,这个要是发到网上你就火了。"程盈盈竖竖大拇指。

"会比我哥还红的,你以后就是收视一姐。"我靠在聂青身上开始睡觉。

"啊!你个死流氓!变态!"左晓洁愤怒地拨通了电话,喊完了关机睡觉,还把呼噜打得山响,并且在梦中用特别尖细的声音大骂。这个都不是很可乐的,最可乐的是她的声音越骂越尖,然后在嘴里使劲,嗬……呸!愣是把自己呸醒了。

我们仨都笑得喘不上气来了,左晓洁莫名其妙地看着我们,然后说谁再吵她睡觉就弄死谁。

6

"我打算过几天去见一个农村的凤凰人士。"程盈盈欢天喜地跟我们打招呼。

"凤凰人士一般很不错,就是不知道凤凰他娘什么样,只要凤凰娘没事就好。"聂青作为一个过来人跟程盈盈说。

"你太了解了啊……"程盈盈特佩服聂青。

"那是因为她已经见识过了,不过我告诉你,脚踩两只船不好玩,你不是左晓洁。"我把蛋糕放在桌子上。李想大周末去加班了,害我在酒吧里忙得四脚朝天。富贵也跟着捣乱,在家里感冒了都蔫了,我只能带着它先打针再去酒吧,到了酒吧这猫就跟人来疯一样,到处跑,高兴得它呀,围着客人转,大家谁都抱抱它,尤其喜欢让美女抱,色狼德行。

"那你跟我去吧!"程盈盈抓着聂青的手。

"也成,回来的时候跟我逛街。"聂青拿着叉子吃蛋糕,我还没说话呢,哗啦一声整个酒吧安静了,一扭头富贵正站在酒架上跟我大眼瞪小眼。

"富贵!你个败家子!"我冲过去才看见富贵把店里最贵的酒给打碎了,我肉都快疼死了。

"那个,你睡觉了吗?"看看表已经快1点了,再有一个小时酒吧就关门了,我得回去向李想赔罪,想来想去还是先打个电话,趁着他睡迷糊了好说。

"嗯……睡着了……"李想的声音迷迷糊糊的。

"那你生气吗?"我小心翼翼地问。

"说吧,你干什么了?"李想哼哼唧唧的。

"我把富贵带到酒吧来了。"

"我知道的。"

"它摔了瓶酒……就那个最贵的那个……一万六的那个……"我把电话瞬间举到了很远的地方。

"我——的——酒——啊!"听李想的声音我就知道他后半夜睡不着了。

听说今天是刘赫跟女律师的第一次约会,我跟李想欢天喜地去我家看热闹。我们真是不厚道,主要是我想知道刘赫有什么倒霉事。最近大家很安静,发生的事情太少。程盈盈忙着完成自己的健身计划,我已经很久没看见她了,不知道是不是参加健美比赛去了,我看她快了。

我妈比我们还着急,老趴在阳台上看,招得丢丢老以为阳台有好吃的,被我妈藏起来了,也非得扒着窗台挤着看。后来被我妈用鞋底给打跑了,特委屈地钻在茶几下面,李想抱着它的脑袋哄了半天。

没事别惹前男友

"我回来啦!"刘赫趾高气扬地回家了,看着那个得瑟样儿就知道这回相得不错,他跟程盈盈总算是同时有了一个朋友。诡异的是他们还选择同一天各自分手,我只能感慨缘分啊缘分。

我妈特意拉着刘赫问什么情况,在我记忆里好像他第一次说有了女朋友的时候就这样。那个时候我们还没见过程盈盈,但是看过程盈盈的电视剧,我妈特爱看,说写得好,多生活啊。不过刘赫跟程盈盈的生活也够写本书了,那真是多姿多彩。

刘赫眉飞色舞地念叨我们小琴、小琴的,我才知道那个女律师叫李琴,这名儿够俗的。不过不管怎么说也算是好事吧,起码我们的耳根清净了,不然我妈老是跟我唠叨什么刘赫也不找女朋友,你怎么不帮你哥啊,你哥可是帮你了,这都快结婚了,怎么就忍心看着你哥耍光棍呢。

"我说,你老乐什么啊?"刘赫笑着吃饭,饭都快掉出来了。

"我乐意!"刘赫白了我一眼。

"妈呀,你看你儿子啊,跟痴呆似的。"我拿手里的骨头砸他,角度偏了扔到我爸头上了。

"老实吃饭!"我爸捂着脑袋瞪着我。

"我靠,我不成了,不玩了……"程盈盈带着哭腔给我打电话的时候她正在医院,大夫说她运动过度伤了韧带,体育老师被她骂走了,只好可怜兮兮地问我能不能带她回家。

到了医院,程盈盈无比凄惨地坐在椅子上神伤,看见我差点儿哭出来,她说都是那个该死的体育老师,非要她去参加什么骑自行车游郊区。从市区骑了六个小时到了郊区,休息了半个小时再骑回来,程盈盈半道就说什么也不骑了,干脆把车扔了打车。就为了这个跟体育老师大吵一架,体育老师觉得这样违背了他的运动理念,怎么能中途放弃呢,真是不像话。

"好了,好了,不想了,乖!"我拍拍程盈盈的脑袋送她回家。

"你哥是不是找到下家了?"程盈盈现在想分手却舍不得,有点儿神经质。

"呃,没有。"我想想了坚定地看着程盈盈,反正是不能说实话,"别想了,赶紧挑吧,不是还有个凤凰呢,快去看,看合适吗? 那个合适这个就甩,反正两条腿的人多着呢。"

"嗯,也是。反正现在有时间了,我就去看看。"程盈盈掏出电话给聂青打电话。这下该聂青郁闷了,她不光要陪程盈盈相亲,还得送程盈盈回家,她现在走

路都不利索,我看她逛街的希望破灭了,可怜的孩子。

刘赫最近特别不妥,他不知道怎么回事打嗝打起来没完,什么方法都试了就是没什么用处。大夫说是神经性的,精神紧张引起的,没什么特别有效的办法,没准儿打着打着就不打了。放在别人身上没事,撑死了难受点儿,但是刘赫说不了话事情就大了,后面还有一连串的活动呢。毛毛急火攻心发高烧住院了,我去看他的时候,他紧紧地抓着我的手说,姐,我的前途就交你了,千万在我出院以前把咱俩治好了。我当时特别想说没事,你没工作了我可以让你在酒吧混,但是这种时刻我没好意思说。

"哥!程盈盈要结婚了!"我在刘赫不注意的时候大喊。

"没用,我喊过了。"李想从厨房走出来,手里拿着一壶凉白开水,放在刘赫面前,"憋着气喝,多喝点儿。"

"呃!"刘赫用响亮的打嗝声回答我们,拿起壶开始喝,喝到一半嗝又上来了,差点儿给呛死,我头一次看到水从鼻子里流出来。

"苏……我靠,你拉住了啊!"我把着刘赫卧室的门框,李想拉着我好让我更飘逸一点儿。

"嘘!"刚才我们全家开了个会,一致认为刘赫是怕鬼的,所以要吓就吓狠点儿,不然还止不住,我光荣地被大家派来当女鬼。我把一张面膜贴在脸上,用白被单往身上一裹,张牙舞爪地趴在门框上面,我爹娘在厨房负责音效。其实我老想笑,一动就想笑,乐得不成,他们批评了我半天。

"啊!妈呀!"因为李想突然大笑,一把没抓住,把我推了进去直接摔在刘赫的身上。

"……"刘赫坐起来看着我。

"那,那个,我……要……吃……你……"我自以为刘赫睡迷糊了不知道,赶紧往上爬,还把声音弄得颤颤的。

"算了吧,你演技太差了,还不如程盈盈结婚吓人呢……"刘赫打着哈欠看着我说。

"我靠!"我上去就是一拳,妈的,大半夜的我容易么。

"我听人说喝白糖水管事。"左晓洁今天带着同事一起庆祝最近的收听率,我把李想的酒吧贡献给她,然后抽成。

"没用,现在就是抱着糖罐子啃都没用,也不知道受什么刺激了。"我支着下巴,愁死我了。刘赫一天不好,就没办法开工,违反合同是要赔的,到时候就是把

没事别惹前男友

我卖了赔偿金都凑不到一半。他们的合同太恐怖了,动不动就是几百万,这不是逼死人么。

"那让他找程盈盈去吧。"左晓洁出主意。

"程盈盈?那还不如自己直接跳楼呢……"说曹操,曹操到,我看见程盈盈跟聂青一脸沮丧地进来了。

"凤凰好看吗?"左晓洁坐在程盈盈的旁边。

"别给我提什么凤凰,连个野鸡都不如。"聂青气急败坏地去厕所了。

"她干吗?"我拿着酒和饮料过来。这个时候程盈盈需要酒精来镇定情绪,今天肯定见的又是一个传奇。

"别提了,到了那里我们才发现,不是别人就是那个'光绪'!"程盈盈拿过杯子喝了一大口,"还有慈禧,一起去的,看见聂青说话就带刺,我们简直是打了一场战役。"

程盈盈说开始她一个人在那里等,聂青去附近买面包圈了,她说这边有家店的面包圈不错。程盈盈独自等来了相亲的人,还带个老太太,等都坐下来,程盈盈突然觉得这个男的有点儿眼熟,但是又想不起来在哪里见过。后来聂青回来了,大喊一声:"是你?!"程盈盈才知道这就是那位神奇的"光绪",大家尴尬地坐着,吃着没味儿的饭,说着带刺的话。

那老太太一看见聂青就明里暗里地讽刺聂青还没找到对象,聂青则说程盈盈真是的,怎么什么人都见,要见也看好了啊。有的东西能要,有的东西不能要,尤其是那种不会自理的,干脆请个保姆吧,反正有的是那种上床保姆。

程盈盈冒着冷汗看着这俩针锋相对。话里带刺,对面的"光绪"也没敢插嘴,低头干吃头都不抬。付账的时候聂青按着程盈盈死活不动,"光绪"没办法了,掏出钱包准备付账,"慈禧"不乐意了,说 AA 吧。聂青笑了,早说啊,早说我吃点儿好的,真是的,还怕你们没钱,不敢吃好的,可憋死我了。

"真是不解气。"聂青到现在还觉得愤愤不平。

"得了吧,我都怕打起来。"程盈盈一脸受惊过度的表情,"你哥还抽抽呢?"她转向我问道。

"什么叫抽抽,他是没治了,死了就不抽了。"我靠在靠垫上懒洋洋地回答。

"……你那嘴还不如聂青呢,要不要我去吓唬吓唬他?"程盈盈喝着第二杯饮料问我。

"算了,你可是撒手锏,要留到最后才用的,我先想别的办法,我听说电击有用。"

"你不怕电死他啊?!"左晓洁看着我,一脸的不可思议。

"去,拆个打火机的打火装置,电下试试能怎么样。"我手里拿着李想的打火机,准备开拆。

"会,呃!疼吗?"刘赫战战兢兢地看着我手里的打火机。

"没事,破打火机能有多大的劲儿。"我狞笑着看着他,觉得这比较好玩,所以我亲自动手。

"破打火机……"李想怨念我叫他的打火机是破打火机,也不知道他是从哪里买的,那叫一个结实,我愣是把修眉毛用的小剪子给弄豁了。

"不,不,呃!不成,我不干!"我刚开始挽袖子,刘赫转头就跑。

"敢!按着!"我指挥李想按着刘赫,开始动手。刘赫吱哇乱叫,我也看不清,反正三人滚成了一团,我随便捏了个手指头就来了一下子。

"啊!你电我啦!"李想号叫着松开刘赫。

"哈哈……呃!哈!"刘赫在一旁乐。

后来我决定不管刘赫了,让他打嗝去,打死他,拉着李想回了家。我可怜的李想同志,损失了打火机不说还被电了,是够郁闷的。

周末,刘赫要跟那个女律师吃饭,本来我们谁也不想让他去,打嗝还没治好呢,瞎跑什么。但是刘赫说好不容易公司说让他在家治病,打嗝又不妨碍吃饭,再说,是去那个李琴的家里。看着刘赫眉飞色舞的德行,我就知道他脑子里想的不止吃饭那么简单,听说那姐姐一个人住。不过好在我们没拦住,不然刘赫的打嗝也治不好。

到了李琴的家,刘赫装模作样地要去厨房帮忙做饭,她不让,说你在客厅陪着布布吧,就是那个拉布拉多犬。

"你干吗呢?"刘赫跷着二郎腿看着那个布布,"傻德行!"刘赫扒拉它一下,那狗就不干了,龇牙咧嘴地去厨房了。

"切,真是的,惯得没溜儿。"刘赫找了张报纸看。

"吃吧,布布,吃菜啊。"那李琴对动物真是太好了。她家的狗都上桌子吃饭,要是我们家丢丢敢上桌子,我爹不打死它!它连扒桌子都不敢。

"呃……呃!它还有专座。"刘赫现在学会了说话找时机,而且很短地说,基本很少能听见打嗝。

"怎么,打嗝还没好啊?"李琴皱着眉看着刘赫。

"没事没事。"刘赫低头准备吃饭。

没事别惹前男友

"布布,去,给你叔叔拿杯子去。"李琴一指挥,那狗就叼了个杯子来,上面还留着它的吻痕。

"呵呵。"刘赫拿过杯子夸了那狗两下放下了。

"你怎么不去倒水?"李琴让刘赫去厨房倒水。

"你在干吗?!"李琴冲到厨房把刘赫手里的玻璃杯抢走了。

"我,呃,那个洗洗。"刘赫吓了一跳。

"你什么意思?"李琴指着刘赫的鼻子,"嫌我们布布不干净是吧?我们有防疫证,还定期体检,比你都健康,你们这种人才是亚健康呢!我告诉你,嫌我们布布就是嫌我,我最恨你们这种没人性的,对动物那么残忍,还吃狗肉火锅,怎么不吃人肉火锅啊?啊!"李琴对着我哥吼。

"靠,大爷的,这能放在一起说吗?不知道狗有狂犬病啊,还,还狗比我健康,那你怎么不找条狗嫁了啊!"刘赫气急败坏地跑到公司,对着我跟李想发牢骚。

"等会儿等会儿,你再说几句话……"李想拦着刘赫。

"说什么啊?"刘赫瞪着眼睛。

"你好像不打嗝了。"我看着刘赫,李想一提醒我倒是发觉了,他还真不打嗝了。

"呃,那也不能平我心头之气!"刘赫摸着自己的脖子。

后来那个宛老师找了我妈多次,说这姑娘什么毛病都没有,就是对小动物好,所以才这样,真的没什么,让我妈劝劝刘赫。刘赫跟我妈说,我是没什么,但是你要想清楚,以后你儿子的地位可能还不如条狗,而且,我估计在未来,你这个婆婆也不会比狗的待遇好。你要是乐意跟小言挤着一起住,我没意见,但是多难听啊。不过我妈还是说让带回来看看。

"我下不去手。"李想看着丢丢,丢丢正趴在地上啃骨头。

"你以为我就下得去手?"我看着我的狗,它再笨也是我的,谁舍得欺负它。

"快!最新消息!"刘赫风风火火地蹿回来,让李想赶快回去,"那女的怕猫!快去,把你们家所有的猫全带来!"

"啊?什么?"我还没反应过来,刘赫已经把我们推了出去。

"阿姨好。"那个女律师来了,穿得很精神,这人长得算一般,但是个子很高,比我高,老远看上去可顺溜了。

"快来,快来坐。"我妈笑得跟什么似的。

刘赫坐在沙发上跟我们努嘴,我赶紧让李想抱着富贵出去,自己蹲在后面看热闹。

"猫!"李琴"嗷"的一声蹿到刘赫的身上,抓着刘赫的脖子,指甲都扎到刘赫的肉里了,看得我很过瘾,活该,谁叫他那么坏。

"快抱走!"我妈赶紧把李想轰了回去。

吃饭的时候,李琴极其紧张,因为富贵坐在我妈的腿上等着吃菜,而她坐在我妈旁边。富贵看着李琴,其实是想吃她盘子里的肉丸子。

"没事,我抱着呢,不让它下去。"我妈使劲抓着富贵,花花跟四个小家伙在厨房,富贵是没留神自己跑出来的,就没叫它回去。这堆猫里我妈就喜欢富贵。

饭吃到一半,我发现刘赫的衣服里藏了只猫。这只小猫跟我最好,所以它老想往我这边爬,后来跳到了地上。可怜的小家伙还不会分人,看见李琴的腿以为是我的。"啊!猫!"李琴吭的一声掀了桌子,然后使劲蹦,吓得小猫紧紧地抓着她的裤子,声音都变了。富贵急得直咬我妈,花花也在厨房叫。我跟李想拼命想按住李琴,我怕猫受伤,就那只猫身体弱,平时我跟李想疼得很,老抱着,这回一定吓坏了。

瞬间我家闹成了一团,抓猫的、让李琴闭嘴的,招得楼下的邻居都上来了。后来李琴发狠地把我的小猫丢了出去,冲到厨房拿起菜刀,拎着花花把刀架在它的脖子上,还说我叫你挠我,我叫你挠我!我上去一脚把她踢翻了,李想用最快的速度救出了其他的猫,我妈都吓死了,太可怕了。

"小不点儿,你没事吧?"小猫还在哆嗦,我把它放在台灯下仔细查看有没有受伤。

"没事吧?"李想安顿好其他的猫来看我。

"小可怜,吓坏了,都是刘赫那个死王八蛋。"我真是脑子进水了,居然答应他。

"好啦,你哥不是也被抓了么。"李想拍拍我的头安慰我。

"他活该。"我抱着猫进了卧室。

"你不是想抱着它睡觉吧?"李想跟着我进了卧室。

"当然,不许提别的意见,不然你去睡沙发。"我向他做了个鬼脸。

李想在星期一的早上接到出差的任务,他得去外地一趟,临走之前依依不舍地把我和猫全送回了家,还跟我说别乱吃东西,弄得我心里堵得慌。

"你什么时候结婚啊?"半夜,刘赫带着夜宵回来了,硬是让我抢了一半。

"干吗?"我看着他问。

"没事我问问,赶紧结婚,趁早定性,省得节外生枝。"刘赫点着烟说。当时我没在意,现在想想他真是说对了,要是早结婚估计就没这么多事了,或者,到最

没事别惹前男友

后不会那么伤感。

我问刘赫还有没有意思跟程盈盈在一起,刘赫叹了口气,他说不想是不可能的,但是如果问题没有得到什么实质性的解决,那么到时候还是会因为这个原因再分开,与其这样还不如当好朋友呢。想想也是,程盈盈性子太拧了,不过我知道她就这么折腾着相亲,见的男人怎么也有个好的,不过就是心里还放不下这个缺心少肺的刘赫,不然早就结婚了。她还真的没有深入地了解过那些相亲对象,同居的也少,就那么几个,都能数出来。而且只是住在一起,两个房间,没什么实质性的内容。想到这里,我觉得自己是不是立场太不坚定了,但是面对李想,我没办法拒绝他,要是能让我一次嫁俩就好了。估计那天我喝多了,不然怎么会这么胡思乱想。

程盈盈打来电话问晚上有什么消遣没有,如果没事让我们一起去她家挑男人,当时我脑子里冒出来的想法就是程盈盈包了几个鸭子。到了地方发现里面没人。

"你的小鸭子都藏到哪里了?"左晓洁把厨房、厕所都看了一遍。

"去,什么乱七八糟的。"程盈盈拿出来一堆照片,说是人家给介绍的,她要我们帮她选一个。

"资源不少啊。"我一张张地看着照片,照片的背面是详细资料。

"我去公园敛的。"程盈盈跷着腿喝着咖啡,无比得意地说。

"公园能敛这个?"左晓洁看着手里的照片问。

"你不知道了吧,这个还是我妈发现的。"

现在嫁不出去的人太多了,一些老头老太太没事自发组织起来,带着自己家孩子的照片在公园里到处对消息,跟接头暗号似的。程盈盈是那天出现的唯一一个适龄二婚女青年,尽管是个二婚,但是程盈盈有房有车,没有孩子,还是比较受大家欢迎的,敛了四十多张照片,都能打扑克牌了。我本来一句开玩笑的话,还给了程盈盈灵感,我们用手里的照片玩上了捉黑叉。本来是四个人的,但是现在三缺一,聂青给班里的孩子补课呢。这群孩子太不让人省心了,领导说期末考试班里要是有不及格的就扣钱,聂青现在睁大了眼抓着学习不好的补课,那叫一个废寝忘食,恨不得把书塞到人家孩子嘴里。

"大佬,红桃K来了,over!"我坐在车里,手里拿着对讲机。也不知道程盈盈从哪里弄来的这玩意儿。她说以前之所以看见的全是变态只能说明太不仔细了,没有认真对待,这次要当成敌我作战来准备。

"知道了,你马上回来。"程盈盈现在真的把自己当成了大佬,我只能当小兵,一溜烟儿地跑回酒吧辅助程盈盈。

"你在干吗?"李想打来电话,他每天不忙的时候一定会给我打个电话。

"陪程盈盈玩扑克牌呢。"我趴在吧台上嗑瓜子,今天要见的是红桃K、方片疙瘩,还有一个小A。红桃K看着不错,就是有点儿面,说几句话就脸红,而且有点儿胖,长得倒是比较可爱的,就是不知道谈得怎么样。

我看见程盈盈装得特淑女去跟人家说话,那小劲儿特难拿,反正我拿不出来。我盯着表,现在还有十五分钟,下一场的方片疙瘩快来了,我得提醒一下程盈盈。

"你好,还需要什么吗?"我端着一个空托盘去提醒程盈盈,这是我们早就约好的。这时,门口的铃铛响了,左晓洁来了。

"你好。"我装作不认识左晓洁走过去。

"咋地了?"左晓洁小声跟我说。

"方片疙瘩马上到,这个是那个红桃K。"我一边倒水一边说。

"够肥的,我估计这个没戏。"左晓洁看了一眼,"明天跟我去相一个,这次是个公司老总,听说家产过亿。"

"不错啊。"我的声音大了起来,"呃,那个,我们的蛋糕当然不错啊。"我赶紧给扯了回去。程盈盈正在收拾东西,她刚刚让红桃K走了,方片疙瘩打电话来说马上到,我赶紧把杯子收好。

聂青居然来了,一进门就说要喝大酒,这几天累死了,还想跟程盈盈打招呼,叫我跟左晓洁给架到厨房去了。太惊险了,那个方片疙瘩看着就很精明,一脸的机灵样。后来也比较狗血,程盈盈要见的小A居然是那个丁谦。丁谦知道李想有个酒吧,但是没来过,这次算是来过了,在认识人的酒吧会前女友加前债主也不知道丁谦是什么感觉,反正程盈盈说自己比吃了屎还恶心。

7

"您好,您拨打的电话已关机。"百无聊赖,我打电话给李想,但是死活打不通,我心里毛毛的,特别不舒服,好像要出事似的。

"还是你们侃吧,我肚子疼,回家了。"

我给左晓洁发了条信息就走了。不知道今天怎么了,心里怪不舒服的,突然好想哭,但是又没有理由哭,真是够奇怪的。

没事别惹前男友

我躺在床上抱着富贵,心里还是那么别扭。

"富贵,你爹怎么不接电话啊?"我举起富贵,它瞪着大眼睛看着我,小爪子一下一下地拍着我的鼻子。门突然开了,刘赫进来了。

"你干吗呢? 蔫头耷脑的?"刘赫坐在我旁边问。

"没事,李想的电话打不通,心里有些发毛。"我坐起来说。

"哦,没事就好。估计没事,早点儿睡觉。"刘赫打了个哈欠准备走,"哦,对了,明天跟我去相亲,要是不合适你得装我女朋友上!"

"不去!"我正想拿拖鞋打他,手机响了,是李想,他终于打来了电话,我心里立马痛快了。

程盈盈说今天她看见最后那个红桃六了,兴奋地说这个红桃六特别棒,看着斯斯文文,而且很有气质,还跟我说比李想都强。也不知道到底长什么样,就是工作不大好,是个法医。

聂青说最近特累,不想找男朋友了,现在找个男朋友比找个好的工作还难。我们顺便故意提起了毛杰,聂青说毛杰准备申请去留学了,说得很轻松,一点儿都不着急。我跟程盈盈说,你看这就是傻帽儿,毛杰出国找个外国妞,我看你拿什么当垫底的。聂青没说话,我知道她心里有点儿动摇,就是不说而已。

李想也回来了,带着一脸的疲惫,我看着都心疼,但是他的精神倒是不错。回家以后,他先是洗了个澡,然后挨个抱猫,又给大家发礼物,一只猫一个颜色的项圈,上面都有牌子,写着我们家的电话,说是怕猫跑丢了,有电话能送回来。

"想我吗?"李想靠着我,这种感觉不错,反正比我一个人睡好多了,一个人有点儿冷。

"不知道,就是觉得一个人睡冷。"今天我终于回到了这个房子,离开的时候才觉得这个地方虽然不算是特别大,但是我已经把它当成自己的家了。

"上次没给你打电话让你担心了。"他的下巴就在我的头顶。

"你怎么知道?"我有点儿惊奇。

"你哥说的。"

"什么?!"我噌的一下就起来了,正好撞在李想的下巴上,他捂着嘴半天没说话。

"哇,你下巴怎么青了?"第二天早上去上班,大家都在问李想的下巴。

"我洗澡摔倒了。"李想看着我说。

"……"我有点儿无奈,但是这事不能说,越描越黑。

接下来的日子很忙碌,到了年关,大家都很忙。刘赫忙着赶通告。程盈盈忙着布置餐馆应付圣诞节。我跟李想白天在公司里忙,晚上在酒吧里画着布置图。左晓洁到处走秀,她说要多捞点儿,这样年关过得比谁都福,讨个好兆头。聂青忙着写全年的总结,还叫我们元旦的时候一起去拜佛,说是赶个大早,好好儿拜拜,说什么也要弄个好男人出来。

"圣诞快乐!"李想在酒吧里点了无数的蜡烛,大家都来酒吧了。程盈盈带着法医,刘赫耍着光棍,聂青穿得很显眼,她想在今天晚上有个艳遇,左晓洁拉着那个老板去了后院,我跟李想坐在角落。大家都沉浸在欢乐的气氛里,突然门开了。

"嗨!"程光亮出乎意料地站在门口。

"哇,你怎么回来了?"程盈盈跑了过去。

"是啊,大家好吗?"程光亮走进来的时候身后带着一个女孩。

"回来了?"李想和我一起看向程光亮,大家有点儿不自然。

"是啊,这次可是调回来了,还是家里舒服。"程光亮接过李想递来的红酒,"哦,对了,这是我的女朋友,宋微微。"程光亮拉过那个女孩向大家介绍。

"你好。"我伸出手去,但是那个女孩根本就没看我。

"微微的眼睛看不见。"程光亮向我笑笑说。

"是啊,车祸失明了。"那女孩笑得很甜美,她长得不错,起码这种长相是能配上程光亮的,但是就是眼睛看不见很可惜。

程光亮的归来让大家又跟以前一样了,不过唯一不同的是多了一个女孩在公司门口等他。那个女孩虽然看不见了,但是一直很乐观,大家都很喜欢她。李想也觉得这个女孩很不简单,很喜欢她,甚至帮她找了一份工作,让她在前台帮叮叮接电话,不然老是这样跑来跑去的,程光亮也不放心。

"微微,你想吃什么吗?我去超市。"我走过前台的时候去会议室跟宋微微打招呼。今天她又来找程光亮,但是他出去了,李想叫我让她去在会议室等。

"苏姐姐,我跟你去吧,想跟你聊聊。"她摸索着站起来。

"苏姐姐,你是亮子哥以前的女朋友是不是?"我跟宋微微来到了楼下的咖啡厅,我知道她一点儿也不想去超市。

"那是以前的事情了。"我突然不敢看她的眼睛。

"苏姐姐,把亮子哥让给我好吗?"她抓着我的手恳切地说。

"你说什么呀,我马上要结婚了。"我躲开了,抱着肩膀看着外面。

"不,不是的,我知道。我感觉得到,亮子哥很爱你,你也很爱他,但是我现在

没事别惹前男友

只有他一个人了,求你了,让给我吧!"宋微微往前面一扑咖啡洒了出来。

"微微,慢点儿。"我帮她擦干净,"你别想那么多了,我们没什么的。"

"不是的,苏姐姐,你听我说。"微微紧紧地拉着我。

"我跟我哥哥相依为命,哥哥和亮子哥是的同事,。亮子哥在上海的时候就住在我家,他对我很好,每天跟哥哥一起照顾我。后来我们出了车祸,哥哥死了,我什么也看不见了,亮子哥说会照顾我一生一世……"

"别说了,我不想听,别说了!"

"苏言! 苏言?!"李想轻轻地把我拍醒了。

"……怎么了?"我坐了起来,脸上全是汗。

"你做噩梦了吧?"李想打开灯。

"呼——没事,快睡觉吧,明天还上班呢。"我看着李想松了口气。白天宋微微跟我说的事让我简直不能接受,程光亮是个好人,谁也没错,我们错过的只是时间,所以注定我们不会在一起。

程盈盈跟那个法医发展飞速,他们现在是相敬如宾,但是怎么看怎么假惺惺的,一点儿都不真实。

"我说,你没什么事吧?"程盈盈最近对我特好,不是买化妆品给我,就是带我吃好吃的,我知道她怕我难受。

"没事,我好得很。再说,我忙着结婚呢,你弟弟有媳妇了,我也没得闹腾了。"我吃着牛排跟她说。

"那就好,我真是怕你难受。"程盈盈松了口气。

后来程盈盈说那个宋微微还是不错的,当时那车祸够吓人的,到现在还没抓到人呢。幸亏她哥哥推了程光亮一把,不然死的就是程光亮,多悬。现在也没办法,不能让人家这么惨,所以程家什么也没说,打算让程光亮这么下去。反正是程光亮自己挑的,再说,那宋微微嘴巴很甜,也很讨人喜欢。

圣诞节后,我和李想开始到处找合适的饭店,周末大部分时间我们都在外面晃悠,这天在街上看见了程光亮和宋微微。

"真巧啊。"宋微微笑着跟我们打招呼。

"是啊,你们逛街呢?"我看着程光亮问。

"太巧了,正好一起吃饭吧。"李想一提议,宋微微马上就答应了。

"你们也逛街?"程光亮在吃饭的时候问我们。

"不是,我们是想找家合适的饭店举行婚礼。"我低着头说,当着程光亮,我

不可能一边说还一边看着他。

"恭喜,苏姐姐。"宋微微拿起了杯子,她给我的感觉是咄咄逼人。不过,算了,我不计较。

"谢谢。"我也举了下杯子。

"谢谢你,苏姐姐。"我去洗手间的时候发现宋微微跟在我后面。

"没什么好谢的啊。"甩了下手,我抽了张纸擦手。

"但是你还是忘不了程光亮吧?"宋微微靠在水池边上。

"你说什么?"

"说话的时候,程光亮的手抖了一下,你的声音颤了两次。"宋微微靠近我,"虽然我看不见没多久,但是从小我的听觉就好。"

"你没必要这么咄咄逼人。"我看着她,"程光亮对你很重要我知道,同样地,李想在我心里不可能没地位,你没必要这样跟我作对。"

"我只是想让你知道,别再跟程光亮有瓜葛,不然,我们就一起死!'宋微微转身摸着门出去了。

"这个宋微微可不简单啊。"左晓洁咬着下嘴唇说。

"我倒是没觉得怎么样,但是她这样闹,让我老有种程光亮还忘不了我的错觉。"我闭着眼躺在沙发上。

"你还是小心点儿,这女人很奇怪的。"左晓洁拍拍我的手。

"再奇怪也和我没关系,我就要结婚了。"我睁开眼睛,"我马上就会是李想的太太,酒吧的老板娘,这样多好。"

左晓洁抱着我晃了半天,她说这样想就对了,不要去想那些乱七八糟的事情,只一心一意地准备做六月的新娘,把自己嫁出去。让聂青他们嫉妒吧,我也嫉妒,嫉妒得肝儿都疼。我一下被逗乐了,顺便我给左晓洁讲了聂青的图书馆姻缘。

晚上,我跟左晓洁去程盈盈的馆子吃饭,正好看见程盈盈跟那个法医在吵架呢,我俩谁也没敢进去,程盈盈在那儿哭,哭得可凶了。

"你们怎么了?"我实在是压不住了,冲了进去。

"没事!"程盈盈擦了眼泪叫我闭嘴,那个法医也讪讪地走了。

程盈盈说她没跟那个法医说自己结过婚,她本来想着等两人接触一段再说,没想到离婚证没藏好被他看见了,他就急了,说自己怎么能找一个离过婚的女人,太不值了,亏死了。当时程盈盈也急了,说你要是找个女朋友以前跟人同居过你才亏呢,再怎么说我都是合法的,后来就是我们看见的这一幕了。程盈盈关

没事别惹前男友

了店之后跟我去了酒吧,结果喝多了。没办法,我跟李想只好把她送到了程光亮那里,主要是怕程盈盈自己在家万一出点儿什么意外那就不好了。在程光亮那里我看见了宋微微,她穿着睡衣在看电视,表情很挑衅。我知道就算我不说话她也能知道是我,这个人的耳朵很尖的。

放下程盈盈,我们就走了,一路上我靠着李想的肩膀,让自己坚定起来。李想以为我突然想撒娇,捏了捏我的鼻子让我靠着,一路上他的脸上都带着笑意,我知道他从心里高兴,这个时候我要是有点儿什么,他一定会很伤心,为了他,也为了我自己,必须结婚。左晓洁说得很对,在这个时候结婚,我只会很幸福,不会不幸福,因为谁都看得出来李想是真的爱我,他在用自己的全部来爱我,而我只能给他一半。

8

周末,聂青约我们一起去郊游。正好大家很久没出去了,都想出去呼吸一下新鲜空气,聂青的建议是一呼百应。

回去的路上,程光亮的车不知道为什么突然熄火了,怎么也打不着,我们只好叫了救援,让他们上我们的车回市区。

"不好意思啊。"上车后,程光亮这样说。

"去,别胡说八道的。"李想笑着说。

"是啊,别跟我们那么客气,没事。"我靠着窗子打算睡觉。

"睡着了一会儿冷!"李想把他的外套递给我。

后来晃晃悠悠地我还真睡着了,半路睁了几回眼,每次我总能从反光镜里看见宋微微的那双没有生气的眼睛,她总是那么直勾勾地"看"着我,让我心里发毛。这个人真的很奇怪,左晓洁说得没错,我得小心才是。

在家吃完饭我跟刘赫有一搭没一搭地侃着,刘赫说那个宋微微要是真的跟你过不去,我头一个跟她没完。真是的,跟一个可怜的女孩较什么劲啊。我跟刘赫说轮不上你,我有李想呢,李想会保护我,再说,我是那么随便让人捏的人么,我是谁啊,你妹妹。

年假的时候,我跟着李想他们一家去了郊区的温泉,李想的妈妈说反正都是一家人了,大家就一起出去玩呗。这一路上老太太一直拉着我说啊说的,李想说他妈妈很少这么高兴,以前没事玩玩牌,现在有了我就不怎么玩牌了。说的我跟灵丹妙药似的,弄得我脸都红了。不过能看得出来,他妈妈真的很喜欢我,什

么都爱给我留着,就连每次打电话的时候都不忘问问我怎么样,还叫李想别欺负我,不许跟我打架。

"亲爱的,我跟你说点儿事情。"吃完饭,李想拉我出去闲逛。

"你干吗还这么神经兮兮的?"我以为李想没事跟我逗着玩呢。

"你觉得我的酒吧好玩吗?"李想靠着护栏问我。

"还成吧,挺轻松的,白天能睡觉,下午跟晚上才干活。"我抓着护栏看向远处。

"我把酒吧给你好不好?"李想突然抓着我,让我看着他。

"什么?"吓了我一跳。

李想说他想让我结婚后把工作辞掉,以后打理酒吧就好,他每天下班后来陪我,或者我白天的时候可以去找他一起吃午饭。我听完就木了,眼泪也流了下来,我也不知道为什么哭,但是心里就是特别不舒服。

"你到现在还怕我跟程光亮有点儿什么是不是?"我猛地推开他。

"我,我没有。"李想抓着我的手说。

"别说了,我想回去了!"我甩开他准备离开。

"我只是不想让你太累了……"李想死死地拉着我,掐得我的胳膊很疼,但是当时我的心比肉疼。

"怎么了你们?"等我冲回到旅社,李想的妈妈正好从里面出来。

"没事,我有点儿困。"我强笑着说完,闪身进了房间。

整整一晚我都没睡着,我真的不明白,都已经决定要结婚了,他为什么还不能全心全意地相信我。我是做了多大的努力才让自己安定下来,才让自己放弃程光亮,但是为什么他就不相信我呢?

"对不起!"

黑暗中我的手机亮了起来,李想一直在发信息给我。

"公司里程光亮已经回来了,有他帮我就行了,我真的是不想让你太累,我想好好儿地保护你。"

"先睡吧。"我握着手机回了过去。

"开开门好不好?"我以为李想另外开了一个房间,后来才发现原来他一直在门外。

"你不冷吗?"我不可思议地看着李想。

"对不起。"李想紧紧地抱着我,说再也不会这样了,他不知道我这么怕他不相信我。瞬间我的眼泪流了出来,憋了许久的委屈流了出来,这里还包括宋微微

没事别惹前男友

对我的咄咄逼人，和我给自己的压力。

回去以后李想没跟我说希望我辞职的事情，但是我觉得有的事情就是注定了的，我还是辞职了。因为我真的发现自己没办法再面对程光亮了，我们的关系发生了变化，大家都不一样了，再也回不去了。事情就是这样，尽管有很多的不舍，但是过去了就是过去了，大家都无法再回去了。唯一庆幸的是我居然还有一个机会回到原点，或者说是一个重新来过的起点，那个时候我才知道，无论怎样，抓住眼前的幸福很重要。这是我这一生中最重要的体会了，不要去管过去发生了什么，只要把现在的抓住了就是成功了，什么都如此，感情的事情更是如此。

第六集　亲爱的，再见

　　深夜，我看着李想的脸，那张脸很安静，还带着淡淡的笑。我知道他很幸福，因为今天的答案终于让他满意了，我也得满意，不满意不成。我未来的丈夫有一个酒吧，还是公司的二老板，而且他很爱我，谁都没有这种幸福……

1

　　毛杰这次是真的要跑了，他已经把手续办得差不多了，现在只等签证了。聂青依旧没心没肺不往心里去，也不知道她是真的还是假的，反正就是不出声，一声不吭。我们也没辙，只能想各种办法来刺激她。

　　"你看，还是洋妞穿着好看。"左晓洁捧着杂志跟我说，她指着图片向我努努嘴。

　　"啊……人家看着高。"

　　"说什么呢？"聂青端着饮料回来了。

　　"说洋妞。"左晓洁头都没抬。

　　"洋妞好啊，大方、开朗还实惠，不给男人带一点儿麻烦，人家会享受生活。"我喝着咖啡，瞟着聂青的脸，那张脸现在还是波澜不惊，平静得很。

　　"干吗呢？"程盈盈抱着大衣蹿回来，那大衣极其熟悉。

　　"咦，订饭啊？算我一个。"李想从外面进来，告诉我们下雪了，大家都趴在窗户上看。

　　"你吃什么啊？"我拨着电话问李想。他正跟大家一起看雪，这群白痴，看什么雪，过一会儿就得喊：我的车！窗户冻上了！

　　"哦，我吃羊排。"李想扭头看着我。

　　"哼！"聂青狠狠地踩了李想一脚。

没事别惹前男友

"哇,这是怎么了?"李想伸手招呼我去扶他。

"咱们是不是过分了点儿?"李想老是去看聂青。

"甭答理她,活该。"我把李想的脑袋扳回来。

"就是,让她自己哭去。"左晓洁手里抓着一把牌,这个阴人,刚才偷看我的牌。

"到手的鸭子都能给放飞了,过几天我们吃鸭子刺激她,这把谁输谁请客。"程盈盈那张脸最带牌相,抓了好牌就笑,没好牌就哭丧着脸,傻透了。

后来我悲惨地输给了所有人,也就是说过几天刺激聂青的鸭子行动由我掏钱,我的钱包啊!真是欲哭无泪。聂青一开始眼巴巴地看着我们吃,到后来死皮赖脸地非要跟着我们蹭,愣是把我们的羊排给分了,而且比谁吃得都多,真没人性。

到了晚上,大家都走了,李想说周末回他家吃饭,他爸爸要给我们介绍一个养女。

"嗯,什么时候收了个养女?"我随口问道。

"说是我爸爸老战友的女儿,原本是一对兄妹,哥哥前阵子死了,只剩下个妹妹。两孩子可怜哟,从小就是我们家接济的。"李想说得轻描淡写。

"……你们家什么时候接济接济我?"我扣上安全带。

"嘿,我们家养了这么大的一个儿子白送给你还不成啊?"李想给了我一巴掌。

"滚,便宜你也没少占。"我靠着窗户看外面的雪景。

左晓洁说一个男人的眼泪就是鳄鱼的眼泪,信了的人是傻缺,这话我一直觉得毁誉参半,但是在程盈盈那里居然成功了,我真佩服她。早知道就叫刘赫跪在她们口哭一宿,反正他那破眼泪跟玩似的,到处流,流给镜头能换钱,流给观众能换怜悯,流给程盈盈能换媳妇。

"你不是吧?这还是程盈盈吗?"我上去就使劲地掐了程盈盈一把,她说丁谦对她哭,然后程盈盈就答应复合了。

"我去,你掐死我了!"程盈盈捂着脸把我踹到了一边。

"就哭两下你就投降了?"我捂着自己的屁股,刚刚撞在凳子角上了,"我告诉你,刘赫也没少哭,不过就是在你看不见的时候哭来着!"

"我知道,但是刘赫……他什么都有了,那个丁谦多可怜……"程盈盈现在是母性爆发,我一度怀疑她更年期了,要么就是怀孕了,怎么脾气变得这么快呢?怀孕不可能,要真是这样就好了,早点儿复婚,孩子爹等着呢。

"得了,你去死吧,少答理我,看你得瑟我烦。"我走的时候跟程盈盈说,"我先给你打预防针,狗改不了吃屎!"

　　我也不知道刘赫到底有没有听说程盈盈跟那个丁谦又勾搭上了，反正我不敢问，但是今天晚上我敢问了，因为我看见刘赫把那件带鹿脑袋的大衣弄回来了。

　　"送你了！"刘赫拉开我的门跟扔垃圾一样把那件大衣甩在我的头上，然后扬长而去。那头倒霉的鹿挂在了我的头发上，跟个冤魂一样，替刘赫找平衡。但是我招谁惹谁了？

　　"那个，嗨?！"我嬉皮笑脸地跟刘赫打招呼的时候，他正在忙着练哑铃，我躲在门后看着，主要是怕他一生气扔在我头上，这可不比大衣，能砸死我。

　　刘赫白了我一眼，什么都没说。

　　"要不咱吃夜宵去？"我趴在刘赫的床上问。

　　"不去，外面有多少长枪短炮端着呢。"刘赫用嘴指指窗户外面。

　　"呃，那我给你买回来？"

　　本来我想把左晓洁争取过来帮帮刘赫，没想到程盈盈下手比我还快，她给左晓洁介绍了一个男人，成功地把她争取了过去。我就服了，程盈盈断自己后路断得够绝的，李想说也许是因为程盈盈想早点儿结束自己的混乱状态。

　　程盈盈的混乱结束没结束，我不知道，但刘赫现在开始混乱了，乱得要命。他现在开始寻找一个对象，是真正意义上的对象，他哪次气程盈盈都这么说，但是哪次都没有这么做，全是瞎白话。不过我没想到的是居然真的有人给刘赫找到了一个小家碧玉，比程盈盈不知道好多少倍，谁看见都会喜欢这个女人。但是问题就是刘赫不会真心实意地喜欢她，大家就这么别别扭扭，可惜了姑娘，可怜了刘赫。

　　上班的时候，我总是避免跟程光亮出现在同一个办公室，大家的眼睛都在盯着我们，这是明摆着的，新欢旧爱在一起，每一个都是刻骨铭心，但是又阴差阳错。

　　"你说，最后会怎么样？"我蹲在厕所的时候听见外面有人进来，听不出来是谁，不过，厕所是办公室女人的八卦集中地。

　　"估计就这么下去了，想想苏言也挺可怜，斗气斗到跟程光亮真的分开了，好不容易程光亮回来了，又多了个宋微微，那边李想又逼婚……"

　　"不过想想，她命多好，我倒是想轰轰烈烈一回呢，没机会。"

　　"你去死吧，还轰轰烈烈，你有人家家里传奇么，人家哥哥是大明星！"随着哒哒哒的小跟鞋，这两人走了。我在里面坐着差点儿起不来，这话说得跟小钢针一样，直捅我肺管子。突然很想哭，我到底是招谁惹谁了，全都跟我过不去。很明显，程光亮在我心中总会占到三分之二，但是李想又是那么无辜，如果能回到

没事别惹前男友

过去，我真的不想将他拉进来……

出了洗手间，我晃晃悠悠地上了天台，靠在栏杆上往下看。有时候压力大了我就到天台上站着，幻想着自己往下跳，然后再想想除了父母，朋友中又有谁会在葬礼上大哭，或者，能有谁会为了我偷偷掉眼泪……

"你想什么呢？"一双手揪住了我的领子。这个时候我才发现，在栏杆上靠得太久，我差点儿翻出去，吓死我了，双手不由自主地抱住了这个人的脖子，深深地把自己埋在他的怀里。

"谢谢……"抬头才发现揪住我的是程光亮，他看着我，眼睛里有太多的东西，从相识、相恋到我们第一次的争吵都像发生在昨天一样。一瞬间两双眼睛充满眼泪，谁都没有说话，紧紧地抱在一起，我以为这会是这辈子的最后一次，因为我们是那么的悲伤。

"你会结婚吗？"我坐在排风口上。

"会，她哥哥为我而死。"程光亮站在我旁边，"你会结婚吗？"

"我也会，我欠他太多。"

说完这段话后，我看着程光亮，他也看着我，大家都笑了，脸上的泪水还没干透，涩涩的，绷着我的脸，很不舒服。

李想打电话问我在哪里，到了下班时间了，他一直没看见我。我告诉他让他先帮我收拾好东西。程光亮看了我一眼，他说自己再待会儿，其实我知道他是怕跟我一起下去被人碰见说闲话。如果李想没有打来电话，我想一直这么待着，越久越好……

"最近你魂不守舍。"刘赫突然趴在我耳边说了这么一句，差点儿吓死我。当时我正在给丢丢剪毛，一哆嗦给它剃了个小平头，导致它后来出门别的狗都不答理它，嫌它难看。

"一边去，你把自己弄好了，比什么都强。"我白了他一眼。

"哎，过几天相亲一起去吧。"刘赫接过剪子继续剪毛。

"又去啊？怎么着，齐大姨出院了？"我打开一听可乐。

"你别咒我啊！盼我点儿好成不成？"

刘赫说这回这个是他的一个忘年交介绍的，这人有六十岁了，不知道为什么就是特别喜欢刘赫，老是乐意帮他。不过我听圈里人说他是同性恋，当年可是小道新闻满天飞，说是老色魔看上了小演员，不知道谁是谁非。闹得我爸直抽抽，他就看不得这个，每天严格检查刘赫有没有什么不正常，恨不得帮刘赫洗澡。其

实娱乐圈嘛,总是以讹传讹,人家老先生什么乱七八糟的都没有,不过是看着刘赫跟自己当初的时候很像,都是从跑龙套开始的,大家有点儿共鸣而已。哪知道叫媒体说得那么邪乎。

这个老先生真是一等一的人品,对刘赫是没话说,我家里有什么事都来帮忙。当年我爸爸差点儿中风,就是他给介绍的大夫,听说早些年是宫里的御医传人,愣是用中药把老头子调理好了,所以我爸爸特不好意思,都想找个地缝钻进去。我看刘赫这会儿是玩真的了,忘年交都出马了,唉……焉知非福啊。

"妹妹,这边!"我到王府的时候,老先生坐在沙发上等着我们呢。他总是叫我妹妹,我听着怪别扭的,刘赫都不这么叫我。

"刘赫停车去了。"我从包里掏出一罐上好的普洱,"这是我上次出去玩的时候带的,不是什么好东西,送给大哥,我知道你喜欢普洱。"因为是我哥的忘年交,他非让我跟着刘赫一起叫大哥。其实我想叫他爷爷,不过都忘年交了,是该叫大哥的,再说,这么多年都叫习惯了。

"嗬,我就知道我妹妹最好。这回给你哥找个好的,特温柔!绝对是好人家,搁早些年就是大地主家的小姐呢,那气质绝了,跟画上画的似的。"他高高兴兴地拍着腿和我说。

"是啊,那不错。不过,大哥呀,你不是不知道程盈盈……那个,咱都是为了我哥好,是吧?……那姑娘不介意吧?"其实我是想说干脆你找个理由就说姑娘没来完了,但是实在是不知道怎么说,再说,我也开不了口啊,传到刘赫耳朵里他不得跟我玩命。

后来我在大哥的介绍下看见了那个女孩,女孩名叫赵莹莹,名字和程盈盈配得够绝的。那女孩真是惊为天人,完美得我无话可说,文文静静的很懂事,而且亲和力无人能敌。左晓洁就够自来熟的了,但是有的时候给人的感觉特别假,而这个姑娘给人的感觉真得很,就像一块大玻璃透透亮亮的,照着你又不晃眼睛,就是感觉很舒服。

"怎么样?"回去的路上,刘赫问我。

"我无话可说,完美无缺。"我看着前面,"但是……哥,你知道完美无缺有多可怕吗?"

"什么?"刘赫停下车。

"呼……"我长叹了口气,"那天我跟程光亮在天台哭了很久,哭他,也哭我自己,更是在哭完美无缺。"

没事别惹前男友

我很平静地跟刘赫说,其实我现在后悔了,但是大家都回不去了,程光亮身边有宋微微需要照顾,而李想的完美无缺让我不能愧对他。有的时候,太完美了让人害怕,很压抑,压抑得让人无法接受,真的无法接受,完美无缺比刀枪剑戟还会伤人,让人遍体鳞伤还不能埋怨任何人。说着说着我又哭了,刘赫也受了感染,我们哭成了一团。

刘赫说他明白我的痛苦,但他和我不一样,他们分开才能让程盈盈过上正常的生活。这么多年来,程盈盈一直生活在我哥的光环下,结婚后她就开始走下坡路,但是她忍了,什么都没说,偶尔发发脾气是因为自己实在是憋屈。她不是那种特别能压得住火的人,但是她都忍了,忍得很辛苦。离婚以后,程盈盈豁然开朗,她开始发现自己也能活得很开心。刘赫说自己不想看着程盈盈一辈子不开心下去,所以他远远地看着就好……

2

周末,我接到了刘大志的电话,小红杏给他添了个儿子,他请我们去喝满月酒。

"去不了啊,我忙着呢。"我去找程盈盈的时候她正平账呢。

"你们都不去,我还去个什么劲啊?"我坐在程盈盈的对面嗑瓜子,"再说了,那小红杏还是你家的保姆呢。"

"去去,我忙着赚钱呢。"程盈盈跟轰苍蝇一样挥着她的手,"哦,对了! 拿着!"程盈盈甩给我一沓钞票,"这是我的礼钱。"

"我靠,你们不是吧?"我给左晓洁打电话,左晓洁说她在外地呢。这群人,合着到最后就我一个人去。聂青,我是一定不叫的,最近我说了,让她自己在家里反省反省,谁叫她没事净给自己作死玩。挂了电话我站在路边等着李想,他说要来接我。

今天的车不是很多,平时这个时段能堵死你。上个月,我路过的时候赶上堵车,倒霉的是出门前喝了不少水,憋死我了,只能胡思乱想转移注意力。后来广播里说西单发生火灾,我的心都快滴水了,我以为是大悦城着火了,我还没给那个厕所拍过照呢,我还没在门上写上这是我人生的第一个相亲地点呢,一下子尿意就没了。在下个路口,我直奔西单,到了西单以后我才知道是西单商场的一个地方着火了,这给我吓的,几乎是爬到商场厕所的。不过这次没有走错,程光亮教过我,以后看见右手边的就是女厕所,男左女右,绝对没错,万一错了我也不怪你看别的男人的屁股。

"哈哈！"我突然笑出声,吓得旁边的男的直看我,就跟我要咬他似的。白了他一眼以后,我在马路对面看见了程光亮,宋微微也在,她挽着他。我能感觉得到程光亮也看见了我,但是宋微微看不见,他没有点头,没有微笑,没有做任何能作为打招呼的动作。我明白这类小小的动作足以让宋微微察觉,他不想让任何人难为我。

"等很久了?"李想把车停在我面前的时候我吓了一跳。

"啊……没有,走吧。"我不留痕迹地开门上车,余光能看见程光亮带着宋微微朝着另一方向离开了。

刘大志在满月酒的酒桌上乐得跟孙子一样,他的儿子很可爱,特别胖,跟他那没脖子的德行一模一样。李想抱着的时候尿了他一身,没办法他去车里换衣服了。

"妹妹,吃好没有?"刘大志一步三晃悠地走过来。

"还成吧,刘大志,你也当爹了,别老是一脸流氓样,留神教出来一个小流氓。"我看着刘大志给他倒了杯茶,小红杏正忙着给大家展示他们家的儿子呢。

那天刘大志跟我说,他现在真的满足了,以前谁拿正眼看过他呀,一直没人把他当好东西。但是小红杏不一样,小红杏从一开始就把刘大志当英雄。到那天我才知道为什么这两人能迅速地发展。

当时我们派了小红杏去看着刘大志,完全没考虑到刘大志他们下课的时候已经不早了,天都黑了,小红杏长得又甜,在大马路上被两流氓截住了,就在求饶的时候刘大志蹿了出来,打跑了流氓,救了小红杏。要是平时我敢说这是刘大志安排好的,但是这回还真的不是。刘大志当了回英雄就换回了一个老婆,这是什么世道。

"妹妹,我真的特替你们可惜,真的,亮子跟你怎么会闹成这样!"刘大志咚咚地砸桌子,吓得我赶紧按住他的手。

"刘大志,你别胡说啊,我马上结婚了,少给我胡说八道。"我惊慌地看着周围,好在大家都在参观刘大志的儿子,没人注意到我们,"行了!我走了,刘大志,你好好儿活着吧!"

我趁着李想还没回来赶快出了门,上车的时候李想还没换完衣服,我说里面太乱了,咱回家吧。

我跟李想说好了今天晚上去他家吃饭,他父母收的养女今天正式搬进他们家。老两口说李想搬走以后也怪没意思的,干脆让这个女儿搬到家里住,眼睛不

没事别惹前男友

好也可以互相照顾。

到了李想家，我简直要吐血了。程光亮站在李想的家里，而宋微微就是那个养女。

"咦，你们认识？"李想的妈妈拉着我坐下，问我们。

"啊！是啊，微微的男朋友是我们的同事。"李想暗自捏我的手，我笑笑，附和着，这样是最不尴尬的回答。

"我常听亮子说哥哥呢。"宋微微放下手里的杯子，她是个讨人喜欢的女孩。

"是吗？那太好了，我还怕你不习惯呢，原来大家都认识。"李想的妈妈开心地看着我，我的脸上一直挂着笑，心里却不知道在笑什么。现在我终于明白，我哥说的一个好演员形体的表现和内心的表现是两回事，你可以在脸上笑得比蜜还甜，但是在心里却哭得稀里哗啦。

饭桌上，大家有说有笑，但是我知道至少有四个人心里或多或少都会不舒服，但是有老人在，不能显露出来。

"姐，我帮你刷碗？"宋微微摸索着来到厨房的时候，我正在洗碗。

"不用了，我洗就好了，你们去聊天吧。"我想一个人安静地待会儿。

"呵呵，还是苏言姐姐好，我真羡慕哥哥，你们快结婚了吧？"宋微微无神的眼睛让我觉得特别惶恐，别人的心理活动可以通过眼睛里看出来，而她的根本看不到，我猜不透她到底在想什么，到底想说什么。

"是呀，要不是选好日子了，我真想让苏言现在就结婚。"李想的妈妈拉着宋微微，高兴得很。

"真的呀，妈妈，我也要结婚了，就是日子没选好呢，不然我们和苏言姐姐一起办吧？"宋微微的笑让我浑身发冷。

"啊呀！"我迷迷糊糊地碰到了水壶，当时手上就起了个大水泡。

"没事吧？"李想跟程光亮同时冲了过来，结果都卡在了门口，最后是程光亮退了一步。李想抓着我的手赶快放到冷水下面冲，我突然找到了哭的理由，然后放声大哭。模模糊糊地，我看见宋微微咬着嘴唇，程光亮扶着她出去了，一眼都没有看我。李想妈妈去楼上找药了，我靠着李想的背眼泪一直流，其实手早就没感觉了……

晚上，手特别疼，好几次我都疼得满头大汗，但是又不敢动，要是吵醒了李想他一定又会一整夜地看着我。最近大家都特别忙，他一直是倒头就睡，有的时候甚至都来不及把台灯关上。

这一晚估计是我最难耐的一次了,烫个泡原来这么疼,刘赫说这是因为烫的不是泡,是心,不然咋会这么疼。后来宋微微特意打来电话问我怎么样,李想的妈妈当时就在旁边,两人用免提跟我说话,大家在电话里聊得很开心。佢是我觉得自己跟这个在聊天的苏言是分裂的,真实的我远远地站在旁边看着,一点儿也不想掺和进来。

李想说宋微微跟程光亮可能真的有意思跟我们一起办婚礼,问我怎么看。我知道这是心病,他早就看出来了,就是一直没来问我,想知道答案又害怕得到不好的答案。我也是,想真心回答,又不想让他伤心。

最后我跟李想说听他爸爸妈妈的吧,宋微微刚刚失去了亲人,要是一起办能让她开心点儿,那我们就一起办,要是觉得不太合适就分开办,毕竟宋微微还在丧期中,一切看她好了。李想点点头,捏捏我的脸去做饭了。我知道这不是他最想要的答案,但是念在还算合理,他也说不出来什么。我本来以为这件事就不了了之了,但是没想到宋微微真是咄咄逼人。

"你疯啦?"聂青摸着我的头说。

"我没疯,但是你能让我怎么回答?"我看着聂青。

"就是,这话没办法说,怎么说? 亲爱的,我不想大家一起结婚,看着程光亮结婚我心里难受?"左晓洁吐着葡萄皮走了过来。

"唉,其实只要你能忍,没有什么了不起的,这件事是双刃剑,刺的是程光亮,还有你,当然那个宋微微也好受不到哪里去。"程盈盈这几天终于弄完了她的账,这次她学聪明了,账面的事不让丁谦插手了,全部自己来干。她说虽然自己干得慢,但是保险,省得丢钱。

"我不知道忍不忍得了,啊……"我往后面仰去,看着自己的手,上面结疤了,不用再裹着。但是李想说不能沾水,感染就麻烦了,会很疼的,所以现在他把我当成保护对象,除了喝的水,什么都没沾过。不过还有一种水他没法阻止,那就是泪水,不过他们说泪水是消炎的,所以没感染。

"不说这些了,你们都怎么样了?"

"我好得很。"左晓洁看着我,程盈盈把一个多年的发小介绍给了左晓洁。不过这个男的是离异,离异归离异,人家可是连女人的手都没拉过,我一下子就来了兴趣。

程盈盈的这个朋友是她原来的街坊,小时候经常一起玩,孩子老实着呢,就找了一个女朋友,哦,不,前妻。

没事别惹前男友

　　那个姑娘是他的大学同学,长得也漂亮,程盈盈的发小也不难看,整个一个电视里演的郎才女貌。人家发小也是高才生,后来公派出国了,出国前跟姑娘说咱俩结婚吧,姑娘欣然同意。在那个时候出国是多牛逼的事,不同意那是傻子!

　　不过好景不常,他在国外这几年,一开始两人跟初恋似的卿卿我我,见天的邮件联系,有时候还打越洋长途。后来就从大宝天天见,变成了月月舒,再后来就基本没联系了。一年前,他收到了一封邮件,上面就三个字,离婚吧。顿时这傻小子哭得跟泪人似的,不是哭别的,主要是他冤啊。当初结婚的时候两人就领了个证,姑娘说,我们家事多,不办事跟没结婚一样,等办了事,我不还是你的,什么都是你的。姑娘还特意在他的敏感位置摸了两下,然后他带着愿望就出国了。这倒霉孩子,这不是缺心眼吗?

　　"哈哈,哈哈,好玩。"我笑得眼泪都出来了。

　　"去,滚蛋,少拿我发小开玩笑,你这个女流氓。"程盈盈当场就郁闷了。她本来以为我得伤心悲痛好几天,结果我什么事没有,还有心思乐。

　　"这样也好,人家多纯洁。"左晓洁耸耸肩膀,"这后半辈子我是别想纯洁了,所以找个纯洁的呗,这样还能找点儿平衡。"

　　"唉……"聂青长长地叹了口气。

　　"你怎么着了?"我斜着眼看聂青。

　　"能怎么着?继续相亲,老娘人选有的是,大不了以后开婚姻介绍所,要你管!"聂青现在要么不开口,一开口就能噎死你。她们说这是更年期的前兆,我看也是,她马上就更到大龄老处女那期了,自己作吧,早晚有后悔的那天。

　　晚上大家吃完饭就各自散了,回家找自己的男人去,聂青则是回家找自己的对象去,听说家里收集的男人照片也够一副扑克牌了。

　　"手不疼了?"现在李想每天的任务就是看我手。

　　"没事啦,都结疤了,掉了就好了,不过这下你亏了,手上一个大疤瘌,到时候你再拉我就该拉手了。"我逗李想。他最近好像有什么心事,其实明眼人都能看出来,不过是心病。

　　"你就逗吧。"李想抱着小球,"过来,你得赔我损失。"

　　"成啊,拿它抵给你当小妾,以后你别找我,抱着你小妾去。"我靠在沙发上笑,这时门铃响了。

　　"我早就想来看看了,就是怕苏姐姐的手还没好,影响你休息。"宋微微来了,还带着程光亮,也是,她看不见,当然得程光亮送她来。她现在口口声声地说是

替李想的父母来看看，我也说不出来什么。

"没事，这不都好了？"我伸出手给她看，猛然想起她看不见，又尴尬地收回手。

"那就好，那就好。"宋微微瞪着空洞的眼睛，"都是我不好，老是乱说，没事说什么跟姐姐一起办婚礼啊，我这么一个不吉利的人……"

"别这么说……"宋微微的话让我始料未及，我没想到她会这么说，慌了手脚。

"是啊，我们还怕你……"李想有点儿不知道说什么。

"你想得太多了，要是你想一起办，我们就一起办。"我深吸了口气看着宋微微，我知道她一直在等着这句话，她就是想把我逼到无路可走。也好，是时候逼自己认了，这样……程光亮不会那么痛苦吧。我看着程光亮，他的眼睛里满是震惊。

"你真的想一起办？"送走了宋微微，李想抱着我问。

"嗯，一起办了吧，双喜临门，大家都好。"我靠着他让自己紧绷的神经放松。

李想去洗澡的时候，我接到了一个电话。

"谢谢。"里面的声音我再熟悉不过，是宋微微。

"客气。这不是你希望发生的么，就当送你个礼物。"我平静地看着窗外。

"哈哈哈！"宋微微笑着挂了电话。我挂上电话，头顶着窗户，有点儿头疼。这不到一个小时的时间，我过得无比艰难，好像是地狱一样的生活，说错了一句话就会让所有的人全线崩溃，让大家心里都不舒服。

深夜，我看着李想的脸，那张脸很安静，还带着淡淡的笑。我知道他很幸福，因为今天的答案终于让他满意了，我也得满意，不满意不成。我未来的丈夫有一个酒吧，还是公司的二老板，而且他很爱我，谁都没有这种幸福……

"今天起这么早？"李想亲亲我的脸，平时都是他叫我。

"嗯，我有事想跟你说。"我让李想坐到我的对面。

"什么事？"李想的眼睛里闪过一丝不安。

"你紧张什么，傻样。"我杵他的脑门，"我是想说，我们六月结婚，那么让我干到五月底，五月底我会把辞职信交到你手里……"

"你……说真的？"李想站了起来。

"到时候你的酒吧就是我的了，你可别后悔。"我喝着咖啡说。

"太好了！"李想突然蹿过来抱起我。

"咖啡洒了呀！我的新裙子！"

李想的喜气洋洋感染了每一个人，大家都不自觉地微笑，我知道大家都是在

没事别惹前男友

真心地微笑,虽然笑里夹杂着我跟程光亮的假笑,但是用我们的假笑换大多数人的平静和安宁也不是不好。此刻我深深地明白程光亮在想什么,我知道他也明白我在想什么,从一个眼神就能看出来,这种默契是任何人都没有的,也是我现在跟程光亮唯一的联系,如果这个联系也断了,那么我就一无所有了。

"各位,等下,我有事情说。"我放下手里的文件,定了定神,"是这样的,我想大家都知道六月份我会结婚,所以到五月底为止也是我待在这里工作的最后时间。在以往的日子里,我感谢大家对我的帮助,感激我们的友谊,感动我们的团结,真的谢谢大家!"

面对所有的人,我深深地鞠躬,这里面有太多的感情,从进入这个公司,一步步地发展,到后面跟程光亮带着我们的爱情往前面走,我经历了太多,也感受了太多。眼泪无声无息地流了下来,我不知道为什么而哭,但是这里面包含了太多,实在是不能控制。后来大家都来跟我拥抱,程光亮也跟我握了手,拥抱是我们现在无论如何也不能做的。双手一握,我的心都碎了,一握就让我必须跟眼前的人彻底分别。

"对不起,我不想弄得这么悲伤的……"我几乎已经说不出话来,李想站在我旁边拍拍我的肩膀,我看着他,眼泪却止不住。

"我……我不知道是不是我让你这么难受。"李想一直抱着我。

"没有,你对我很好,你把什么都给了我,但是分别是一定会让人难过的,是我不好,让大家伤心,让你难做。"我的手放在李想的肩膀上,心里一直在默念这样的决定很好,真的很好,大家不再尴尬,我不用每天压抑着自己的感情对着程光亮冷若冰霜。

李想用最快的速度把酒吧的所有产权过户给了我,然后又安排好了一切,基本上我以后每天去酒吧待着就好了,什么都不用干。我笑他把我当寄生虫,什么都是他弄好的,我坐着等就成了。

叮叮一直拉着我说来说去的,我知道她是怕我走了难过。我跟大家说,千万别为我难过,我不难过,一点儿也不难过。下班后,你们可以来酒吧玩,到时候我给你们打折。李想欺负你们就跟我说,我不收你们钱,让李想自负盈亏。说得大家都在笑,程光亮也在其中,但是他的眼睛没有笑,里面满是苦楚,我知道我也是,虽然我笑得好开心……

4

"最近你都不怎么笑了。"赵莹莹今天来我家吃饭,正好是我跟李想每周回家的时间。

"没有啊,太忙了吧,最近又辞职什么的。"我抱着猫跟赵莹莹一起看电视。她最近跟我哥很稳定,相敬如宾,就是没有一点儿热乎劲儿,我知道是什么原因,现在刘赫也感到了完美无缺的可怕。

"我去买点儿饮料,你喝什么?"刘赫踢了我一脚。

"算了,我跟你去吧,回头你再叫人给围观了。"我知道刘赫想让我跟他一起出去聊聊。现在有很多话,我们不能在家里说。

"知道怕了?"我问刘赫。

"不知道,就是一阵阵的心慌,我不知道想干吗。"刘赫低着头,我不知道他是怕冷还是不想让人认出来。

"唉……咱俩同命。"我突然特别想挽着刘赫,就在后面拉着他。

小时候我总是拉着刘赫,他在前面走,我在后面走,因为前面风大,后面没什么风,刘赫会为我遮风挡雨。后来有了程光亮,他会帮我开车,让我没有风雨。再后来有了李想,他干脆帮我把所有的事情做好,让我看不见风雨。有时候想,我到底有什么,怎么生活总是这么幸福,幸福到跟假的一样,幸福到这么痛苦,甚至不能说出自己的想法。刘赫突然停下脚步,因为我靠在他的背上哭了。

"快到家了,擦干眼泪。"刘赫没有回头,只是递给我一张纸巾,"我们不能太自私,想哭的时候就来找我吧。"

"你真的辞职啊?"周末,左晓洁约我一起去做美容。

"用辞职信换一个大酒吧,这种好买卖你能不干吗?"我扭头看着她,大家现在都不能动,被装在一个大圆筒里面,只有头露在外面。听说是最新的换肤机器,给全身做保养,女人注意的不能只是脸,还有全身。

"倒不是不好,只要你想好了……"左晓洁战战兢兢地看了我一眼。

"别给我废话了,没什么想好不想好的,不结婚我还就一直这么下去啊?"我闭上眼睛,现在不能看左晓洁,一看她一定更来劲了,到时候会让我哭个没完没了。最近我都成林黛玉了,总是在厕所里给刘赫打电话,然后大家一起哭,哭得刘赫天天被导演骂耍大牌,连负面新闻都出来了,看来以后也不能找他了。

最近听说聂青眉飞色舞的,原来毛杰的出国签证出了点儿小问题,也就是

没事别惹前男友

说，短期内毛杰是不可能走了，当天把聂青乐得一宿没睡着觉。我们说聂青心里一定还有毛杰，一个人成天在眼前晃悠，看不见那是瞎子。但是聂青不承认，她觉得没睡着是因为最近自己太忙了，累过劲儿了，所以睡不着。

"丁谦，一会儿菜市场来送货，帮我盯着点儿。"程盈盈举着电话就来了，我跟左晓洁出来以后喊上了程盈盈一起吃饭。

"这回不错啊，白换了个小工。"我支着筷子跟程盈盈说。都快饿瘪了程盈盈才来，我已经把上的凉菜全吃了。左晓洁倒是不饿，她最近在吃减肥药，也不知道拿什么做的，跟仙丹似的，吃一颗一天都不用吃饭，瘦得可快了。但是我估计反弹也很快，一开始是不觉得，但是慢慢就能恢复以前的食量了，没准儿还更大。

"那是，这叫浪子回头金不换，不过我还得防着，不能让他手里有实权，尤其是财权。"程盈盈喝了一大口茶。

"这就对了，不能什么都交出去，钱得是自己的，你看我，从来都是我刮男人钱，男人休想从我这里拿走一个子儿。"

"对了，刘赫找了个新女朋友是不是？"酒足饭饱后，程盈盈的一句话差点儿把我给呛死。

"咳咳咳！"我脸上烫烫的，估计脸一定很红，憋的。

"你激动什么啊，我又不吃了你。"程盈盈给我拍着后背。

"哎哟，哎哟，呛死我了。"我胡噜着胸口，"你不知道我怕你咬我啊。"

后来跟程盈盈打了半天的岔，只是模模糊糊地告诉程盈盈，刘赫是有一个还算凑合的。程盈盈马上就蔫了，跟我说让刘赫一定好自为之，该抓的抓，不该抓的就赶紧换人。我语重心长地跟她说，你们别瞎作，真的，回头作到我这种地步了怎么办，再难我能自己忍，我会认命，但是心里的苦谁知道，谁他妈的都不知道。后来程盈盈看我急了，什么也没说，估计回家反省去了。我也不明白，今天没喝多啊，怎么净到处跟人嚷嚷。

李想多了个习惯，回家就会过来抱抱我，主要是怕我心里有什么事情不跟他说。心情不好的时候，我一定会抽烟，他说抽烟不好，最好戒了，我只能偷偷地抽，在他回家之前开窗通风。

"你抽烟了？"

"没有，天地良心我没有，今天跟程盈盈她们打牌来着，是她们抽的。"我赶紧解释。李想手里正拿着我的衣服，我忘记洗了，都是该死的程盈盈。

"我真不希望你因为我们在一起而难过，如果你觉得跟我结婚不好的话，一定

要跟我说。"李想的眼睛里全是哀伤，伤到我的心都跟着一起疼。

"不是的，我从来没这么想过，真的。我早就不抽了，不信你可以给程盈盈打电话，我有人证的。"我蹲下来双手放在李想的膝盖上，头靠在他的腿上。

"对不起，最近我总是多想。"李想的手摸着我的头发。

"是我对不起，你给了我最大的安稳，我却不能让你安心。"我抬起头，"我是认真的，决定嫁给你不是一时冲动，不是逃避什么，更不是向什么人示威，只是因为你是最能让我安心的人，但是我不知道怎样能让你相信我……"

"对不起……我再也不会了……"李想弯下来抱着我。一滴泪滴在了我的脖子里，特别烫，像烙铁烙在那里一样。

夜里，李想睡得很不安稳，他总是在做噩梦，一次次把我弄醒，后来他起身去了沙发上睡。我鼻子抽了抽，又哭了，但不敢让他听见，不然他会难受很久。为什么我做了这么艰难的决定还是不能换来他对我的信任，哪怕是让我在想哭的时候哭会儿……

后来，我又偶遇了程光亮跟宋微微，他们在一起吃饭，我看见程光亮给宋微微夹菜，还很细心地帮她剔除鱼刺。

晚上，我跟聂青一起吃饭，李想到的时候我们已经坐了好一会儿了。

"你们怎么没先吃？"李想坐下后就把手机放在桌子上。

"不是等你么。"我懒洋洋地靠在沙发上，脑袋昏昏沉沉的，好像感冒了，有点儿没精打采。

李想拿起菜单，桌上的手机响了起来，打来电话的是宋微微。

"喂？哥哥啊，周末回家吃饭吧。"宋微微的声音很热情，但在我听来简直冷若冰霜。

"是我，他在点菜。"我看见这个名字就接起了电话，几乎是从李想的手里把手机抢过来的。

"哦，苏姐姐啊，那正好，我不用费心再给你打电话了。"宋微微的声音就跟小锤子一样，让我觉得心里一阵一阵揪得慌。

"知道了，我们周末会回去，帮我问伯母好。"我准备趁着宋微微没有说出其他乱七八糟的话时挂电话。

"你以为我在家里说什么？这怎么可能，要坏也是未来的儿媳妇坏，不可能是一个养女坏。因为一个瞎子做不了什么，你明白吗？"宋微微的声音让我啪的一声合上了电话，我真的怕了，真的不想再听见她说话了。

没事别惹前男友

后来我们没吃成饭，因为挂了电话后我一直在抖，抖个不停。聂青说我的脸全白了，李想慌忙把我送到医院。大夫也检查不出来什么，看到我的验血报告只是说我有点儿感冒，发抖也是感冒的一种症状，开了一堆药就让我回家了。

"你要是难受别自己憋着。"李想帮我放好了洗澡水。

"我没事，洗澡去了。"这时，宋微微又打来了电话，我猛地接起来。

"我求求你了，你放了我吧！"我几乎是含着眼泪摔了电话，然后抱着李想哭。

"怎么了？"李想紧紧地抱着我。

"我真的害怕了，我害怕这个宋微微，她跟魔鬼一样……"我紧紧地抱着李想，"她死活不放过我，她总是对我说那些乱七八糟的话，我真的什么都不想了，我就要跟你结婚了……放过我吧……"

半分钟后，李想的手机响了起来，这次打电话的是程光亮。

"好，我知道了……呃，等等，我不希望宋微微再打电话来骚扰我们。"李想说完就挂了电话。

"怎么了？"我看着李想，他的手臂依旧环绕着我。

"程光亮说，刚才是他按错了宋微微的电话，不知道为什么打到你这里来了，他听见你在哭问我怎么回事。"李想亲吻着我的额头。

"对不起……"我不知道说什么好了，只能说对不起。

"她不会再打了，程光亮跟我保证了，以后都不会再打了。"李想的头深深地埋进我的脖颈，让我心安，"以后我们不再跟他们单独见面。"

"是不会再见了，我以后不会再见他们，除非你在我身边。"我颤抖地说。

李想的身体一紧，然后长长地出了一口气。

"我现在只有你，请你保护我，不要让我再看见他们。"

宋微微真的没有再打过电话，但是我看见程光亮的脖子上多了几道血痕，这是我偷偷看见的。他在上班的时候总是拉衣领，不过如果他趴在桌子上睡着了，衣领会垮下来的。

我跟李想坐在聂青订的包间里如坐针毡，他给聂青介绍了一个做编程的，这人唯一的缺点就是不爱打扮，看着脏兮兮的。

"我说，不会特别离谱吧？"我跟李想咬耳朵。

"我嘱咐他打扮得干净点儿。"李想一个劲地看着门口。

"你俩干吗呢？"聂青敲了敲盘子。

"没事……"我看了李想一眼，我们现在就是做贼心虚，但愿那个大哥能把

自己收拾得好点儿，以后我再也不管这些乱七八糟的事情了，太可怕了。谁知道这人到底长成什么样子，虽然照片被我们改得完美无缺，看着跟大明星似的。刘赫还以为有人又挖出来一个小模特来抢饭碗，老跟我们说，新人是不可能跟他一样上来就拍广告的，再说，我们都是什么关系，那是亲上加亲，不能肥水流了外人田，这都什么世道。

"你好。"外面进来的人大声地打着招呼，我都不敢去看。

"啊，你好。"听着聂青的声音好像不是很糟糕，我睁开一只眼，这个人虽然长得一般，但是打扮干净了以后有点儿书生气，还算靠谱。

"喂！喂！"我揪着李想的衣角，他正假装着发短信，"这个能过关！"

在饭桌上，大家聊得还算愉快，我跟李想松了口气，以后说什么也不敢干这种改照片的事了，真是很惊险。不过我想知道，每次齐大姨拿着改得模糊得不能再模糊的照片去诓骗其他受害者的时候，心里是不是也忐忑不安。不过我看她不会，人家大风大浪都过来了，再说，年纪摆着呢，大不了往地上出溜。

"那我们回去了啊，帮我送下聂青。"李想跟我用借口糊弄走了这两人，准备回家。

"苍天，以后再也不干这种事了，真是心惊肉跳。"我靠在靠背上有气无力地说。

"还好，没有那么严重。我妈说周末大家一起出去郊游，顺便把我们的婚礼再商量一下。"李想看了我一眼继续开车。

"哦，好。"我装作很平静，其实我也能很平静，因为毕竟眼前没有熟人。

李想突然把车停在了路边，很正式地问："你到底有没有做好准备结婚？如果没准备好，我可以等，我不希望你为难。"

我看着李想的眼睛再次跟他说："这一切是我早就决定好的，如果有变化，只能是你不要我了，我不会后悔。"

李想长长地舒了一口气，我知道，这是最后的决定了，为了我，也为了他。而且，我不可能去破坏宋微微的感情生活，她再怎么样让我害怕也终归是个可怜人，哥哥没有了，现在能抓住的只有程光亮，而我起码还有另外的选择。

"嘿，你下岗啦？"推开家门，我看见刘赫在沙发上睡觉。

"滚，你个乌鸦嘴！女主角摔伤了，停工等她伤好，现在属于空期，我没那么赶。"刘赫把脚收起来让出半张沙发。

"哦，大丢。"我揉着狗的腮帮子。

刘赫歪在沙发上看电视，我们谁都没说什么，但是脑子里全在想别的事情。

没事别惹前男友

我一直麻木地揉着狗的腮帮子,刘赫盲目地调着电视频道,一直到我妈回来。

"你俩看什么呢?"我妈问起来,我俩才发现不知道什么时候开始,我跟刘赫两眼发直地看着电视里播的母牛配种,似乎还看得津津有味,弄得我们特别难堪。

"我遛狗去了。"我找出绳子给狗系上。

"等会儿我,一起去。"刘赫戴上帽子跟了上来。

拉着狗,我跟刘赫在楼下的小公园里一圈圈地转,也不知道想什么呢,后来手里的绳子松了,大丢不知道什么时候跑了。

"丢丢!"我拉着刘赫把小区跑遍了,眼泪都快流干了,这可是程光亮送给我的狗,也是我们现在唯一能联系在一起的事了。如果我辞职了,有可能我永远也看不见程光亮,或者我能在李想的家里看见程光亮,但是我们不能有任何的交流。想到这里我就浑身发抖,刘赫扶着我,一起在小区里寻找。他连帽子掉了都不管,很多人围观,小区保安也出来了,帮我们把人群驱散,还跟着我们一起找。

"大丢!连你也不要我了……"我一口气跑到了天黑,实在是跑不动了,一屁股坐在地上。

"别这样,起来,地上冷。"刘赫一直想拉我起来。

"你滚!你知道个屁,怎么你跟着我下来也不知道看着它点儿!"我把一腔的怒气发泄到了刘赫身上,"你知道不知道我必须忘了一切,除了这条狗能让我留点儿念想我什么都没了,你知道什么呀!"

"对不起,我发誓给你找到狗!"刘赫蹲在我面前。

"汪!"远处传来一阵阵的狗叫,我抬眼看去,大丢正从一个人的身边跑开,往我这边来。

"你个死狗!"我扑过去使劲地拍着它的大脑袋,"死狗!早晚撞死你!"一开始丢丢吓坏了,后来又开始没脸没皮地舔我的脸。那个人也离开了,天太黑了,我跟刘赫谁也没看清楚他的脸,但是我想我知道是谁,能让丢丢心甘情愿地跟着走的人,除了我们家里人,只能有一个人,那个我再也不能提的人。

"你的眼睛怎么肿了?"到家的时候,李想已经在我爸妈家了。

"没事,都是这个死狗!"我轻轻地踢了丢丢一脚。

"是啊,差点儿丢了,你看看,我让她咬的,还找什么狗啊,她就是条狗。"刘赫脱了鞋给李想看他手上的牙印,其实我都不记得什么时候咬了他。刘赫说我坐在地上又哭又喊,还连抓带咬,不过我没印象。

晚上,李想问我要不要把狗带过来住。我说算了,它在我爸妈那边住得挺好

的,习惯了,再说家里有猫,会打架的。我不想再给李想任何不安了,他现在对我十分紧张,有的时候我沉默太久了,他就开始不安,一次次跟我说如果没想好,我们可以把婚期推迟。说得我很心疼,不知道什么时候李想已经变得这么脆弱,他甚至怕我离开他太久。

"你不难受吧?"程盈盈的饭馆最近开始弄补品,她喊我去吃燕窝,有这个便宜当然去,算起来她算是奸商了,给顾客上的燕窝都是批发来的碎脚料。她说反正燕窝也得剪碎了才煮的,一样,碎的还好熟呢。我估计现在吃的就是仅有的几个整的。

"难受什么?"我看着程盈盈问。

"你都瘦了。"程盈盈捏了我一把。

"那是,不减肥成么,到时候衣服穿不进去。再说,婚礼上有左晓洁那个妖精在,我不得不下本,风头全叫她给抢了。"我低头看碗,用勺扒拉着。

"那就好,有的事吧,是真不能想,想了没用。"程盈盈拍拍我的脸走了。

"他妈的,气死我了!"左晓洁气哼哼地跑了来,还带着一个大包。

"你又怎么了?"我喝着燕窝看着她。

"别提了,都是程盈盈那个倒霉的发小,太气人了。"左晓洁接过我的碗喝了一大口。

"你这样就跟猪八戒吃人参果一样,尝不出味道的。"我把程盈盈喊来帮我再盛点儿。

左晓洁说这个发小为人特别好,就是一样,结婚恐惧症。他说自己就是傻,亏死了,办了结婚证了,明明有老婆跟没老婆一样,连女的手都不能摸,更别提跟女人有什么瓜葛了。当初在国外,有多少小姑娘跟苍蝇似的往上冲,他想都不想,一直清清白白地保守阵地,结果却是他老婆没守住。左晓洁是怎么暗示结婚都没用,人家就是牙关紧咬,愣是不提结婚的事情,这下可把左晓洁郁闷坏了。

"靠,丫享受婚姻生活还是我教的呢,姥姥的,亏大发了!"左晓洁越说越气,啪啪地拍桌子。

"嘘,祖宗,小点儿声。"程盈盈飞快地把包间门给关上,"今天附近的派出所的人在我这儿聚会,再给你抓起来。"

"哟嗬,够有面儿啊,派出所的人都来。"我伸出头去看了看,斜对面的包间里全是戴官帽儿的。

"别提了,好像这边就我们一家饭馆似的,全上这儿来,什么居委会的、街道

没事别惹前男友

办的、派出所的,还有附近的那个什么城管分队的,还都是月底结账,你说我敢找他们要去吗?"程盈盈跟我掰着手指头数。

"那你够倒霉的。"左晓洁看着程盈盈,"但是,谁他妈倒霉得过我啊!"

5

"一会儿,你就往死里给我表演恩爱。"

左晓洁在 QQ 上使劲地叫,生怕我看不见,还玩命地弹我,我真想拿聂青的那个千夫弹来试试。

"知道了知道了,你丫闭嘴!"发完这句话,我把 QQ 关了,这人太讨厌了。

赴左晓洁约的路上,我跟李想一直在想我们到底要说什么,在车上跟演话剧一样的演练,说的话那叫一个绕嘴。

"不成,太恶心了,咱还是正常点儿吧。"李想受不了了,按他的脾气应该是不怕这样起腻的,问题是在别人面前起腻,这就有点儿别扭了。

"我觉得也是,算了,顺着他们说吧,看着点左晓洁的脸色得了。"我喝了口水。

"死哪儿去了?!"左晓洁愤怒地发来短信。

"堵车,大爷,上吊还得先把绳子挂上呢,等着!"我回了过去,左晓洁就没话了。

左晓洁带来的发小长得是真正点,要说李想有点儿书生气,那跟这个比就不算什么了,这个才是高档的书生气,白白净净,看着很舒服。我估计左晓洁舍不得撒手就是因为这张脸,长得那叫一个好看,就是瘦了点儿,那小胳膊看着一撅就折,但架不住人家看着舒服啊。

"你们怎么那么慢?"左晓洁笑着说,脸上看着特别温柔,但是眼睛里可不是这么表现的,看得我跟李想一哆嗦,左晓洁在提醒我们演戏的时间到了。

"啊……那个,我怕苏言晚上冷,回了趟家,取了件外套给她。"李想暗地里捏了我一把。

"就是啊,他非说办公室热穿得少,在外面吃饭万一餐厅里面冷呢,婆婆妈妈的。"我也跟着胡说八道。

左晓洁轻轻地点点头,对我们笑了笑,欢天喜地向我们介绍这个发小。

"多吃点儿。"李想主动给我夹菜,虽然他本来是想把菜放在自己盘子里的,但是左晓洁一瞪眼他就明白了,把菜放到了我的盘子里,但是我是不吃鱼的。

"你吃吧,最近太累,吃点儿鱼补脑子。"我把鱼又给夹了过去。

"哎呀,你们真是恩爱,怪不得要结婚了呢,多有默契,你说是不是?"左晓洁

跟三流的话剧一样拍手感动，还间或问那个发小。

"哦，你们要结婚啊？"发小看着李想问。

"啊，对，下下个月，到时候一起来。"李想高高兴兴地邀请他们，这回可是说到他乐意听的事情上去了。

"我的妈呀，累死我了。"我趁着李想上厕所的时候放松了一下。

"老实点儿。"左晓洁没人性地拿筷子拍我的手。

"干吗，歇会儿么，发小不是接电话去了。"我赶紧坐好了，李想前脚说上厕所，那个发小后脚就拿着电话出去了。

好一会儿，李想才悻悻地回来了，我看得出他有点儿郁闷，不是上厕所么，碰见流氓了？我暗自想着。左晓洁还在演她的假惺惺的话剧，顺便踢我配合，我可怜的鞋，上礼拜跟李想刚刚买的，这下得有好几个脚印。

这顿倒霉的饭终于吃完了，我跟李想简直是落荒而逃，其实我俩谁也没吃饱。车开到半路，我们看见了一家酸辣粉店，马上停车蹿了进去，还是这样吃饭痛快，刚刚真是憋屈死了。

"上厕所的时候你碰见流氓了？"我看着李想，他在擦汗。

"流氓我都不在乎，郁闷死了。"李想放下手里的纸巾。

李想从厕所出来看到那个发小也在门口，李想以为他要去厕所，还跟他说里面没人，不用等。没想到这个人上来就问李想准备好结婚了么、同居过么，吓得李想半天没敢说话，后来这个发小就以过来人的身份教育李想，说什么结婚之前不同居就亏大了，你看，我曾经就是，我老实吧？听了女人的话，连手都没拉过，结婚了跟没结过婚一样，还给自己套上了无形的枷锁，说得李想当时都想死去。

"哈哈哈，我看今天晚上就等着他们打架吧，左晓洁这下可等不了了。她说了，饭不能白吃，娼不能白嫖，吃白食是可耻的。"我擦着汗笑，过几天就有热闹可听了。

聂青突然问我，脏是毛病么？我就知道那个程序员的本性出来了。

"也不算毛病，关键咱得看人咋样。"我当时正跟程盈盈采购呢，她说晚上叫丁谦炒几个好菜，大家聚聚。

"怎么了？"程盈盈把脑袋伸过来。

"呃，你想啊，程盈盈干净吧，她都干净神经了，愣是因为个墩布跟人分了手。"我看着程盈盈，现在就这个事情能稳住聂青。

"去你大爷的。"程盈盈给了我一脚。

没事别惹前男友

"我说,亲爱的,咱晚上说吧,我的手机没电了。"我赶紧敷衍几句就挂了。这事看来我得想办法了,不然得暴露。

采购完毕,我特意拉着程盈盈去旁边的冷饮店喝东西。

"我靠,你疯了吧?"程盈盈看着我,眼珠都要瞪出来了。

"我哪知道能有这么多事,真是的。"我低下头,"但是我跟李想调查了,人是好人,就是邋遢点儿,没准能改呢。"

"改个屁,你瞅你哥那个德行,狗改不了吃屎。"程盈盈现在提起我哥还是颇有微词。

"嘿嘿!怎么说话呢。"我拍着桌子。

晚上,我听见了更神奇的消息,左晓洁居然没跟那个发小拜拜,我以为那天晚上回去她能打起来呢。

"你不知道,好多的花啊……"左晓洁跟花痴一样看着天。

"一点儿破花就把你打发了,殡仪馆每天要扔很多啊。"我看着左晓洁发花痴,真是服了,几把破花、几句好听的话就能把一个女人糊弄成这样。

"滚蛋!"左晓洁拿筷子砍我。

听说那天回去后,本来左晓洁是要摊牌的,但是那个发小不知道抽了什么羊角风,而且还正抽在庙门上了,这个马屁拍的。他在家里给左晓洁准备了一屋子的玫瑰花,说是什么爱人日。国外乱七八糟的破节日太多,左晓洁说了半天我也没听明白,但是能明白的是左晓洁让人用一屋子的破花给收买了,不但没摊牌,连谈判也没有,就这么傻了吧唧的发花痴去了。这发小看来也不是省油的灯,不然怎么就那么寸。

聂青是最后一个到的,她跟搬了座山似的,忽忽悠悠地进来了,一脸的憔悴。

"我靠,我当你不来了呢。"程盈盈都要收拾了,又让厨房给炒了几个菜,还拿了几瓶啤酒过来。

"我差点儿来不了。"聂青喝了好几大口啤酒才缓过来点儿,"我给人家当义务清洁工去了,我靠,那叫一个脏,可恶心了。"

聂青在给我打完电话以后觉得我说得不错,这人吧,不能太干净了,咱再折腾能干净到哪里去?再说,空气里还有那么多细菌呢。想到这儿聂青那个傻妞就又美了,高高兴兴地去了程序员家里,说是反正吃饭还早顺便给他打扫打扫卫生提点一下他,不过到了那里就后悔了,这清洁工还真不是一般人能干得了的。

聂青神神秘秘地跟我们说:"你们知道黄瓜放在冰箱里时间长了是什么样

子吗？"

我跟程盈盈还有左晓洁面面相觑，聂青跟猜谜节目的主持人一样，站起来笑着说，那东西变得跟屎一样，黄里面透着绿，用手一捏软乎乎的，都提不起来，还有一种很销魂的味道。

"哎呀！你真恶心。"我捂着心口，太恶心了，晚饭我都差点儿吐出来。

"滚，滚，滚。"程盈盈上去就扇聂青。

"你们当我想啊？"聂青吃着蛋炒饭，"我靠，我一把就捏上去了，真他妈的恶心。"

"快别说了，我想吐。"我捂着嘴，这一捂倒好，程盈盈跟左晓洁就像盯着钱似的看着我。

"你不是那啥了吧？"左晓洁的手贴着我的脸。

"啥你个头！"我抄起菜单砸在左晓洁的脑袋上，"放屁，上次谁跟我去超市买卫生巾的？"

"哦，我忘了。"左晓洁捂着脑袋坐下了。

聂青跟我们讲了各种食物在腐败了以后的种种表现，说一开始擦桌子时看见了几条小虫虫，聂青以为桌子给蛀了，后来发现源头在一个塑料袋里面，里面装的是桃子，上面还带着一个肥头大耳的虫子，正给聂青跳灵魂舞蹈，聂青用棍子给挑走了。

噩梦还远远没有结束，聂青在沙发上看见了一个塑料袋，奇臭无比。聂青以为是球鞋，捏着鼻子打开了，里面嗡的一声飞出来无数的苍蝇，差点儿把聂青撞了一个跟头，里面装的是一堆无法分辨的东西，没错的话应该是一种肉制品。

聂青还要说，让我们把她的嘴给堵上了，太恶心了。俗话说常蹲茅坑不嫌臭，但是长期在这样的房子里生活，他没死我算是佩服。我得想办法找李想劝劝，不然就让聂青分手，反正我们就是个介绍人，大不了作为补偿多请聂青吃几顿饭。

"是这儿吧？"我跟李想来到一处筒子楼，那可是老楼了，最早还是老外给建的，那个时候能住进来是你家里牛气。不过现在就算了，整个一大宿舍，里面的水房跟厕所是公用的，所以程序员的房子还能干净点儿，不然再带个厕所可怎么活啊。

"没错，304。"李想看着手机说。

"请进请进。"那个人已经站在门外等我们了，他听说我们来找他是打算跟他聊聊聂青的事，马上就答应了。我看这俩还算是对眼，不过需要牺牲他几十年

没事别惹前男友

的生活习惯。

"打扰了啊。"我拉出凳子正打算坐,看见上面有个带着西红柿皮的菜花,它正坐在凳子当中向我示威,说我抢了它的地方。

"呃,不好意思,我有时候当成饭桌用。"程序员赶紧过来给我擦,拿袖子当抹布,我真是看不下去了。

后来,程序员拿杯子给我们倒饮料,倒之前对着楼道把杯子里面的不明液体泼了出去,打开一听可乐分成两杯。我真想说让我直接就着听喝吧,不过没好意思开口。李想一开始打算跟他慢慢拉开主题来着,但是我闻着屋子里有种很销魂的臭味,都不是一般二般的臭,那种臭直冲脑门。我看见李想掩嘴咳嗽,然后快速地奔主题。说完了,程序员沉默了,然后猛地打开窗户,他说真的觉得聂青挺好的,不想放弃,所以他要给屋子来个大扫除,一定改了。我跟李想没敢说帮忙,跟逃命似的奔了出来。

转眼周末就到了,星期五的晚上我怎么也睡不着,明天是约好了去郊游的日子,我心里慌得要命。

"你睡着了吗?"我看着李想问。

"嗯……干吗?"李想哼哼唧唧地转过身来。

"没事,乖啊,睡觉吧。"我用手把李想的眼睛给合上。

"哦……"他拉着我又沉沉地睡去。

"小球?"我在客厅坐着,脚边有个毛茸茸的东西。

"喵……"它听见我叫它欢天喜地地爬了上来。

"傻东西,就你淘。"我抱起猫把下巴放在它的小脑袋上。我都不知道自己在怕什么,我想程光亮跟我一样怕,这就是该,活该,明明能有好的结果,到头来被自己作成这样。如果能有机会再来一次,我肯定会跟周星驰一样说我愿意,还得加上一万年。虽然这话现在臭大街了,但是真的是真理。我不知道周星驰用了多久才找到灵感写出这句台词,我只知道现在我用自己印证了,印证得无比痛苦,而且还连累李想跟着痛苦。他爱我一定不比程光亮少,只会比他多,但是我做不到完完全全地忘记程光亮。一开始就是错的,能回到过去的话,我一定死死地咬住程光亮,做他的狗皮膏药,让他一揭下来得掉层皮,不,少条命。

凌晨1点,我看看表,小球已经在我的旁边睡着了,可我依旧不想睡。

凌晨2点,我拿着手机看着程光亮的电话号码发呆。

凌晨3点,我把已经打好的短信删除,收件人是程光亮。

凌晨4点……

"宝贝，你怎么在这里睡？"李想温柔地把我拍醒。

"几点了？"我睁着迷离的眼睛问。

"7点半了，我们不是8点出发吗？"李想亲亲我，让我先去洗漱，他去买早点。

我们在8点半的时候到了李想家，接上宋微微跟程光亮，还有李想的父母一行人往郊区开。一路上我睡着了好几回，李想开车的时候怕我冷，一次次地看我，后来听说是程光亮替换李想开车，他说李想频繁地侧头太危险了。大家都在车上，李想什么也没说就换了，让宋微微坐到副驾驶座上，他让我靠着睡觉。

"还是外面空气好。"老太太很高兴，站在湖边看着水面，李想跟他爸爸在钓鱼，程光亮陪着宋微微坐在旁边。

"是啊，城里空气不好。"我抱着猫站在老太太的附近。

"你真的想好结婚了吗？"老太太突然扭头问我。

"阿姨，我……"我松开猫，一直以来我都觉得李想的妈妈是个能看董我的人，她总是给人一种很温暖的照顾。

"程光亮是你曾经的男朋友吧？"老太太拍拍我肩膀，"我听李想说过，你爱你的前男友，用心爱，所以他不知道到底能不能真的打动你，当你说真的要跟他结婚的时候，他高兴得都要蹦起来了……"

"阿姨，我想过去的事早晚能忘了，而且我已经在忘了。"我看着静静的水面说。

"我不是说你应该怎样，我知道你是好孩子，你们都是好孩子，但是，有些事情需要想好的，这对你的一生也是考验，我没有责怪你。"老太太突然摸摸我的脸，"孩子，苦不可能自己扛一辈子，忘了苦的原因，你能开心一辈子，放弃不是坏事。"

"阿姨……"我突然特别想抱抱这位母亲，她一下子点开了我心里的那个死结。

6

从郊外回来，我发现自己的情绪好多了，能平和地面对一切。老太太说得对，苦不可能自己扛一辈子，那就干脆忘了它，忘了一切。长痛不如短痛，所以我提早交了辞职报告，四月底就离开了公司。对外我只说是以后要当酒吧的老板娘，要学的东西太多了，早点儿去学总比到时候手忙脚乱的好，再说，六月份的婚期也近了，还有很多东西需要准备。

"老板娘，这个菜品我们还做不做了？"

没事别惹前男友

"老板娘,后面漏水了!"

"老板娘,冰箱还是不能用,我们得打维修电话!"

在酒吧的头一天,我过得比死还难受,大家什么事情都找我。上菜慢了,顾客把我骂了一顿,我去骂厨子才发现,原来我顺手把点菜单放在口袋里给忘了,厨子冤枉死了。不知道为什么,头一天冰箱和水池子就跟我过不去,冰箱还好说,水池子用了好几年了,偏偏我一来它就掉下来了,哐当一声,吓得洗菜的小工吱哇乱叫,前面的顾客还以为房塌了,恨不得马上跑。

"嗨,今天好玩吗?"李想带着笔记本满面春风地走进来。

"好玩个屁!"我给了他一巴掌。

"怎么了?"李想接过我手里的啤酒。

"你那个破水池子,你早不知道检查一下啊?"我叉着腰站在他旁边,"哐当就掉下来了,还把下面的台子砸了个大洞,你装修的时候怎么不检查一下啊?里面都锈了,塌是早晚的事情,怎么你在就不塌?!"

"哈哈,坐下说,怎么今天发生了这么多的事情?"李想没有一丝烦恼,他笑着拉我坐下,还说我今天辛苦了,晚上要帮我按摩。

虽然我今天过得乱七八糟,但是看着李想的笑脸我就知道,他现在很幸福、很安心。我的选择是对的,忙忙碌碌的让我没时间想程光亮,我满脑子都在想李想,想他下班回来后抱抱我,给我点儿安慰。今天一天我都快累死了,我还在想他知道我这么辛苦后会怎么来逗我开心。到后来我才发现这是假象,我不过是忙碌到忘了想、忘了思考,但是当肉体的疲累习惯以后我就有充足的时间来想、来思考。

左晓洁给我打了个电话,她说她要去捉奸,问我要不要见识见识。我一听不对头,每次都是左晓洁被人家抓,什么时候成了左晓洁去抓人家了,这里面一定有问题。于是我火速联系了程盈盈,让她别管那个倒霉的饭馆了,左晓洁要杀人了,杀你的那个发小,真给弄死了你还怎么回家。

"你不是开玩笑吧?"程盈盈开车飞奔来接我。

"我听左晓洁说的可不是开玩笑,不是说你那发小挺老实吗?怎么还这么大的胆子?"我现在满脑门子新鲜,还能有这事,当着左晓洁的面找二奶,那不是要左晓洁弄死他么。

左晓洁一言不发,只是让我们去王府饭店,然后戴上墨镜,那脸我看着跟女鬼一样。

"那个……你没事吧？"我战战兢兢地问左晓洁。

"王府饭店。"左晓洁又冷冷地吐出来这么一句。

"我说左晓洁，那个……世上男人千千万，不成咱就天天换……"程盈盈本来打算跟左晓洁说点儿什么慷慨激昂的话，但是愣是把后半句给咽回去了。

到了王府饭店，左晓洁一路冲上三楼，在其中的一个房间堵上了发小，他正跟一个女的鸳鸯戏水呢，看见左晓洁都吓傻了，身上还带着泡沫，愣了几分钟才缓过来，大骂左晓洁不尊重人权，说这是隐私。我跟程盈盈都捏了把汗，这人胆子真大。

"把你那身人皮穿上，我在外面等你。"左晓洁丢下一句话出了浴室，在房间里倒了杯热水坐下来。

"你要喝水啊？我给你溜溜。"我一挤程盈盈她就明白了，这可是开水，泼上去不得掉层皮。

"别费事了，我对这种败类根本不用这种瞎招。"左晓洁冷冷地看着我们。

"姐啊，为这个傻子不值当的。"我赶紧坐在旁边劝道。

发小出来了，左晓洁让我们先出去。发小给那个女的数了几张钞票，敢情还是个鸡。

一个小时过去了，没动静，两个小时过去了，还是没动静。

"你说左晓洁是不是把他咔嚓了？"程盈盈用手比画着。

"不会吧，那样就嚷了，不是没动静吗？"我汗都下来了。

"我们走吧！"左晓洁踢开门出来了，"吃饭去，我请客。"

"我说，你没事吧？"我看着左晓洁大口地吃东西。

"没事啊。"左晓洁正啃着一只皮皮虾，满桌子的皮。

"我是说，姐们儿，咱不答理丫，回头我给你写个大字报贴丫单位门口去，整死这个臭流氓。"程盈盈抱着左晓洁的肩膀安慰道。

"对，写，我给丫弄几张耍流氓的照片。"我也坐过去，跟程盈盈一边一个把左晓洁夹在中间。

"那管什么用？呸。"左晓洁跟看傻子似的看着我们，吐出一块虾皮，"还是这个管用。"她擦擦手掏出来一张欠条，上面写着因为跟左晓洁交往耽误她寻找幸福，欠了左晓洁四十万的青春费。

左晓洁说这个发小她早就想甩了，又不说结婚的事，一提就转到别的上面，要么就是买花买礼物的，买的东西一开始让左晓洁挺感动，但是到后面就不管用

没事别惹前男友

了。论买东西,他可不比那些大款,所以还不如敲他一笔呢,那个鸡也是左晓洁给安排的,今天捉奸就是一场戏。

她还说一开始不说话就是为了酝酿情绪,不然就得乐了。那个发小也不敢怎么样,因为最近他们单位在考核什么指标,也不知道要干吗,估计是升官。左晓洁说你不赔我的损失那你就等着在单位门口看大字报吧,一开始他还义正言辞地说你这是敲诈。左晓洁说那就不敲诈,咱俩实话实说,分手总得通知大家一声吧。不在门口贴,那么我就去你们所长办公室说说,让老领导也关心关心刚刚分手的你。后来他就软了,跪在地上求左晓洁饶他一命,自己愿意赔偿损失,但是他还算是聪明,让左晓洁写清楚了就此一次,再要钱就是敲诈,他有权利报警。左晓洁说我可比你有钱,我看你还恶心呢。

我跟程盈盈都听傻了,敢情刚才这半天两人在讨价还价呢,我还以为左晓洁拿袜子把他嘴堵上在抽呢。后来左晓洁放在桌上的手机响了,一条短信说钱已经汇到,一定得说话算话。左晓洁冷冷地哼了一声,然后叫我们使劲吃,她请。

我跟李想在逛街买东西的时候看见聂青跟那个程序员,别说这人还真的下本儿了,把自己捯饬得那叫一个干净,老远看上去简直一尘不染。聂青偷偷跟我说,这个靠谱,找她语重心长地谈了一次,说是自己不好,太脏了,以后一定改,请聂青给他一个月的观察期,他实在是很喜欢聂青,不想错过这次的好姻缘。我跟李想都啧啧称奇,看来这回倒霉的聂青总算是捞上一个好的了。

程盈盈突然问我认识不认识看风水的,说得我云里雾里的。

"你找看风水的干吗? 封建的糟粕你还没见识过啊?"我拿着电话跟程盈盈说。

"不是,我觉得我这里闹鬼啊,昨天半夜我值班可吓死我了。"程盈盈的声音都颤颤的。

"成成,我给你问问,不说了,客人太多了。"我挂了电话开始招呼客人。

"哥,你认识看风水的吗?"我吃着炒鸡丁问。这鸡丁是我哥炒的,他说在家里待着没事干,非要给我送送饭。我知道他怕我一个人应付不过来,所以一闲就往酒吧里钻。

"干吗? 店里不好啊?"刘赫正在吃一块樱桃乳酪,我发现开酒吧有这点儿好处,什么新点心都能先吃,而且还是现做的。我刚刚从一个蛋糕店挖来一个糕点师小K,这糕点师简直是极品,做的东西太好了,而且人也长得帅。他们都说李想现在又不放心了,我这么馋,糕点师又这么帅,这群吃饱了没事干的人。

"程盈盈,程盈盈说她店里闹鬼。"我喝着可乐说。

"不是吧，还有这事呢？我看看去。"刘赫抓起衣服就要走。

"站住！你现在去了说什么？"我放下碗，刘赫愣住了，退了回来。

"哥，我跟你说，最后一次跟你说，别想了，我们都不想了。李想妈妈说得对，要是忘不了就得自己一辈子背着苦，忘了起码还能多活几年。为了咱爸妈，为了那些对咱好的人，该忘的就忘了吧，忘了大家都开心。要是忘不了就给自己找点儿活干，忙死了就想不起来了。"我按着刘赫说。

"……是该忘了……"刘赫在抽了一根烟以后长长地叹了口气。

聂青最终还是跟那个程序员说拜拜了，主要是这个人干净了不到一个月就又开始脏了，而且无比脏，都没办法说。李想也去过了，让他保持住，但是他说过了这么多年早就习惯了，现在过得浑身不自在，要是这样还不如自己一个人过呢，起码能舒坦点儿，不然怎么办，难受死了。让我骂了半天，真是烂泥敷不上墙。

为了安慰可怜的聂青，我让她来店里吃蛋糕。最近小K做了一款红茶点心，尤其出众，那小口味调得美透了。我已经习惯每天吃一块了，再看着帅哥的脸，真是赏心悦目。

下午，总有一堆女人来吃蛋糕，包括好几个熟客，所以我直接把小K调到了前面，就靠这张脸我已经挣了李想小三个月的工资了，包括我自己抠下来的私房钱。我真不明白，李想吃饱了撑的非要去广告公司给自己找什么事，后来想想，发现有可能他是为了见我，那么现在就是为了看着程光亮……

"你发花痴呢？"聂青在我面前晃悠。

"滚蛋，什么乱七八糟的。"我接着擦杯子。

"切，是你自己站着笑了哭、哭了笑的，瞧那个脸耷拉的。"聂青今天还特意打扮了一回，吃个蛋糕把她高档的连衣裙都穿出来了。店里的女客人也都穿得花里胡哨，谁也不傻，一看就知道冲着谁来的，德行。

"我乐意。我告诉你，别把毛杰作跑了，到时候哭死你。"我白了聂青一眼。

"老板娘，加一个苹果酒。"小K陪着几个女客人玩牌回来了。

"都喜欢死你了。记住，苹果酒一百二一杯，加樱桃的一百五。"我欢天喜地地去倒酒了。

"我打听好了，踏实地放你的樱桃吧。"小K同学正忙着勾搭聂青。

"嗨！"左晓洁扭着腰进来了，"最近你们家摇钱树可是火了，现在圈子里都传开了。"她指了指远处的小K。

"那是我有眼光。"我给左晓洁倒了杯咖啡。

没事别惹前男友

"你也不怕摇钱树跑了。"聂青托着腮帮子说。

"打死也跑不了。"我搂着左晓洁跟聂青的脖子小声说,"这是跟白朗在一个圈子里混的,男朋友是白朗的朋友,找他来工作也是顺便让我帮着看着。"

"我靠,你丫真孙子!"左晓洁听了以后特惊奇。

"够坏的你,奸商,难怪你非要把他调到前头来,在他眼里这些人全是好姐妹。"聂青指着那群正在大呼小叫的女人说。

在厕所里,我跟左晓洁说聂青她现在依旧执迷不悟,能不能下点儿猛药。左晓洁说放心好了,她早就下手了,一点儿问题也没有。

程盈盈又是最后一个来的,她最近不知道是怎么了,老是五迷三道的,看着跟没睡醒似的,一问她就神神秘秘地说有鬼。她说那个饭馆原来是个什么什么坟地,这不是放屁么,那个地方原来其实是个厕所,不过一直没开过,还不算太恶心。

7

我发现刘赫有点儿不妥,他最近频频出错,不是把赵莹莹喊成程盈盈,就是开着车在程盈盈的小区外面一圈圈地转悠,反正不是很对头。但是我觉得没什么大事,早晚他能想明白,尤其在看见程盈盈过得那么好后。

丁谦回来以后真的老实了,大门不出二门不迈地在饭馆里兢兢业业,程盈盈家里的卫生也是他打扫。听说程盈盈每天早上起来的时候,丁谦已经做完了家务,还给程盈盈买好了早点。等程盈盈要出门的时候,他给她递包、递钥匙,还给程盈盈系鞋带。等程盈盈上班后,就在家里给程盈盈弄吃的,早早地送到饭馆,再跟程盈盈一起待到饭馆关门。我们听着直喝牙花子,这程盈盈可是张嘴就骂、抬手就打。

"你知道我最近看程盈盈像什么吗?"中午我到了公司楼下,今天说好跟大家一起吃饭,李想请客。虽然说我没事也找伙计来送送点心什么的,但这是我离开公司半个月后,大家第一次在一起吃饭。

"慈禧。"李想帮我把围巾裹好。

"这你都知道?"我看着他。

"上次我听聂青说,丁谦现在就是个李莲英。"李想刮我的鼻子。

到了吃饭的地方,我没看见程光亮,后来叮叮小声说程光亮带着宋微微去医院了,说是检查一下眼睛,一会儿会来。结果吃到了最后我也没看见程光亮,不过没看见也好,看见了晚上李想又该做噩梦了。最近他总睡不踏实,总是在半夜

的时候猛的一抽抽把我弄醒，过几天也该带他去看看，这样下去不好，会头疼的。

老远地我就发现最靠里的那桌的人特别眼熟，后来我发现居然是刘赫跟那个赵莹莹。刘赫一会儿差点儿把醋给喝了，一会儿打碎个杯子，这样下去可不成，晚上我要找刘赫好好儿说说。

"你最近没事吧？"我马不停蹄地去了刘赫的录音棚。

"没事。"他看了我一眼。

"我看可不是啊，你都能把毛巾当毛肚给吃了。"我在他旁边坐下，"今天我们也在那个饭馆吃饭。"

刘赫说不知道为什么老想找程盈盈聊聊，聊聊没准就好了。我想了半天也没想出别的办法，还是让他们谈谈好了，万一能谈和了，早点儿告诉人家赵莹莹。毕竟他们还在相敬如宾，不会像我这样上了船不到终点下不去……

刘赫跟程盈盈定好谈判时间就出去了，回家的时候他已是满面春风。我知道他们已经自己选好了，但是没去问结果如何。我不敢问，我怕看着程盈盈跟刘赫和好如初，那样透着我的残缺，扎着我的伤心，就这样看着吧，反正我早晚会知道的。刘赫现在平静如水，吃得饱睡得着，还会带着赵莹莹来家里吃饭，没事也跟程盈盈斗斗嘴。这样挺好，大家都开心，我真想没事也能和程光亮斗斗嘴，跟宋微微一起逛个街。

时间过得很快，转眼就到了我跟李想、程光亮跟宋微微一起去登记结婚的日子。这天李想起得特别早，他甚至帮我挤好了牙膏，选好了衣服，还给猫猫们挨个戴上了红色的项圈。我知道他很高兴，从心里高兴，但是我突然觉得自己心里很慌，慌得不知所措。

"没事吧？"聂青偷偷地碰碰我。

"我好得很，程光亮死哪儿去了，还不来。"我抱着肩膀站在民政局的门口，李想去打电话了，左晓洁跟程盈盈在路上，大家说好一起来，然后等着我们请吃饭。

"程光亮说宋微微的户口有点儿问题，可能今天办不了了。"李想走到门口问我冷不冷，顺便告诉我这个半好半坏的消息。

"不来了？"我心里有点儿心花怒放。

"没有，宋微微说一定会来的，就是现在堵车。"李想笑着帮我弄头发，瞬间我有点儿晕，退了几步，一下踩了聂青的脚。

大概半个小时后，程光亮真的跟宋微微来了，同时到的还有程盈盈跟左晓洁，刘赫没来，我也不想让他来，他一来到时候就成围观了。宋微微的眼睛一直

没事别惹前男友

"盯"着我,连没心没肺的程盈盈都说她不是来捣乱的吧。我跟着大家一起往里走去,脚步极其缓慢。我还在犹豫,今天也许不是好日子,我拼命地回忆有没有忘点儿什么东西回去取。后来想想根本不可能,李想在几天前就把东西准备好放在床头柜上了,每天拿出来检查一次,根本没问题。

"呃,那个,我想上厕所。"我突然停住。

"我跟你去吧。"左晓洁挽着我。

"大姐,什么时候了,你不是还没想好吧?"左晓洁上来就把我按在厕所的水池子上面。

"我不知道!"我把水泼了一脸。

"现在你没有退路了,大家都来了,就是想让你别折腾了!"左晓洁把我扳过来说,"你想想,李想没有你还能再找一个,宋微微怎么办?程光亮这人你不是不知道,他不可能不管宋微微,他良心上过不去。李想对你很好了,好得已经出边了,到嘴的肥鸭子为什么让它跑了?"

"你别说了!"我一捧水泼向了镜子。

"呼……"左晓洁捂着自己的头,"我现在在上厕所,厕所门也不是什么好东西,早晚都有坏的一天,万一坏了,我肯定出不来了,你要走就赶紧的,别等他们到厕所来找我!"

"谢谢……"我没想到左晓洁能这样做,抹了把脸偷偷摸摸地出去了。

站在街边,我刚要伸手叫出租车,一个女人冲上来给了我一个嘴巴。

"你在干吗?快回去!"是宋微微,她的一只手使劲地拉着我。

"是你?这关你什么事?!"我本来想推开她,但是她一直死抓着我不撒手。

"怎么不关我的事?"宋微微的脸猛地靠近我,"你到底要干什么?"

"这是我要问你的!"我奋力推开宋微微。

"程光亮是我的!他一直都是我的!在哪里都是我的,你知不知道?!"宋微微的表情变得很凶狠,"我什么都没了!哥哥死了,爹妈也早就死了,当初要不是我哥哥,程光亮现在早就成了鬼了!都是你,没有你谁能招得他非要回来……我只有程光亮了!你放过他吧!"

宋微微突然间跪下了,我刚想扶起她,突然听见街上的人一阵惊呼,一辆车冲了过来。我揪着宋微微,她却死活都不肯起来,眼睁睁着车冲过来了,我用这辈子都不会有的力气推开了她,一阵风过去我瞬间倒地……

一群人跑了过来,我看见李想跟程光亮脸上生动的表情,真的很难看,我居

然让两个帅哥把脸挤得跟包子一样。李想抱着我，程光亮在最后一刻停住了脚步，他握紧了拳头，给了宋微微一个嘴巴。我抓着李想特别想告诉他，我真的不是想当逃跑新娘，只不过……只不过我不想让程光亮看着我结婚，这样我心里难受，然后眼前一黑，什么也不知道了。

等我再次睁开眼的时候，刘赫跟我家里的人还有李想一直在叫我。

"对不起……"我突然特别想哭，"我不是想逃跑的……"我伸出手想去拉李想，他向我摇摇头。

"不说了，我知道的，等你好了，我们可以慢慢说。"李想摸着我的头，他的眼角有泪。

"那我们出去吧，让他们自己待会儿。"刘赫让大家出去了，他真是很贴心。

门打开的时候，我看见程光亮站在门口，他一直看着我，宋微微站在他的身后。大家都在，程盈盈拍拍程光亮的背，他这才离开了。我不知道这是祸还是福，我终于逃过了登记，没有登记，我也就算是逃过了婚礼。

"你会怪我吗？"我靠着李想问。

"不会，我知道，你不想让程光亮看着，而且，宋微微也来了，你害怕，我都明白。"李想紧紧地抱着我。

"对不起。"我扭过身去紧紧地抱着他。

"傻丫头，我怎么会怪你呢？"李想轻轻地亲吻着我。这个时候我才觉得我真傻，白白耽误了时间还被车撞了，我真是白痴。

后来撞我的司机也没有抓到，警察也来了好几次，问了我还问了宋微微，其实问宋微微也没有用，她什么也没看见。李想表现得特别愤怒，我从来没见过他这么愤怒。左晓洁偷偷趴在我耳边说，你看，这才是他爱你的表现，说得我很想哭。

出院的前一天，我看见了宋微微，她独自带着东西来看我。

"怎么自己来了？路上不安全。"我现在看见宋微微一点儿也不害怕了，也没有恨。她不过是爱得太深，换成李想，他没准儿还会打我呢。

"对不起。"宋微微深深地鞠了一躬。

"别说了，这不是没事么，是我不好，总给你不放开程光亮的假象，是我错了。"我拉她坐下，"不瞒你说，我还是很爱程光亮的，但是在一起是不可能了。李想对我的好你是知道的，我不能伤害他，也不能伤害你。程光亮这人实在，他会一辈子对你好的，而李想会一辈子对我好，这样咱俩都挺幸福……"

"可是……"宋微微想站起来。

没事别惹前男友

"别说可是，女人不就是想抓个好男人么，咱俩都找到了，而且都很幸福，以前是我不懂事。既然你是李想的妹妹，那也就是我的妹妹，咱们是一家人，好东西都留在咱家了，多好。"我帮宋微微把松了的头发绑好，程光亮没头没脑地冲了起来。

"微微。"他撑着门框叫。

"你把心放在肚子里吧，我可没打她啊。"我向程光亮做了个鬼脸。

李想把我接回家的时候非要抱着我上楼，我笑他把我当小孩，李想说现在他就想把我捆上，不让动，不许出门。我说我还没在你的酒吧抠够私房钱呢，当然不会乱跑，等抠够了再说。

"小球球儿！"一进门我就看见猫猫们很整齐地排着队站在门口，一个个歪着小脑袋，这才是家的感觉啊。

"哟，没事啦？"左晓洁来酒吧的时候，我正靠着沙发吃东西。

"没事了啊，这不是好着么。"他们真的是小题大做了，我不过是手臂骨折外加脑震荡，他们就把我当成大熊猫一样保护起来了。宋微微也知道错了，她跟我的关系缓和了不少。程盈盈说是程光亮那一巴掌把她打明白了，这我不知道，不过倒是把我撞明白了，我跟李想重新看好了日子，就在两个月以后，到时候我们自己去。这好事得捂着，等咱俩什么都办完了，再喊他们来，省得添麻烦。李想高兴了一夜楞是没睡着，拉着我一直聊到天亮，第二天也没去上班，把老总气死了，还到处找不到他。叮叮睁着眼睛说瞎话，只是说没有李想的联系方式，不知道李想住在哪里，还撒谎说我也把手机号码换了，气得老总干瞪眼，还说要扣李想的月奖金。我笑着跟李想说没事，回头月奖金酒吧发给你。

听说左晓洁这回是真的找到了意中人，这个人是左晓洁以前的合作伙伴，那个时候左晓洁是想勾搭来着，但是觉得距离太近了。后来，两人总是在某一天去吃吃饭，谈谈情，两人从知己开始，现在在慢慢地升温，这就叫蓦然回首那人却在灯火阑珊处。左晓洁没白折腾，一开始左晓洁还说是个好哥们儿，现在已经不这么说了。

"我说你的保密工作做得不错啊。"我看着左晓洁笑。我是最后一个知道消息的，第一个知道的是聂青。那天聂青上街买东西撞见这俩正在路边的街心公园放风筝，聂青欢天喜地地给拍下来了，要不左晓洁还死鸭子嘴硬不说。

"废话，你都撞成那个奶奶样儿了，我能跟你说什么啊？"左晓洁给了我一个大袋子，里面全是上等的燕窝。

"看你那个破嘴，再说了，你知道我都撞成奶奶样儿了，你还有心情放风筝！"

李想今天又早退了，不到4点就跑回来了，他说怕我在酒吧有什么事。我能有什么事，这里全是人，而且还有左晓洁他们看着我，有时候我觉得李想有点儿紧张过头了，很好玩。

"嗬，真热闹。"刘赫跟个瘸子一样拎着一个保温桶来了。

"你最近是不是过气了？"我拿苹果核砸他。

"嘿，你还是妹妹吗？我黄了就吃你了，专门吃你的酒吧！"刘赫愤恨地放下保温桶，帮我倒了一碗汤。

"又是骨头汤啊？全是大油。"我都崩溃了，最近刘赫一没事就熬汤，骨头汤，招得我们家狗可喜欢他了，见天地围着他转，就想能吃点儿肉渣。

晚上，大家在一起打麻将，我跟李想、左晓洁，还有刘赫一起玩，赵莹莹温柔地坐在旁边看着。没一会儿左晓洁接了个电话就跑了，我说大晚上的小心放风筝闪了腰，她奔回来捶了我一拳才乐呵呵地跑出去。

砰的一声酒吧的门打开了，程盈盈整个骨碌了进来，穿着一件大衣，浑身哆嗦，一脑门子的汗。

"怎么了你？"我惊奇地看着程盈盈在哆嗦。

"出什么事了？"刘赫赶紧把程盈盈扶到沙发上坐着。我暗中踩了他一脚，叫他收敛些，赵莹莹还在旁边呢，太露骨了。

"哇！鬼呀！"程盈盈估计是吓坏了，突然抱着刘赫不撒手，还一直哭。我只能想办法挡着，李想给程盈盈拿来纸巾。

我特别佩服赵莹莹的肚量，愣是什么也没说，还保持着微笑。怪不得大哥说这人搁在早年就是个大家闺秀呢，我看没准还能是个格格，看看人家的那个肚量，这个大啊。程盈盈跟刘赫那点儿事可是谁都知道的，不过不知道的就是他们登记过了。赵莹莹就是手段高，她趁着给程盈盈擦脸的时候愣是挤到了刘赫跟程盈盈的中间坐下了，刘赫很识相地躲了躲让出来一点儿缝隙。

程盈盈说晚上她自己留在酒吧算账，丁谦包了个大活给一剧组开车。这就是程盈盈的不对，以前对丁谦好得要命，在饭馆当二老板，现在为了防着丁谦，只给他普通员工的工资，而且不许迟到早退。她也不想想，没有丁谦照顾她，她能这么生龙活虎的么，不过也是，一朝被蛇咬，十年怕井绳。

当啷。程盈盈听见响动看了一眼门口，那上面有个铃铛，那是跟我的酒吧学的。因为有的时候我在后面听不见有人进来，那个大铜铃铛比较响，而且还给人

没事别惹前男友

一种小韵味,我跟李想找遍了家装市场才刨出来这么一对。程盈盈仗着自己最近心情不好抢跑了一个,我倒不是心疼铃铛,我心疼我跟李想的苦心,白白便宜了程盈盈。

"谁呀?!"程盈盈走过去发现什么也没有,"他妈的该死的风。"她上去就踢了门一脚。最近一直在算账,程盈盈的脑子又不够使,累死她了。前几天还在念叨说我们没人性,什么学了半天净瞎学了,怎么就不能出个会计帮帮她。

程盈盈踢了一脚以后觉得心里爽了,哼着歌去了厕所,蹲在那里脑子里还想着账本。

啪!

厕所的门猛地开了,一阵风吹了过来,很凉,他妈的死门! 程盈盈缩缩肩膀,早晚我拆了你,程盈盈加快了动作打算赶紧出去。就在站起来穿裤子的时候,她发现下面的门缝露出来一个影子,当时脑袋里就嗡的一下,因为程盈盈记得她为了做账把所有的人都轰走了。那么,这个人是谁?

还没等程盈盈想明白,一双眼睛出现在门缝下面,小小的、亮亮的,从下面盯着程盈盈的脸,当时程盈盈一句话都没喊出来。有时候人到了最恐怖的时候是说不出来什么的,一句话也说不出来,就那么瞪着,身上跟筛糠一样抖,控制不住,汗都能滴下来了,掉在地上,滴答滴答的。

"然后呢?"我看着程盈盈跟筛糠一样喝着茶,手一个劲地抖,我能想象出当时是什么状况,但是我不能想象程盈盈是怎么逃出来的。

"后,后来……"程盈盈闭上了眼睛,"后来……我闭了下眼,没,没了!"

程盈盈在最后的"没了"上面加重了语气,几乎是喊出来的,吓得我抓着李想的衣角,赵莹莹尖叫一声捂着脸,刘赫倒是一直看着程盈盈,还跟着冒出满脑袋的汗。

"是野猫吧……"我擦了擦汗,这个程盈盈说得这么吓人,跟故事似的。

"不是,不是,向毛主席保证不是!"程盈盈这下乱了,站起来大呼小叫的,按都按不住。

"你冷静点儿,冷静点儿!"刘赫这回就过了,愣是隔着赵莹莹拉着程盈盈不撒手,这俩盈盈(莹莹)都够要命的。

回家以后,我靠着李想突然想到了一件事情。

"我们先办婚礼吧?"我转过去看着李想,"按我们开始约定好的,领证可以晚点儿。"

"你说真的？"李想在沙发上坐得笔直。

"不信算了。"我白了他一眼转回去。

这次我是真的明白了，不能再这样下去了，也许结婚才是最后的归宿，反正我不能再跟程光亮过不去了，宋微微也怪可怜的。左晓洁说得对，哪怕我真的甩了李想，程光亮也不会跟我怎么样的，他是什么人我最清楚，再说自己的良心也过不去，我已经伤害了李想一次，不能再这样做了。

半夜，我看见李想在梦里笑出了声，我摸摸他的脸，这张脸跟小孩子一样，我怎么忍心去伤害一个心地善良的孩子。他为了我放弃了一切，放弃了本来的小地主地位，在公司里因为一点点事情被老总骂，被客户骂，被底下的员工骂。

程盈盈的事情后来发展成了赵莹莹的事情，她现在天天没事就在饭馆陪着程盈盈，说什么大家都是好朋友，帮忙是应该的。但是左晓洁说这个女人的心机很深，能在这个时候不哭不闹还去帮程盈盈，有点儿常识的人都知道一定没这么简单，而且，都到了这样的时候，哪个女人还能坐得住。

"那你觉得她有什么目的？"我喝着苹果茶问左晓洁。

"你看，第一，她不闹，这就让刘赫没有办法借题发挥；第二，她在帮程盈盈，都说伸手不打笑脸人，冲这个程盈盈就是想把男人抢回来也下不了手；第三，赵莹莹见天在饭馆待着，你说刘赫就是再想程盈盈能玩出来什么花儿来？"左晓洁看着手上的戒指，"第四，赵莹莹这样一弄，在所有人的心里都留下了一个大家风范的印象，即使到了最后刘赫再闹，舆论的压力也放不过程盈盈，唾沫星子淹死人。"

"新戒指不错啊。"我看着左晓洁，"这么说赵莹莹也够狠的。"

"女人么，自己的东西总是捏得特别牢。"左晓洁伸出手，"他跟我求婚了。"

"好消息啊！"我拉着左晓洁看着她的手，"这回你终于抄上了。"

"但是我有点儿害怕了，想去看看心理医生，幸福来得太快老觉得不真实，我觉得自己得了恐婚症了。"左晓洁叹了口气。

这可有点儿不像左晓洁了，不过仔细想想我们经历了这么多的事情，谁也不敢再去相信幸福了，除了梦里的想象，更有甚者，梦都不敢做了。

"这聂青死哪儿去了？"左晓洁频繁地看表，她今天非要我在10点半以前开门，说是要给聂青点儿小礼物，是毛杰专门给聂青的，还说什么猛药今天就到了，而且这一次不成功就成仁，另外特别叫我什么也别给聂青倒，准备好纸巾。

"昨天我10点还看见聂青跟我抢装备呢，你说我打来点儿东西容易么，丫上来就抢，还打我！"昨天夜里我被聂青抢得都快裸奔了，没办法我愣是把李想拍

没事别惹前男友

起来陪我打聂青,终于在凌晨3点半把聂青给打跑了。她还喊什么你们俩打我一个,不要脸,也不知道谁不要脸。左晓洁说我更不要脸,大半夜的把李想拍起来,真没人性,不过好在是周末,反正李想有的是时间在家里睡觉。

"啊……困。"聂青揉着眼睛来了,看见我分外眼红,"你个没人性的,俩人打我一个。"

"滚蛋,谁叫你抢我东西。"我刚想给聂青倒杯喝的叫左晓洁给按住了。

"这是毛杰叫我交给你的。"左晓洁冷冷地递给聂青一个相册。

"什么呀?"聂青打着哈欠翻开。

等我看清楚了,才发现这份礼物简直太沉重了,里面全是相片,从聂青初中开始,一点一滴的全纪录:第三张是聂青第一次当红旗手——那个时候毛杰是学校报社的成员,他站在旗杆旁边照下了聂青,第二十张是聂青第一次得全国作文比赛三等奖,第三十五张是聂青得到高中保送的机会,第四十七张是聂青在春游的时候掉进了公园的湖里,第六十八张是聂青在高中当上学生会主席,第一百张是聂青拿着录取通知书站在师范大学的门口,第一百四十张是聂青站在高高的主席台上竞选学生会主席,第三百七十九张是聂青站在台上试讲,第六百九十三张是聂青拿到第一份工资,第九百九十九张是聂青在楼下捡一片树叶……

"我靠,这,这得拍到什么时候啊……"我和聂青都很惊奇,"这一张张的,我能感动死了!"

"……这是……"聂青猛地合上相册,开始掉眼泪。

"这是毛杰这几年拍下来的,之所以是九百九十九张,是想向你表白,永远在一起。"左晓洁顿了顿,"不过现在你用不着了,他马上就要走了。"

"哇……"聂青抱着相册玩命地哭,我当时真想说、该!叫你不知道珍惜,但是看着聂青那么惨也没敢说什么,唉,你说说,怎么也这样了。

"不过呢,毛杰是11点半的飞机。"左晓洁幽幽地说了这么一句。

"我靠!早说你会死啊!"我踢了左晓洁一脚就去找车钥匙,还没找到呢,聂青抱着相册冲出去了,招手叫了辆出租车走了。

"嘿!嘿嘿,你怎么不拦着点儿她呀!"我路过左晓洁的时候被她死死地揪住。

"你傻呀!毛杰是明天11点半的飞机!"左晓洁死命地抱住我。

"嗯?"我都被她给折腾懵了。

左晓洁说毛杰其实是坐明天的飞机走,她是为了让聂青迷途知返才特意安排的。毛杰的相册是真的,这个可不是能假装的,但是他当时想的是到了机场再

寄出,后来愣是叫左晓洁给偷出来了。

毛杰在家里都找疯了,后来想起来除了他,左晓洁是最后一个看见这个相册的,马上狂奔到了酒吧找左晓洁算账。

"你别着急,相册聂青一定不会弄丢的。"左晓洁懒洋洋地躺在沙发上贴着黄瓜片。

"不是,她那么急跑出去,回头撞了车……"毛杰从进来手就没闲着,一直在抠我的沙发垫,我都怕他抠出丝来,左晓洁说我养猫养神经了。

"咦?"李想来的时候已经快2点了,"我是不是错过了什么?"

"是啊,你错过了聂青追情大戏。"我帮李想放好东西开始给他讲这出大戏。

"一会儿还有程盈盈,我们还得演到谢幕呢。"左晓洁将脸上的黄瓜片摘下来。

"我靠,渴死我了,这是谁的黄瓜?"程盈盈一进门就把左晓洁的黄瓜片给吃了,那叫一个恶心。当时左晓洁洗脸去了,我们谁都没敢告诉她这黄瓜片是从脸上拿下来的。

到了晚上7点半,聂青还没回家。我给聂青家打电话,他们说聂青打电话说自己在外面逛逛,晚上没准儿住在左晓洁那儿,我只能顺着编,然后挂了电话。

"你说她不会想不开当小姐去了吧?"程盈盈一边吃着点心一边胡说八道,说得毛杰恨不得马上出去找。这个乌鸦嘴。

"你别废话,有话等聂青回来了刺激她去。"左晓洁一脚制止了程盈盈的胡说八道。

就在我们实在坐不住准备去找聂青的时候,她自己回来了。真是的,提前也不发个信息当暗号,害得我们一脚把毛杰跟李想踢进了后面的酒窖,又把大衣和其他乱七八糟的东西丢了进去,尽量做到让她看不出来两个男人曾经在酒吧出现过。

"你死去啦?"程盈盈一听说这个事就无比兴奋,恨不得马上蹦跶着演戏,真没戏德,当演员也是没品的。

聂青看了一眼程盈盈,一句话都没说,满脸的眼泪还在呢。

"哟,哟,这可怜的,过来我给擦擦。"我拿出早就准备好的毛巾给聂青擦脸,聂青接过毛巾重重地坐在沙发上,或者说是摔。

"这回知道了吧?行尸走肉了吧?"左晓洁给聂青倒了杯水。

"呜呜呜……"聂青马上很配合地开始哭。

"活该!"我看着聂青笑。

没事别惹前男友

　　"报应!"左晓洁坐到我的旁边随声附和。

　　"命里注定!"程盈盈也靠了过来。

　　"够了! 你们这群王八蛋,通通给我滚!"聂青突然大爆发,把我们全给轰了起来,用靠垫打我们,也不知道使了多大的劲,打得我还挺疼。打完了她就趴在沙发上抱头痛哭,可惜了我的新沙发布,那可是最贵的。当初李想说领完证在酒吧庆祝,买的最好的布。

　　"快,快上!"我们钻到酒窖去揪毛杰,一开始他还死活不出来,说不知道说什么,只是一个劲地把李想往外推。酒窖里挺黑的,也看不太清楚,程盈盈拉着李想就往前推,幸亏左晓洁发现得及时,不然我亏大发了。

　　"我……我怎么说啊?"毛杰用口形问,后来我实在是看不下去了,一脚把毛杰蹬到了沙发旁边。这两人都什么毛病,磨叽死了。

　　毛杰看了看我们,用拿着毛巾的手碰了碰聂青。

　　"呜呜呜……"聂青没回头抽走了毛巾,"你们,你们怎么能这样? 我够难受了! 呜呜呜,早,早知道,我相什么亲,呜呜呜,这下好了……"

　　"那你后悔么?"我大声说。

　　"老娘肠子都悔青了! 呜呜呜。"聂青死命地把毛巾朝我扔过来,毛杰赶紧递上另外一条。

　　"现在追去啊!"左晓洁喊。

　　"追你大爷个腿! 飞机早飞走了!"聂青哭得吐沫横飞,还不忘继续用毛巾伺候左晓洁。

　　"追到美国去啊。"程盈盈笑得都不成了。

　　"滚蛋! 咦? 你不是在给我递毛巾吗?"聂青这回睁开了眼,看见我们仨跟李想站在对面的沙发后面。

　　"对不起。"毛杰轻轻的声音让聂青回了头,良久没有说话。

　　"我说,你们能不演哑剧吗?"我靠着李想笑。

　　"就是啊,说话啊,我白被你骂了半天了,你不知道说什么,总得谢谢我吧?"左晓洁坐在沙发上说。

　　"就是的,我白兴奋了,都折腾渴了,就吃了几片黄瓜。"程盈盈坐在左晓洁旁边。

　　"算了,反正他们也不知道说什么了,我们吃饭去吧,饿死了。"李想拿起酒吧的钥匙,让我们都出门。他站在门口给我们展示手里的钥匙,咔嚓一声把酒吧

的大门给锁上了，我们一起鼓掌。这下就不怕他们跑了，在里面说去吧。

"我说，你从哪儿拿的黄瓜？"左晓洁挎着程盈盈的胳膊问。

"就一进来的桌子上面的盘子里啊。"程盈盈磕着瓜子。

"啊？那是我用来贴脸的！"左晓洁甩开程盈盈就跑。

"我靠！真他妈的恶心！左晓洁！我跟你没完！"程盈盈脱了一只鞋朝着左晓洁扔过去。

我跟李想在后面笑得肚子疼。李想说他们一定在对着看，我说不可能，怎么也得说点儿什么，但是李想说这个时候什么都说不出来。程盈盈站在我这边，她也觉得该说点儿什么，不然多浪费。左晓洁骂我们傻，说还是李想聪明，一定是什么也没说。后来大家说打赌，这回我得先串通好了聂青，不然到时候我就输了。李想说我要是输了就把拍婚纱照的钱付了，左晓洁说程盈盈要是输了就得白请她吃一个月的饭，午饭和晚饭都算在内。我跟程盈盈马上掏出手机打算让聂青千万说点儿什么，但是聂青给我们回短信说现在说不出话来，让我们死一边去。

8

站在镜子前，我发现自己穿婚纱也挺好看的，这套婚纱是李想选的，而他的衣服是我选的。他说我找了个便宜活干，男士的礼服无非是颜色，款式都很简单，比较好挑。李想为了给我挑这件婚纱挑了一个星期，他还怕我穿上效果不好，大半夜的打算量量我的腰围，又怕把我弄醒了，于是站在床边用极其轻的动作把我翻来翻去。其实我早醒了，就是不动，看着他自己折腾，这样也挺好玩的。

"出来，我看看！"程盈盈跟左晓洁是来参观的，真是的，我还没卖票呢，她们参观个什么呀。

"干吗干吗？"我提着裙子走出来。

"挺人模狗样的。"左晓洁看了我一眼，就说了这么一句。

"还成。"程盈盈更简单。

"我就知道你们狗嘴里吐不出象牙来。"我翻着白眼。

李想出来的时候那种喜悦的表情我真的形容不出来，他笑得很温暖。他们说拍婚纱照很累，这是程盈盈一直跟我说的，她还带来了很多东西，包括吃的喝的，还有防蚊的、防中暑的，零七碎八地装了一个旅行包。左晓洁跟她抬着，一直骂骂咧咧的，说什么自己亏死了，成了小工了。

事实证明程盈盈是对的，她带的东西真的很管用。外面太热了，我站在太阳

没事别惹前男友

下晒得直恶心,坐也不能坐。李想让我靠着他,好几次我都觉得看见小鸟在飞了。程盈盈捏着我的腮帮子灌了一瓶十滴水,我差点儿没打她,那玩意太难喝了,真恶心,但是确实是管用,我过了才五分钟就不觉得那么难受了。程盈盈说这是她的经验,以前跟刘赫拍的时候她才惨,先是中暑吐到稀里哗啦,后站得两条腿跟不是自己的似的。说着说着她突然沉默了,自己找了个地方坐着去了。我本来想跟过去,但是左晓洁说你拍你的,我去,她们就一直坐在旁边的长椅上聊。李想今天的状态很好,摄影师说他笑得可好看了,总是提醒我笑,我跟他说拍照不喜欢笑。这个摄影师是白朗帮我们找的,说是得过什么什么大奖。其实吧,我觉得照片好看不好看,PS 占了大部分因素。我还跟李想说万一我照出来难看怎么办,李想说我能把你修成大美妞,一下把我逗乐了。

"你好,李想是吧?"我们回家时,在门口遇到几个警察。

"我是,你们?"李想紧紧地抓着我的手。

"有件事我们想问问你。"警察叔叔还是很客气的。

"请进来说吧,我未婚妻需要休息。"李想打开门让警察叔叔进来。

"十一月份左右你是不是去过外地?"警察叔叔拿出一个本子。

"对,我出差去上海了。"李想回答得很平静。

"有证人吗?"

"我知道,他是出差了。"我挽着李想的胳膊,他看了我一眼。

"哦,别那么紧张,我们就是来问问,是宋微微说在宋志刚车祸死前见过你跟和程光亮,还有其他几个同事。"警察叔叔笑了。我心想你笑个屁啊,一回家门口堵俩警察你试试,搁你,你也慌。

那天警察待了半个小时就走了,但是李想整整失眠了一夜,他总是在翻身,后来干脆睡到了沙发上。我睡得还算安稳,他临走的时候还帮我盖好了被子。

"咦?你今天好早。"今天酒吧没什么事,我下午4点就跑回了家,李想正在家里剁着一只鸡。

"是啊,我不是早点儿回来喂你么。"李想笑笑,继续剁那只鸡。我回房间把衣服换好。

李想站在灶台前,旁边放着一根葱,小球飞快地爬到灶台上玩那根葱,而且玩得不亦乐乎。李想用手轻轻地打了它一下,它马上就躺在灶台上撒娇。我看着心都化了,走到他的后面抱着他,把头放在他的背上。

"干吗,你也来玩会儿葱?"李想的声音通过背后的震动传过来。

"不玩，我跟你玩……"我在他的背上使劲蹭。

"……我做错了事情你会原谅我吗？"李想突然转过来抱着我。

"啊，你干吗了？"我看着他。

"没什么，我就是想起来问问，警察叔叔在的时候你比我紧张。"李想笑着去倒水。

"怎么，你杀人了？"我简简单单的一句话，却让李想把开水浇到了手上，烫起一个特别大的泡。

"你干吗？"我在医院骂了李想半个小时，他一直跟做错事的孩子一样站着。

"下次不会了。"在我骂够了以后，李想拍着我说。

"去！"我大步向前走去，其实早就不生气了，就是很心疼。

"哎，你们也在？"出来的时候，程光亮正站在医院的门口等车呢，宋微微站在旁边。

"这个时间不好打车，我送你们吧。"我招呼程光亮上车一起走。

在路上，我听程光亮说，宋微微已经找到了一对角膜。这太好了，如果宋微微能再见光明，那么大家也许会更快乐，但是李想的手猛地一抽搐。

"警察也找你了？"李想从反光镜里看着程光亮。

"啊，说是最近有了点儿线索，在北京的郊区发现了那辆车。"程光亮向李想笑笑，"而且，微微也想起来，那天那个人穿的是一件白色的风衣，上面有红色的印记，不是血，好像是什么地方蹭脏了。"

"哦。"李想低下头把弄着自己手上的纱布。

"去，一会儿弄掉了感染疼死你。"我拍掉了他的手。

本来我以为程盈盈说有鬼是眼花了，但是后来赵莹莹也说看见了，吓得够呛。刘赫当时就怒了，这还了得，一口气吓了他两任相好的。

"我打算今天晚上去会会那鬼。"刘赫带着一根棒球棍来到了我和李想的小窝。

"哦，去吧。"我正忙着做饭，李想现在是没办法给我做饭了，现在连洗脸都是我给他洗，瞬间我有一种多了个儿子的感觉。

"嗯！今天就去。"刘赫跟我使劲地点头，但是不动。

"我告诉你啊，今天菜不够，你上别处吃去，程盈盈那里有的是饭菜。"我端着菜出来，以为他是来蹭饭的。

"呵呵，一起吃吧，反正菜多。"李想拍了拍我的头。

"我不是来吃饭的！"刘赫马上站了起来。

没事别惹前男友

在饭桌上,我看着刘赫就来气,他说不是来吃饭的,但是坐在那里就不走了,还盛了两碗饭,把菜吃了个精光。

等酒足饭饱了,刘赫才进入正题,他是要去保护程盈盈和赵莹莹,瞧这俩盈盈(莹莹),这个绕嘴,但是他一直有怕鬼的毛病,所以让我们一起去。这是什么道理,他想当护花使者,而且还要带着保镖,再说李想的手还没好,气得我够呛。但是李想就是好脾气,没办法只能跟他去。

"去厕所吗?"程盈盈抓着我问。

"不去。"我当时正坐在椅子上看电视。

"那个,你去厕所吧?"程盈盈看着赵莹莹。

"现在还不想。"那个赵莹莹一直看着刘赫,眼睛里很复杂。谁也不是傻子,刘赫现在不跟赵莹莹有任何实质性的发展,但程盈盈这边一有事,他马上就冲了过来。

程盈盈接下来什么也没说,只是一直在椅子上扭,看着我都难受。

"算啦!老娘跟你去。"我扔了瓜子皮拍拍手。

程盈盈几乎是冲进厕所的,看憋得那个样子,该,谁叫你喝那么多水。

我转过去对着镜子修眉毛,当女人真要命,不光得美容,还得拔眉毛,多疼。我第一次陪聂青去拔眉毛,她出来后骨都是肿的。

后面有阵阴风吹过,我顿时打了一个激灵,看了看周围又没有人,但是我可不敢回头了,到时候镜子上面万一出现点儿什么怎么办,鬼片都是这么拍的。不过话虽然这么说,但谁也架不住好奇,我用手里的小镜子照了一下,就这一下,我直接晕过去了。鬼片中看见鬼的人都乱叫,可是现实中叫个屁,真看见了谁也不可能出声,吓都吓死了,还喊呢,怎么可能。

"你没事吧?"李想在旁边安慰我。

"……黑的,一个长头发,黑的!"我看清楚是李想以后开始手舞足蹈地比画。

"没事了,没事了。"

"我要回家!"我抱着李想不撒手。

当啷!

一声巨响吓得所有人一惊,太可怕了,我们几个女的开始抱头痛哭,刘赫一气之下拉着李想冲了进去,说是要看看这个鬼到底长什么样。有本事你直接去啊,拉着李想算什么本事,我一边鄙视刘赫一边想,接着听见一声尖叫,听动静是刘赫的。

费了九牛二虎之力，我们才把刘赫抬到了外面的桌子上，也不知道吃了什么，死沉死沉的，还往前冲呢，你瞧你那个德行。

李想喝了好几口水才缓过来，他说一开始刘赫跟他是一起进去的，但是后来李想突然想上厕所就转了个弯，刘赫一直在前面走没看见。等他从厕所出来就听见了刘赫的尖叫声，跑过去的时候鬼已经走了，但是他看见鬼穿着一双耐克鞋，还是今年的新款。他本来想买，但是都是西裤配不上，站在店外馋涎了半天，所以记得很清楚。

"他妈的，要是我知道这是谁，我弄死他！"程盈盈当场发飙了，死命地一掐刘赫的人中，他哼了一声醒了，一睁眼就抱着程盈盈哭。我们都不好意思看了。等刘赫哭够了，这两人才想起赵莹莹的存在，别提多尴尬了……

"手还疼吗？"回家后我帮李想换药。刘赫一听说这鬼可能是人扮的立马来劲了，说是两个盈盈（莹莹）的安全交给他了，让我们回家去。真是卸磨杀驴，没人性到了极点，你瞧刚才给吓的那个奶奶德行。

"不疼了，你怎么弄我都不疼。"李想拍拍我的脸。

"真是的，你这么不小心，到时候我都不敢嫁给你了，万一哪天梦游再把我给剁了。"我靠着他，因为我们一直在说话，小球也不知道怎么想的，愣是以为我们在吃东西，气得它也不睡觉了冲过来喵喵地叫个不停。

第二天一早，刘赫无比兴奋地给我们打电话，说是鬼抓着了，不是别人正是那个丁谦，丫装神弄鬼的。我当时第一句问的就是他还活着吗，就刘赫跟程盈盈这俩，还不得联手打得丁谦满地找牙，这回丁谦是够受的了，多恐怖，都无法想象。后来刘赫说让我们去派出所一趟做证人，我见李想睡得特别香就没喊醒他，留了张字条过去了。

"叫什么名字？"一个警察在里面问。

我们在另外一间屋子里看着，我可是第一次进这地方，他们说是单面玻璃，我们能看见，丁谦看不见我们，真好玩。

"丁谦。"

"为什么装神弄鬼？"警察在问完了一些基本的问题以后开始直奔主题。

"我想吓跑了他们偷点儿钱花，是他们太狠了，一分钱也不给我！"丁谦要站起来被警察按住了。

后来丁谦全坦白了，他说这次回来找程盈盈就是因为外面不好混，开出租太累了，还是跟着程盈盈好混，一开始那么老实就是为了骗得程盈盈的信任，不过

没事别惹前男友

他没想到程盈盈这回死也不把钱交给他管了。那是,程盈盈是谁,看见钱没命的主,已经上过一回当了,还能上第二回,我早就说过,想从程盈盈的手里抠钱那简直是做梦。

不过程盈盈在跟刘赫互相拥抱欢呼的时候,我们才发现赵莹莹走了,不知道什么时候走的。

"我告诉你们,想清楚了,到底是复婚还是不复婚,别搭上人家赵莹莹,谁也不欠你们的。"我上车的时候一把就把门给关上了,把刘赫跟程盈盈甩下了车,让他们自己走回去,该让他们自己好好儿想想了。

聂青说她打算等着毛杰回来,然后结婚,周末我们所有人一起去送他们。我到的有点儿早,老远就看见聂青跟毛杰抱在一起,旁若无人,我都走到面前了愣是看不见我。

"干吗呢!"我猛地一喊吓得这俩一哆嗦。

"哈哈哈!"李想特别配合地在旁边笑,他的手已经好得差不多了。

"干什么你!"聂青上来踢了我一脚。

"这不是你哭的时候了,那天谁把我的沙发都哭花了?"我躲在李想后面笑。

左晓洁也没少挤对聂青,聂青差点儿翻脸了,追着我们满机场跑,差点儿把保安招来。毛杰的脸上一直带着笑容,那种笑容是从心底发出来的,就跟当时李想知道我真的打算嫁给他时一样。

后来程盈盈也来了,是跟刘赫一起来的,这俩我就知道早晚会混到一起去。真不错,大家都有归属了,左晓洁的恐婚症也消失了,虽然我们都没见过那个男人,但是从左晓洁的描述中,大家都知道这是一个好人,特别好的人。

回去的路上,程盈盈跟我说,那天赵莹莹约了她跟刘赫一起谈谈,赵莹莹说,为什么你们这么不是人,当时把程盈盈跟刘赫吓坏了,一个劲地道歉。后来赵莹莹笑了,她说她的意思是为什么你们这么有感情不在一起。

赵莹莹说她原来就有一个这样的男朋友,但是一直吵吵闹闹的所以分手了,答应跟刘赫交往就是因为刘赫笑起来特别像那个男朋友,但是那个时候赵莹莹完全不承认还忘不了前男友。看到程盈盈以后她突然明白了,感情不是说完了就完了的,彼此都倾注了许多,不可能说没了就没了,那是机器人。还说谢谢刘赫跟程盈盈让她想明白,以前是她太任性了,所以才会分手,现在她要去找前男朋友谈谈,还让刘赫跟程盈盈赶紧复婚。最后程盈盈还小声地嘀咕了一句,说"怎么跟你那么像",我拍了她的手一下不让她继续说了。

　　接下来我忙着我们婚礼的事情，而程光亮陪着宋微微做手术，他说手术结束以后，宋微微就能看看我到底长什么样子了。

　　他们说在结婚前两个人最好不要见面，而且我们住的小房子还需要翻修变成新房，我跟李想搬到他们家里住。那天收拾东西的时候，我看见柜子底下有一件白色的风衣，等抽出来一看前襟上有很多红酒渍，而且已经风干很久了，当时我的脑袋就嗡的一声。因为宋微微说过，凶手穿着一件白色风衣，风衣的前襟上沾有红色的东西。

　　"这是什么时候弄的？"我拿着衣服去找李想，当时他正在把猫劝进笼子里。

　　"哦，我上次打翻了一瓶酒，本来我是想带回来跟你一起喝的。"李想把风衣接过来，胡乱地叠了叠，扔到了箱子里。

　　"真的？"我看着他问。

　　"怎么了？"李想捧着我的脸。

　　"啊……没事，我就是说，要不把这衣服扔了吧，反正也洗不干净了。"我看着箱子里露出来的衣服角。

　　"微微。"我拿着李想的风衣到了医院。

　　"苏姐姐。"宋微微的眼睛被紧紧地包着，过几天就能拆了，正好是我结婚的前一天。

　　"微微，最近怎么样？"我坐在她的床边。

　　"挺好的，麻药劲过了的时候挺疼的，现在没事了。"宋微微笑着说。

　　"哦，你还记得那个撞你哥哥的凶手衣服上的红色痕迹在哪里吗？"我抓紧了那件风衣。

　　"呃，在第二颗扣子附近，已经到了最下面。"宋微微皱着眉想。

　　"怎么了？"程光亮提着一袋水果过来。

　　我把程光亮拉到一旁，给他看李想的那件大衣，上面的红酒渍从第二颗扣子一直流到了下摆。

　　"是他?!"程光亮紧紧地抓着我。

　　"我不知道，他在上海出差的时候，有一天我联系不到他，而且他的手机也没开。"我觉得自己的脑袋快炸了。

　　"离开他，快离开他！"程光亮紧紧地抓着我。

　　"我不能！"我按着程光亮，"你现在拿着这件衣服去派出所，希望不是他，我不希望伤害到他。"

没事别惹前男友

"但是你怎么办？"程光亮使劲地摇着头。

"你听着，李想不可能伤害我。"我用手捧着程光亮的脸，这么久了，我还是不能忘记捧着他的脸的感觉，"没有我，慢慢淡忘了，你还能好好儿活着，但是宋微微没有你，她就活不下去了，你明白吗？"

程光亮还想说什么，我踮起脚尖轻吻他的唇，这也许是最后一次吻他，我真的好想一直这样下去，不再跟他分开。

"回来了？"李想在家里一直等着我。

"是啊，刚才酒吧说有事情，让我回去一次。我们走吧。"我拿起最后一件行李。

"嗯，好。"李想站起来，"对了，我的风衣你给扔了？"

"是啊，都脏成那样了，没办法穿，我已经扔出去了。"我轻描淡写地说。

接下来的日子我和李想跟没事人一样，但心里却总是有个结。程光亮打来电话说，现在派出所在暗中调查，如果有什么情况他会第一时间通知我，希望李想与这件事只是一个巧合。我让他好好儿地看护宋微微，心里隐隐觉得事情没这么简单，不管怎么样，我不能让程光亮涉险，哪怕我死了都不成。

后来一个电话让我彻底放了心，程光亮说车祸那天他跟宋志刚宋微微和李想吃饭的时候喝的是一种很普通的红酒，但是李想衣服上面的是很高档的红酒。我深深地松了口气，然后对着电话笑，我真是太神经质了，怎么能怀疑到李想呢，他是不会这样做的，他是那么爱我。

"我好傻……"我抱着在刷碗的李想。

"嗯？呵呵，你哪天不傻？"李想刮了我的鼻子一下。

"我才不跟你一样的笨，红酒都能洒在衣服上面，白白浪费了一件风衣。"我靠着李想，"回头再买一件给你，你穿白色的风衣最好看了。"

"好。上次的风衣你真的扔了？"李想笑着问我。

"扔了……"我傻傻地想，反正扔到派出所也是扔了，化验的时候都剪碎了，跟碎布头似的，估计派出所也不会留着。

8

"我说，你什么时候复婚啊？"我看着刘赫问。他今天拍个夜场，我妈说他打来电话说没带手机，让我给送去。真是的，你不会用毛毛的手机啊，我现在怀疑刘赫怕接不到程盈盈的电话，非急吼吼地让我送。

"等你结婚了。这回我一定跟所有的媒体说，这是我刘赫的媳妇！"刘赫兴

高采烈地喝了一口啤酒。

"哼，你也不怕影迷把程盈盈活剥了皮。"我看着远处，一堆人在布置水车，估计今天刘赫又得当落汤鸡，这个车可厉害，水流细得跟小钢针似的，打到身上可疼了。倒霉的刘赫，我听说还得躺着呢，多疼啊，再说，流到鼻子里不呛死才怪了。

"敢，我跟程盈盈商量好了，到时候一公开，估计会有大批的记者去程盈盈的饭馆堵着，到时候就说，你们不是想知道内幕吗？成，吃点儿什么？"刘赫站起来给我学，逗得我直笑。

"真孙子。"我跟刘赫喝倒彩。

"说真的，你不难受吗？"刘赫突然问我。

"嗯，不难受，宋微微离不开程光亮，程光亮良心上也过不去。再说，我已经对不起李想一次了，不能有第二次……"我嗑着花生，想起那天和程光亮的那个吻，我想这应该是我这辈子最后一次吻程光亮了。唯一遗憾的是我不能给他生一个孩子，如果当初我们能有一个孩子就不会有这么多事情，我顶多就是多了一个新同事叫李想。但是我也庆幸我们没有孩子，不然宋微微会孤苦无依，一个女孩子家，眼睛又看不见，让她怎么过。

"哥！该你了。"毛毛拍拍车门叫刘赫下车。刘赫喝了口啤酒下去了，换了一件大褂，说相声的似的。毛毛跟我说，这次刘赫演的是一个地下党，让人给揭穿了，在大街上被人杀了。当时接头的战友就站在对街，刘赫为了同志不被暴露，愣是站在大街上让人家拿他当目标。瞧瞧这个剧本写的，刘赫的形象也太伟大了，真是拿他当主角捧，要知道，他可是演到一半就死了，剧本上还老提他，到后来的发展都是为了他。后来一看演职员表我就明白了，编剧不是别人正是现在跟刘赫打得火热的程盈盈！

接下来的日子，我等着我的婚礼，有时候会去照顾宋微微。左晓洁也准备结婚，聂青每天跟毛杰在网络上卿卿我我。刘赫嘴上说复婚，但是他觉得不能让程盈盈再默默无闻下去，正在为这事跟公司打架，他说大不了赔钱。我的天哪，他一赔就几百万，把谁卖了啊。前天，刘赫还恬不知耻地打我酒吧的主意，那是不可能的，虽然现在是我的，但终究是人家李想的，不知道是他脑子进水了，还是神经了。

"我去坐会儿。"我穿着一件旗袍去了教堂二楼的小房间，本来是打算穿婚纱的，但是那个裙摆太宽了，上不去楼梯。这家教堂比较老了，全是木结构，我们当初租下来的时候合同里面还写明白了，不能用蜡烛什么的，我肯定不用，着了

没事别惹前男友

火我自己都跑不出去。

"我陪你?"李想很紧张,他总跟着我。

"不用,你就待着吧,回头有人来你不得接待啊。"我拿着手机上了楼,看着吧,一会儿刘赫来了就热闹了。

坐在楼上发呆的时候,我看着镜子里的我突然发现不认识自己了。最近还是在消瘦,我都不知道自己为什么变得这么瘦,刘赫说还是心情的问题。程光亮跟宋微微在医院做最后的检查,没有什么问题的话就会带着一个十全十美的宋微微来参加婚礼。双方的家长在楼下坐着,所有的安排都完美无缺,但是我有点儿心慌。

手机响起来了。

我的手机铃声是《婚礼进行曲》,看着它突然觉得好笑,不知道什么时候李想帮我调成了这个铃声,他真是太紧张了。

"喂?"我看见上面写着程光亮,于是悄悄地上了教堂的天台。上面有点儿乱,到处是电线,我小心翼翼地走着。

"你在哪儿?"程光亮的声音有点儿变了,他很激动。

"教堂。你怎么了?"我不认为自己有这个魅力让程光亮疯狂,再说,宋微微还在他旁边呢。

"离开李想!马上离开!"程光亮在电话里向我吼。

"……程光亮,别这么激动,我们都明白回不去了,真的,别再想了……"瞬间我的眼泪流了下来,这么久了,我以为自己不会再流泪了。

"不是的,你听我说,离开……"程光亮的话没有说完我的手机突然被人抽走了。

"李想?"我扭头发现不知道什么时候李想跟在我的后面,他的脸都扭曲变形了。

"他说了什么?是不是说风衣上面有第二种红酒?"李想把我的手机扔到地上。

"你……你怎么了?"我不由自主地后退。

"怎么了?哈哈哈!"李想突然捂着脸笑了,笑得很张狂,"我后悔,我后悔在上海没撞死他!"他冲上来掐着我的脖子。

"你,你说什么?"我拼命挣扎,李想越抓越紧,"为什么?"

"你说为什么!!"李想抓住我,"都是他,他为什么从头到尾都在逼我?他跟宋志刚、宋微微说心里有人了,接受不了宋微微。我爱你,不允许他来破坏。只

有他不在了，你才能真的跟我在一起。否则，你会一直想着他，他也会一直想着你，这对我不公平，我爱你啊。那天，我从饭馆冲出去，撞翻了端酒的服务生，酒了一身的红酒，接着我看见他站在宋志刚和他妹妹的不远处，我加大油门开过去，宋志刚和宋微微居然替他挡了，他怎么这么好命！"

"你……疯了……"我觉得自己已经被李想整个提了起来，我踩不到地，肺里的空气全部被挤了出去，现在只剩下一个空壳，眼前的东西也开始模糊……

"住手！"程光亮冲上来的时候我已经要昏厥过去。

"都是你！"李想把我扔在地上与程光亮打成了一团，等我慢慢地站起来，程光亮已经被逼到了天台的边上，李想手里的匕首抵着程光亮的脖子。

"放开他！李想，你疯了?!"我抓着李想的衣服，他一巴掌打过来，我撞在了栏杆上。

"苏言！"程光亮一下子被李想提了起来，按在栏杆的边上，随时有可能被推下去。

"李想，你敢把他推下去，我也会跳下去！"我扶着天台的栏杆大声说。

"哈哈哈，你也会跳下去……"李想的眼泪突然流下来，但是依旧没有放开程光亮。

"有本事你试试。"我看着下面陆续到来的警车，多希望他们马上能把气床充起来，这样程光亮就不会有事了。

"那我跳呢?"李想突然看着我笑。

"你……"就在我没有反应过来的时候，李想已经推开程光亮从天台上跳了下去，我只能抓着他的衣领，程光亮抓着他的手。

"我真的好爱你……"李想努力地伸出手抚摸我的脸。

"别废话了，抓住我们。"程光亮很费力地抓着李想。

"对不起。"李想看着程光亮，突然松了手。我手中的衣领也经不住李想的重量，撕裂了。

"不要！"我看着李想带着笑脸下落，这一辈子我也忘不了。

李想被送到了医院的时候已经很危险了，我哭着求医生一定要救醒他。李想的父母伤心到了极点，宋微微赶来安慰着两位老人，我跟程光亮一直跪在老人面前不肯离开，直到警察把我们带走做笔录。

笔录还没做完，我们接到了医院的消息，李想还活着，但是伤及大脑，不知道能不能醒过来，我跟程光亮在公安局抱头痛哭。

没事别惹前男友

　　而后,我把跟李想的那间婚房卖了,用所有的钱做了李想的治疗费。本来我想把酒吧也卖了的,但是李想的父母不同意,他们说那是李想给我的,不能要,我真的恨不得直接跪在老两口的面前永远不起来。程光亮也辞职了,我跟他一起开着那间酒吧,把每月三分之二的收入给李想做治疗费,直到他醒过来。其实人都会犯错误,李想一直那么善良,就犯过这一次错误,怎么能受这么重的惩罚?

　　程光亮说婚礼的那天,他接到警察的电话,说李想的风衣上面有两种红酒,一种是很普通的,跟程光亮他们在上海吃饭的时候饭馆提供的一样,另外一种是李想所说的很高档的红酒,高档红酒是在很久以后照着原来的痕迹洒上去的,所以第一次没有检测出来。我当时想,为什么不一直检测不出来?为什么非让我们知道真相,要是什么都不知道,我们不会过现在这种生活。

　　我们发现宋微微居然有一种很难得的天赋,程光亮跟我动用了一切关系把宋微微弄到一家跨国广告公司,全心全意地教她,短短的几年时间,她已经升到了设计总监。大家的生活也慢慢地恢复了平静,现在不能平静的只有我跟程光亮的心。

　　在法庭上,由于宋微微和我们的求情,再加上李想一直处于昏迷中,法官宣判李想因故意杀人未遂获刑三年,但是由于又考虑到他的身体状况,决定对他暂时于监外执行保外就医,因为肇事逃逸被判了三年有期徒刑,缓两年执行,这让我们大家都松了一口气。

　　三年后,春。

　　"谢谢……"左晓洁捂着脸痛哭,今天她终于如愿以偿地嫁了出去,但是从头到尾左晓洁一直在哭,哭得妆都花了,像个熊猫一样。

　　"别哭了,你看,你哭什么啊?"我抱着左晓洁。这么久了,我从来没看见左晓洁哭得这么伤心,她抱着我们每一个人,说她也有今天,哭得我们心里很酸很酸。

　　"不哭了。"聂青拍着左晓洁的肩膀,还有一年,再等一年毛杰就回来了,到时候她就会跟毛杰结婚,在快三十岁的时候摘掉老处女的帽子。

　　"是啊……喂?"我的手机响了起来,自从李想出事以后,我的手机铃声换成了《祈祷》,每次电话一响,就代表我为他祈祷一次,祈祷他快点儿醒过来,程光亮的手机也是如此。

　　"你说真的?"我的眼泪夺眶而出。

　　"怎么了?"程光亮走过来。

　　"他醒了! 他醒了!"我来不及挂上电话,捂着嘴就哭了起来。听到这个消

息，程光亮的眼泪也流了下来。

"他醒了……"程光亮跟我一直念叨着这三个字，跪在左晓洁的婚礼上跟我一起哭，左晓洁的婚礼都让我们给搅和了。

电话是宋微微打来的，李想终于醒了过来，而且在慢慢地恢复，但是医生说他伤到了大脑细胞，有些记忆永久性的损坏，不能修复了。宋微微说，李想只记得爸爸妈妈，而且还以为自己刚刚从国外回来，完全不记得后来的事情，包括有宋微微这个妹妹。我跟程光亮愣了很久，后来李想的爸爸说这样也好，就让他重头再来吧。

一有空我跟程光亮就会去医院陪陪李想，大家只是跟李想说，我们是原来的同事，其他的什么也没说。程光亮会带着李想出去走走晒晒太阳，看着他们在花园里面慢慢地走，我觉得现在这样很好，他想不起来就不会那么痛苦，就让他永远都想不起来吧。

"你们……"刘赫准备开记者会公布和程盈盈复婚的消息，晚上他激动得睡不着，于是跑来跟我聊天。

我对着他摇摇头。

"但是，不可惜吗？"刘赫依旧不依不饶的。我知道他跟大家一样，希望我跟程光亮能结婚。我也希望，在梦里希望，但是我们不能这么做，这样对李想和他的家人也许是一种打击，所以我跟程光亮一直平平淡淡的。上班的时候大家一起干活，下班的时候各自回家，也许，我这辈子就这样下去了吧。

"姐，帮我把胶带拿来。"宋微微指着我身后的柜子。

"给！"我今天是来帮宋微微收拾的，李想的父母跟宋微微已经决定移民了，手续也办好了，这样也好，在国外李想会得到更好的治疗。

"姐，你结婚吧。"宋微微看着我，"程光亮是好人，你也是好人，你们在一起最合适了。有时候我看见爸爸妈妈哭，他们说都怪自己没教育好哥哥，让你们天天在一起却不能结婚。"

"别这样说，这是我们自己作的。"我低下头，眼泪滴在地板上，"不说了，我帮你把这个搬到楼下，送完你们就去酒吧了，今天进货，程光亮一个人忙不过来。"

宋微微也没说什么，只是呆呆地看着我。

"姐，我们走吧。"等我把行李和李想的爸爸妈妈安排好了，宋微微才从房子里出来。

"怎么那么慢，别一会儿赶不上飞机。"我招呼宋微微赶紧上车。

没事别惹前男友

"啊,我打个电话。"宋微微向我做了个鬼脸。

在机场,我蹲在李想面前,看着他的脸,。

"你真的不记得我?"我轻轻地对李想说。

他看着我摇摇头,对着我笑,笑得跟以前一样,很温暖很温暖。

"别哭,这样他也很幸福。"李想的妈妈抱了抱我。

"慢点儿啊,到了给我个信。"我推着车跟着李想的家人往入境的通道走,突然一个男人用力地抱住了我。

"谁?"我惊慌失措地看着来人,后来才看清楚是程光亮。

"我求求你了!别走啊……"程光亮哭得跟个孩子似的,死死地抱着我。

"你疯啦!程光亮,松手!"我使劲地推着程光亮。

"不松!不然你跑了!"程光亮跟我较劲,后来让我咬了一口。

"这是怎么回事?"我看着疯了一样的程光亮,他现在是一脸的鼻涕眼泪。

"哈哈。"宋微微在旁边笑得前仰后合。

"微微,怎么回事?"我看着宋微微,她蹲在李想的轮椅旁边。

"哥,你说苏姐姐跟程光亮是不是很般配?"她帮李想掖好毛毯。

"嗯。"李想笑着点点头。

"我们要走了,你想对他们说点儿什么?"宋微看着李想,那一刻李想的眼睛突然变得很明亮。

"早点儿结婚吧!"李想的声音很大,特别清晰响亮,这是李想醒过来以后第一次说话说得这么清楚……

"谢谢!"我跟程光亮并排站着,对着李想的家人深深地鞠了一躬,两手握得紧紧的……

一阵特别响亮的脚步声从我家门口传来,伴随着猛烈的敲门声。

"开门开门!"一听就知道是程盈盈,除了她谁能这么粗鲁。

"我就知道……"我的话还没说完呢,程盈盈一脑袋扎了进来。

"关窗户!拉窗帘!"程盈盈一声令下,我爸身手敏捷地关上了窗户,我妈马上撕了块胶布贴在了猫眼上面。

"姐,你们不是逛街去了吗?"程光亮从厨房探出了头。

"别提了,走了没几步就看见记者了,亏我跑得快。"程盈盈倒在沙发上,她怀孕了还能跑这么快真是奇迹。没五分钟就听见有人敲门,说是什么什么报社的记者,要采访一下,我站在门口说刘赫不在家。

"看,嘿,楼下满了!"程光亮把窗帘拉开了一道缝,无数的镜头冲着他闪。

"去去去!"我推开程光亮把窗帘拉好。

我们打开 DVD,宋微微寄来了一张光盘,那是我们的小秘密,我跟程光亮每次都是关着房门自己看。

上面是李想在国外给父母过生日的场景,他现在可以走路了,虽然有时候反应有点儿慢,但是跟正常人没什么区别,这真是太好了。

我看着程光亮的侧面突然觉得好幸福,幸福到我不由自主地吻了他的侧脸。

"淘气。"程光亮转过来拍拍我的脸。

"我好爱你。"我看着程光亮的眼睛说。

"我也是。"他闭上眼睛轻轻地吻过来。气氛多么好,可惜全让刘赫给破坏了,他一头冲进来把我提溜出去,让我评评理。

原来程盈盈之所以能逃回来,是因为她发现了记者以后大喊了一声:"快来看呀!刘赫!"等周围的人围过来的时候,她趁乱跑掉了。客厅里这俩已经打成了一团,这俩可真是的!我和程光亮只能恋恋不舍地分开,出来劝架,招谁惹谁了!